K.

Nicolas Barreau

DIE ZEIT DER KIRSCHEN

Roman

KINDLER

Originalausgabe
Veröffentlicht im Rowohlt Verlag, Hamburg, September 2021

Satz Adriane bei Dörlemann Satz, Lemförde
Druck und Bindung CPI books GmbH, Leck, Germany
ISBN 978-3-463-00016-9

Für meine guten Geister – danke für eure Geduld, eure Anregungen, euer Zuhören, euer Mutmachen, eure Liebe, euer Lachen. Auch für den Champagner natürlich.

Und für meinen Lieblingsverleger – immer noch und immer wieder.

PROLOG

Die Place de Furstenberg ist ein verschwiegener kleiner Platz in Paris. Vier knorrige Bäume, eine alte Laterne inmitten eines Rondells, ein Blumenlädchen, das Musée Delacroix. Touristen verirren sich nicht oft hierher, obwohl der Platz nur wenige Schritte vom *Deux Magots* entfernt liegt, jenem berühmten Literatencafé, von dessen Terrasse aus man einen wunderbaren Blick auf die älteste Kirche der Stadt hat und in dem alle Paris-Besucher einmal ihren *Café crème* getrunken haben wollen – wegen der Existenzialisten und Hemingway.

Die Pariser Intellektuellen meiden das *Deux Magots*, weil die Preise überteuert sind, die Kellner unfreundlich und nicht zuletzt deswegen, weil selbst Jean-Paul Sartre und Simone de Beauvoir irgendwann in ein anderes Café abwanderten, das gleich an der nächste Ecke liegt – ins *Café de Flore*, wo angeblich auch noch heute der *wahre* Geist der Literatur weht.

Auch die *Éditions Opale*, wo ich arbeite, liegt in der Nähe der Place de Furstenberg. Eigentlich ein Wunder, dass es mitten in Saint-Germain einen so stillen Platz gibt. Es ist ein großartiger Ort, wenn man unglücklich ist und allein sein will – sofern man keine Bank zum Verweilen braucht.

Es ist Ende April, die Sonne scheint auch am späten Nachmittag noch warm, die letzten Kirschbäume blühen irgendwo in einem verwunschenen Garten in Vétheuil, wo SIE jetzt vermutlich ist. Einen Garten, den ich wohl niemals betreten werde.

Ich habe alles vergeigt. Die Erkenntnis bohrt sich schmerzhaft in meinen Körper wie der gusseiserne Hydrant, auf dem ich sitze. Ich lasse den Kopf in die Hände sinken, starre auf das Pflaster und habe keine Lust mehr, in den Verlag zurückzugehen, wo die anderen sich jetzt gerade auf den Weg machen, um in den Mai zu feiern. Was soll ich noch da? Was soll ich noch irgendwo auf der Welt?

Ich sitze einfach nur da und hoffe auf ein Wunder. Man könnte auch sagen, ich habe jede Hoffnung verloren, was, wenn man es genau bedenkt, so ziemlich dasselbe ist. Wenn ein Arzt davon spricht, dass wir jetzt nur noch auf ein Wunder hoffen können, meint er doch genau das – dass die Sache aussichtslos ist.

Früher habe ich immer gesagt, dass die Hoffnung zu meinem Beruf gehört. Wir verkaufen Träume, und die Welt der Bücher lebt vor allem von der Hoffnung, oder? Der Literaturagent hofft, dass ein Verleger in dem Manuskript, das er anbietet, das gleiche Potenzial sieht wie er und möglichst ein fünfstelliges Angebot macht. Der

Verleger hofft, dass seine Bücher sich gut verkaufen, von der Presse «hymnisch» besprochen werden und auf die Bestsellerliste kommen. Und ich hoffe, dass ein Roman, den ich unter vielen mittelmäßigen bis furchterregenden Manuskripten entdeckt habe, von dem ich überzeugt bin und für den ich mich im Verlag eingesetzt habe, am Ende ein Lauffeuer der Begeisterung entzündet. Ja, ich hoffe sogar, dass der geneigte Leser dieses Buch tatsächlich aufschlagen und es lesen wird, statt die nächste Netflix-Serie anzuschauen.

Ich bin André Chabanais, Cheflektor im Verlag *Éditions Opale*. Manchmal bin ich auch Autor – ein recht erfolgreicher sogar. Dann heiße ich Robert Miller. Vielleicht haben Sie den Namen schon mal gehört? Doch von diesem Doppelleben hat lange Zeit niemand gewusst, nicht einmal mein Verleger, der geschäftstüchtige Monsieur Monsignac, dem ich so vieles verdanke.

Alles fing damit an, dass ich einen Roman über eine Frau schrieb, die ich gar nicht kannte. An jenem frühlingshaften Abend, als das Schicksal sich auf zarten Füßen anschlich, war ich durch die Straßen von Saint-Germain geschlendert. Absichtslos schaute ich durch die Scheiben eines behaglichen kleinen Restaurants mit dem Namen *Le Temps des Cerises*. Rot-weiß gewürfelte Tischdecken, Kerzenschein, gedämpftes Licht. Und dann sah ich Aurélie, die schöne Köchin, von der ich damals noch gar nicht wusste, dass sie Aurélie hieß. Ich sah ihr Lächeln und war wie verzaubert. Ich war beglückt von diesem Lächeln, das nicht einmal mir galt. Wie ein Voyeur stand ich draußen vor dem Fenster und wagte kaum zu atmen, so vollkommen erschien mir dieser Augenblick. Es war das Lächeln einer Fremden, das mich inspirierte und beflügelte, und so stahl ich es mir, ich nahm es einfach mit, steckte es in meine Tasche und machte die junge Köchin zur Heldin meiner Geschichte.

Das Buch, das ich mit Hilfe des Literaturagenten Adam Goldberg (ein guter Freund von mir und ein noch besserer Agent) unter falschem Namen veröffentlichte und das mein bescheidenes Einkommen als Lektor ein wenig aufbessern sollte, wurde – womit niemand gerechnet hatte – ein Bestseller. Und der plötzliche Erfolg eines britischen Autors namens Robert Miller, den es in Wirklichkeit gar nicht gab, wäre mir fast zum Verhängnis geworden.

Vor allem, als die Heldin meines Romans, ebenjene Frau aus dem Restaurant, eines Tages wie eine Erscheinung in den Verlagsräumen der *Éditions Opale* stand und mir erklärte, der Roman dieses großartigen Schriftstellers habe ihr das Leben gerettet, sie wolle unbedingt den Mann kennenlernen, der *Das Lächeln der Frauen* geschrieben habe, und hoffe auf meine Hilfe.

Ich war wie vom Donner gerührt.

Was habe ich nicht alles angestellt, um sie von diesem unmöglichen Vorhaben abzubringen und ihr Interesse auf mich zu lenken! Aber wer nimmt schon den Lektor, wenn er den Autor haben kann?

Aurélie verfolgte ihren Plan, Robert Miller kennenzulernen, mit einer Mischung aus Verrücktheit und Entschlossenheit, die ich so noch bei keiner Frau gefunden habe.

Ich war beeindruckt. Und ich war verzweifelt. Vor allem aber war ich bald schon hoffnungslos verliebt in dieses eigenwillige Geschöpf mit den grünen Augen und dem honigfarbenen Haar. Und anstatt ihr einfach die Wahrheit zu sagen – was mir in diesem Moment vollkommen undenkbar schien, weil es mich meinen Job gekostet hätte –, verstrickte ich mich immer mehr in ein Geflecht aus Lügen und Betrug, um das Herz der schönen Köchin für mich zu gewinnen.

Scheinheilig bot ich mich als Postillon d'amour an, vermittelte in meiner Eigenschaft als Lektor Briefe zwischen der Köchin und dem angeblich so menschenscheuen englischen Schriftsteller, der allein mit seinem Hund Rocky in einem Cottage hauste, und beantwortete diese selbst als Robert Miller. Ich arrangierte Treffen, die der Autor im letzten Moment platzen ließ, und tröstete nur zu gern Aurélie, die sich enttäuscht in die Arme des Wolfs im Schafspelz sinken ließ – in *meine* Arme. Doch dann machte ich einen Fehler, sie witterte den Verrat, zählte eins und eins zusammen und warf mich kurzerhand aus ihrem Leben. Die Frau, die ich über alles liebte, hasste mich nun. Vor allem glaubte sie mir kein Wort mehr, auch nicht – welche Ironie! –, dass in Wirklichkeit ich der Autor dieses Buches war.

Alles schien verloren, ich war am Boden zerstört, und so habe ich schließlich die Wahrheit erzählt, es kam ja eh nicht mehr drauf an. Erst meinem Chef, Monsieur

Monsignac, der mich nach einem Tobsuchtsanfall dann netterweise doch nicht feuerte, sondern zum Weiterschreiben ermutigte. «Was für eine irre Geschichte!», schrie er, und seine hellen Augen flackerten. «Schreiben Sie es auf, André, schreiben Sie alles genau so auf, wie es sich zugetragen hat. Sie müssen ihr die *ganze* Wahrheit sagen! Und egal, wie die Sache ausgeht – da machen wir einen neuen Robert Miller draus!»

Und so verbarrikadierte ich mich für Wochen in meiner Wohnung und machte nur das. Ich schrieb. Ich rauchte zu viel, ich trank zu viel Kaffee, und ich schrieb um mein Leben. Ich erzählte die ganze Geschichte – von dem ersten Lächeln hinter der Fensterscheibe des kleinen Restaurants bis zum Rat meines Verlegers, ein vollumfängliches Geständnis abzulegen – und legte Aurélie mit klopfendem Herzen das Manuskript vor die Tür.

Sie hat mir verziehen, und wir wurden ein Paar.

An diesem Tag im Januar schneite es in Paris. Ich erinnere mich noch genau, wie wir unten in der kleinen Straße einer großen Stadt standen, die man auch die Stadt der Liebe nennt. Und wie die Schneeflocken sich in Aurélies Haaren verfingen, als wir uns küssten. Immer wenn ich in den Verlag gehe und an dieser Stelle der Rue de l'Université vorbeikomme, muss ich daran denken.

Ein Jahr lang waren wir glücklich. Noch bis vor wenigen Wochen waren wir glücklich. Zumindest habe ich das immer geglaubt. Wir haben Weihnachten bei meiner

Mutter gefeiert und zusammen die *Bûche de Noël* gegessen. Wir haben lachend unter einem riesigen Regenschirm auf dem Pont Louis-Philippe gestanden und auf das neue Jahr angestoßen. Doch dann, ausgerechnet am Valentinstag, dem Tag aller Liebenden, passierte etwas, das unser Leben wie ein Tornado durcheinanderwirbelte. Das uns mehr und mehr voneinander entfernte. Und ich habe, das muss ich zu meiner Schande gestehen, leider alles falsch gemacht, was man nur falsch machen kann.

Gestern hat sie mir meine Tasche vor die Tür gestellt. Sie will mich nicht mehr sehen, sagt sie, und ich frage mich, wann genau die Sache so aus dem Ruder gelaufen ist? Und wer eigentlich dieser Idiot ist, der einen ganzen Roman über eine Frau schreibt, um sie dann zu verlieren. Zumindest die zweite Frage kann ich beantworten: Der Idiot bin wohl ich.

Das also ist das Ende von André und Aurélie.

Die meisten Romane, die schlecht anfangen, enden gut. Doch diesmal bin ich nicht in einem Roman. Leider! Ich lasse mich auf das Pflaster des Rondells herunterrutschen und bin auf dem harten Boden der Realität angekommen.

Ein Vogel zwitschert, die Dämmerung senkt sich allmählich über den kleinen Platz. Die Laternen gehen zögernd an, sie flackern kurz auf, und ihr gelbliches Licht lässt alles verschwimmen. Eine laue Brise streicht raschelnd durch die Blätter der Bäume. Dieser Abend ist wie gemacht für Liebende. Und da kommt auch schon ein Pärchen und schlendert über den Platz. Er sagt etwas, und sie lacht. Mein Herz zieht sich zusammen. Es ist Frühling in Paris, alle Menschen sind verliebt und glücklich, und ich sitze da, starre auf die Pflastersteine und kann es noch immer nicht fassen.

Schritte gehen vorbei, sie kommen zurück und bleiben schließlich vor mir stehen. Rote Spangenschuhe mit einem dezenten Absatz, in denen zwei seidenbestrumpfte Füße stecken.

«Ich glaube, Sie haben etwas vergessen, Monsieur Chabanais», sagt eine atemlose Stimme, und ich blicke auf.

1

Vielleicht war es nicht die beste aller Ideen, Aurélie ausgerechnet am Valentinstag einen Heiratsantrag machen zu wollen. Zum einen ist die Frau, die ich liebe, zwar eine heimliche Romantikerin, aber sie hasst Klischees. Zum anderen ist sie Köchin. Und das bedeutet, dass sie an Tagen, an denen normale Menschen ausgehen, um zu feiern, alle Hände voll zu tun hat. Sie kauft morgens auf dem Markt ein, und am Nachmittag steht sie zusammen mit ihrem meist schlechtgelaunten Chefkoch Jacquie Berton in der Küche und bereitet all die wunderbaren Speisen zu, die auf der handgeschriebenen Tafel stehen, die in ihrem Restaurant hängt. Abends ist sie dann für ihre Gäste da, kommt persönlich an den Tisch und fragt, ob das Lamm mit Lavendel und Zimt geschmeckt hat und ob es zum Nachtisch noch eine *Crème brûlée* sein darf. Das *Le Temps des Cerises* liegt in der Rue Princesse, einer engen Gasse, zwischen der Saint-Sulpice-Kirche und der Église Saint-Germain-des-Prés. Es ist ein Restaurant von der Größe eines Wohnzimmers, mit dunklen Holzmöbeln und rot-weiß karierten Tischdecken, in das ich mich vor zwei Jahren auf den ersten Blick verliebt habe – ebenso wie in seine Besitzerin, die kapriziöse Aurélie Bredin.

Seit Dezember trug ich nun schon den Goldring mit den drei kleinen Diamantsternen mit mir herum, den ich in der Auslage eines verwunschenen Antiquitätenladens in der Rue Grenelle entdeckt hatte. Ich wusste sofort, dass dieser antike Verlobungsring, der in einem dunkelblauen Samtkästchen steckte, Aurélie gefallen würde. «Dieser Ring ist etwas ganz Besonders, ein Kleinod», sagte der Antiquitätenhändler und hob anerkennend die Augenbrauen, und ich verließ hochgestimmt den kleinen Laden. Doch wie es manchmal so ist – bisher hatte sich die passende Gelegenheit, ihn der Frau meines Herzens zu überreichen, nicht ergeben. Oder ich hatte mich einfach zu dumm angestellt.

Wie viele Manuskripte sind schon über meinen Schreibtisch gewandert, in denen ein Mann einer Frau am Ende einen Ring schenkt und ihr die Frage aller Fragen stellt. In einem stilvollen Restaurant liegt dann auf dem silbernen Platzteller plötzlich und wie durch Zauberhand ein verheißungsvolles Kästchen, das die Angebetete mit glänzenden Augen öffnet. Manche Herren tun den Verlobungsring auch ins Champagnerglas, was im ungünstigsten Fall zu einem überstürzten Besuch in der Notaufnahme führen kann. Ringe werden gern auf verschwiegenen Bänken in den Tuilerien überreicht, im Frühling, wenn der Abend sich weich über Paris senkt und der Duft der Kastanienbäume das Herz betört. Manchmal auch auf einer der vielen Brücken, die über die Seine führen, auf kleinen Plätzen oder auf der nächtlichen Dachterrasse des Restaurants des Musée du Quai Branly, von der aus man einen atemberaubenden Blick auf den Eiffelturm hat.

Verlobungsringe werden auf Kopfkissen gelegt oder in einem Strauß Rosen versteckt und dort meistens auch gefunden. Beliebte Daten für einen Heiratsantrag sind: Weihnachten, Silvester, Geburtstag, der persönliche Jahrestag oder eben auch der *Jour de la Saint-Valentin*.

Doch was sich in der Literatur so einfach liest, ist im wirklichen Leben, das leider seine ganz eigene Dramaturgie hat und manchmal recht aberwitzige Wendungen nimmt, gar nicht so leicht – vor allem, wenn man nicht weiß, ob die Frau, die man liebt, diese ganze Sache mit dem Heiraten vielleicht für hoffnungslos veraltet hält. Immerhin leben wir im 21. Jahrhundert und nicht in einem Jane-Austen-Roman, wo das höchste Glück eines Mädchens darin besteht, sich zu verheiraten.

Ich *wünschte* mir natürlich, dass Aurélie mich mit diesem ganz besonderen Lächeln ansehen würde, das ich so an ihr liebte. Dass ihre schönen Augen jenen sanften Schimmer annehmen würden, den sie manchmal hatten, wenn ich morgens erwachte und ihr Blick ganz gedankenverloren auf mir ruhte. Wenn ich dann fragte: «Was denkst du gerade?», antwortete sie stets: «Nichts», und zerzauste mir lachend das Haar. Wie gesagt, ich wünschte es mir, aber sicher war ich mir nicht.

Aurélie steckte voller Überraschungen. Vielleicht würde sie in ein herzhaftes Lachen ausbrechen, wenn ich wie ein Kavalier alter Schule mit meinem goldenen Verlobungsring ankäme, und belustigt ihre schmalen Augenbrauen hochziehen. «Ach, du meine Güte, André! Findest du nicht, dass Heiraten ein bisschen *demodé* ist?! Wir können doch auch ohne Trauschein glücklich sein.»

Eine solche Reaktion hielt ich durchaus für möglich.

Als ich Aurélie, kurz nachdem wir ein Paar wurden, den Vorschlag machte, nach einer gemeinsamen Wohnung zu suchen, hatte sie gezögert.

«Aber willst du denn nicht mit mir zusammenziehen?», hatte ich verunsichert gefragt.

«Aber *natürlich* will ich das, *chéri*», hatte sie entgegnet. «Nur nicht sofort. Du weißt doch, wie sehr ich an meiner kleinen Wohnung hänge.»

Ihre kleine Wohnung liegt in der Rue de L'Ancienne Comédie, jener alten Passage, die vom Boulevard Saint-Germain ins quirlige Quartier Latin führt, das sich mit seinen verwinkelten Gässchen, den Blumen-, Käse- und Austernständen und den kleinen Cafés und Restaurants, vor denen sich Tische und Stühle auf dem Trottoir drängen, bis hin zur Seine erstreckt. Von ihrem Wohnzimmer aus sieht sie direkt auf das berühmte *Le Procope*, angeblich eines der ältesten Kaffeehäuser von Paris und heute ein prächtiges Restaurant, wo man unter riesigen Kronleuchtern auf roten Lederbänken sitzt und wo sogar in den Waschräumen goldgerahmte Gemälde hängen.

Die Nähe zum *Procope* gefällt Aurélie natürlich sehr, und ihre Wohnung, die im dritten Stock eines Gebäudes aus der Jahrhundertwende liegt, ist wirklich sehr charmant mit der kleinen Küche, wo ein winziger Tisch auf dem alten schwarz-weißen Steinfußboden steht, dem Wohnzimmer, das mit einem runden Esstisch und zwei kleinen Sofas ausgestattet ist und dessen Wände mit einem zarten floralen Seidenstoff bespannt sind, und dem alten gusseisernen Balkon vor dem Schlafzimmer, dessen Kästen sie mit Blumen bepflanzt.

Wenn Aurélie unglücklich ist, liest sie keine Bücher, sie pflanzt Blumen. Mit den Händen in der feuchten Erde herumzuwühlen und allem Kummer blühende Gewächse entgegenzusetzen, gäbe ihr die nötige Bodenhaftung, hat sie mir mal gesagt. Alles bei ihr ist hell und leicht, während meine Wohnung eher einer behaglichen Höhle gleicht. Knarzender Parkettboden, überall Bücherregale, ein alter lederbespannter Schreibtisch, auf dem sich Zeitungen und Manuskripte stapeln, ein riesiges Sofa und ein Lesesessel, neben dem eine dunkelrote Lampe steht. Ich wohne in der Rue des Beaux-Arts, über die es nichts Spektakuläres zu berichten gibt, außer vielleicht, dass mein Lieblingsbistro, das *La Palette*, gleich um die Ecke liegt.

Glücklicherweise war der Weg zwischen unseren beiden Wohnungen nicht allzu weit, und so hatten wir uns angewöhnt, mal hier, mal dort zu übernachten. Bis auf wenige Ausnahmen waren wir seit jenem Kuss im letzten Winter, als Aurélie mir schließlich verzieh, jede

Nacht zusammen. Wenn Aurélie abends vom Restaurant nach Hause kam, erwartete ich sie schon. Manchmal ging ich auch im *Le Temps des Cerises* vorbei und holte sie ab. Dann aßen wir dort noch zusammen eine Kleinigkeit. Und wenn ich am Morgen in den Verlag ging, machte sie mir einen Kaffee, den ich im Stehen in ihrer kleinen Küche herunterstürzte, weil ich wieder mal zu spät dran war. Was soll ich sagen? Ihr Mund war einfach zu verführerisch, und oft genug blieb ich doch noch eine Weile bei ihr im Bett liegen, obwohl der Wecker bereits geklingelt hatte.

Aurélie war nicht nur schön, sondern auch sehr unabhängig. Sie führte immerhin ein eigenes Restaurant, das sie von ihrem Vater übernommen hatte, als dieser mit nur achtundsechzig Jahren ganz unerwartet an einem Herzinfarkt starb. Damals kannten wir uns noch nicht, aber ich weiß, dass Aurélie sehr an ihrem Vater hing, der ein warmherziger Mensch und ein sehr guter Koch gewesen sein muss und überdies offenbar gerne die eine oder andere Lebensweisheit von sich gab. Noch heute erzählt mir Aurélie oft davon, was «Papa immer sagte».

Ihre Mutter war schon früh gestorben, und so wuchs die kleine Tochter sprichwörtlich im Restaurant auf – in der Gesellschaft ihres Vaters und des bärbeißigen Chefkochs Jacquie Berton, der schon damals immer mit dem Fahrrad kam und dann stets über Paris schimpfte, weil es zu laut und zu voll sei. Sein Herz schlug für die Côte Fleurie, wo er ursprünglich herstammte, aber auch schon sehr bald für das kleine Mädchen mit den honigblonden Zöpfen, das mit seinen Schulbüchern mitten auf dem Steinfußboden saß und ab und zu interessiert von seinem großen Kochlöffel probierte. Unter Jacquie Bertons Anleitung lernte Aurélie nicht nur die Zubereitung aller möglichen Speisen und Gerichte. Sie entwickelte auch eine ganz eigene Vorstellung vom Leben. Und obwohl Aurélie bis heute keine große Leserin ist – ich glaube, mein Roman war einer der wenigen, den sie überhaupt zu Ende gelesen hat –, hatte sie doch immer schon den Hang, Sprüche und Gedanken zu sammeln, die ihr wichtig erschienen. Als ich das erste Mal ihr Schlafzimmer betrat, staunte ich nicht schlecht, als ich eine ganze Wand mit handbeschriebenen Zetteln sah, die sich bei jedem Windhauch leise bewegten. Über die Liebe hatte ich dort einiges gefunden, über die Schönheit von Blumen und die Poesie verregneter Nachmittage, darüber, wie sich das Leben auf unwiderrufliche Weise verändert, wenn man einen Menschen verliert, den man liebt, jedoch kein Wort über Heiratsanträge oder eheliches Glück.

Ein Satz von Aurélies «Gedankenwand» war mir allerdings in Erinnerung geblieben: *Die Liebe – das sind nicht Rosen und nicht Schokolade, das ist Zusammensein für immer.*

Und für immer – das bedeutete doch wohl nichts anderes, als miteinander durchs Leben zu gehen. Eine glückliche Ehe zu führen. Und genau das hatte ich vor. Ich wusste nicht, wie die Frau, mit der ich nun schon über ein Jahr zusammen war, reagieren würde, aber ich beschloss, dass es das Risiko wert war.

Ich gebe zu, ich war vielleicht etwas zu wenig beherzt mit meinem Ansinnen. Das erste Mal wollte ich Aurélie in einer venezianischen Gondel einen Antrag machen. Ich war ganz berauscht von meiner originellen Idee. Aurélie hat am 16. Dezember Geburtstag, und ich überraschte sie mit einem Wochenende in Venedig. Kurz zuvor war die äußerst erfreuliche Honorarabrechnung meines ersten Romans gekommen, ich hatte endlich einmal genug Geld auf meinem Konto und ein kleines Apartment in San Marco gemietet. Aurélie war begeistert wie ein Kind. Sie war zuvor noch nie in Venedig gewesen und lief staunend und entzückt durch das unendliche Wirrwarr der kleinen Gassen und Kanäle, an die sich wie im Märchen bunte Häuser und alte Paläste schmiegten. Ich hingegen kannte Venedig recht gut, weil ich während des Studiums für ein paar Monate in einem der wenigen Verlage, die es dort gibt, gearbeitet hatte, und auch mein Italienisch war dank einiger Auffrischungsstunden bei meinem italienischen Freund Silvestro noch immer ganz passabel. Jedenfalls passabel genug, um Aurélie zu beeindrucken. Ich erwies mich als begnadeter Cicisbeo, und so schlenderten wir am Abend ihres Geburtstags Hand in Hand durch die Lagunenstadt, die in einem märchenhaften Winterschlaf versunken schien, bis wir an eine der Anlegestellen für die Gondeln kamen. Der Gondoliere, erfreut über die unerwartete Kundschaft, machte uns einen «special prize», der immer noch ziemlich horrend war. Aber was ist schon Geld, wenn man die Frau seines Lebens beeindrucken möchte?

Ich führte Aurélie also in die schaukelnde Gondel, sie kicherte aufgeregt, und ihr wurde ein wenig schwindlig, doch schon bald glitt das schwarzgelackte Gefährt sicher durch stille Kanäle, vorbei an erleuchteten Palazzi und unter den vielen Brücken und Brückchen her, die Venedig zu diesem Wunder machen, von dem man sich fragt, wie es überhaupt in einer Welt wie der unseren existieren kann. Aurélie lehnte sich an mich und sog die Schönheit der nächtlichen Stadt in sich auf. Und auch ich legte mit klopfendem Herzen meinen Arm um sie und sagte in meiner Aufregung so etwas Dämliches wie:

«Romantisch so eine Gondelfahrt, was? Da könnte man ja direkt auf die Idee kommen, jemandem einen Heiratsantrag zu machen.»

Meine Worte verhallten zwischen den alten Gemäuern, die sich rechts und links neben uns erhoben. Aurélie sah mich verständnislos an. Offenbar wusste sie nicht, was sie mit diesem Allgemeinplatz anfangen sollte. Mein zugegeben etwas ungeschickter Versuch, um ihre Hand anzuhalten, erzielte leider nicht die beabsichtigte Wirkung. Vermutlich war er nicht eindeutig genug. Was sollte das für ein seltsamer Antrag sein? Und wer waren schon *man* oder *jemand*? Jedenfalls zeigte sich meine Schöne für den Rest der Gondelfahrt recht kühl und unnahbar, und ich beschloss, mein großes Projekt auf Weihnachten zu verschieben.

Weihnachten kam und ging. Der Ring mit den drei Sternen steckte noch immer nicht am Finger meiner Liebsten. Aurélies Vater hätte sicher gesagt: «Wo ein Wille, da ein Weg, wo kein Wille, da tausend Gründe.»

Diesmal war meine Mutter schuld. Sie fand Aurélie, von der sie bisher nur gehört hatte, ganz reizend und witterte in der neuen Freundin ihres vielbeschäftigten Sohnes die potenzielle Mutter ihrer Enkelkinder. Maman ist seit einigen Jahren Witwe. Sie hat viele gute Bekannte in Neuilly, wo sie in einem großen Haus mit Garten wohnt, aber sie kommt gebürtig aus dem Elsass und träumt wohl von nichts anderem, als dass sie ihre Enkel auch eines Tages mit Choucroute, Schweinebäckchen und selbstgemachtem Flammkuchen vollstopfen kann, so wie sie es früher bei Papa und mir gemacht hat.

Maman hat oft Langeweile. Dann kocht sie sich «etwas Schönes». Oder sie ruft bei mir im Verlag an. Madame Petit, die Sekretärin, stellt jedes Mal zu mir durch, obwohl ich ihr schon so oft gesagt habe, dass ich keine Störung wünsche und wirklich arbeiten müsse. Doch das interessiert weder Maman noch die Sekretärin. Die beiden stecken inzwischen unter einer Decke, wenn es darum geht, mich zu drangsalieren. «Aber Monsieur Chabanais – es ist doch Ihre *Mutter*», sagt Madame Petit jedes Mal, und in ihrer Stimme schwingt ein leiser Vorwurf mit. «Sie werden sich später auch freuen, wenn mal jemand mit Ihnen spricht.» Ich verdrehe dann die Augen, und während ich in mein Büro zurückstampfe, höre ich Madame Petit leise vor sich hin schimpfen, dass man sich um alte gebrechliche Eltern schließlich kümmern müsse. Dabei ist Maman alles andere als alt und gebrechlich – mal abgesehen davon, dass sie sich vor zwei Jahren das Bein gebrochen hat, weil sie auf ihre Absatzschuhe einfach nicht verzichten will. Maman ist sehr stolz auf ihre schlanken Beine, und sie hat weniger Hemmungen als ich, die Dinge beim Namen zu nennen. Wenn sie etwas sagen will, sagt sie es einfach. Mag sein, dass das am fortgeschrittenen Alter liegt und dem Gefühl, nicht mehr alle Zeit der Welt zu haben. Jedenfalls lenkte sie am ersten Weihnachtstag, während sie Gänseleberpastete, *Confit de Canard* und ihre selbstgemachte Schokoladenrolle auftischte, das Gespräch zielstrebig auf unsere Zukunftsplanung.

«Und – wollen Sie denn auch mal Kinder haben?», fragte sie Aurélie, als wir beim Dessert angekommen waren, und ich verschluckte mich fast an meiner *Bûche de Noël*, während Aurélie errötend auf ihren Teller schaute.

«Äh ... na ja», stotterte sie verlegen und zerlegte mit der Gabel ihren Kuchen in tausend kleine Teile. «Ich bin ja gerade erst 34 geworden ...»

«Maman!», grätschte ich dazwischen. «Du stellst vielleicht Fragen!»

«Wieso auch nicht? Kinder sind doch etwas ganz Wunderbares! Und die sollte man möglichst bekommen, wenn die Liebe am größten ist», sagte Maman unschuldig. «Abgesehen davon wirst du auch nicht jünger, André. Na, wie auch immer – ich freue mich jedenfalls schon jetzt auf die Enkelchen. Das Haus ist manchmal so groß und leer. Es wäre doch schön, es wieder mit Leben zu füllen, nicht wahr? Es muss doch weitergehen mit der Familie.» Sie prostete uns zu, und ich drückte Aurélie beruhigend die Hand.

«Entschuldige bitte, sie ist immer so direkt. Keine Angst – wir müssen keine Kinder bekommen, jedenfalls nicht aus dynastischen Gründen – ich liebe dich auch so», erklärte ich augenzwinkernd, als Maman in die Küche gegangen war, um einen Mokka zuzubereiten.

Aurélie wurde rot. «Ist schon gut», sagte sie nur. «Ich mag deine Mutter.»

Als wir schließlich, von dem überaus reichhaltigen Essen erschöpft, in die Sofas sanken und noch einen Portwein zu uns nahmen, machte Maman, die sich angenehm plaudernd mit Aurélie über die beste Zubereitung eines *Boeuf Bourguignon* unterhalten hatte und mich anschließend fragte, wann mein neuer Roman denn nun endlich erscheinen würde, noch einen Vorstoß.

«Wollt ihr denn im neuen Jahr heiraten, *mes enfants*? Vielleicht in der Saint-Sulpice-Kirche? Da haben dein Vater und ich damals geheiratet, André – und wir haben es nie bereut.» Sie lächelte in seliger Erinnerung und schaute uns strahlend an.

«*On verra.* Schauen wir mal», sagte ich und fühlte mich meiner Privatsphäre ähnlich beraubt wie in einer dieser Reality-Shows im Fernsehen, wo man vor laufender Kamera eine Liebeserklärung machen soll.

Aurélie sagte nichts.

Hätte ich nach dieser Steilvorlage von Maman tatsächlich meinen Ring hervorziehen und mit den Worten «Ach, übrigens ... jetzt, da meine Mutter es schon angesprochen hat ...» meinen Heiratsantrag machen sollen, als wir spätabends in mein altes Kinderzimmer hochgingen?

Eben.

An Silvester waren wir kurz vor Mitternacht zum Pont Louis-Philippe spaziert, um auf das neue Jahr anzustoßen. Aurélie hatte sich früher als sonst aus dem Restaurant verabschiedet, weil sie mit mir allein sein wollte. Sie hatte eine Flasche Champagner und zwei Gläser mitgebracht, und wir standen verliebt unter meinem Schirm auf der kleinen Brücke und warteten auf das neue Jahr. Der Regen störte uns nicht. Aurélie erzählte mir, dass sie an einem grauen Novembertag vor zwei Jahren mutterseelenallein und fertig mit der Welt genau auf dieser Brücke gestanden hätte, weil ihr Freund Claude sie damals verlassen hatte. «Und das, nachdem Papa erst ein paar Monate unter der Erde war. Mein Gott, war ich unglücklich! Ein Polizist kam vorbei, und stell dir vor, er dachte im Ernst, ich wollte mich von der Brücke stürzen. Das wollte ich natürlich *nicht*, aber er zweifelte offenbar an meinen Beteuerungen und schlich mir so lange hinterher, bis ich mich schließlich in eine kleine Buchhandlung auf der Île Saint-Louis flüchtete. Sie ist ganz in der Nähe. Und dort habe ich dann das Buch eines gewissen Robert Miller gefunden – *dein* Buch!» Sie lächelte versonnen. «Ich las die ersten Sätze, die von einem kleinen Restaurant namens *Le Temps des Cerises* handelten, von einer jungen Frau in einem grünen Kleid, die mir so ähnlich war, und wusste sofort, dass dieses Buch eine schicksalhafte Bedeutung für mich hatte. Und so war es dann ja auch.»

Sie lehnte sich gedankenverloren über das Geländer und sah den Regentropfen zu, die auf dem Wasser konzentrische Kreise auslösten, welche im Schein der alten Laterne golden glänzten. «Ich wollte unbedingt diesen Schriftsteller kennenlernen – und stattdessen verliebte ich mich am Ende in seinen Lektor.» Sie schaute mich mit einem schelmischen Lächeln an. «War das nun eine gute Wahl?»

«Auf jeden Fall», entgegnete ich. «Denn am Ende stellte sich ja heraus, dass der Lektor der Schriftsteller war – du hast also alles richtig gemacht. Mal ganz abgesehen davon, dass dieser Lektor dich mehr liebt, als es ein englischer Schriftsteller jemals vermocht hätte.»

Unser kleines Spiel hatten wir schon oft gespielt. Die Geschichte, unter welch kuriosen Umständen wir uns begegnet waren und nach vielen Irrungen und Wirrungen schließlich zueinanderfanden, war so romanhaft, so ungewöhnlich und besonders, dass wir sie uns immer wieder gerne erzählten. Nun, das tun wohl alle Liebenden. Alle Paare erinnern sich gern daran, wie alles anfing, und wollen diesen magischen Moment wieder und wieder heraufbeschwören – der erste Blick, das erste Lächeln, dieser Moment, in dem man plötzlich spürt, dass etwas passiert ist. Doch in unserer Geschichte vermischten sich Wahres und Erfundenes. Liebe und Betrug waren unauflösbar miteinander verflochten. Romanhelden wurden zu wirklichen Menschen, und wirkliche Menschen wurden zu Helden eines Romans. Und am Ende, als ich alles aufgeschrieben hatte, war aus der langen Erklärung, die ich meiner Liebsten schuldete, tatsächlich ein Buch geworden, das im Februar in der *Éditions Opale* erscheinen sollte. Natürlich wie mein erster Roman unter dem Pseudonym Robert Miller.

«Weißt du, Aurélie», begann ich und legte einen Arm um sie. «Eigentlich habe ich dich schon immer geliebt ...»

Und als die Glockenschläge von Notre Dame das neue Jahr einläuteten und die ersten Raketen in tausend Sternen am Himmel zerbarsten, während man aus der Ferne das Hupkonzert der Autos hörte, tastete ich in meiner Jackentasche nach der kleinen Schatulle mit dem Ring. *Willst du meine Frau werden?*, sagte ich mir vor, während Aurélie mir um den Hals fiel und mir ein frohes neues Jahr wünschte.

Wir küssten uns, und als wir uns voneinander lösten und ich mein Sätzlein gerade aufsagen wollte – was konnte es Romantischeres geben, als das neue Jahr auf diese Weise zu beginnen? –, hörte ich eine helle Stimme, die Aurélies Namen rief.

«Aurélie! He ... Aurélie! Das gibt's ja nicht! Frohes neues Jahr!» Eine Frau mit blonden Haaren kam auf uns zugelaufen. Sie zog einen Mann in einem Trenchcoat hinter sich her, der ein kleines Mädchen mit rosa Mütze auf den Schultern hatte.

Es war Bernadette, Aurélies beste Freundin mit Mann und Tochter. Sie wohnen auf der Île Saint-Louis und hatten trotz des schlechten Wetters mit einem Mal den Wunsch verspürt, nach draußen zu gehen. An Silvester überfällt offenbar die meisten Menschen der Drang, unter freiem Himmel zu sein, den Blick nach oben zu richten und zu hoffen, dass das unendliche Universum uns im neuen Jahr zumindest einige Wünsche erfüllt.

Ich ließ die Schatulle in meiner Tasche wieder los.

«Was macht ihr denn hier? Ich dachte, du musst arbeiten», rief Bernadette erfreut, und wir umarmten uns alle, Küsschen links, Küsschen rechts.

«Ich bin entwischt», entgegnete Aurélie lachend. «Jacquie hat mir für den Rest des Abends freigegeben. Ich wollte doch mit André auf das neue Jahr anstoßen. Schließlich ist es unser erstes Silvester!»

«Und sicher nicht euer letztes. Wollt ihr nach dem Feuerwerk nicht noch mit zu uns kommen?»

Mit der Zweisamkeit war es vorbei, und als wir nach einer Nacht mit viel Alkohol müde nach Hause kamen, schlief Aurélie sofort ein.

Dann kam der Valentinstag, und wieder eilte die beglückende Vorstellung, wie sehr sich Aurélie über den Ring mit den drei Sternen freuen würde, der Wirklichkeit weit voraus. Zu weit. Denn auch an diesem 14. Februar stand die Liebe nicht auf der Speisekarte.

Schon morgens, als ich mich auf den Weg in den Verlag machte, hatte Aurélie schlechte Laune. «Weißt du was? Ich hasse Valentinstage», erklärte sie mir, als sie, ein Handtuch um das nasse Haar geschlungen, nackt aus der Dusche trat und durch die Wohnung marschierte, um sich einen Kaffee zu machen.

«Wieso denn das?» Ich kam hinter ihr her und gab ihr einen Kuss. Er schmeckte feucht und frisch wie ein Morgen, nachdem es geregnet hat. «Hhmm ... Wenn du weiter hier so rumläufst, komme ich nie in den Verlag.»

Sie löste sich, nahm die neue Milchkaffeetasse, die ich ihr neulich mitgebracht hatte, in beide Hände und sah mich in komischer Verzweiflung an.

«Heute Abend wird der Teufel los sein, wir sind bis auf den letzten Platz ausgebucht, und eins der Serviermädchen ist auch noch krank geworden. Ich kann nur hoffen, dass die meisten Gäste das Valentins-Menü nehmen, dann wird es einfacher für uns. Ich bin jetzt schon genervt von all den Paaren, die nur wegen dieses Valentinstags an fein gedeckten Tischen sitzen, sich an den Händen halten und Champagner trinken.» Sie zog eine kleine Grimasse. «Also ich würde mir ja vorkommen wie in einem Zoo. Dieser Tag ist doch eh eine Erfindung der Amerikaner», fuhr sie fort, während sie sich die Haare energisch frottierte und dann nach ihren Anziehsachen angelte, die über einem Stuhl neben dem Bett lagen. «Oder waren es die Engländer?» Sie schlüpfte in ihr Strickkleid und zupfte an sich herum. «Egal. Kein Franzose hätte sich so was je ausgedacht. Ich meine, was für ein Klischee ist das! An einem bestimmten Tag auf Knopfdruck verliebt sein, so etwas geht doch gar nicht. Die Liebe sollte immer spontan bleiben, finde ich. Dann ist sie eine große und gewaltige Kraft.»

«Mag sein», wandte ich ein, während ich meine Felle schon wieder schwimmen sah. Die große und gewaltige Kraft der spontanen Liebe hatte uns in den letzten Wochen nur selten heimgesucht – vielleicht weil wir beide immer zu beschäftigt waren. «Aber man muss der Liebe auch eine Gelegenheit geben. Es ist doch ein schöner Brauch, wenn man an diesem Tag an seine Liebste denkt und ihn zum Anlass nimmt, um ... um ...»

«Um Blumen zu schenken?»

«Ja, zum Beispiel. Um Blumen zu schenken und die Liebe zu feiern. Ich werde heute nach der Lesung jedenfalls ins Restaurant kommen und dich abholen. Ich habe nämlich eine Überraschung für dich.»

«Eine Überraschung?» Sie trat mit glänzenden Augen näher.

«Ja. Und ich hoffe, du wirfst mich nicht gleich raus, nur weil ich dir ein paar Rosen mitbringe.»

«Nein, natürlich nicht ... entschuldige. Ich freu mich jetzt schon auf deine Überraschung.» Sie rückte lächelnd meine Krawatte zurecht und musterte das neue mitternachtsblaue Jackett, das ich mir für die Lesung gekauft hatte. «Sehr elegant», bemerkte sie. «Ungewohnt, dich in einem Sakko zu sehen. Aber es steht dir. Jetzt siehst du wie dieser britische Verleger aus ... wie hieß der Film noch mal?»

«*Das Russlandhaus?*», schlug ich vor.

Sie nickte, und ich grinste. Genau dasselbe hatte damals auch Florence Mirabeau gesagt, als sie meine Lektoratsassistentin im Verlag wurde.

Sie sehen aus wie dieser englische Gentleman-Verleger aus dem Russlandhaus, *nur in jünger natürlich!*

Wenn das schon zwei Frauen sagten, musste ja wohl etwas dran sein.

Ich strich mir mit Daumen und Zeigefingern über den Bart, den ich in der Tat wie Barley Scott Blair trug. Damit und mit meinen dunklen Augen hörte die Ähnlichkeit aber auch schon auf. Und ein Verleger war ich auch nicht. Aber immerhin ein Lektor, der recht erfolgreich Romane schrieb.

«He – warum grinst du so?», wollte Aurélie sofort wissen.

«Nun ja, der Vergleich mit einem Filmhelden wie Sean Connery ist ziemlich schmeichelhaft», entgegnete ich, ohne zu erwähnen, dass sie nicht die Erste war, die das feststellte. «Das lässt mich hoffen. Vielleicht kommt Saint Valentin heute doch noch zu seinem Recht!»

Sie lächelte und gab mir einen Kuss.

«Vielleicht. Dann bis heute Abend, *cheri.* Und viel Glück für deine Lesung! Deine erste *richtige* Lesung. Wirklich zu schade, dass ich nicht dabei sein kann, wenn der echte Robert Miller liest.» Sie legte den Kopf schief und zwinkerte mir zu. «Aber ich bin mir sicher, du wirst es mindestens so gut machen wie dieser englische Zahnarzt, den ihr damals bemüht habt.»

«Mindestens», entgegnete ich, nahm meine abgewetzte lederne Umhängetasche, schlang mir den Schal um den Hals und trat gut gelaunt hinaus in den Pariser Morgen.

Wie hätte ich auch ahnen können, dass sich das Gewitter bereits über uns zusammenbraute?

Meine erste richtige Lesung.

In Gedanken ging ich den Boulevard entlang bis zur Kirche von Saint-Germain und bog dann in die Rue Bonaparte ein. Auf der Terrasse des *Deux Magots* saßen verstreut einige Gäste im Mantel und frühstückten. Ein paar Schritte weiter kaufte ich einen Strauß Rosen für Aurélie. An der Ecke leuchtete die lindgrüne Fassade der Patisserie *Ladurée* in der kalten Februarsonne, und ich wandte mich nach links und lief die Rue Jacob entlang, vorbei an der alten Apotheke, die noch immer die hübschen Seifen von *Roger & Gallet* im Sortiment hatte, vorbei am Restaurant *Au 35*, wo ich oft mit Verlagsbesuchern zu Mittag aß, und dem hübschen Porzellangeschäft von Gien, in dem ich für Aurélie neulich eine große Frühstückstasse aus der Serie *Millefleurs* gekauft hatte.

Wie oft war ich diesen Weg schon gegangen? Als Lektor, als Autor, als unglücklich Verliebter. Als Lügner und als Hoffender.

Damals, als Robert Millers erster Roman ein Erfolg zu werden drohte, als *Le Figaro* unbedingt ein Interview mit dem Autor haben wollte und Jean-Paul Monsignac darauf bestand, dass dieser geheimnisvolle Engländer, der wie Stephen Clarke schrieb, für eine Lesung nach Paris kommen sollte, und zwar «*tout de suite*, André», saßen Adam und ich ganz schön in der Patsche. Wir mussten uns etwas einfallen lassen. Ein Engländer musste her. Warum dann nicht der Mann, dessen Konterfei Adam für das Autorenfoto zur Verfügung gestellt hatte? Samuel Goldberg war Adams Bruder. Er war Zahnarzt in Devonshire. Er las so gut wie nie, und er schrieb erst recht keine Bücher. Er wusste nichts von dem Foto, hatte keine Ahnung, dass er in Frankreich gerade zum Bestsellerautor avancierte. Aber dann zeigte er uns, was der vielgepriesene englische Humor ist, und spielte mit bei unserer Scharade. Sam Goldberg sagte: «Wir werden der Baby schon schütteln», und schlüpfte ohne große Umstände in die Rolle des Robert Miller. Er hatte einen einzigen glanzvollen Auftritt als Autor, las in einer Buchhandlung vor einem begeisterten Publikum, gab ein paar launige Interviews, redete für mein Dafürhalten ein bisschen viel über Zähne – und verschwand dann wieder in der Versenkung.

Nun gab es einen neuen Roman von Robert Miller. Wieder war ich der Verfasser, es waren meine ganz persönlichen Erlebnisse, die ich da zu Papier gebracht hatte, aber das wusste ja niemand – außer Aurélie und meinem Verleger natürlich, der mich selbst zum Aufschreiben der Geschichte ermutigt hatte. Zum einen, um, wie er sagte, mein Liebesleben zu retten, zum anderen aber sicher auch, um seinem kleinen Verlag einen neuen Bestseller zu bescheren.

«Aber den Titel müssen wir noch mal überdenken, André, der klingt im Ernst wie ein Ladenhüter», meinte er, nachdem er das Manuskript gelesen hatte. «*Das Ende der Geschichte*? Das ist nicht Ihr Ernst, André, oder? Da weine ich ja jetzt schon vor Langeweile. Dabei ist es doch eine so spannende Liebesgeschichte ...»

Ich schluckte. Den Titel hatte ich nie unter dem Aspekt der Verkäuflichkeit gesehen. Ich hatte ihn damals auf das Deckblatt des Manuskripts geschrieben, weil ich das Ende der Geschichte, also deren Ausgang, ja noch nicht kannte. Das Ende konnte nur die Frau schreiben, die ich liebte. Meine erzürnte Köchin, die in mir den größten Lügner aller Zeiten sah.

«Das ... war ja auch eher ein Arbeitstitel», erklärte ich und zuckte mit den Schultern. «Sie wissen doch, wie verfahren die Situation damals war ...»

«Ja, ja, schon gut.» Geduld gehörte nicht zu den Stärken des Verlegers. «Da fällt uns noch was Besseres ein.» Er überlegte einen Moment. Was halten sie von *Meine Frau, die Köchin* – hmm ... nein, das ist zu banal ... Und nicht jeder kocht ja gerne ... Wir sollten die Liebesgeschichte in den Fokus rücken ...» Er legte den Finger nachdenklich an den Mund, dann schüttelte er ihn in meine Richtung. «Warten Sie, ich hab's: Robert Miller, *Das Lächeln der Frauen*. Na? Ist das ein Titel? *Ist* das ein Titel?» Seine Augen leuchteten. «Da steckt doch alles drin: die Liebe, die Frauen, das *Lächeln* – Sie schreiben doch, alles hätte mit einem Lächeln angefangen, nicht wahr? Und ein bisschen geheimnisvoll klingt es auch – wunderbar! Wir bringen das Buch am Valentinstag. Noch ein paar Schokoladenherzen dazu und ein hübsches Lesezeichen, passend zum Cover, das wird ein Hit.» Jean-Paul Monsignac war so begeistert, dass er mich kurz umarmte.

Ich nickte überwältigt, während der Verleger mich stehen ließ, um alles weitere mit Madame Auteuil zu besprechen.

Michelle Auteuil war unsere Pressefrau, und nicht nur die schwarze Chanel-Brille, die sie stets trug, machte sie zu einem echten Profi. Sie lächelte ihr feines Lächeln, sie bewahrte stets die Contenance, sie hatte jeden Termin im Kopf und war bestens sortiert. Sie kannte die Vorlieben aller Journalisten, mit denen sie Kontakt hielt, wusste, welchen Wein sie mochten, wohin sie gern in Urlaub fuhren und ob ihre Kinder reiten gingen oder ins Ballett. Diese Informationen könnten manchmal kriegsentscheidend sein, behauptete sie immer, und dann machte sie sich wieder eine Notiz, die sie in ihrem roten Karteikasten verschwinden ließ, den sie hütete wie den Gral. Sie trug immer nur Schwarz oder Weiß, mit ihren glatten schwarzen Haaren, die ihr perfekt auf die Schultern fielen, ihren eleganten dunklen Röcken und makellos weißen Blusen saß sie da wie frisch gefallener Schnee. Wenn sie etwas sagte, war es stets wohlüberlegt. Michelle Auteuil war beängstigend in ihrem Perfektionismus. Nur manchmal, wenn sie ihre schön geschwungenen Augenbrauen hochzog und «Das ist jetzt nicht Ihr Ernst, oder?!» hervorstieß, wenn jemand eine in ihren Augen unsinnige Äußerung von sich gab, zuckte es um ihre Mundwinkel, und ich hatte den Verdacht, dass sie privat eine ziemlich witzige Person war, mit der man viel Spaß bekommen konnte. Außerdem konnte sie einem ganz schön im Nacken sitzen, wenn sie nicht bekam, was sie ihrer Meinung nach brauchte, um gute Pressearbeit zu leisten.

In ihrem nie ermüdenden Ehrgeiz, die Bücher, die wir verlegten, auch zu verkaufen, traf sie sich mit Monsignac, der das beste Beispiel dafür war, dass ein guter Verleger eben nie nur ein Mann des hehren Geistes sein kann. Er musste auch geschäftstüchtig sein. Monsignac zitierte gern seinen früheren Chef, einen sehr erfolgreichen Mann, der einmal den markigen Satz «Als Verleger muss man ein Schwein sein» gesagt haben soll.

«Nun, so weit würde ich jetzt nicht gehen wollen», setzte Monsignac dann immer lächelnd hinzu und wiegelte mit den Händen ab. «Einen gewissen Anstand sollte man sich schon bewahren, wenn man mit Büchern umgeht. Aber es nützt natürlich auch nichts, in Schönheit zu sterben, Madame Mercier.»

Gabrielle Mercier, eine ältere Lektorin, die sich noch als echte Intellektuelle begriff, hatte, solange ich sie kannte, einen Hang zu sogenannten «Orchideenthemen» gehabt. Manchmal schlug sie in der Lektoratskonferenz Projekte vor, bei denen man bereits nach fünf Minuten wusste, dass sie als Rohrkrepierer enden würden.

«Und wie viele Leute sollen das lesen? *Zehn?*», rief der Verleger dann erregt.

«Das ist eben Hochliteratur», entgegnete Madame

Mercier pikiert und blickte in die Runde, als ob wir alle Banausen wären.

«*Hoch*literatur? Gütiger Himmel! Was soll das sein? Ein neuer Name für unverkäufliche Bücher? Literatur würde mir schon reichen, Madame Mercier. Bringen Sie mir einen Houllebecq, eine Annie Ernaux oder einen Patrick Modiano, und ich verlege das mit Kusshand. Oder bringen Sie mir einfach Geschichten, die gut erzählt sind und bei denen man sich nicht langweilt. Aber keine Hochliteratur, bitte! Bücher, die bei dreihundert Vorbestellungen stehenbleiben, müssen wir gar nicht erst drucken, die sind im Buchhandel nämlich nicht vorhanden, die sind *tot*, bevor sie das Lager verlassen haben. Wann kapiert das endlich mal jemand?!»

Erschöpft von seiner Tirade, ließ sich Monsignac zurücksinken. Wo er recht hatte, hatte er recht. Natürlich träumte jeder Lektor davon, irgendwann mal eine großartige literarische Entdeckung zu machen, etwas Neues, Besonderes, nie Dagewesenes. Aber wenn man dann der Einzige war, der das las, nützte es auch keinem. Und am Ende des Tages mussten ja auch Verlage von etwas leben. Deswegen war es wichtig, dass man immer auch ein paar «Namen» im Programm hatte, sprich Autoren, bei denen man sicher sein konnte, dass sie sich ordentlich verkauften, damit man sich ab und zu mal eine Eskapade leisten konnte.

Wie es aussah, gehörte Robert Miller inzwischen bereits zur sicheren Bank der *Éditions Opale*.

Als ich Monsignac, unendlich dankbar darüber, dass

die Sache zwischen mir und Aurélie ein gutes Ende gefunden hatte, damals mein Manuskript überließ, an dem ich selbstausbeuterisch Tag und Nacht geschrieben hatte, wusste ich nicht, worauf ich mich einließ.

«Sehr schön, André! Das ging ja wirklich fix. Was schreiben Sie als Nächstes? Schon eine Idee? Lassen Sie es sich nur nicht einfallen, zu einem anderen Verlag zu wechseln. Vielleicht sollten wir gleich einen neuen Vertrag machen?»

Das ist der Fluch des Erfolgs, man fängt einmal an, und dann kommt man nicht mehr raus aus der Nummer. Eigentlich liebte ich meinen Beruf als Lektor. In anderer Leute Manuskripte herumzukritzeln und den stets an sich zweifelnden Schriftstellern Mut zu machen, hatte viel Schönes. Außerdem ging ich gern jeden Morgen in den Verlag, traf meine Kollegen, ließ mir von Madame Petit einen Kaffee bringen, telefonierte mit Agenten, prüfte Manuskripte, diskutierte über Schutzumschläge und verabredete mich in meinen ausgedehnten Mittagspausen mit interessanten Menschen aus der Literaturszene.

Das Autorendasein hingegen fand ich wesentlich anstrengender. Und einsamer. Mittagspausen gab es auch nicht wirklich, wenn man an einem Buch schrieb. Es war nicht so glanzvoll, wie die Leute dachten.

Na schön, ich gebe zu, dass ich damals, als Aurélie bei jener denkwürdigen Lesung den Zahnarzt aus Devonshire anschmachtete, ziemlich eifersüchtig war – schließlich gehörten ja eigentlich mir der Ruhm und alle Bewunderung.

Grundsätzlich aber war ich froh, unter dem Schutz meines *nom de plume* und nicht in der Schusslinie der allgemeinen Begehrlichkeiten zu stehen.

Und dann hatte der Verleger eine Idee.

«Ich habe eine Idee», sagte er vor ein paar Wochen in der Lektoratsrunde, und seine hellen blauen Augen blitzten.

Ich muss gestehen, dass ich immer ein bisschen Angst bekomme, wenn der Verleger das sagt. Wenn Jean-Paul Monsignac eine Idee hat, ist es nämlich sehr schwierig, ihn davon abzubringen. So war es auch diesmal.

«Auch der zweite Roman von Miller lässt sich ganz ordentlich an», begann er. «Die Vorbestellungen sind gut, wenn auch nicht *sehr* gut. Ich habe mir also Folgendes überlegt.» Bedeutsamer Blick in meine Richtung. «Wie wäre es, wenn wir die Journalisten auf unseren lieben Freund Robert Miller alias André Chabanais ansetzten und eine Auftaktveranstaltung am Valentinstag einfädeln? Ich habe da eine ganz entzückende Buchhandlung im Auge, das *Au Clair de la Lune*, das ist gleich um die Ecke, und die Buchhändlerin ist ein großer Fan von Robert Miller. Die würde sofort eine Lesung mit dem Autor machen.»

Er zwinkerte mir zu. Ich verstand kein Wort.

«Wie jetzt? Wollen Sie die Scharade fortführen und Sam Goldberg noch einmal nach Paris bitten?», fragte ich verblüfft. «Ehrlich gesagt, glaube ich nicht, dass der noch mal kommt ...»

Ehrlich gesagt, war es völlig ausgeschlossen, dass

Adams Bruder sich noch ein zweites Mal darauf einlassen würde, den Autor zu spielen, das hatte er klipp und klar erklärt, er sei «nicht geschaffen für ein Doppelleben». Und auch sein Foto sollten wir nicht mehr verwenden, weswegen wir es bei dem zweiten Roman auch weggelassen und die Vita des Autors knapp und unverfänglich gehalten hatten.

«Ach, *patati, patata*», unterbrach mich der Verleger. «Was interessiert mich dieser Zahnarzt. *Sie* werden lesen, mein lieber André!»

«Ich?» Ich fuhr entsetzt in meinem Stuhl hoch. «Aber Monsieur Monsignac ... Sie sagten doch selbst, dass der Name Miller inzwischen eine Art Marke sei. Da machen wir einen neuen Miller draus, haben Sie gesagt, als ich Ihnen mein Manuskript damals gab. André Chabanais kennt doch keiner. Was soll also daran die tolle Idee sein? Außerdem sind die Bücher bereits gedruckt, und überall steht Robert Miller drauf.»

«*Bien sûr*, und das ist auch gut so. Sie lesen selbstverständlich als *Robert Miller*. Unter Ihrem Künstlernamen sozusagen. Nur dass Sie es diesmal selbst sind, mein lieber André.» Er wedelte ungeduldig mit der Hand. «Ich meine, *Ihnen* muss ich doch nun wirklich nicht erklären, wie viele Schriftsteller das so gemacht haben? Denken Sie nur an Paul Celan, Françoise Sagan oder Truman Capote, um nur einige zu nennen, die, bitte verstehen Sie das nicht falsch, André, ein wenig bedeutsamer waren als Sie. Keiner von denen hat unter seinem Klarnamen geschrieben, und trotzdem kannte man sie natürlich als

Personen. Sie haben Interviews gegeben und Lesungen gemacht.»

«Sie meinen ... Ich soll als Miller auftreten, und den Namen Chabanais lassen wir außen vor?», fragte ich zögernd. «Und was ist mit meinem wirklichen Leben? Kann ich denn sagen, dass ich eigentlich in einem Verlag arbeite?»

«Ja, warum denn nicht? Das ist doch sowieso viel glaubwürdiger. Wahrscheinlich gibt es derzeit mehr Lektoren in Paris, die unter einem falschen Namen schreiben, als wir denken, hahaha. Den erfundenen Quatsch mit dem Autor, der in seinem Cottage in England sitzt und an Autos herumschraubt, lassen wir jetzt einfach mal weg. Sie sind Lektor in einem Pariser Verlag. Sie schreiben erfolgreiche Bücher. Miller ist Ihr Pseudonym. Und Punkt.»

«Eine hervorragende Idee», fiel Michelle Auteuil sofort ein und fing an, in ihrem Terminkalender zu blättern. Hatten die beiden sich abgesprochen? «Schon von dem ersten Buch hätten wir doppelt so viel verkaufen können, wenn der Autor öfter für PR-Zwecke zur Verfügung gestanden hätte. Aber ... nun ja ...» Sie schaute vorwurfsvoll in meine Richtung. «Damals wussten wir ja noch nicht, was wir heute wissen, nicht wahr? Im Übrigen ist dieses Coming Out eine glänzende Strategie, um dem neuen Roman noch mal einen Extra-Push zu geben. Die Presse stürzt sich mit Vorliebe auf Enthüllungsgeschichten.» Sie zwirbelte ihren Montblanc-Kugelschreiber zwischen den Fingern. «Wir werden Sie natürlich weiterhin unter dem Namen Robert Miller vermarkten, und es wäre ja auch dumm, nicht an den Erfolg des ersten Buches anzuknüpfen.»

«Aber werden die Leserinnen nicht enttäuscht sein, wenn statt des smarten Engländers mit seiner Corvette und dem Cottage plötzlich ein gewöhnlicher französischer Lektor hinter den Romanen steckt?», wandte ich ein.

«Wieso denn das?», entgegnete Madame Auteuil und zog die Augenbrauen hoch. «Das mag vielleicht auf Länder zutreffen, die weniger Nationalbewusstsein haben als wir, aber hier in Frankreich ist das anders. Ich wette, alle werden ganz entzückt sein, wenn sie erfahren, dass in Wirklichkeit ein Franzose diese herzerwärmenden Bestseller geschrieben hat.»

Ich rutschte unbehaglich auf meinem Stuhl herum. «Also, ich weiß nicht ... Ich fühle mich nicht ganz wohl bei dem Gedanken. Wer weiß, was da für Fragen kommen. Und wieso heiße ich dann überhaupt Miller?»

«*Mon Dieu*, André, was soll das Gezaudere», polterte Monsignac. «Sagen Sie einfach, dass Sie den Namen Ihres Großvaters gewählt haben, der ursprünglich aus England kam. Als Sie damals zusammen mit Ihrem cleveren Freund Adam Goldberg die ganze Sache ausgetüftelt haben, waren Sie doch auch nicht so heikel. Keiner verlangt von Ihnen, dass Sie ein zweiter Pessoa werden.» Er lachte schallend.

Das wäre ja auch noch schöner, dachte ich und runzelte die Stirn. Von Fernando Pessoa kannte ich nur *Das*

Buch der Unruhe, aber man sagte dem Autor nach, er habe unter so vielen Pseudonymen veröffentlicht, dass er am Ende seines Lebens selbst nicht mehr wusste, wer er war.

«Und wer *war* Pessoa?», ertönte da auch schon die Stimme des Verlegers, der wie bei einem Wissensquiz gerne mal seine umfassenden Kenntnisse aus dem Bereich Literatur zum Besten gab.

Florence Mirabeau fühlte sich offenbar angesprochen, und ihr herzförmiges Gesichtchen verfärbte sich verlegen. Mit großen Augen schaute sie den Verleger an.

«Ein ... Philosoph?»

«Nein, nein, kein Philosoph, Kindchen. Fernando Pessoa war einer der ganz großen portugiesischen Schriftsteller des zwanzigsten Jahrhunderts. Ein toller Bursche! Ein Genie! Schrieb unter siebzig verschiedenen Namen – dagegen sind Sie ein Waisenknabe, André!»

Ich verdrehte die Augen.

«Oh», entfuhr es Mademoiselle Mirabeau, die sichtlich beeindruckt war.

«Aber passen Sie auf, das Beste kommt noch ...» Monsignac stach triumphierend mit dem Zeigefinger in die Luft. «Pessoa arbeitete auch als Journalist. Und auf diese Weise rezensierte er gleich seine eigenen Romane. Was für eine Chuzpe!»

Ein Raunen ging durch die Lektoratsrunde, und auch ich lachte ein wenig ungläubig, denn dieses Detail aus dem Leben des portugiesischen Schriftstellers kannte ich noch nicht.

Michelle Auteuil räusperte sich.

«Erstaunlich, in der Tat. Aber zurück zum Thema. Steht der Termin für die Lesung schon fest? Ich nehme an, zum Erscheinen des Buches?»

Der Verleger nickte.

«Dann also der 14. Februar. Perfekt. Ich kümmere mich um die Presse. Einige Journalisten werden sicher zur Buchpremiere kommen wollen, ich schicke die Einladungen sofort raus, aber wir sollten bereits im Vorfeld ein paar Artikel lancieren.» Sie schenkte mir ein knappes Lächeln. «Wegen der biographischen Details können wir uns gern noch einmal zusammensetzen, André. Es wäre schon hilfreich, wenn wir da eine gemeinsame Linie fänden. Aber so etwas kann man sehr gut vorbereiten, es werden ja sowieso immer dieselben Fragen gestellt.»

«Ja, also ich weiß nicht ...» Mein Protest wurde nicht gehört.

«Wunderbar! Dann freuen wir uns alle auf die Lesung am Valentinstag.» Monsignac lehnte sich in seinem Sessel am Kopfende des Konferenztisches zurück und faltete zufrieden die Hände über seinem stattlichen Bauch.

Zustimmendes Gemurmel. Ich schwieg, völlig überrumpelt von dieser konzertierten Aktion.

Madame Auteuil hatte einen mitleidigen Moment. Sie sah zu mir herüber, und um ihre Mundwinkel zuckte wieder dieses verräterische Lächeln. «Nun schauen Sie nicht so wie das Kaninchen vor der Schlange, André. Sie sind doch ein Mann, der sich hervorragend in Szene setzen kann. Sie können lesen. Sie können sich ausdrücken. Sie haben als Lektor schon so viele Bücher anderer Autoren vorgestellt. Da werden Sie ja wohl noch Ihr eigenes präsentieren können. Im Übrigen ...» Sie zwinkerte mir zu, oder bildete ich mir das nur ein? «Sind Sie durchaus vorzeigbar. Das wird eine spektakuläre Lesung, ich bin mir sicher.»

Und nun war er also da, jener Tag, an dem ich erstmalig als Autor auf der Bühne stehen sollte. Es war ein erhebendes Gefühl, und gleichzeitig wuchs die Aufregung mit jedem Schritt. Ich lief die Rue Jacob entlang, die nach einem kurzen Weg in die Rue de l'Université überging, wo sich der Verlag befand. Wenig später gab ich den Zahlencode ein und stieß mit gemischten Gefühlen die schwere Holztür zu dem gepflasterten Innenhof auf, in dessen Seitengebäude sich die *Éditions Opale* befand. Draußen rauchte ich noch schnell eine Zigarette.

«Lampenfieber?» Michelle Auteuil erwartete mich bereits, als ich die Verlagsräume betrat. Ich lächelte nervös.

«Möchten Sie einen Kaffee, Monsieur Chabanais?» Madame Petit, deren kleine rundliche Gestalt in einem geblümten Kleid steckte, kam auf mich zu. «Heute ist ja der große Tag. Wir sind auch alle schon ganz aufgeregt. Ihre Mutter hat übrigens eben ...»

Ich sah sie entsetzt an. «Sie haben ihr doch wohl nichts von der Lesung erzählt, Madame Petit?»

Das fehlte noch, dass Maman in der Buchhandlung aufkreuzte und mich mit Beschlag belegte, wenn ich gerade dabei war, mich mental auf die Lesung vorzubereiten. Ich war auch so nervös genug. Ich sah sie schon winkend und mit glänzenden Augen in der ersten Reihe sitzen, hörte, wie sie, während ich aus meinem Roman las, den anderen Besuchern zuraunte: «Das ist *mein* Sohn, wissen Sie? Er hat sich schon als kleiner Junge Geschichten ausgedacht.» Maman meinte es gut, aber sie würde mich völlig aus dem Konzept bringen.

Madame Petit schüttelte den Kopf und machte Unschuldsaugen. «Nein, nein, natürlich nicht, Monsieur Chabanais. Ihre Mutter wollte Sie einfach nur sprechen und bittet um Rückruf.»

«Ja, ja», wiegelte ich ab. «Später. Gut. Ach, könnten Sie die Blumen netterweise ins Wasser stellen?»

«Aber sicher, sehr gerne!» Madame Petit war ausnehmend hilfsbereit. «Was für schöne Rosen!»

«Kommen Sie, André?» Michelle Auteuil wartete, und ich folgte ihr.

Effizient wie immer hatte unsere Pressedame für diesen Tag mehrere Telefoninterviews für mich vereinbart, am frühen Nachmittag sollte ein Journalist vom *Parisien* kommen, der mich in meinem Büro fotografieren und befragen wollte, um seine Story zu schreiben, und am Abend würde es dann zusammen mit dem Verleger und ein paar Kolleginnen, die sich das Spektakel nicht entgehen lassen wollten, in die Buchhandlung gehen, wo Artémise Belfond uns bereits erwartete.

Die Lesung war ausverkauft. Nun ja, es war eine kleine Buchhandlung und nicht das Grand Palais.

«Ich habe alles getan, damit der Abend ein Erfolg wird, André», hatte Madame Auteuil zufrieden gesagt, als wir gegen sieben das Verlagsgebäude verließen. «Nun liegt es an Ihnen.» Sie lächelte ermutigend. «*Bon courage!* Das schaffen Sie schon.»

Es lag an mir, und ich glaube sagen zu können, ich machte meine Sache im Großen und Ganzen ziemlich gut. Die Buchhandlung war bis auf den letzten Platz besetzt, die Buchhändlerin eine ganz reizende Person mit runden blauen Augen, die mich wie einen alten Bekannten begrüßte und mir nach der Lesung beseelt zuflüsterte: «Ich habe es *immer* gewusst! So kann nur ein Franzose über die Liebe schreiben!»

Das Publikum hatte sich offenbar gut unterhalten bei dieser *Lesung für Verliebte*, wie das Veranstaltungsplakat ankündigte, das im Schaufenster hing. Nach ein paar anfänglichen Versprechern, die der Aufregung geschuldet waren und die mir alle «Verliebten» und auch diejenigen, die allein gekommen waren – Frauen zumeist –, großzügig nachsahen, geriet ich richtig in Fahrt. Ich las meinen Text, die Leute hingen an meinen Lippen, ich machte einen kleinen Scherz, alles lachte, ich hätte ewig so weitermachen können. Und als die Buchhändlerin mir schließlich ein Zeichen gab, dass ich allmählich zum Ende kommen sollte, und ich mein Buch mit dem üblichen «Ich danke Ihnen für Ihre Aufmerksamkeit» zuklappte, ging ein enttäuschtes Raunen durch den Raum, dem ein langer Applaus folgte. Man hätte gern noch mehr gehört, aber schließlich sollten die Leute das Buch ja kaufen.

Im Anschluss an meine fulminante Lesung wurden die üblichen Fragen gestellt: *Wie sind Sie auf die Idee für Ihren Roman gekommen, Monsieur Miller? Haben Sie schon immer gern geschrieben? Gibt es das Restaurant aus Ihrem Buch wirklich? Wovon wird Ihr nächster Roman handeln?*

Es war doch gut gewesen, dass ich den Abend mit Michelle Auteuil durchgesprochen hatte. Lächelnd versicherte ich meinem Publikum, dass im Grunde jeder Roman auch etwas mit der Biographie seines Autors zu tun habe, dass sich Erfundenes und Erlebtes oft mischten, dass es das kleine Restaurant mit den karierten Tischdecken tatsächlich gab, dass die Figuren und die Handlung jedoch frei erfunden wären, alles «Phantasie mit Schneegestöber». An dieser Stelle wurde ich ein bisschen rot, aber das bemerkte glücklicherweise keiner – und selbstverständlich hatte ich im Roman alle Namen geändert und ein wenig «Camouflage» betrieben, wie man das so machte, wie andere und berühmtere Autoren als ich es auch schon gemacht hatten, wenn sie die Ereignisse und Erfahrungen ihres Lebens in einen Roman gossen und miteinander vermischten.

Ich versicherte, dass auch mein nächster Roman, den ich schon in der Schublade hätte, sicher wieder in Paris spielen würde, alles andere sei noch geheim. Es war in der Tat so geheim, dass selbst ich es nicht wusste – ehrlich gesagt, hatte ich mir über einen weiteren Roman noch gar keine Gedanken gemacht.

«Wie heißt es so schön – Ernst ist das Leben, heiter ist die Kunst», witzelte ich. «Wobei ich damit nicht andeuten will, dass mein Leben eine einzige Tragödie ist.» Ich erntete ein paar Lacher.

«Und was ist Ihr Brotberuf?», wollte ein Mann wissen, der offenbar von seiner Freundin in die Lesung geschleift worden war. Er schaute etwas kritisch durch seine runde Brille. «Stimmt es, dass Sie in einem Verlag arbeiten?»

Ich schielte zu meinem Verleger hinüber, der, die Hände über den Bauch gefaltet, in der ersten Reihe saß und mir jovial zunickte.

«Ja, das ist richtig. Tagsüber arbeite ich als Lektor, und abends schreibe ich selbst. Wenn Sie so wollen, habe ich aus der Not eine Tugend gemacht.» Ich grinste, und die Leute lachten und klatschten.

«Hört, hört!», rief eine Stimme.

«Er ist großartig, nicht wahr!», hörte ich Madame Petit sagen, die weiter hinten neben Florence Mirabeau saß. Beide Frauen strahlten mich an.

Artémise Belfond war aufgestanden und trat zu mir an den Tisch. Sie schenkte mir ein hinreißendes Lächeln, bevor sie sich an ihre Gäste wandte. «Nun, dann hoffen wir mal, dass Sie noch öfter aus der Not eine Tugend machen, Monsieur Miller», erklärte sie. «Ich jedenfalls bin schon sehr gespannt auf Ihr nächstes Buch. Und ich hoffe, das Lächeln der Frauen wird auch darin eine Rolle spielen. Vielen Dank für diese Lesung, die uns allen sehr viel Freude bereitet hat.» Sie klatschte in meine Richtung, dann wandte sie sich wieder an das Publikum. «Wenn es also keine weiteren Fragen mehr gibt ...»

«Doch, ich ... ich habe noch eine Frage», ließ sich eine ältere Dame aus der letzten Reihe vernehmen.

«Bitte ...» Artémise Belfond erteilte ihr das Wort.

«Junger Mann, Sie schreiben so wunderbar über die Liebe», sagte die alte Dame, und ihre brüchige Stimme rührte mich. «Und auch, wenn die Geschichte, die Sie da in Ihrem Roman erzählen, wie Sie selbst sagen, erfunden ist – oder doch das meiste davon –, wüsste ich gern, wie Sie selbst zur Liebe stehen. Glauben Sie an Liebe auf den ersten Blick, Monsieur Miller? Und welche Bedeutung hat die Liebe in Ihrem Leben?»

Ich schwieg einen Moment und überlegte. Aurélies süßes Gesicht tauchte vor meinem inneren Auge auf, und plötzlich war ich wieder dort, wo alles angefangen hatte – in der kleinen Straße unweit der Saint-Sulpice-Kirche, wo ich an einem Abend im April stehen geblieben war, weil ein Lächeln hinter dem Fenster eines Restaurants meine Aufmerksamkeit erregt hatte. Und mit einem Mal durchzuckte mich ein leises Erschrecken bei dem Gedanken, was wohl passiert wäre, wenn ich einfach so vorübergegangen wäre an jenem Abend, wenn ich einfach eine andere Straße genommen hätte, wenn ich einfach gedankenverloren vor mich hin geschaut hätte. Unwillkürlich fasste ich mir ans Herz. Das war unvorstellbar, das war nicht auszudenken, dann hätte ich die Liebe meines Lebens niemals kennengelernt. Aber ich *war* stehen geblieben. Irgendetwas in diesem großen und zumeist unfreundlichen Universum hatte ein Einsehen gehabt, hatte gewusst, dass es sein musste, hatte meine Schritte gelenkt. Und einmal, ein einziges Mal, war ich genau zur richtigen Zeit am richtigen Ort gewesen. Und da war Aurélie, da war ihr Lächeln, und da war mein Glück.

Ich atmete erleichtert aus und hob den Blick. Erst jetzt bemerkte ich, dass es still geworden war in der Buchhandlung. Alle Augenpaare hatten sich gespannt auf mich gerichtet.

«Unbedingt», sagte ich. «Ich bin davon überzeugt, dass es Liebe auf den ersten Blick gibt. Ich kann Ihnen nur nicht erklären, warum das so ist. Wahrscheinlich eines der letzten Mysterien des Universums.» Ich breitete in einer ratlosen Geste die Hände aus.

«Und was ist mit Harry und Sally?», fragte ein Witzbold.

«Ja, was ist mit Harry und Sally?», konterte ich. «Bei manchen dauert die Erkenntnis, dass man zusammengehört, ein halbes Leben. Doch selbst, wenn sich manche Menschen erst auf den zweiten Blick verlieben, gibt es doch vorher immer diesen ersten Blick, mit dem alles beginnt, mit dem alle Geschichten anfangen. Der zweite Blick wäre ja gar nicht möglich ohne den ersten.»

Ein paar Mädchen kicherten, und die alte Dame nickte, offenbar teilte sie meine Meinung.

«Die Liebe ist vielleicht das, worauf wir am wenigsten Einfluss haben», fuhr ich ermutigt fort. «Aber sie ist das Wichtigste in unserem Leben. Liebe ist ... die Antwort auf alles.»

Die Zuhörer sahen mich andächtig an, und für einen Moment war ich von mir selbst ergriffen. Normalerweise neige ich nicht dazu, dermaßen pathetisch zu werden. Aber als ich es sagte, meinte ich es genau so. Das, was wirklich zählte, das, was allem einen Sinn gab, war die Liebe. Ich dachte an meine schöne Herzensbewohnerin, an den Ring in meiner Jacketttasche. Ich fühlte mich gut, edel und wahrhaftig. Ich hätte alle Menschen umarmen können.

«Das haben Sie wirklich schön gesagt, Monsieur Miller», meinte Artémise Belfond. «Was kann es an einem Valentinstag für ein besseres Schlusswort geben?» Sie lächelte ins Publikum. «Vielleicht hat Ihnen unsere Lesung Lust auf mehr gemacht. Sie können nun die Gelegenheit nutzen, um den Roman von Robert Miller käuflich zu erwerben und sich Ihr Buch vom Autor signieren zu lassen.»

Ich trank einen Schluck Wasser und schaute aufmunternd in die Stuhlreihen, wo sich die ersten Gäste erhoben, um zu dem Büchertisch hinüberzugehen, der sich rasend schnell leerte. Leider gab es nicht genug Exemplare für alle Kaufwilligen, und die Buchhändlerin, die mit einem solchen Ansturm wohl nicht gerechnet hatte, versprach, rasch für Nachschub zu sorgen. «Es tut mir so leid, ich bestelle Ihnen den Roman gerne – übermorgen ist er da.»

Ich plauderte und scherzte und schrieb launige Widmungen in die aufgeschlagenen Bücher. Später auch auf Lesezeichen mit dem Covermotiv, die mir in Ermangelung eines Buches von meinen begeisterten Fans hingehalten wurden.

Als eine Stunde später alle Bücher verkauft und signiert waren und am Ende ein junges Mädchen mit seiner Mutter an meinen Tisch trat und beide mir treuherzig versicherten, was für eine *wunderschöne* Liebesgeschichte ich da geschrieben hätte, fühlte es sich mit einem Mal doch sehr gut an, ein Schriftsteller zu sein. Ich muss sagen, so viel Zuspruch hatte ich lange nicht bekommen, und das Gefühl, von fremden Menschen eine so unmittelbare und positive Reaktion auf das, was man selbst geschrieben hatte, zu erfahren, ließ mich ein paar Zentimeter über dem Boden schweben. Es war Serotonin pur.

«Das haben Sie ganz fabelhaft gemacht, André», meinte Jean-Paul Monsignac, als wir nach der Lesung noch bei einem Glas Champagner in der Bar des *Bellier* saßen, wohin Artémise Belfond uns eingeladen hatte. «Das sollten wir bei Gelegenheit wiederholen. Sie kommen gut an bei den Damen.»

«Na ja ...» Ich wehrte bescheiden ab.

«Doch, doch, doch.» Der Verleger schwenkte seinen Zeigefinger und zwinkerte mir zu. «Und was Sie über die Liebe gesagt haben ... André, André, André! Das war ganz großes Kino. Alle Augen sind feucht geworden, sogar meine.» Er seufzte genüsslich.

«Weitere Lesungen wären sicher eine gute Idee», bemerkte Michelle Auteuil unbeeindruckt von der allgemeinen Gefühlsseligkeit. «Das lässt sich einrichten.» Sie rückte ihre Chanel-Brille zurecht, und ich konnte sehen, wie die Rädchen in ihrem Kopf anfingen, sich zu drehen.

Artémise Belfond lehnte sich glücklich in ihrem roten Samtsessel zurück. Sie schlug anmutig die schlanken Beine übereinander und hob ihr Glas, in dem der Champagner perlte. «Ja, ganz recht, das war ganz wunderbar, Monsieur Chabanais! Sie sind ein Naturtalent. Ich glaube, das war die beste Lesung, die ich seit langem hatte. Die Leute haben mir den Roman ja regelrecht aus den Händen gerissen.» Sie lächelte mir zu, und ihre Augen schimmerten. «Ich hoffe, Sie waren nicht das letzte Mal im *Au Clair de la Lune*.»

«Nein, natürlich nicht», versicherte ich euphorisch. «Ich komme gerne wieder. Wann immer Sie wollen.»

«Ich nehme Sie beim Wort.» Die Buchhändlerin ließ ihren Blondschopf an der hohen Lehne des Sessels zur Seite rollen und wippte mit ihrem zierlichen roten Schuh in meine Richtung. Sie lachte unbefangen, und ich lachte auch, wir alle lachten, und niemals hätte ich es für möglich gehalten, dass dieser rote Schuh – oder besser gesagt, die Frau, die ihn trug – mir einmal zum Verhängnis werden könnte.

«Auf Robert Miller und seinen Roman!», rief Monsignac. «Ach, was sage ich – auf viele weitere Romane! Mögen die Liebesgeschichten nie aus der Mode kommen!»

«Das werden sie nicht. Nicht in Paris. Auf die Liebe

also!», sagte Artémise Belfond mit ihrer sanften Stimme, und wir stießen an und tranken den eiskalten Champagner.

Auf die Liebe also!, dachte ich beschwingt, als ich weit nach Mitternacht die Bar verließ und in den Verlag eilte, um meine Blumen zu holen, die dort noch einsam in der Vase standen. Es war spät geworden. Monsignac hatte darauf bestanden, noch eine weitere Flasche zu köpfen. «So jung kommen wir nicht mehr zusammen», hatte er gerufen. In der Tat schien die blonde Buchhändlerin, die den ganzen Abend über seine Verlagsgeschichten lachte, eine durchaus verjüngende Wirkung auf den Verleger zu haben. Und auch ich selbst war ganz überrascht, als ich auf die Uhr schaute. Die Stunden waren nur so verflogen.

Ich schickte eine kurze Nachricht an Aurélie, die mich sicher schon sehnsüchtig erwartete. *Lesung lief super. Mache mich jetzt auf den Weg und freue mich schon riesig auf dich!*, schrieb ich. Sie antwortete nicht.

Ich tastete noch einmal mein Jackett ab, um mich zu vergewissern, dass die kleine blaue Samtschatulle sicher in der Innentasche steckte. Dann knöpfte ich meinen Mantel zu und ging erwartungsfroh Richtung Boulevard Saint-Germain, wo um diese Zeit kaum noch etwas los war. Ein paar Taxen standen vor der *Brasserie Lipp* und warteten auf letzte Fahrgäste. Ich überquerte die Straße, ohne nach rechts und links zu schauen, und eilte weiter die Rue Cassette entlang. Ich war ein erfolgreicher

Schriftsteller und ein glücklich verliebter Mann. Ich war in der Pole-Position, und nichts würde mich aufhalten können.

Als ich auf das kleine Restaurant in der Rue Princesse zusteuerte, durch dessen beschlagene Fenster das Licht auf die Straße fiel, schlug mein Herz in freudiger Erwartung. Ich sah mich die Tür vom Restaurant aufstoßen, wo die letzten Gäste inzwischen schon gegangen waren. Sah Aurélie, die lächelnd auf mich zukam, während Jacquie und das Küchenpersonal sich müde gähnend verabschiedeten. Und dann würden wir endlich allein sein. Wie damals, an jenem kalten Abend im Dezember, als wir zusammen das *Menu d'amour* gegessen hatten, weil Robert Miller, dieser Schuft, nicht gekommen war, dafür aber ich. Und wie damals würde ich Aurélie in meine Arme ziehen, aber nicht, um sie zu trösten – ich würde ihr die Rosen überreichen und das blaue Samtkästchen, sie würde es öffnen und mich überrascht und ganz verliebt anschauen, und dann ...

Ich stieß die Tür auf und prallte zurück, so voll war es noch. Jeder, wirklich jeder Stuhl war besetzt. Ausgelassenes Stimmengewirr, Geklapper von Besteck und das Klirren von Gläsern schlugen mir entgegen. Ich blieb überrascht stehen. Damit hatte ich nicht gerechnet.

Hatten die Liebenden des Saint Valentin um diese Uhrzeit nichts Besseres zu tun, als immer weiter zu essen und zu trinken?

An einem der hinteren Tische entdeckte ich Aurélie. Sie blickte kurz auf und winkte mir zu, bevor sie sich zwischen den Tischen hindurchschob und auf mich zukam.

Als sie mit geröteten Wangen vor mir stand, hielt ich ihr die Blumen entgegen. «Happy Valentine, meine schöne Köchin!»

«Danke, André. Wie nett.» Sie nahm den Strauß, etwas gedankenlos, wie mir schien, und legte ihn beiseite. «Du glaubst nicht, was heute Abend hier los war.» Sie steckte sich eine Haarsträhne wieder fest, die herausgerutscht war, und seufzte entnervt.

«Ich sehe es», sagte ich. «Das wird wohl noch ein Weilchen dauern, bis du hier wegkannst. Wieso sind die alle noch da?»

«Keine Ahnung. So einen Andrang habe ich selten erlebt.» Sie zuckte mit den Schultern. «Und den ganzen Abend rufen hier schon Leute an, um zu reservieren. Ich verstehe das gar nicht. Ich bin für die nächsten zwei Wochen quasi ausgebucht.»

«Oh, là, là», sagte ich. «Du kochst eben zu gut, *chérie.* Meine Lesung lief übrigens auch sehr gut. Ich habe ...»

«Wie schön.» Sie klang nicht sonderlich interessiert. «Das musst du mir später ganz genau erzählen, ja?» Und dann klingelte schon wieder das Telefon. «Siehst du? So geht das schon die ganze Zeit.» Sie machte runde Augen und sah mich bedeutungsvoll an.

Suzette, eine der beiden Bedienungen, trat an den Tresen und nahm den Hörer ab. Dann winkte sie Aurélie aufgeregt herbei.

«Entschuldige ...» Sie seufzte und ließ mich stehen.

Ich sah ihr nach, wie sie zum Tresen ging und Suzette den Hörer etwas unwirsch aus der Hand nahm. Sie wechselte ein paar Worte, schien erstaunt. Dann ließ sie den Hörer sinken und kam wieder zu mir. Ihre Wangen waren flammend rot, und ihre Augen glänzten irgendwie ganz unnatürlich, als sie jetzt sagte: «Da war so ein Journalist vom *Parisien* am Apparat.»

«Ach? Vom *Parisien*? Um diese Uhrzeit? Die haben vielleicht Nerven. Der Typ war heute schon bei mir im Verlag und hat mir tausend Fragen gestellt. Die wollen doch so eine Story über mich und meinen Roman machen. Der Lektor an seinem Schreibtisch und so weiter. Und natürlich soll auch das *Le Temps des Cerises* erwähnt werden, weil es im Buch vorkommt. Aber das hätte ja auch bis morgen warten können. Was wollte er denn?» Das große Interesse an meiner Person schmeichelte mir zwar, aber ich fand das Vorgehen der Journalisten doch etwas gewöhnungsbedürftig, um nicht zu sagen lästig. Diese Presse-Heinis dachten offenbar, dass jedermann Tag und Nacht zur Verfügung stünde.

«Nein, nein, der Anruf hatte nichts mit dir zu tun, André.»

Aurélie sah mich ganz seltsam an, so völlig entgeistert, als hätte sie eine Erscheinung gehabt – und gleichzeitig hatte ich das unbestimmte Gefühl, dass sie im nächsten Moment vor Freude überschnappen würde. Sie fasste mich aufgeregt an den Händen und rief:

«Es ist etwas ganz Unglaubliches passiert, André!»

2

Papa hat immer gesagt, die einzigen Bücher, die das Glück auf dieser Erde wirklich vermehrt hätten, seien die Kochbücher.

Dieser Satz stammte allerdings nicht von ihm, sondern von Joseph Conrad, den ich in meiner Kindheit lange Zeit für einen großen Koch hielt, obwohl er mit *Das Herz der Finsternis* einen recht berühmten Roman geschrieben hat, den ich, ich muss es zu meiner Schande gestehen, zwar irgendwann aus Neugier gekauft, aber dann doch nie gelesen hatte. Die Worte Joseph Conrads waren auf einem mit Blumen umrankten Emaille-Schild verewigt, das in der Küche des *Le Temps des Cerises* hing, seit ich denken kann. Als ich es das erste Mal bemerkte, konnte ich noch gar nicht lesen, aber es gefiel mir wegen der Blumen.

Viele Jahre waren seither vergangen, vieles war seither passiert. Doch das Schild hing noch immer an seinem alten Platz, und jedes Mal, wenn mein Blick darauffiel, wenn ich es einmal wieder bewusst wahrnahm, dachte ich an meinen Vater, diesen gütigen und lebensklugen Mann, der mir als seiner einzigen Tochter nach seinem Tod nicht nur sein Restaurant vermachte, sondern auch seine Rezepte, die ich wie einen Schatz hüte.

Was Papa wohl dazu gesagt hätte, dass ausgerechnet ich mit einem Mann zusammengekommen war, der sich ein Leben ohne Bücher nicht einmal annähernd vorstellen konnte? Dessen ganze Wohnung voller Regale war, die von den Werken berühmter Schriftsteller und Philosophen nur so überquollen? Vielleicht, dass die Literatur und das Kochen mehr gemeinsam haben, als man zunächst denken mag – denn für beides braucht man ein gutes Gespür und eine große Leidenschaft. Man kann die besten Zutaten verwenden oder die schönsten Wörter – wenn die Leidenschaft fehlt, wird daraus nichts Gutes werden. Ich glaube, mein Vater, der selbst einmal Literatur studiert hatte, bevor er dann beschloss, ein Restaurant zu führen, hätte sich mit André gut verstanden, diesem Lektor, Lügner und heimlichen Autor, den ich kurz nach Papas Tod kennenlernte – unter sehr bemerkenswerten Umständen. Und da es keine Zufälle gibt, passierte dann doch, was ich zunächst nicht für möglich gehalten hatte: Ich verliebte mich in diesen Mann, der mir den wohl längsten Liebesbrief der Welt geschrieben hatte (so lang, dass sein Verleger ein Buch daraus machte). Und mit einem Mal gab es wieder jemanden, der für mich die ganze Welt war.

So ist das Leben – eine Tür schließt sich, und eine andere geht auf, und jetzt rede ich schon wie mein Vater.

Glücklicherweise war André keiner dieser Intellektuellen, denen man nachsagte, dass sie eigentlich nur auf Basis von Kaffee und Zigaretten existierten – er wusste gutes Essen zu schätzen, auch wenn er selbst nicht wirklich kochen konnte. Ein Rührei mit Schnittlauch würde ich jetzt nicht gerade als Gericht bezeichnen, bei einem Omelett ist das hingegen schon wieder etwas anderes. Ein gutes Omelett zuzubereiten ist eine hohe Kunst, es muss leicht und luftig sein, und nicht umsonst gibt es auf dem Mont Saint-Michel, wo es einst von einem Zimmermädchen namens Annette Boutiaut erfunden wurde, die einen Bäckerssohn namens Poulet heiratete, noch heute das *Omelette de la mère Poulet*, das im Ruf steht, das beste der Welt zu sein.

Seit über einem Jahr war ich nun mit André zusammen, und als ich ihm am Morgen nachsah, wie er mit wehendem Schal und Ledertasche und den Worten, dass er später noch eine Überraschung für mich hätte, durch die Wohnungstür verschwand, ging es mir für einen kurzen Moment durch den Kopf, dass ich tatsächlich wieder richtig glücklich war.

Ich trank meinen Kaffee aus und spülte rasch die hübsche Frühstückstasse ab, die André mir neulich aus dem kleinen Porzellan-Laden in der Rue Jacob mitgebracht hatte, einfach so. *Das Dekor heißt Millefleurs – ich dachte, das passt gut zu dir – wo du doch so eine Blumenfreundin bist.*

Das liebte ich an André, diese kleinen Aufmerksamkeiten.

Ich lächelte, während ich das heiße Wasser über die Tasse laufen ließ und meine Gedanken schon im Restaurant waren – und bei allem, was für den Valentinstag noch einzukaufen und vorzubereiten war. Ich gab nicht acht, die Tasse glitt mir aus der Hand und zerbrach in dem alten Porzellanbecken.

Im Nachhinein denke ich, dass es ein Zeichen war.

Einige Stunden später, ich stand in der Küche meines Restaurants und war gerade dabei, die Orangen für die Desserts zu filetieren, und der Saft der süßen Früchte rann mir über die Finger, klingelte zum ersten Mal das Telefon. Ich ließ es klingeln, doch wer immer etwas von uns wollte, er war beharrlich.

«Kann mal jemand an den verdammten Apparat gehen, oder muss mir hier erst meine Sauce anbrennen», rief Jacquie gereizt, und ich legte seufzend das Messer zur Seite. Wenn Jacquie seine Saucen machte, war nicht mit ihm zu spaßen. Es war noch früh am Nachmittag, und wir lagen gut in der Zeit, alles, was man vorbereiten konnte, hatten wir vorbereitet.

«Ich geh ja schon», sagte ich.

Während ich mir die Hände an meiner Schürze abwischte, sah ich, wie Jacquie Berton, der schon zu Papas Zeiten bei uns gearbeitet hatte und nicht nur ein exzellenter Koch, sondern auch mein väterlicher Freund und Berater war, seinen Holzlöffel in die Sauce Bearnaise tauchte, die auf dem Herd leise vor sich hin köchelte. Er kostete vorsichtig, hielt einen Moment inne und verdrehte die Augen prüfend nach oben, bevor er sich entschloss, noch ein Stück Butter in die große Kupferkasserolle zu geben – keine Überraschung für mich, denn für Jacquie ist Butter neben Rotwein und Rosmarin die wichtigste Zutat der *guten französischen Küche*. Paul, der junge Sous-Chef, klopfte gerade ein paar Rinderfilets aus und legte sie behände auf eine Platte, während die Lammkeulen mit dem Lavendel bereits im Ofen schmorten und einen Duft verströmten, der mir köstlicher erschien als jedes Parfum. Frische Baguettestangen lagen, in saubere Geschirrtücher eingeschlagen, bereit, um später geschnitten und in kleinen Körben an die Tische gebracht zu werden. Töpfchen mit gesalzener Butter aus der Normandie ruhten neben goldgelber *Crème brûlée* und hausgemachter *Paté* abgedeckt im Kühlschrank. Mit Butter muss man vorsichtig sein, denn sie hat die Eigenschaft, alle Gerüche anzunehmen.

Mein Blick schweifte zufrieden über die Anrichte, auf der glänzende Schüsseln und Tiegel mit halbierten Birnen, Frisée-Salat, dunkelvioletten Artischocken, bereits geschälten Kartoffeln und feinen Karotten sich aneinanderreihten. Auf einen Laien hätte alles wie ein großes Durcheinander gewirkt, aber ich wusste, dass hier eine strenge Ordnung herrschte. Ohne Ordnung zu halten, kann man nicht kochen. Das lernte man gleich als Erstes, wenn man in einer Küche anfing.

Ich schob mich vorbei an Claude und Marie, unseren beiden Küchenhilfen, die dabei waren, den Salat zu waschen und das Gemüse zu putzen, Messer und

Küchengeräte abspülten, die nicht mehr gebraucht wurden, und immer wieder die Oberflächen von Herd und Anrichte abwischten.

Das Telefon klingelte noch immer, ich eilte die drei Stufen zum Restaurant hinunter, wo die Tische festlich eingedeckt waren, mit Kerzen und Rosenblättern, Silberbesteck und bauchigen Weingläsern, die darauf warteten, mit samtigem Wein gefüllt zu werden. Auch das *Menu de la Saint Valentin* stand bereits in geschwungenen Buchstaben auf der Schiefertafel, die an der rot gemauerten Wand gegenüber dem Eingang hing. Für meine schöne Handschrift bin ich schon in der Schule gelobt worden.

In diesem Jahr hatte ich mir für den Valentinstag folgendes Menü überlegt: Als Vorspeise sollte es einen Birnensalat mit Walnüssen und Roquefort geben, danach geschmorte Lammkeule mit Lavendel und schwarzen Oliven – das Raffinierte an diesem Rezept war der Weißwein, den man mit etwas Zimt aufkochte und kurz vor dem Servieren über das Fleisch gab – und als Dessert Zimtorangen mit selbstgemachter Meringue und Grand Manier.

Etwas außer Atem nahm ich den Hörer ab, der auf der dunklen Holztheke in seiner Station stand.

«*Le Temps des Cerises, bonjour*», meldete ich mich.

«Kann man bei Ihnen für heute Abend noch einen Tisch für zwei Personen bekommen?», fragte eine männliche Stimme. Es klang dringend. Offenbar so ein Unglückseliger, dem es erst im letzten Moment aufgefallen war, welches Datum wir heute hatten. Warum machten die Leute immer nur so ein Theater um den Valentinstag?

«Tut mir leid, Monsieur, wir sind komplett ausgebucht.»

«Oh, sehr schade ... Aber geht da wirklich gar nichts mehr? Haben Sie nicht doch noch vielleicht ein Eckchen? Wir machen uns auch ganz klein.» Er lachte, und ich zog die Augenbrauen hoch.

«Kennen Sie das *Le Temps des Cerises?*»

«Leider nicht, aber ich wäre überglücklich, es kennenlernen zu dürfen», säuselte er.

«Das freut mich, aber mein Restaurant ist wirklich sehr klein – zu klein, um einen weiteren Tisch aufzustellen, fürchte ich.»

«Und ein Tischlein?», witzelte er.

«Auch kein Tischlein», erklärte ich freundlich und verdrehte die Augen.

«Und wenn wir später kommen würden?»

«Da müssten Sie schon um Mitternacht kommen, Monsieur, aber da hat unsere Küche dann auch schon geschlossen.»

«Ach, das ist ja wirklich zu dumm.» Er schien einen Moment zu überlegen. «Hören Sie ... Kann ich vielleicht mal mit der Chefin sprechen?», meinte er dann.

Ich lächelte. «Sie sprechen mit der Chefin. Hier ist Aurélie Bredin.»

«Oh! Sie sind es *persönlich*», rief er erfreut aus. «*Enchanté, enchanté!*»

Ich runzelte die Stirn. Was wollte dieser Mann?

«Hören Sie, Monsieur, ich muss hier weitermachen. Vielleicht versuchen Sie es am nächsten Valentinstag. *Bonne journée!*»

«Nein, nein, warten Sie! Wie sieht es denn morgen Abend aus?»

Ich zog das Reservierungsbuch zu mir heran und blätterte die Seite um, die noch nicht besonders voll war. Mal ehrlich, die wenigsten Leute gehen einen Tag nach dem 14. Februar aus.

«Morgen ist es kein Problem. Wann möchten Sie kommen?»

«Um halb neun?», fragte er vorsichtig.

«Wunderbar.» Ich nahm meinen Stift zur Hand.

«Nein, *ich* finde es wunderbar», sagte er. «Es ist mir eine Ehre.»

«Äh ... ja», entgegnete ich. «Verraten Sie mir noch Ihren werten Namen?»

«Dupin», sagte er. «Georges Dupin.»

«Ist notiert. Bis morgen dann, Monsieur Dupin.»

Ich legte auf und ging wieder in die Küche zurück.

Das Telefon klingelte erneut. Misstrauisch wandte ich mich um und nahm den Hörer ab.

«Ja?»

Doch diesmal war es nicht Monsieur Dupin, sondern eine Madame Clément, die unbedingt einen Tisch reservieren wollte. Danach rief ein Monsieur Legrand an, dann eine Madame Favre... Das Telefon klingelte und klingelte. Und als die ersten Gäste eintrafen, war das Reservierungsbuch für die ganze nächste Woche bereits komplett gefüllt. Auch im Restaurant ging es lebhaft zu an diesem Abend. Immer wieder musste Suzette Gäste abweisen, die vor der Tür standen und Einlass begehrten, während die Glücklichen, die an ihren Tischen saßen, offenbar gar keine Lust mehr hatten, dass der Abend jemals zu Ende ging. Wein und Champagner wurden nachbestellt, und die Leute lobten das köstliche Essen und sparten nicht mit Komplimenten.

«*C'est absolument délicieux*», sagte ein eleganter Herr, der mit seiner Frau (oder war die rothaarige Schönheit seine Geliebte?) an Tisch 7 saß.

«Sie würden uns nicht vielleicht das Rezept von dieser formidablen Forellen-Mousse verraten, oder?», wollte eine ältere Dame wissen, die zum Valentinstag mit ihrer Tochter erschienen war und die ich schon ein paarmal im *Temps des Cerises* gesehen hatte. Sie sah mich verschmitzt an. Eine auffallende Erscheinung mit silbergrauem Haar und einem großen goldenen Skarabäus, der zur Feier des Tages an einer schweren Kette auf ihrem Samtkleid baumelte.

Ich schüttelte lächelnd den Kopf. «Ich fürchte, nein, Madame. Ich lebe ja von meinen Rezepten. Aber ich freue mich natürlich, wenn es Ihnen schmeckt.»

«Es schmeckt uns ausgezeichnet – nicht wahr, Annie?»

«*Oui, Maman!* Das Essen zergeht einem wirklich auf der Zunge!»

«Ich habe ja schon immer gefunden, dass Ihr kleines Restaurant etwas ganz Besonderes ist», fügte die alte

Dame hinzu. Sie fasste an ihren Anhänger und warf mir einen bedeutsamen Blick zu. «Aber heute ... haben Sie sich selbst übertroffen, meine Liebe.»

«Oh ... Danke!»

«Ich verstehe das gar nicht», zischte ich Jacquie zu, als ich wieder in die Küche ging, um die Teller mit den nächsten Speisen zu holen. «Was ist denn heute nur los? Hast du ein geheimes Kraut ins Essen gemischt? Die sind ja völlig außer Rand und Band da draußen. Und dann diese ganzen Reservierungen.» Ich schüttelte den Kopf. «Die übernächste Woche ist jetzt auch schon fast ausgebucht – das ist ja ein Sturm wie auf die Bastille. Da stimmt doch was nicht.» Ich runzelte die Stirn.

«Die Franzosen essen eben gern, was ist daran so verwunderlich?», gab Jacquie zurück und grinste geschmeichelt. «Im Übrigen ist mein Lamm mit Lavendel der Renner – das sollten wir öfter auf die Karte setzen.»

«Dein Lamm mit Lavendel war *meine* Idee, lieber Freund!», erklärte ich.

«Ach ja? Ich dachte, das hätte ich vorgeschlagen.»

«Nein, hast du nicht. Darf ich dich daran erinnern, dass du dem Lavendel äußerst skeptisch gegenübergestanden hast?»

Das war mal wieder typisch. Sobald Jacquie ein Gericht kochte, das ich mir ausgedacht hatte, verleibte er es sich sozusagen ein und hielt es anschließend für seine eigene Kreation.

«Ich kann mich nicht erinnern ...» Er sah mich ungläubig aus seinen dunklen Augen an.

«Aber ich», fiel Paul ein, der gerade dabei war, ein *Filet au Poivre* mit Cognac zu flambieren. «Ich erinnere mich ganz genau, Monsieur Berton. Der Lavendel wird alles verderben, haben Sie gesagt.»

«Na, wie auch immer», meinte Jacquie großzügig und dekorierte mit seinen riesigen Händen liebevoll ein Rosmarinzweiglein auf einem Teller. «Der Laden brummt, das ist doch ganz großartig. Also hör auf, deine Stirn krauszuziehen, und freu dich lieber, statt mal wieder das Haar in der Suppe zu suchen, Aurélie!»

Alle in der Küche lachten – ich war berüchtigt für meine Zweifel –, eine kleine Atempause, und dann ging es weiter, es wurde gerührt und gebraten, serviert und nachgeschenkt. Die Stunden verflogen nur so, und immer wieder klingelte das Telefon.

Nach Mitternacht war das Restaurant noch brechend voll. Offenbar verspürte an diesem Abend keiner Lust, nach Hause zu gehen. Immer wieder wurde Wein geordert, einige Gäste verlangten nach dem Dessert noch unsere *Plat du fromage à la maison*, die mit frischen Feigen und Nüssen gereicht wurde. Ich strich erschöpft zwischen den Tischen hin und her und schnappte ab und zu ein paar Gesprächsfetzen auf.

Ja, wir hatten Glück, wir hatten schon länger reserviert …

Ach, das wussten Sie gar nicht?

Wir kommen schon seit Jahren hierher. Uns hat die Küche nie enttäuscht. Einfach und trotzdem raffiniert, finden Sie nicht?

Gegen halb eins beschloss zumindest die Dame mit dem Skarabäus, dass es genug war, und verlangte nach der Rechnung. Als ich sie ihr in einer kleinen Spieldose zusammen mit ein paar Pfefferminzbonbons an den Tisch brachte, lächelte sie mir wohlwollend zu.

«*Mon Dieu*, wer hätte das gedacht? Ich freue mich sehr für Sie, Mademoiselle Bredin. Das ist ja sozusagen Ihr Valentinsgeschenk heute Abend, nicht wahr?» Sie deutete mit einer vagen Geste auf die vollbesetzten Tische.

«Ja, der heutige Abend ist wirklich ... unglaublich.» Ich nickte und zog ihre Carte Bleue durch meine kleine Maschine. Der Umsatz dieses Abends und der der kommenden zwei Wochen würden in die Geschichte des Restaurants eingehen.

«Vielen Dank, Madame.»

Die alte Dame nickte und steckte die Kreditkarte wieder in ihr großes Portemonnaie. «Ich finde, Sie haben sich ...»

Jemand am Nebentisch warf sich lachend in seinem Stuhl zurück, eine halbvolle Weinflasche fiel klirrend zu Boden, und der Rest des Satzes ging im allgemeinen Getöse unter.

Elsa, eine Studentin, die schon oft in der Gastro gearbeitet hatte und an diesem Tag bei uns aushalf, hatte das Malheur mitbekommen und eilte sofort herbei, um die Scherben zusammenzufegen und den verschütteten Wein aufzuwischen.

«Nein, nein, bleiben Sie bitte sitzen, ist doch kein Problem», sagte ich zu dem Herrn am Nachbartisch, der aufgesprungen war und sich immer wieder entschuldigte. «Darf ich Ihnen vielleicht einen neuen Wein bringen?»

Er lächelte dankbar, und während ich eine neue Flasche Bordeaux holte und am Tisch entkorkte, fragte ich mich, was die alte Dame wohl hatte sagen wollen.

In diesem Moment ging die Tür auf, und ein kalter Lufthauch zog durch das Restaurant. André kam herein und blieb einen Moment stehen. Er war sichtlich überrascht, hier noch so viele Gäste zu sehen. Das ganze Restaurant war erfüllt von animiertem Stimmengewirr und lebhaften Gesten. André hob die Hand, und ich winkte zurück und ging dann zu ihm, um ihn zu begrüßen. Er überreichte mir seine Blumen, und ich hatte gerade noch Zeit, ein paar Worte mit ihm zu wechseln, bevor Suzette mich aufgeregt ans Telefon winkte.

«Was ist denn? Du kannst die Reservierung doch auch entgegennehmen», sagte ich ein wenig ungehalten.

«Ist keine Reservierung, ein Mann vom *Parisien* will dich sprechen. Er sagt, er habe es heute schon öfter probiert und sei nicht durchgekommen. Er will ein *Interview* mit dir.» Sie machte große Augen, und ich entriss ihr den Hörer.

Wenige Sekunden später ließ ich ihn wie betäubt wieder sinken. Ich merkte, wie mir ein bisschen schwindlig wurde. Ich starrte zu André hinüber, der immer noch im Mantel am Windfang stand, und das ganze Restaurant mit seinen Tischen, Kerzen und den lachenden Gesichtern der Gäste fing an, sich um mich zu drehen.

Ich hatte einen Stern.

«Es ist etwas ganz Unglaubliches passiert, André», sagte ich, als ich atemlos vor ihm stand. Ich fasste seine Hände, und mein Herz hämmerte wie verrückt. «Ich habe einen Stern! Ich habe einen Stern, ist das nicht der *Wahnsinn*?!» Ich hörte, wie meine Stimme sich überschlug.

André starrte mich verwirrt an. «Einen Stern?», wiederholte er lahm.

«Ja, einen Stern. *Einen Stern!* Mein Restaurant steht im Guide Michelin. Meine Güte, ich fasse es einfach nicht!» Ich schüttelte den Kopf und lachte ungläubig auf. «Damit hätte ich nicht im Traum gerechnet.»

«Ich ... auch nicht», stotterte André. Offenbar war er genauso überwältigt von der Neuigkeit wie ich. «Du – eine *Sterneköchin*? Das – das gibt's ja nicht. Aber ... Wow! Ich ... gratuliere ...»

«Ich muss es sofort Jacquie sagen!» Ich ließ den verdutzten André stehen. Ich stürzte an den Tischen vorbei, die Gäste blickten auf, alle lächelten mir zu, und ich flog, getragen von einer Woge der Bewunderung, durch den Raum.

Sekunden später stieß ich die Schwingtür auf und stolperte in die Küche. Ich war Aurélie im Glück.

«Jacquie, Jacquie ... wir haben einen Stern, das *Le Temps des Cerises* hat einen Stern!», rief ich und fiel meinem Koch lachend in die Arme. «Ich habe es gerade erfahren, ist das nicht total irre?»

Jacquie fing mich auf, wie er mich stets aufgefangen hat. «He, he, nun mal langsam, mein Mädchen», brummte er. «Du musst mich nicht gleich umrennen.»

Er richtete mich auf und sah mich an. «Das ist ja eine tolle Neuigkeit», sagte er dann und legte seine großen Hände, die eher zu einem Seemann gepasst hätten denn zu einem Koch, auf meine Schultern. «Wer hätte das gedacht, als ich dir vor Jahren gezeigt habe, wie man einen *Gâteau au chocolat* macht, was?! Ich bin stolz auf dich, *ma petite* – auf uns – auf uns alle! Und dein Vater wäre es auch.»

Die anderen kamen aufgeregt herbei, sie klatschten und lachten, und für einen Moment umarmten wir uns alle.

Das *Le Temps des Cerises*, das mein Vater Henri Bredin einst gegründet hatte, war nun ein Sterne-Restaurant, und das würde alles verändern. Ich blickte zu dem Emaille-Schild hoch und spürte, wie mir die Tränen in die Augen stiegen. *Wenn du wüsstest, Papa, wenn du wüsstest!*

Als wir später, nachdem auch die letzten Gäste gegangen waren, eine Magnum-Flasche Bollinger köpften, waren alle Erschöpfung und Müdigkeit verflogen.

«Also, ich kann es immer noch nicht glauben», sagte André. Er stand da in seinem neuen blauen Jackett, und mir fiel auf, dass er der Einzige war, der im allgemeinen Begeisterungstaumel etwas verhalten auf die große Neuigkeit reagierte. «Ein Stern für das *Le Temps des Cerises*? Das Restaurant hier ist doch kein Gourmettempel.»

«Was heißt schon Gourmettempel», entgegnete Jacquie. «Exzellente Küche im lockeren Ambiente – das ist der neue Trend.»

«Ja, genau», bekräftigte ich.

«Aha.» André schien nicht recht überzeugt. «Ich meine – natürlich gibt es ein paar wirklich phantastische Gerichte auf der Karte», fuhr er fort «aber reicht das wirklich für einen Stern im Guide Michelin?»

Ich schlug nach ihm und lachte. «Ja, doch ... ja, du ungläubiger Thomas!», rief ich, aber seine Skepsis ärgerte mich. Konnte er sich nicht einfach freuen wie die anderen? «Weißt du, du kannst mir ruhig auch mal was zutrauen.»

«Oh, ich traue dir alles zu», erklärte er. «Tja, also dann ... auf dich, Aurélie! Und auf das *Le Temps des Cerises*!» Er hob sein Glas. «Das Leben steckt wirklich voller Überraschungen! Heute Morgen dachte ich noch, das größte Ereignis des Tages sei meine Buchpräsentation, und jetzt hat meine Liebste einen Stern! Einfach unglaublich!»

Wir stießen an, André legte den Arm um mich, und ich lehnte versöhnt meinen Kopf an seine Schulter. Der Eintrag im wichtigsten Restaurantführer der Welt erklärte natürlich auch den Ansturm und all die Reservierungsanfragen. Wer wohl die Inspektoren gewesen sein mochten, die inkognito das Essen getestet hatten?

«Lass uns gleich morgen den neuen Guide Michelin kaufen, dann haben wir es schwarz auf weiß», meinte Paul. «Ich will wissen, was die geschrieben haben, ehrlich, ich sterbe vor Neugier. Unser erster Stern! Killer! Möge er erstrahlen und eine neue Ära für das *Le Temps des Cerises* einleiten.»

Ich nickte berauscht. Nie wäre es mir in den Sinn gekommen, im Guide Michelin, der jedes Jahr herauskam und hervorragende Restaurants mit einem, zwei oder drei Sternen auszeichnete, nach meinem Restaurant zu suchen.

«Auf unsere Sterneköche!», rief Suzette noch einmal.

Jacquie hob die Hand. «Moment, Moment. Es ist das Restaurant, das ausgezeichnet wird, nicht der Koch», korrigierte er.

Jacquie kannte sich aus. Er hatte, bevor er nach Paris kam, in der berühmten *Ferme Saint-Simon* gekocht, in Honfleur, jenem zauberhaften kleinen Städtchen am Atlantik, das früher bei den reichen Parisern als Sommerfrische sehr *en vogue* gewesen war und dem Jacquie manchmal noch hinterhertrauerte. Tatsächlich bekam immer das Restaurant den Stern, und von daher war die Bezeichnung Sternekoch eigentlich irreführend, denn sobald ein Koch ein Sterne-Restaurant verließ, hatte er keinen Stern mehr und konnte diesen auch nicht mitnehmen.

«Tja, dann musst du jetzt wohl für immer bei uns bleiben», rief ich übermütig. Wenn Jacquie schlechte Laune hatte, drohte er immer damit, in die Normandie zurückzugehen, wo die Menschen freundlicher und die Luft besser war und man weit gucken konnte, «ganz weit».

«Sieht so aus», brummte er.

«Ach, wen interessieren denn die Details», rief Suzette dazwischen. «Ist doch ganz egal, ob der Koch den Stern bekommt oder die Servierkraft, Hauptsache, wir haben ihn!»

Wir lachten und ließen die Gläser mit dem Champagner erneut klingen. An diesem Abend war noch lange Licht im *Temps des Cerises.*

Alles hätte so schön sein können, wenn ich nicht später auf dem Nachhauseweg diesen dummen Streit mit André bekommen hätte.

3

Der verdammte Stern war über dem *Temps des Cerises* aufgegangen wie der Stern von Bethlehem. Er wurde gefeiert wie ein Jahrhundertereignis und stellte alles in den Schatten. Vor allem aber durchkreuzte er meine Pläne.

Als wir spät in der Nacht das Restaurant verließen und die Rue Princesse entlangschlenderten, redete Aurélie von nichts anderem. Sie war aufgeregt, wie ich sie selten erlebt hatte, und nicht nur die Auszeichnung, auch der Champagner war ihr zu Kopf gestiegen.

Sie schmiedete Pläne für eine leuchtende Zukunft, in der ich irgendwie gar nicht mehr vorkam, oder zumindest schien es mir so. Ich gebe zu, ich war etwas enttäuscht von dem Verlauf, den der Abend genommen hatte. Natürlich gönnte ich Aurélie den Lorbeer, und auch wenn ich kein Koch war, begriff ich, was diese Auszeichnung ihr bedeuten musste, ich bin schließlich kein Idiot. Aber für die feierliche Übergabe meines Rings und die großen Worte, die ich sprechen wollte, hatte ich mir doch bessere Rahmenbedingungen gewünscht. Mich mit meinem Unterpfand der Liebe ganz hinten in die Schlange der Ereignisse einzureihen, dazu hatte ich dann auch keine Lust.

Wir liefen nebeneinander durch die Dunkelheit, und Aurélie redete und redete. Der Mond leuchtete groß und rund über der Saint-Sulpice-Kirche und schien mich zu verspotten. Es war kein romantischer Abend, es gab keinen einzigen besinnlichen Moment, in dem man sich still angeschaut hätte, mit Blicken, die alles sagten. Aurélie ließ den ganzen Abend *en detail* Revue passieren und meinte, dies sei der schönste Valentinstag ihres Lebens. Sie fragte nicht nach der Lesung, fragte nicht nach meiner Überraschung, und die Rosen, die ich ihr mitgebracht hatte, hatte sie im Restaurant liegen lassen.

Der Weg von Aurélies Restaurant zu ihrer Wohnung dauerte nicht mal eine Viertelstunde, doch er reichte aus, dass wir uns in die Haare bekamen.

«André? Hörst du mir überhaupt zu?», fragte Aurélie, als wir den Boulevard Saint-Germain entlanggingen.

«Ja ... klar», entgegnete ich.

«Du bist so schweigsam – was ist los?»

«Na ja ...» Ich zuckte mit den Schultern. «*Du* redest ja die ganze Zeit. Und was soll ich auch schon zu all deinen Ideen sagen, das besprichst du besser mit Jacquie, oder?»

Sie schüttelte unwillig den Kopf. «Nein, das meine ich nicht, André. Du bist den ganzen Abend schon so komisch.» Sie sah mich von der Seite an. «Passt dir irgendetwas nicht?»

Ich schob die Hände in die Manteltaschen. «Nö, wieso?»

«Wieso, wieso?», wiederholte sie gereizt. «Du kannst einem echt die Laune vermiesen, weißt du? Ich meine, alle sind ganz aus dem Häuschen wegen des Sterns und freuen sich, nur der eigene Mann steht mit sauertöpfischer Miene blöd in der Gegend herum und bezweifelt, dass man überhaupt gut genug ist für eine Nennung im Guide Michelin. Das war wirklich ziemlich peinlich, André.»

Sie kanzelte mich ab wie einen kleinen Jungen, und ich wurde sauer.

«Erstens muss dir *meine* Blödheit ja nicht peinlich sein, zweitens – tut mir leid, wenn ich das so sage, aber ich finde diese Auszeichnung nach wie vor erstaunlich. Du warst ja selbst ganz entgeistert, wenn ich dich erinnern darf, und drittens sind wir zum Glück für dich ja nicht verheiratet.»

Sie warf mir einen eisigen Blick zu. Ihre Augen waren grüner denn je.

«Nein, sind wir nicht. Zum *Glück*.»

Sie stapfte wütend voraus, und ihre Absätze hallten auf dem Kopfsteinpflaster wider.

Ich gebe zu, es war unglaublich dämlich von mir, das zu sagen, es war ja das Gegenteil von dem, was ich wollte, aber ich fühlte mich angegriffen, ich fühlte mich übergangen, und die Worte rutschten mir in meiner

Enttäuschung einfach so heraus. Ich beschleunigte meinen Schritt, als Aurélie jetzt in dem alten Torbogen verschwand, der in die Passage führte.

«Nun warte doch mal!», rief ich. Ich eilte ihr nach und schloss auf. «Der Abend ist einfach ganz anders verlaufen, als ich es mir vorgestellt habe», versuchte ich zu erklären.

«Ach?», sagte sie und kramte in ihrem Lederbeutel nach dem Hausschlüssel.

Aurélie hatte so eine Art, «Ach» zu sagen, die alles bedeuten konnte: Bedauern, Erstaunen, Tröstung, Provokation, Ironie, Zärtlichkeit. In diesem Fall bedeutete es nichts Gutes.

«Ja», sagte ich, «denn eigentlich wollte ich ...»

Sie winkte ab. Augenscheinlich war sie nicht daran interessiert, was ich ihr eigentlich hatte sagen wollen. «Bitte keine Diskussionen im Treppenhaus», zischte sie mir zu. Sie stieß die Haustür auf, und ich folgte ihr schweigend bis in den dritten Stock. *Dann eben nicht*, dachte ich.

Als wir unsere Mäntel ausgezogen hatten, drehte sie sich plötzlich zu mir um. «Weißt du, was dein Problem ist, André?» Ihre Augen glitzerten.

«Oh ... Jetzt wird's spannend», sagte ich. «Schieß los!»

«Du erträgst es einfach nicht, wenn der Glanz mal auf jemand anderen fällt.»

«Wie? Spinnst du jetzt, oder was? Ich habe damit überhaupt kein Problem.»

«Doch, doch, doch.» Sie nickte eigensinnig, dann schleuderte sie ihre Schuhe von den Füßen, ging auf Strümpfen zum Tisch hinüber und goss sich ein Glas Rotwein ein. «Du willst den ganzen Ruhm für dich. Du bist der große Bestsellerautor, und ich soll die kleine Köchin sein. Aber da mache ich nicht mit, mein Lieber.»

Entschlossen nahm sie einen großen Schluck Wein. Sie schwankte leicht, und ihre großen Augen blickten nachdenklich. Ihr Lippenstift war ein bisschen verschmiert, ihr Mund rot vom Wein, und ihr langes gewelltes Haar, das sie mit ein paar Glitzerklammern hochgesteckt hatte, befand sich im Zustand der Auflösung. Ein paar schimmernde Strähnen fielen ihr ins Gesicht. Sie sah bezaubernd aus, wie sie da stand mit ihrem zerzausten Haar und dem kurzen Kleid mit dem runden Halsausschnitt – so zart und stur und ziemlich beschwipst – und mir jetzt strafende Blicke zuwarf wie eine beleidigte Fee. Mein Groll verflog.

Sie runzelte die Stirn, und ihre schmalen dunklen Augenbrauen zogen sich angestrengt zusammen. Offenbar war sie zu einer weiteren Erkenntnis gekommen.

«Du gönnst mir nicht die Butter auf dem Brot, so sieht's aus.»

«Wenn sie gesalzen ist, schon», entgegnete ich. Es sollte ein Scherz sein, doch Aurélie war nicht zu Späßen aufgelegt.

«Haha, weißt du was? Du warst auch schon mal witziger.»

Sie kam schwankend auf mich zu und stieß mir den Finger gegen die Brust. «Der Erfolg ist dir ein bisschen zu Kopf gestiegen ... In deinem schicken Anzug, was?»

Der Anzug war ihr irgendwie ein Dorn im Auge.

«Nein, überhaupt nicht», entgegnete ich ruhig. «Auch wenn du mal hättest fragen können, wie meine Lesung war. Es war ja auch für mich ein aufregender Tag.»

«Ja, ja, ja ... Alles dreht sich immer nur um dich.» Sie balancierte das halbvolle Weinglas in ihrer Hand, und der Inhalt schwappte gefährlich. «Soll ich dir mal was sagen, André Chabanais? Als Lektor warst du mir irgendwie lieber.»

«Cheflektor!», korrigierte ich.

Sie funkelte mich einen Augenblick an, dann schüttete sie mir den Rest des Rotweins gegen die Brust.

«He, was machst du da?!» Ich breitete die Arme aus. «Bist du verrückt geworden? Mein schöner neuer Anzug!»

«Geschieht dir recht!» Sie kicherte.

«Geschieht mir recht? Na, warte!»

Ich jagte sie durch die Wohnung, bis wir lachend und außer Atem aufs Bett fielen.

«Jeder Widerstand ist zwecklos», keuchte ich und beugte mich zu ihr hinunter, um sie zu küssen.

Und dann hatte der heilige Valentin, Schutzpatron aller Liebenden, doch noch ein Einsehen.

Als ich später meinen Arm um Aurélie legte und ihr zärtlich ins Ohr flüsterte, dass alles nur ein Missverständnis gewesen sei und ich mir wirklich nichts

Schöneres vorstellen könne, als mit einer Sterneköchin im Bett zu liegen, kuschelte sie sich an mich und murmelte: «Das glaub ich dir sofort. Welcher Mann möchte das nicht?»

Im nächsten Moment war sie eingeschlafen.

4

Ich erwachte mit dem unbestimmten Gefühl, dass irgendetwas anders war als sonst. Andrés Arm ruhte schwer auf meiner Schulter, aus dem Hof drangen ein paar Geräusche herauf, die Sonne war schon über die Dächer der Häuser geklettert und schien durch die Vorhänge. Ein Sonnenstrahl kitzelte meine Nasenspitze, und ich musste niesen.

Und dann fiel es mir wieder ein.

Der Stern.

Ich setzte mich auf und war mit einem Mal hellwach. Andrés Arm rutschte auf die Bettdecke.

Ich tastete nach dem Wecker auf meinem Nachttisch. Es war halb zwölf. «André?» Er murmelte irgendetwas Unverständliches und vergrub sein Kinn tiefer ins Kissen. «André! Wir haben verschlafen. Musst du nicht in den Verlag?» Sanft rüttelte ich ihn an der Schulter. «Es ist schon halb zwölf!»

«Mir doch egal», brummte er und drehte sich mit einem wohligen Seufzer auf die andere Seite. Einen

Moment später schlug er die Augen auf. «Oh nein! Halb zwölf, sagst du?! Mist! In diesem Moment beginnt die Verlagskonferenz. Monsignac wird sauer sein. Wir wollten heute über den *Salon du livre* sprechen.» Er setzte sich auf und fasste sich stöhnend an den Kopf. «Oje! Ich vertrage den Champagner auch immer schlechter.» Mit einem Seufzer ließ er sich wieder zurücksinken. «Ich glaube, ich bleibe heute einfach im Bett. Komm her, Herzchen ...» Er streckte die Hand nach mir aus, und ich gab ihm einen Kuss auf die Stirn, bevor ich mich sanft seinen Händen entwand.

«Ich stehe jetzt mal besser auf. Und du solltest das auch tun.»

«Nein, geh nicht!», klagte er.

Ich rückte den Träger meines Nachthemds wieder zurecht und sammelte ein paar Kleidungsstücke vom Boden auf, die überall verstreut lagen. «Du liebe Güte, was ist denn hier passiert?», sagte ich und schüttelte lächelnd den Kopf.

«Die Schlacht von Waterloo», kam es dumpf aus den Kissen. «Jemand hat eine Rotweinattacke auf mich verübt.»

«Tsss ... Wer macht denn so was», entgegnete ich und hängte das blaue Jackett mit dem großen Rotweinfleck ein wenig schuldbewusst rechts hinter den Kleiderschrank.

«Irgend so eine durchgeknallte Sterneköchin», erklärte er grinsend.

«Was hältst du davon, wenn die Sterneköchin uns

jetzt mal einen schönen starken Kaffee macht?» Ich trat ans Fenster und zog die Vorhänge auf.

«Nichts», grummelte er und gähnte. «Wie kannst du nur schon so wach sein? *Der Tag ist doch noch fern, es war die Nachtigall und nicht die Lerche* ...», deklamierte er.

Ich lachte.

«Der Tag ist näher, als du denkst, André. Ruf besser mal im Verlag an, bevor dein Chef einen Wutanfall bekommt!»

Während ich in der Küche stand und durch das kleine Fenster schaute, dachte ich, dass der Morgen schon immer mein Freund gewesen war. Ich liebte dieses Gefühl, dem Tag ein paar Stunden voraus zu sein und die Welt für einen Moment für mich zu haben. Dann trat ich manchmal auf den Balkon, zupfte an meinen Blumen herum, blickte auf die alte Kastanie im Hof und die Dächer, die sich dahinter erhoben, und atmete tief ein. Dieser kurze Moment war mir kostbar. Er war meine Ruhe vor dem Sturm, mein Innehalten, bevor der Tag begann. Jeder neue Morgen barg ein Versprechen. Doch dieser Morgen des 15. Februar, der mit einiger Verspätung angefangen hatte, erschien mir schon jetzt vollkommen. Der dumme Streit mit André war vergessen, wir hatten uns versöhnt, wie wohl alle Liebenden das tun – mit leidenschaftlichen Küssen und geflüsterten Beteuerungen. Der Himmel über Paris war blau und voller Möglichkeiten, und die Freude darüber, die Besitzerin eines Sternerestaurants zu sein, durchströmte mich mit einem Mal vom Kopf bis zu den Zehenspitzen. Auf nackten Füßen ging ich auf den Küchenfliesen hin und her, röstete ein paar Scheiben Baguette, bestrich sie dick mit Butter und Marmelade und summte eine kleine Melodie vor mich hin, während ich den Kaffee in die Glaskanne löffelte und darauf wartete, dass das Wasser zu kochen anfing.

Ein kurzer Klingelton mischte sich in das Geräusch des aufkochenden Wassers. Ich warf einen Blick auf mein Handy, das auf der Anrichte lag, und sah, dass meine Freundin Bernadette mir eine Nachricht geschickt hatte.

Na? Wie war dein Valentinstag?, schrieb sie, und ein paar rote Herzchen blinkten mir entgegen.

Einfach perfekt, antwortete ich. *Du wirst nie erraten, was passiert ist.*

Oh! Gibt es Neuigkeiten? Noch mehr rote Herzchen.

Kann man wohl sagen ...

Jetzt mach's nicht so spannend ...

Ich habe einen Stern! Im Guide Michelin!

Wahnsinn! Herzlichen Glückwunsch!

Es war wohl nicht ganz das, was sie erwartet hatte.

Und André? Herzchen, Herzchen, Herzchen.

André ist noch bei mir. Wir haben verschlafen. Herzchen, Herzchen. *Ich ruf dich später an, ja?*

Als ich mit unserem kleinen Frühstück ins Schlafzimmer zurückkam, richtete André sich auf und stopfte sich ein paar Kissen in den Nacken. André liebte Kissen, und manchmal fragte ich mich, wohin diese Kissenmanie noch führen sollte. Irgendwann würde für mich kein Platz mehr in meinem eigenen Bett sein wegen all der Kissen. «Kissen sind nützlich, und man kann nie genug davon haben», versicherte André mir jedes Mal, wenn ich ihn damit aufzog, und ich belächelte seine kleine Marotte.

Jetzt schaute er mich erwartungsvoll an. Der Duft des Kaffees schien seine Lebensgeister zu wecken. Ich setzte mich zu ihm, und gemeinsam verspeisten wir unser *petit déjeuner*.

«Aaah, das hat gutgetan», seufzte André und stellte seine Tasse neben dem Bett auf den Boden. «Kaffee kochen kannst du jedenfalls.»

«Werd mal nicht frech, ja?» Ich gab ihm mit der flachen Hand einen Stups gegen die Stirn.

«Wo ist eigentlich meine Anzugjacke?», fragte er dann.

«Oh, der berühmte Anzug», spottete ich. «Keine Angst, ich bringe ihn noch in die Reinigung.» Ich hoffte, dass die Rotweinflecken wieder rausgehen würden. «Und wenn die Flecken nicht rausgehen, kauf ich dir ein neues Jackett.»

Er nickte unschlüssig, und ich stand auf und ging ins Bad. Als ich wiederkam, saß er immer noch im Bett.

«So, *chéri*, du kannst gern den ganzen Tag im Bett verbringen, ich muss jetzt jedenfalls los.» Ich machte den Kleiderschrank auf und zog einen Rock und eine Bluse heraus. «Es gibt noch einiges vorzubereiten, heute Abend sind wir wieder ausgebucht, und dieser Journalist vom *Parisien* will später auch noch im Restaurant vorbeikommen.»

Ich zog mich an, stellte mich vor den alten Kippspiegel, der im Schlafzimmer neben der Kommode stand, und bürstete mir durch die Haare. Dann schüttelte ich sie mit den Fingern auf, sodass sie in lockeren Wellen über meine Schultern fielen.

André verfolgte jede meiner Bewegungen.

Ich tuschte mir die Wimpern, legte etwas Rouge und Puder auf, zum Schluss nahm ich meinen Lippenstift und zog mir die Lippen nach.

Ich trat einen Schritt zurück und musterte mich im Spiegel.

«Na, wie sehe ich aus?»

«Toll.»

«Danke!» Ich warf ihm eine Kusshand zu.

«Ja, und wo hast du sie jetzt hingetan?»

«Was?»

«Na, die Anzugjacke.»

«Ist das jetzt so wichtig?» Ich seufzte.

«Ja.»

In diesem Augenblick klingelte das Telefon, diesmal war es nicht mein Handy, sondern das Festnetztelefon. Auf dem Festnetz riefen in der Regel nicht besonders viele Leute an. Manchmal Bernadette, wenn sie mich auf dem Handy nicht erreichen konnte. Oder meine Vermieterin. Oder Andrés Mutter, wenn sie auf der Suche nach ihrem Sohn war, der, wie sie mir vorwurfsvoll versicherte, nie ans Telefon ging.

«Moment.» Ich eilte ins Wohnzimmer, wo das Telefon auf seiner Station stand. *Normalerweise* auf seiner Station stand, aber dort war es nicht. Ich blieb stehen und lauschte. Wo war das blöde Ding? Es klingelte weiter, aber ich fand es nicht.

«André, hast du das Telefon gesehen?», rief ich. Vielleicht war es jemand, der mir gratulieren wollte? Oder dieser Journalist vom *Parisien*.

«Hier, nimm das.» André stand plötzlich in seinem gestreiften Pyjama neben mir und reichte mir den Hörer. «Lag hinter dem Sofakissen», sagte er.

Ich riss ihm das Telefon aus der Hand und spitzte den Mund zu einem Kuss.

«Hallo ...?», sagte ich erwartungsvoll.

«Hier ist Jean-Marie Marronnier.» Der Satz klang wie eine Kriegserklärung, und ich zuckte unwillkürlich zusammen.

«Wer ist da, bitte?» Ich kannte niemanden, der so hieß. Das konnte nur eine Verwechslung sein.

«Marronnier», wiederholte er feindselig. «Spreche ich mit Aurélie Bredin?»

«Ja, das tun Sie. Was ... was kann ich für sie tun, Monsieur ... Marronnier?» Ich beschloss, höflich zu bleiben. Mir würde niemand den Tag verderben.

«Es geht um Ihr Restaurant», schnauzte er. «Das *Le Temps des Cerises*. Sie haben einen Stern bekommen, richtig?»

André sah mich fragend an, und ich zuckte mit den Schultern. War das wieder jemand von der Presse? Oder jemand, der einen Tisch reservieren wollte? Riefen die Leute jetzt schon auf meiner Privatnummer an?

«Ja, genau, das habe ich. Hören Sie, Monsieur, wenn Sie einen Tisch reservieren möchten, rufen Sie bitte direkt im Restaurant an, aber ich kann Ihnen gleich sagen, dass wir für die nächsten Wochen ausgebucht sind. Und wenn Sie ein Interview wollen ...»

«Ein *Interview*?!» Er lachte schallend. «Entschuldigen Sie, aber das ist jetzt echt ein Witz.»

«Ach ja? Wenn es ein Witz ist, dann verstehe ich ihn nicht», entgegnete ich scharf. «Vielleicht sagen Sie mir einfach, was Sie wollen, Monsieur Marronnier, und wenn Sie dazu nicht in der Lage sind, beenden wir besser das Gespräch.»

Er schwieg einen Augenblick.

«Mademoiselle Bredin, jetzt passen Sie mal auf. Ich will weder ein Interview, noch will ich bei Ihnen essen», sagte er dann. «Aber dieser Stern, den Sie meinen bekommen zu haben, steht in Wirklichkeit mir zu, *mir* – Jean-Marie Marronnier, dem wahren Maître.»

Es klang ziemlich pathetisch.

«Aha», sagte ich. «Interessante Theorie.»

Ich legte meine Hand über die Sprechmuschel und warf André, der sich inzwischen aufs Sofa gesetzt hatte, einen belustigten Blick zu.

«Irgend so ein Verschwörungstheoretiker, der sich auf den Plan gerufen fühlt», flüsterte ich. «Er denkt, mein Stern gehöre ihm.»

Ich verdrehte die Augen, und wir grinsten uns an.

«Keine Theorie, Mademoiselle. Ich bin selbst Koch und habe lange Zeit in einem Sternerestaurant in Giverny gearbeitet. Nun führe ich seit zwei Jahren mein eigenes Restaurant in Vétheuil ...»

«Ja, ja, wie schön für Sie ...»

«Ein Gourmetrestaurant mit einer erlesenen Küche, das unglückseligerweise denselben Namen trägt wie Ihr armseliges Pariser Bistro: *Le Temps des Cerises – Die Zeit der Kirschen.*»

Ich öffnete erstaunt den Mund und schloss ihn wieder.

«Was sagen Sie da?» Ich spürte, wie mir die Farbe aus dem Gesicht wich, und aus meinem tiefsten Inneren stieg eine Ahnung auf, die mir nichts Gutes verhieß. Gar nichts Gutes.

«Aber wie ist so etwas möglich?», stammelte ich.

«Ja, genau das habe ich mich auch gefragt – wie ist *so etwas* möglich?!» Marronnier schäumte vor Wut. Dann erklärte er mir, dass die beiden Restaurants durch das Versehen eines unfähigen Redaktionsassistenten, den er zum Mond schießen könnte, verwechselt worden seien. Er habe natürlich sofort gewusst, dass es sich um einen Irrtum handeln müsse, und sich bei der Redaktion beschwert.

«So etwas darf einfach nicht passieren! Wahrscheinlich hat dieser Ignorant gedacht, dass Sternerestaurants nur in Paris zu finden sind. Oder er ist dumm wie Brot, was weiß denn ich?!», wütete Marronnier weiter. «Ich weiß nur, dass ich seit zwei Jahren auf diese Auszeichnung warte, die Ihnen jetzt so unverdient in den Schoß gefallen ist wie dem Sterntalerkind. Zwar sind die Leute vom Guide Michelin schon dabei, den Fehler auf der Website zu korrigieren. Aber was nützt mir das? Im Buch steht es falsch drin, und das ist ärgerlich genug.»

Er unterbrach seine Tirade für einen Augenblick, und ich war so erschüttert, dass ich zunächst gar nicht wusste, was ich sagen sollte. Ich spürte instinktiv, dass es genauso war, wie er sagte, aber ich wollte den schönen Traum vom Sternerestaurant noch an einem Zipfel festhalten. Vielleicht war doch alles ganz anders, und es war am Ende gar keine Verwechslung. Das Leben hatte manchmal die verrücktesten Überraschungen auf Lager.

«Aber ... aber ... sind Sie sich wirklich sicher, Monsieur?», fragte ich.

«Ob ich mir *sicher* bin? Was ist denn das für eine *Frage*!», rief Marronnier aus, um dann leicht überheblich hinzuzusetzen: «Wie naiv sind Sie eigentlich? Sie haben doch nicht im Ernst nur für eine Sekunde geglaubt, dass Ihre mittelmäßige Bistroküche mit einem *Stern* ausgezeichnet wird, Mademoiselle? Wissen Sie überhaupt, was das ist ... ein Stern? Diese Verwechslung ... ist skandalös – *vraiment*!»

Ich merkte, wie meine Enttäuschung in heiligen Zorn umschlug. Es ging hier immerhin um das Restaurant meines Vaters, der ein großartiger Koch gewesen war, um den alten Jacquie, um Paul, um uns alle. Es war mein Restaurant, und an diesem Ort der Erinnerung hing mein ganzes Herz.

Was bildete sich dieser Mann aus Vétheuil eigentlich ein?

«Jetzt werden Sie mal nicht unverschämt, Monsieur Marronnier», entgegnete ich. «Sie kennen mein Restaurant doch gar nicht.»

«Oh doch! Ich habe mir Ihren Laden im Internet angesehen. Und die Speisekarte kommt mir doch ein wenig ... *ringard* ... vor, um nicht zu sagen *gewöhnlich*. Das hat mit *Haute Cuisine* nun überhaupt nichts zu tun. *Steak frites* – ich *bitte* Sie!» Er lachte höhnisch. «Das wirft man den Touristen, die es nicht besser wissen, zum Fraß vor!»

«Was ist gegen ein gutes Steak mit knusprigen Pommes frites einzuwenden? Das gehört zur klassischen französischen Küche. Ich verstehe Ihre Arroganz, ehrlich gesagt, nicht so ganz, Monsieur.»

«Nun, das wäre wohl auch zu viel verlangt, Mademoiselle Bredin. Das übersteigt sicher Ihren ... wie soll ich sagen ... kulinarischen Horizont.»

«Ich fasse es nicht! Was für ein bornierter Kerl sind Sie eigentlich?», rief ich wütend aus und spürte, wie das Blut wieder in meine Wangen zurückschoss.

«Äh ... *wie bitte*? Ich sehe, Sie sind ähnlich gewöhnlich wie Ihre Speisekarte. Wie auch immer – ich kann nur hoffen, dass dieses lächerliche Missverständnis rasch richtiggestellt wird. Das alles ist auch ohne Ihr Geschrei schon ärgerlich genug für mich. Und nachdem Sie sich nun für ein paar Stunden im Glanz meines Sterns gesonnt haben ...»

«*Was?!*» Das war nun wirklich ein Schlag unter die Gürtellinie. «Sie tun gerade so, als ob ich das alles mit Absicht gemacht hätte. *Ich* habe nicht nach Ihrem blöden Stern gefragt und bin auch nicht für den Inhalt des Guide Michelin verantwortlich. Mit dessen Lektüre ich mich für gewöhnlich weniger befasse, in der Tat. Ich habe nämlich Besseres zu tun, als nach irgendwelchen Gourmetauszeichnungen zu gieren oder mich mit fremden Federn zu schmücken. Ich koche lieber, wissen Sie? Und meine Gäste wissen das zu schätzen.»

«Oh ... Dass Sie lieber kochen, bezweifle ich nicht, Mademoiselle Bredin. Ob Sie *gut* kochen, ist eine andere Frage – auch wenn es eine Frage ist, die mich zugegebenermaßen nicht sonderlich interessiert. Jedenfalls wissen Sie jetzt Bescheid. Ich dachte, ich rufe lieber an, bevor Sie noch auf die Idee kommen, Ihr Schild fälschlicherweise mit meinem Stern zu schmücken.»

«Also, das ist wirklich ...»

«Keine Ursache, Mademoiselle. Und wenn Sie mal erfahren wollen, wie *echte* Sterneküche schmeckt, kommen Sie gern ins *Le Temps des Cerises* nach Vétheuil. Mein *Celle de Chevreuil aux Griottes* ist sensationell.»

«Zu viel der Ehre. Ich glaube kaum, dass Vétheuil jemals auf meiner Reiseroute liegen wird», entgegnete ich kühl. Ich würde mich nicht weiter provozieren lassen, nicht von einem Koch aus Vétheuil. «Aber falls Sie Ihr Weg aus der Provinz doch mal in die Hauptstadt führen sollte», fuhr ich fort, «können Sie gern in meinem Restaurant vorbeischauen. Dann werden Sie vielleicht einsehen, dass sich meine *Bistroküche* durchaus mit Ihrer Angeberküche messen kann. Schönen Tag noch!»

Mit hochrotem Kopf beendete ich das Gespräch. Mein schöner Traum hatte gerade mal zwölf Stunden gedauert. Nun war er zerplatzt wie eine Seifenblase.

André, der den ganzen Wortwechsel aufmerksam vom Sofa aus mitverfolgt hatte, stand auf und nahm mich schweigend in den Arm. Eine lange Zeit standen wir einfach so da, in meinem Wohnzimmer, und keiner sagte ein Wort. Dann strich er mir eine Haarsträhne aus dem Gesicht und sah mich voller Mitgefühl an.

«Doch kein Stern?», fragte er.

5

Das Glück ist unzuverlässig wie eine launische Geliebte. An dem einen Tag katapultiert es einen in den Himmel, am nächsten lässt es einen ungerührt fallen. Dieser Stern, der wie ein Komet am Firmament vorbeigezischt war, hatte sich soeben in Luft aufgelöst, und Aurélie lag schluchzend in meinen Armen.

Ich war dieser unverhofften Auszeichnung von Anfang an mit Misstrauen begegnet, und ich hatte recht gehabt. Aber das sagte ich natürlich nicht, als ich meiner am Boden zerstörten Liebsten immer wieder über das Haar strich. Es war ja auch so schon schlimm genug. Außerdem war ich der Meinung, dass es keinen überflüssigeren Satz gab als «Das habe ich dir gleich gesagt». Dieser Kommentar, der keinem half, war nur eines: selbstgerecht. Kluge Menschen strichen ihn aus ihrem Wortschatz, denn er machte nichts besser, und er machte auch nichts ungeschehen.

Natürlich hatte dieser Stern, der gestern Abend so strahlend über dem *Temps des Cerises* aufgegangen war, mein Vorhaben gestört. Und ... na ja, kein Mensch brauchte im Ernst diesen Stern, ich schon gar nicht. Doch angesichts der Verzweiflung, die nun im Wohnzimmer mit der Blumentapete herrschte, wünschte ich mir, dass Aurélie ihn wirklich bekommen hätte.

Nach und nach entlockte ich ihr die Details des unerfreulichen Telefonats, das ich mit wachsender Spannung vom Sofa aus verfolgt hatte. Das war ja ein echter Krimi!

«Es hat wohl eine Verwechslung mit einem Koch aus Vétheuil gegeben, dessen Restaurant zufälligerweise auch *Le Temps des Cerises* heißt. Wie blöd ist das denn!», schluchzte Aurélie, und ich legte den Arm beruhigend um ihre Schultern, zog sie zum Sofa und reichte ihr ein frisches Taschentuch.

«Wirklich total blöd, wer kann denn so etwas ahnen?», sagte ich.

Sie nahm das Taschentuch. «Ach, danke, André ... Du bist immer so nett.» Sie schluchzte erneut auf, dann wischte sie sich die Tränen ab und sah mich empört an.

«Du hättest mal hören sollen, wie der mit mir geredet hat. So total von oben herab. Er sagte, meine Karte sei gewöhnlich. *Gewöhnlich!*» Sie schlug aufgebracht aufs Sofakissen. «Er hat mich behandelt, als ob ich eine Imbissbude am Gare du Nord hätte. So ein anmaßender Mistkerl.» Sie presste die Lippen aufeinander und zerknüllte das Taschentuch in ihren Händen. «Und dann ... Und dann ...»

«Und dann?», fragte ich behutsam nach und hielt ihr ein neues Taschentuch hin.

«Und dann hat er noch die Frechheit gehabt, mich in sein Restaurant einzuladen, um irgend so einen blöden Rehrücken mit Kirschen zu probieren. Damit ich mal sehe, was *echte* Gourmetküche ist.» Sie brach erneut in Tränen aus. «Ach… verdammt! Und ich hatte mich schon so gefreut…»

Ich wiegte sie in den Armen.

«Ich weiß, Herzchen, ich weiß …», murmelte ich. «Natürlich wäre es schön gewesen. Es wäre… grandios gewesen. Aber du kannst doch trotzdem stolz sein auf das, was du erreicht hast. Die Menschen lieben dein Restaurant. Sie lieben dein Essen. Und du liebst deinen Beruf. Darauf kommt es doch an. Nur darauf. Glaub mir, es ist kein Weltuntergang, diesen Stern nicht zu haben.»

«Ist es wohl.» Sie heulte in mein Schlafanzugoberteil. «Jetzt werden mich alle auslachen. Die kleine Köchin, die so naiv war zu glauben, sie hätte einen Stern bekommen…»

«Keiner wird dich auslachen. Dazu gibt es gar keinen Grund. Und weißt du was?» Ich löste sanft ihren Kopf von meiner Schulter, nahm ihr Gesicht in beide Hände und schaute sie an.

«Was denn?»

«Für mich wirst du immer die beste Köchin der Welt sein.»

«Das sagst du jetzt, um mich zu trösten.»

«Nein, wirklich. Ich war ja nun auch schon in vielen Restaurants, aber bei dir schmeckt es mir immer am besten.»

«Hhm», machte sie.

«Und dein *Menu d'amour*! *Oh là là!*» Ich schnalzte anerkennend. «Das ist eine Offenbarung. Weißt du noch, als du es zum ersten Mal für mich gekocht hast?»

Sie lächelte unter Tränen. «Natürlich weiß ich das. Wie könnte ich diesen Abend je vergessen. Nur dass das Essen gar nicht für dich bestimmt war, sondern für den großen Autor Robert Miller.»

Ich grinste. «Also ... doch für mich. Denn glücklicherweise gibt es Robert Miller ja gar nicht.»

«Wie hätte ich das ahnen sollen? Er hatte mir ein paar so romantische Briefe geschrieben, nicht wahr?» Sie funkelte mich an. «Und immerhin war ich auf seiner Lesung gewesen. Dass es in Wirklichkeit Adam Goldbergs Bruder war, den ihr nach Paris geholt habt, wusste ja nicht mal dein Verleger.» Sie hatte den dämlichen Koch aus Vétheuil für einen Moment vergessen. «Diesen Streich verzeihe ich dir und deinem Freund Adam nie.»

«Ja, ein dunkles Kapitel, das gebe ich zu.» Ich nickte. «Aber es war eine Notlüge. Und am Ende hat das *Menu d'amour* ja doch noch seine Wirkung gezeigt.»

Ich musste daran denken, wie ich damals an Aurélies Geburtstag «überraschend» im Restaurant hereingeschneit war, eine halbe Stunde, bevor sie den mysteriösen englischen Autor erwartete, den sie zum Diner eingeladen hatte. Es war ein Montag, das *Temps des Cerises* hatte eigentlich geschlossen, und sie versuchte gerade, mich hinauszukomplementieren, als das Telefon klingelte. Gemeinsam hörten wir den unglückseligen Anruf an, der auf ihrem Anrufbeantworter einging und mit dem ich gerechnet hatte, sie jedoch nicht. Miller sagte ab, weil seine treulose Ehefrau nun doch wieder ins Cottage zurückgekehrt war, Friede, Freude, Eierkuchen. Aurélie war fassungslos, und ich hatte sie getröstet, wie ich sie jetzt tröstete, und all ihren Kummer, ihre Enttäuschung und ihren Zorn in ein Lächeln verwandelt. Ich war schon immer recht begabt, wenn es darum ging, unglückliche Frauen zu trösten. Und am Ende hatte es statt des Blutorangen-Parfaits, das auf den beiden Desserttellern allmählich vor sich hin schmolz, einen Kuss vor dem Kühlschrank der Restaurantküche gegeben. Und unsere erste Nacht in ihrer Wohnung, die ich noch in bester Erinnerung hatte. Dass Aurélie am nächsten Morgen dann das Foto in meiner Brieftasche fand – jenes Foto von sich, das sie ihres Wissens an Robert Miller geschickt hatte –, war nun wirklich Pech und hatte ihr die Augen geöffnet. Aber am Ende hatte ich die Sache schließlich doch zu meinen Gunsten entscheiden können.

Die schöne Köchin war mein. Sie saß neben mir auf dem Sofa und putzte sich geräuschvoll die Nase.

Ich sah sie an und dachte, dass ich Aurélie wirklich sehr gern hatte. Nicht nur liebte, sondern auch gern hatte.

«Eigentlich könnest du das *Menu d'amour* doch mal wieder für uns kochen. Vielleicht am nächsten Montag? Ich wette, es ist tausendmal besser als der Gourmetfraß dieses Idioten. Und was bedeutet schon ein lumpiger Stern? Gibt es nicht fünf davon?»

«Nein, wir sind hier nicht bei amazon, *chéri*», sie kicherte belustigt. «Drei Sterne sind das Höchste der Gefühle.» Und dann klärte sie mich darüber auf, was es mit den Sternen des Guide Michelin auf sich hatte.

«Also», sagte sie. «Ein Stern bedeutet: ‹Eine Küche voller Finesse. Das Restaurant ist einen *Stopp* wert›, zwei Sterne bedeuten: ‹Eine Spitzenküche, das Restaurant ist einen *Umweg* wert›, und drei Sterne bedeuten: ‹Diese Küche ist einzigartig und eine *Reise* wert.›»

«Beeindruckend», sagte ich. «Eine ganze Reise zu machen, nur um irgendwo gut essen zu gehen.»

«Nun ja», meinte sie. «Es ist schon ein Unterschied, irgendwo gut essen zu gehen oder in einem Drei-Sterne-Restaurant zu speisen.»

«Wo man das Brot mit Silberzangen gereicht bekommt und die Kellner nach jedem Gang mit einer kleinen Bürste die Krümel von der Tischdecke fegen und einem so lange die Speisen erklären, bis man verhungert ist?»

«Ach, André! Du bist wirklich ein Banause!» Sie lachte. Ich hatte sie zum Lachen gebracht. Immerhin.

«Kann schon sein», sagte ich vergnügt. «Jedenfalls weiß ich eigentlich nicht, warum all die Restaurants überhaupt im Guide Michelin stehen. Das Michelin-Männchen kennt man doch eigentlich im Zusammenhang mit Autos.»

«Das liegt daran, dass der Guide Michelin ursprünglich für Automobilisten gemacht wurde. Von zwei Brüdern, die an die Zukunft des Automobils glaubten. Die beiden haben sich den Guide für Leute ausgedacht, die mit dem Auto unterwegs waren – Anfang des 20. Jahrhunderts gab es ja noch nicht so viele davon, und die meisten Menschen waren davon überzeugt, dass sich diese knatternden Gefährte niemals gegen die Pferdekutschen würden durchsetzen können. Also brachten die Brüder Michelin diesen Restaurantführer heraus, der ursprünglich wie ein Reiseführer genutzt wurde.»

«Ah, ich verstehe», sagte ich. «Ich hatte mich schon gewundert, warum es diese komischen Kategorien mit dem Stopp, dem Umweg und der Reise gibt.»

«Genau deswegen», erklärte sie amüsiert. Dann verdüsterte sich ihr Gesicht wieder. «Doch eine Reise nach Vétheuil werde ich niemals machen, selbst wenn dieser grässliche Marronnier irgendwann seinen dritten Stern bekommt.»

«Das wollen wir nicht hoffen, er scheint ja auch so schon eingebildet genug zu sein», entgegnete ich.

«Wohl wahr.» Sie nickte grimmig. «Ich hoffe, er erstickt an seinem blöden Stern.» Sie brütete noch einen Moment vor sich hin und zuckte dann mit den Schultern. «Außerdem ist es fast unmöglich, drei Sterne zu bekommen, selbst in Paris gibt es nur ganz wenige Drei-Sterne-Restaurants. Alain Ducasse aus dem *Plaza Athénée* hat drei Sterne. Und das *Arpège*. Und noch irgend so ein japanisches Restaurant, von dem ich mir nie den Namen merken kann.»

«Na ja, um von mir drei Sterne zu bekommen, musst

du jedenfalls keine Reise machen», sagte ich und nahm ihre Hand.

«Wie meinst du das?»

Ich spielte mit ihren Fingern. «Koch mir einfach noch einmal das *Menu d'amour*, und du wirst schon sehen.» Mir war eine brillante Idee gekommen, und ich tat sehr geheimnisvoll.

«Was heckst du wieder aus, André?», fragte sie.

«Nichts. Lass dich einfach überraschen.»

Wenig später verließen wir zusammen die Wohnung.

«Ich weiß noch gar nicht, wie ich es den anderen sagen soll», meinte Aurélie, als wir uns voneinander verabschiedeten. «Die werden alle total enttäuscht sein. Und diesem Journalisten muss ich auch erzählen, dass ich den Stern nur irrtümlicherweise bekommen habe. Wenn er es inzwischen nicht sowieso schon weiß. Das ist alles so peinlich. Ich bin eine richtige Lachnummer.»

«Ach was. Alles halb so schlimm», entgegnete ich. «Glaub mir, es gibt was Besseres als einen Stern.»

«Ach ja?»

«Ja.» Ich grinste. «Drei Sterne.»

«Scherzkeks», sagte sie.

«Nein, kein Scherz, du wirst schon sehen.»

Und während Aurélie noch immer ziemlich geknickt in ihr Restaurant ging, das für wenige glanzvolle Stunden ein Sternerestaurant gewesen war, eilte ich die Rue Bonaparte entlang und berauschte mich an der Vorstellung, ihr mit den Worten «Für mich hast du drei Sterne verdient – mindestens» den Ring zu überreichen, der unsere Verbindung besiegeln sollte, wenn sie mir das *Menu d'amour* demnächst servierte.

Wenig später war ich im Verlag und wurde als Erstes von Monsieur Monsignac zusammengestaucht, der mir auf dem Flur entgegenkam.

«Warum waren Sie heute nicht in der Verlagskonferenz, André? Sie könnten wenigstens Bescheid geben, wenn Sie nicht kommen. Sie sind hier immer noch als Lektor angestellt ... verstanden?»

«Vollkommen verstanden», entgegnete ich und federte seine Worte mühelos ab. «Aber es gab einen unerwarteten Zwischenfall.» Mit ausschmückenden Worten erzählte ich die Geschichte vom Auf- und Untergang des Michelin-Sterns. «Tja. Wie gewonnen, so zerronnen», schloss ich.

Der Verleger lachte so sehr, dass er sich fast verschluckte. «Was für ein Knüller», rief er und klopfte mir auf die Schulter. «Im Roman hätten wir so was rausgestrichen, weil es uns zu unglaubwürdig vorgekommen wäre, was?»

Als Nächstes hatte ich meine Mutter am Telefon, die beleidigt war, weil ich ihr nichts von der Lesung im *Au Clair de la Lune* erzählt hatte. «Warum bist du immer so geheimniskrämerisch, André? Oder willst du deine alte Mutter nicht dabeihaben?»

«Aber was redest du da nur, Maman», sagte ich und verfluchte Madame Petit, die Verräterin. «Es war wirklich eine ganz unbedeutende Veranstaltung, und es wäre doch viel zu umständlich für dich gewesen, am Abend extra aus Neuilly nach Paris zu kommen. Ich hätte dich ja nicht mal abholen können, weil ich kein Auto habe. Das wollte ich dir einfach nicht zumuten.»

«Ich kann noch gut selbst bestimmen, was eine Zumutung für mich ist, André. Außerdem hätte Carole mich sicher gefahren. Sie kennt dein erstes Buch und findet es total aufregend, dass mein Sohn jetzt *Schriftsteller* ist.»

Ich seufzte. Maman ließ keine Gelegenheit aus, mit mir anzugeben. Wenn ich zu Besuch nach Neuilly kam und wir zusammen durch den Ort spazierten, erklärte sie wirklich jedem Nachbarn, dem wir begegneten, dass ich nun Bücher schrieb. «André ist jetzt Bestsellerautor», sagte sie dann und nickte beifallsheischend, während ich verlegen grinsend dabeistand. Auch Carole Dubois gehörte inzwischen zu meinem Fanclub. Sie war eine alte Bekannte von Maman, die sich vor allem darin auszeichnete, dass sie extrem viel redete, extrem viel Kuchen aß und trotz ihrer dicken Brille eine völlig unerschrockene Autofahrerin war, wenn es darum ging, bei Nacht und Nebel die Landstraße zu bezwingen. Das hätte noch gefehlt, dass die beiden schnatternden Damen auf der Lesung aufgetaucht wären und Maman im Bewusstsein ihrer neuen Würde als «Schriftstellermutter» auf mich zugesteuert wäre mit den Worten: «André! Ja, willst du deine Mutter denn nicht mal begrüßen?»

«Es war nur eine ganz kleine Buchhandlung, Maman.

Und es gab auch gar keine Karten mehr, soweit ich weiß.»

«Für deine Mutter hättest du doch wohl eine Karte reservieren können», entgegnete sie vorwurfsvoll. «Na, ist ja jetzt auch egal. Was machst du am Wochenende?»

Sie leierte mir ein Mittagessen am Sonntag aus der Rippe.

«Und bring deine nette Freundin mit, hörst du? War die denn wenigstens bei der Lesung dabei?»

«Nein, Maman. Es war doch Valentinstag. Da hatte sie im Restaurant genug zu tun.»

«So wird das nie was mit euch. Macht ihr auch mal was zusammen?», erkundigte sie sich misstrauisch.

«Natürlich, Maman.»

Halbwegs versöhnt verabschiedete sie sich wenige Minuten später. «Aber beim nächsten Mal möchte ich mitkommen, hörst du? Ich kann auch mal etwas Abwechslung vertragen. Hier in Neuilly passiert rein gar nichts. Da ist es schon ein Großereignis, wenn der Gärtner den Rasen mäht oder der Postbote ein Paket bringt.»

Ich musste lachen. Manchmal konnte Maman echt witzig sein.

«Ja, lach nur, du wirst auch mal alt», sagte sie. Sie klang wie Madame Petit. «Nächstes Jahr wirst du vierzig, und danach geht alles rasend schnell, du wirst sehen.»

«Aha.» Ich klickte die Mails auf und fing schon mal an, die Werbung auszusortieren. «Ja, das ist gut möglich, aber jetzt muss ich hier wirklich weitermachen.» Die Tastatur klackerte leise unter meinen Fingern.

«Du bist immer so hektisch, André», sagte meine Mutter. Und dann misstrauisch: «Hörst du mir überhaupt zu?»

«Aber sicher, Maman. Wir sehen uns dann am Sonntag zum Mittagessen.»

Ich hatte noch den Hörer in der Hand, als Michelle Auteuil an die Tür klopfte.

«Störe ich?», fragte sie.

«Nein, nein.» Ich stellte den Telefonhörer zurück, und sie legte mir den aufgeschlagenen *Parisien* auf den Schreibtisch.

«Gute Performance gestern, André», sagte sie und rückte ihre Brille zurecht. «Das haben Sie ganz prima gemacht.» Sie klopfte mit dem Zeigefinger auf die Zeitung. «Die Besprechung ist super.»

«Na, Gott sei Dank», sagte ich. Ich überflog den Artikel, der vom «schreibenden Lektor» handelte, und sah mir die Fotos an, die mich in Denkerpose hinter meinem Schreibtisch zeigten. Ich fand, dass ich gut getroffen war.

Michelle Auteuil zögerte.

«Ja?»

«Monsieur Monsignac fand es übrigens nicht so günstig, dass Sie die Sache mit dem ‹mageren Gehalt› erwähnt haben. Das hatten wir anders besprochen.» Sie blickte mich streng an. «Sie sollten doch sagen, dass Sie Ihren ersten Roman geschrieben haben, weil Sie auf die Schnelle keinen Autor wie Stephen Clarke auftun konnten.»

«Ach ja, richtig. Das habe ich im Eifer des Gefechts vergessen. Tut mir leid.»

«Bon.» Michelle Auteuils Blick ruhte immer noch auf mir.

«Ja, was gibt's denn noch?»

«Übrigens hat Artémise Belfond heute Vormittag auch angerufen. Sie würde gerne noch eine weitere Veranstaltung mit Ihnen machen. Sie war sehr begeistert von dem gestrigen Abend und sieht noch Potenzial. Natürlich nicht sofort. Vielleicht nach den Frühjahrsmessen.»

«Natürlich.» Ich nickte.

«Ich hoffe, es war in Ordnung, dass ich der Dame Ihre Handynummer gegeben habe. Sie wollte das unbedingt selbst mit Ihnen absprechen.»

«Ja, ja, kein Problem», erklärte ich generös.

Mir war alles egal. Hauptsache, die Lesung im *Au Clair de la Lune* würde nicht am nächsten Montag stattfinden. Da hatte ich nämlich Besseres zu tun.

Ich lächelte versonnen und dachte wieder an den Ring und das *Menu d'amour*, das Aurélie für uns kochen würde.

Doch am Montag sollte es das Liebesmenü nicht für mich geben und auch nicht am Montag darauf. Das Intermezzo mit dem Stern hatte nämlich ein unerwartetes Nachspiel. Und als Aurélie ihr *Menu d'amour* dann schließlich kochte, war nicht ich derjenige, der es mit ihr aß.

6

Vétheuil war ein malerischer kleiner Ort, der etwa sechzig Kilometer nordwestlich von Paris entfernt im Département Val-d'Oise lag. Umgeben vom Wald von Le Chesney, schmiegte sich das Neunhundert-Seelen-Dorf friedlich an eine Biegung der Seine und wäre von der Welt sicherlich vollkommen vergessen worden, hätte es nicht durch Claude Monet eine gewisse Berühmtheit erlangt. Der Maler lebte einige Jahre in Vétheuil, damals steckte er in finanziellen Schwierigkeiten, was seiner künstlerischen Produktivität jedoch keinen Abbruch tat. Er malte über hundert Bilder, bevor er in das nahe gelegene Giverny umzog, wo er bis zu seinem Lebensende wohnte und arbeitete und seinen zauberhaften Garten anlegte.

Doch weder das Haus des Malers in Vétheuil, das heute noch zu besichtigen war, noch die berühmten Gärten von Giverny waren der Grund dafür, dass ich an meinem freien Tag in meinem klapprigen Renault saß, dessen Heizung nie richtig funktionierte, und Richtung

Normandie fuhr. Es war die neue Attraktion im Ort: Jean-Marie Marronniers Sternerestaurant *Le Temps des Cerises*.

Robert Carnet, der Journalist vom *Parisien*, hatte nicht lockergelassen. Er wollte unbedingt eine Geschichte über die kuriose Verwechslung der beiden Restaurants machen, die denselben Namen trugen, und ein Porträt über die beiden so unterschiedlichen Köche, die möglichst zusammen auf einem Foto posieren und ein bisschen was über ihre Kochkünste erzählen sollten.

Mit anderen Worten: Ich sollte mit diesem hochnäsigen Koch kooperieren, und bei dieser Vorstellung drehte sich mir der Magen um. Zudem hatte ich das ungute Gefühl, dass ich bei einem solchen Artikel nicht besonders gut wegkommen würde. Der Sternekoch und die Bistroköchin. Hahaha. Marronnier würde triumphieren.

«Ich glaube, das ist keine so gute Idee», hatte ich Monsieur Carnet gesagt, doch der Journalist versicherte mir, dass diese ganze Verwechslungsgeschichte doch «irre komisch» sei und es überdies ja auch zu meinem Vorteil wäre, wenn mein Restaurant Erwähnung in seinem Artikel fände. Er bekniete mich, für einen halben Tag nach Vétheuil rauszufahren – für ein gemeinsames Interview mit dem Koch des neuen Sternerestaurants.

«Ach, kommen Sie, Mademoiselle Bredin. Seien Sie keine Spielverderberin.»

«Ich habe wirklich keine Zeit», sagte ich. «Außerdem glaube ich nicht, dass Jean-Marie Marronnier besonders erpicht darauf ist, meine Bekanntschaft zu machen.» Ich dachte an die Beschimpfungen des aufgebrachten Kochs am Telefon. Er hatte die ganze Geschichte offenbar nicht «irre komisch» gefunden.

«Mit Marronnier habe ich bereits gesprochen, er wäre zu einem gemeinsamen Interview bereit», entgegnete Carnet mit einem strahlenden Lächeln. «Er hat die Sache mit Humor genommen und freut sich schon darauf, Sie kennenzulernen.»

«Aha.» Ich runzelte die Stirn und starrte den Journalisten mit zusammengekniffenen Augen an. «Hat er das wirklich gesagt?»

«Ja, natürlich. Er war ganz reizend am Telefon. Außerdem ist er der Meinung, dass wir die Geschichte so rasch wie möglich bringen sollten. Wir könnten gleich am Montag rausfahren, da hat sein Restaurant geschlossen, und wir können in aller Ruhe reden und ein paar hübsche Fotos machen. Was meinen Sie?»

Robert Carnet verstand es, einen zu bequatschen. Und am Ende willigte ich ein. Was blieb mir auch übrig, wenn ich nicht wie die schmollende Verliererin dastehen wollte. «Aurélie Bredin, die das *Le Temps des Cerises* in Saint-Germain führt, war zu einem gemeinsamen Interview leider nicht bereit.» So ein Kommentar hätte meinem Restaurant womöglich noch geschadet. Von der irrtümlichen Verleihung des Sterns hatten wir bisher nur profitiert – bis auf zwei Absagen waren alle Reservierungen bestehen geblieben, und obwohl in einigen Zeitungen eine kleine Meldung über die kuriose Verwechslung der beiden Restaurants erschienen war, herrschte nach wie vor ein großer Andrang, den ich mir nur mit einer gewissen Sensationslust der Gäste erklären konnte.

«Ja, wir waren neulich in diesem Restaurant in Saint-Germain essen – Sie wissen schon – das, das man *verwechselt* hat. War lustig. Vielleicht fahren wir aber doch mal nach Vétheuil raus. Das echte *Le Temps des Cerises* soll ja ganz fabelhaft sein. Und der Besitzer hat lange im *Jardin des Plumes* gekocht, kennen Sie das? Ein ganz feines Restaurant.»

Auch wenn es seltsam klingen mag, ich gebe zu, ein bisschen neugierig war ich schon auf diesen Marronnier, meinen unerwarteten Rivalen, der auf seinem hohen Ross saß und mir den Fehdehandschuh vor die Füße geworfen hatte. Ich beschloss, die Herausforderung anzunehmen.

«Zeig ihm, was eine Harke ist!», sagte Jacquie, der die Tatsache, dass wir nun doch keinen Stern hatten, mit normannischem Gleichmut hingenommen hatte. «Vor diesem Koch aus Vétheuil müssen wir uns nicht verstecken.» Er verschränkte die Arme vor seiner weißen Kochjacke und grinste.

André war nicht sonderlich erfreut über diese neue Wendung.

«Muss das sein?», quengelte er. «Kann dieser Journalist nicht einfach dich und dein Restaurant fotografieren und dann allein zu diesem beknackten Koch rausfahren? Warum musst du dabei sein? Wir hatten doch am Montag eine Verabredung. Wir wollten schön zusammen essen. Du wolltest das *Menu d'amour* kochen ...»

«Ja, ich weiß, André. Glaub mir, ich habe auch keine große Lust auf diesen Marronnier. Aber vielleicht ist es doch wichtig, dass ich mich in dieser Sache nicht ganz ausbooten lasse. Wer weiß, was er sonst noch über mich erzählt. Besser, ich bin dabei.»

«So was Blödes», brummte André enttäuscht. «Ich hatte mir extra freigenommen. Ich dachte, wir machen uns einen schönen Tag. Nur wir beide.»

«Wir holen das nach», versprach ich. Was hatte André nur mit dem *Menu d'amour*? Wieso war ihm dieses Essen plötzlich so wichtig? War es eine nostalgische Anwandlung? Oder war die Lust auf meinen Lammbraten mit den Granatapfelkernen einfach so übermächtig? Ich lächelte und fuhr ihm durch seinen dunklen Haarschopf. «Das Essen läuft uns doch nicht weg, André.»

Und nun brauste ich also die A 14 in Richtung Vétheuil entlang und versuchte verzweifelt, die Heizung in Gang zu bekommen. Es war eiskalt. Der blaue R 4, den ich schon vor Jahren gebraucht gekauft hatte, weil man in ihm so praktisch etwas transportieren konnte, war nun wirklich in die Jahre gekommen. Im Winter funktionierte die Heizung meistens nicht, und im Sommer herrschte im Inneren des Wagens eine Affenhitze, und man musste alle Fenster runterkurbeln, weil es keine Klimaanlage gab. Manchmal sprang der Renault nicht sofort an, und ab und zu gab er seltsame Geräusche von sich, aber ich hatte mich bisher nicht entschließen können, mich von ihm zu trennen und mir ein neues Auto zu kaufen. Seufzend schaltete ich den CD-Player ein, immerhin, dieser funktionierte einwandfrei, Zaz sang *Je veux*, und bald schon hatte ich Paris hinter mir gelassen. Die letzten Hochhäuser verschwanden, die Landschaft veränderte sich, alles wurde flacher und weiter, ländlicher eben. Ich war unterwegs Richtung Normandie, Jacquie wäre begeistert gewesen, und als ich nach etwa einer Stunde bei Mantes-la-Jolie auf die Landstraße abbog, war ich umgeben von Feldern und Wäldern, die endlos zu sein schienen.

Zwanzig Minuten später hatte ich mein Ziel erreicht.

Das kleine Kirchlein von Vétheuil war schon von weitem zu sehen. Es lag auf einer Anhöhe, die sanft bis zum Ufer der Seine abfiel. Der Ort mit seinen paar Straßen und Häusern wirkte um die Mittagszeit wie ausgestorben. Es war Punkt zwölf Uhr, und die Schläge des spitzen Glockenturms wehten zu mir herüber, als ich vor dem rosafarbenen Manoir mit den grünen Schlagläden anhielt und halb erfroren aus dem Auto stieg.

Carnet war schon da. Er lehnte an seinem grünen Fiat und winkte mir zu.

«Ganz schön schattig heute, was?», bemerkte er.

«Kann man wohl sagen.» Ich schlang die Arme um meinen roten Wollmantel und rieb die Hände gegen den Stoff. «Wollen wir reingehen?»

Carnet nickte, nahm seine Fototasche und blickte prüfend zum Himmel. «Immerhin haben wir ein schönes klares Licht. Für die Fotos», setzte er hinzu.

Als wir den gekiesten Weg entlanggingen, der zum

Manoir führte, in dessen Hochparterre sich das Restaurant befand, öffnete sich die Tür. Eine Frau trat heraus, die sich uns als Madame Camara vorstellte. Sie war an die sechzig, etwas rundlich, trug die dunklen Haare in kurzen Fransen und hatte eine dicke Strickjacke an. Offenbar war sie so etwas wie die Hausdame hier.

«Monsieur Marronnier wird sich leider verspäten», meinte sie. «Er ist soeben erst in Le Vésinet losgefahren.»

«Wie jetzt?», sagte ich und zog die Augenbrauen hoch. Schon klar, dass dieser Marronnier es nicht für nötig hielt, pünktlich zu erscheinen. Warum auch? Er war ja schließlich *der Maître*, auf den alle gern warteten.

Madame Camara schaute mich an, als hätte ich eine ungehörige Bemerkung gemacht. «Monsieur Marronnier *wohnt* in Le Vésinet», erklärte sie. Als ob mich das interessiert hätte! Ich wohnte in Paris und war auch pünktlich erschienen. Sie lächelte knapp, dann wandte sie sich an Carnet. «Und Sie sind sicher der Herr von der Presse, nicht wahr? Möchten Sie schon mal reinkommen?»

«Hmm ... ja. Vielleicht könnte ich die Gelegenheit nutzen, mich erst einmal hier draußen umzusehen», sagte Carnet. Er machte ein paar Schritte und ließ seinen Blick anerkennend über das Manoir schweifen. «Das sieht ja alles sehr idyllisch aus. Man könnte glatt meinen, man ist in einem anderen Jahrhundert, was? Und wie still es hier ist!» Er holte seine Kamera aus der Tasche und begann zu fotografieren.

Ich musste ihm recht geben. Das alte Manoir, das sich mit seinen hohen Fenstern und der schmucken Fassade inmitten von Ilexbüschen und alten Birken erhob, hatte etwas aus der Zeit Gefallenes.

Carnet schraubte an seinem Objektiv herum und nickte zufrieden. «Sehr schön», murmelte er.

«Möchten Sie vielleicht auch schon mal den Garten sehen? Der ist wirklich ganz wunderbar.» Madame Camara ging geschäftig voraus, und wir folgten ihr ums Haus.

Hinter dem Manoir erstreckte sich ein großer Garten mit einer Wiese und alten Bäumen, die ihre kahlen Äste in den Himmel reckten. Gusseiserne grüne Tische und Stühle warteten auf den Frühling. Die Wiese reichte bis an den Fluss, wo eine verwitterte Holzbank stand, an der die Seine träge glitzernd vorüberfloss. Am gegenüberliegenden Ufer ragten ein paar Silberpappeln auf, deren Blätter in der Sonne flirrten, eine einsame Trauerweide ließ ihre herabhängenden Zweige im Wasser schwimmen, und selbst an diesem kalten Februartag sah alles ganz verwunschen aus.

Ich blieb entzückt stehen. Es war schwer, sich dem Zauber zu entziehen, der von diesem Garten ausging. Ein Gefühl großen Friedens erfasste mich, und für einen Moment vergaß ich, dass mir kalt war. Ich vergaß den Journalisten, ich vergaß sogar Marronnier. Traumverloren schlenderte ich zu einem der Bäume und legte meine Hand an die raue dunkle Borke. Dann schaute ich nach oben in den Wipfel.

«Das ist sehr gut, bleiben Sie so!», rief Carnet, und ich hörte seine Kamera klicken.

«Alles Kirschbäume», sagte Madame Camara und machte eine ausholende Handbewegung. «Dem Garten verdankt das *Le Temps des Cerises* übrigens auch seinen Namen.»

Carnet nickte und schoss noch ein paar Fotos von der Terrasse, die sich an die Rückseite des Gebäudes anschloss. Ein paar breite Steinstufen führten hinunter in den Garten, Kübel mit Buchsbäumen standen zu beiden Seiten der Treppe, die Terrasse selbst war mit einem hellen Sandsteingeländer umgeben. Es musste wundervoll sein, hier im Sommer zu sitzen und auf den Fluss zu schauen.

In diesem Moment war das knatternde Geräusch eines Autos zu hören.

«Oh, da ist Monsieur Marronnier schon! Kommen Sie!»

Madame Camara eilte voran, und wir folgten ihr wieder um das Manoir herum. Auf der gekiesten Auffahrt kam gerade ein weißer Citroën DS mit knirschenden Rädern zum Stehen. Am Steuer saß der Sternekoch mit einer karierten Schiebermütze. Alter weißer Mann mit Angeber-Auto, dachte ich und ging in Stellung.

«Wir sind hier, Monsieur Marronnier», rief Madame Camara überflüssigerweise und winkte. «Der Herr vom *Parisien* ist schon da. Und die … *andere* Köchin.»

Ich war die andere Köchin. Nun gut. Ich lächelte kühl, als Jean-Marie Marronnier jetzt mit federnden Schritten in seiner Lammfelljacke auf uns zukam und an seine Schiebermütze tippte. Er begrüßte uns ohne

Umschweife, eine Entschuldigung hielt er nicht für nötig. Ich starrte ihn schweigend an, während er ein paar Worte mit dem Journalisten wechselte. So alt war er noch gar nicht. Ende vierzig vielleicht – so ein Jean-Paul-Belmondo-Typ mit dunkelblondem Haar und markanten Gesichtszügen.

«Und Sie sind also Aurélie Bredin», sagte er jetzt, blieb mit verschränkten Armen vor mir stehen und musterte mich belustigt aus seinen stahlblauen Augen.

Ich sah ihn schweigend an und verschränkte auch die Arme.

«Tja», meinte er. «Nun hat Sie Ihr Weg doch noch nach Vétheuil geführt. Geben Sie es zu – mein *Celle de Chevreuil aux Griottes* hat Sie neugierig gemacht.» Sein Blick ruhte forschend auf mir. «Und? Haben Sie sich inzwischen wieder eingekriegt, Mademoiselle?»

Ich holte tief Luft.

«Die Frage ist ja wohl eher, ob *Sie* sich inzwischen eingekriegt haben, Monsieur», gab ich scharf zurück. «Und nein ... ich bin aus rein professionellen Gründen hier und weil ich darum gebeten wurde – nicht um irgendeines Ihrer großartigen Gerichte zu probieren. Ihr Rehrücken mit Kirschen interessiert mich nämlich nicht die Bohne.»

«Nicht Kirschen – *griottes*», meinte er. «Das ist ein feiner Unterschied.»

Ich empfing die unterschwellige Botschaft und fuhr meine Stacheln aus. Ich hatte überhaupt keine Lust darauf, mich von diesem Sternekoch belehren zu lassen.

«Wie auch immer», sagte ich also und wandte mich an Robert Carnet, der etwas überrascht zwischen uns hin- und herblickte. «Können wir jetzt endlich anfangen? Ich habe nicht den ganzen Tag Zeit.»

«Oh, Ihnen kann es wohl nicht schnell genug gehen, was?», merkte Marronnier an und zog die Augenbrauen hoch. «Ich bin doch gerade erst gekommen.»

«Gut erkannt. Sie haben uns bereits eine halbe Stunde warten lassen, Monsieur Marronnier. Außerdem arbeite ich doch in einem Schnellimbiss, schon vergessen? Da geht alles *vite, vite*!»

«Oh – Sie kennen sich bereits?» Carnet war verwirrt.

«Nicht wirklich», stellte ich klar und schürzte verdrossen die Lippen.

Carnet spürte die Spannung, die in der Luft lag, und versuchte, die Stimmung aufzulockern.

«Nun, dann haben Sie ja jetzt die Gelegenheit dazu – so von Koch zu Köchin, nicht wahr?», scherzte er. «Vielleicht fangen wir mit einem kleinen Rundgang durch Ihr Restaurant an, Monsieur Marronnier. Sagen Sie – stimmt es, dass Sie früher im *Jardin des Plumes* gekocht haben?»

Die Augen des Journalisten richteten sich ehrfurchtsvoll auf Marronnier, der unsere kleine Truppe anführte und jetzt die Tür zum Restaurant öffnete, während Madame Camara sich mit einem kurzen Kopfnicken verabschiedete und über die alte Holztreppe nach oben verschwand.

Das Licht fiel durch die hohen weißen Kassettenfenster in einen mittelgroßen Raum, der mit glänzenden Kirschholzmöbeln und weißen Kugellampen im Belle-Époque-Stil ausgestattet war. Goldgerahmte Spiegel hingen über grünen Lederbänken, komfortable Sessel waren an die Tische gerückt. Auf weißen Decken schimmerte Silberbesteck, und die Sonne verfing sich in den geschliffenen Gläsern und ließ sie bunt aufleuchten. Das Geschirr mit dem breiten gelben Rand, um den sich außen noch ein schmaler blauer Streifen zog, war unverkennbar von Limoges. Alles wirkte edel und erlesen. Eine Schiefertafel an der Wand, auf der die Tagesgerichte standen, hätte in diesem Ambiente völlig deplatziert gewirkt. Stattdessen lagen auf der polierten Theke in grünes Leder gebundene Speisekarten.

Während Carnet seine Fragen stellte und Marronnier bereitwillig Auskunft gab und dann doch recht unterhaltsam das Konzept seiner «impressionistischen Landküche» erläuterte, streifte ich zwischen den Tischen her und schaute mich unauffällig in diesem stilvollen Restaurant um, das so völlig anders war als mein kleines Bistro mit den rot-weiß karierten Tischdecken. Zumindest was das anging, hatte Marronnier wohl recht gehabt.

Ich hörte, wie er dem Journalisten gerade die ovalen Messingschilder über den Lederbänken erklärte. Einige Berühmtheiten hatten hier offenbar schon gesessen und das vorzügliche Essen genossen – unter ihnen die Schauspielerin Marion Cotillard und Jean d'Ormesson, jenes hochdekorierte Universalgenie, welches als Diplomat, Literat und Philosoph nicht nur Mitglied der Académie française und lange Zeit der Direktor des *Le Figaro* gewesen war, sondern, wie man sich erzählte, auch das Leben zu leben wusste.

Carnet war zutiefst beeindruckt. Ich überlegte krampfhaft, was ich hätte dagegensetzen können, doch außer dem fiktiven Bestsellerautor Robert Miller fiel mir kein Prominenter ein, der je in meinem Restaurant gespeist hätte.

Und Carnet fragte auch nicht danach.

Er beugte sich gerade zu einem anderen Schild hinunter und sog überrascht die Luft ein. «Nein! Das *glaube* ich nicht!»

Ich sah interessiert zu ihm hinüber.

«*Michael Caine* hat bei Ihnen gegessen? Ich bin ein totaler Fan von Michael Caine!»

Marronnier lachte generös. «Na ja, das verdanke ich eher einem Zufall. Caine war zu Dreharbeiten nach Giverny gekommen, da hatte ich mein Restaurant gerade erst ein paar Wochen eröffnet. Eigentlich wollte er mit seiner Frau im *Jardin des Plumes* essen gehen, aber dort gab es an diesem Abend keinen Tisch mehr.» Sein Gesicht verdüsterte sich für einen Augenblick. «Doch irgendjemand hatte ihm wohl gesteckt, dass einer der Köche ganz in der Nähe sein eigenes Restaurant aufgemacht hatte, nämlich ich, und so ist er nach Vétheuil gekommen.»

«Und wie war er so?», wollte Carnet begierig wissen. Ich trat näher und spitzte die Ohren. Auch ich kannte den britischen Schauspieler und Oscar-Preisträger aus einigen Filmen und fand ihn sehr charismatisch.

«Eigentlich ziemlich normal und unauffällig», meinte Marronnier. «So unauffällig, dass ich ihn zunächst gar nicht bemerkte. Jedenfalls kam er nicht mit großem Aplomb ins Restaurant oder so. Er fragte die Bedienung, ob er den Platz in der Ecke haben könne, und die wusste gar nicht, wen sie da vor sich hatte. Als ich dann später an seinen Tisch trat und er die Speisekarte sinken ließ, traf mich fast der Schlag.»

«Das kann ich mir vorstellen», sagte Carnet.

«Ich sagte: Oh, mein Gott, Mister Caine, Sie sind's, was für eine Ehre! Sie sind ein so großartiger Schauspieler. Er lächelte sein knappes Lächeln und sagte: Ich weiß. Später, als er seinen Kaffee nahm, winkte er mich noch mal zu sich an den Tisch und fragte: Sagen Sie mal, wer ist denn hier der Chef? – Das bin ich, sagte ich. – Nein, sagte er. Sie sind der Kellner. – Ja, Kellner und Chef des Restaurants. Caine war sichtlich verblüfft. Dann sagte er: Hören Sie, ich bin jetzt seit einer Woche in Giverny, aber Ihr Essen war das Beste, was ich hier gegessen habe. Sie sind ein großartiger Koch. – Ich sagte: Ich weiß. – Und da hat er schallend gelacht.»

Marronnier verschränkte die Arme und sah den Journalisten bedeutungsvoll an. «Dazu müssen Sie wissen, dass Michael Caine im Ruf steht, so gut wie nie zu lachen.»

«Hahaha! Eine köstliche Geschichte», rief Carnet und machte sich eifrig Notizen. Ich fand die Geschichte auch ganz amüsant, aber ich verzog keine Miene. Außerdem fand ich, dass der Journalist mir auch ein bisschen

Beachtung hätte schenken können. Wenigstens höflichkeitshalber. Er klebte an Marronniers Lippen, und ich fragte mich, warum ich überhaupt hergekommen war.

«Sie sind wohl sehr schwer zu erheitern, was, Mademoiselle Bredin?», raunte Marronnier mir zu, als Carnet jetzt ein paar Fotos von Michael Caines Sitzplatz machte.

«Ja, ich gehöre zu den Menschen, die zum Lachen am liebsten in den Keller gehen», zischte ich.

«Wie schade», meinte er süffisant. «Sie würden so viel hübscher aussehen, wenn Sie mal lächelten.»

Carnet kam zurück.

«Wie sind Sie eigentlich auf die Idee gekommen, Ihr Restaurant ausgerechnet in Vétheuil zu eröffnen?», wollte er jetzt wissen.

«Nun, Vétheuil war schon immer ein ganz besonderer Ort für mich ...» Und während Marronnier ganz beiläufig einfließen ließ, dass das Manoir bereits seinem Urgroßvater gehört hatte, und von dem Charme der reizvollen Umgebung schwärmte, die auch schon Claude Monet zu seinen Gemälden inspiriert hätte, blieb ich vor einem kleinen Landschaftsgemälde stehen, das den Fluss und ein paar Pappeln zeigte. Im Vordergrund eine Wiese mit hohen Gräsern und Klatschmohn, in der man erst auf den zweiten Blick eine Frau mit Hut und Picknickkorb erkannte. Zart und duftig waren die Farben auf die Leinwand getupft. Es sah sehr impressionistisch aus. Man dachte gleich an einen Sommertag.

Ich trat näher, und die Striche und Punkte lösten sich vor meinen Augen auf.

«Das Haus, in dem Monet mit seiner ersten Frau Camille wohnte, liegt nur ein paar Gehminuten von hier entfernt», erzählte Marronnier gerade. «Die Ärmste starb ja viel zu früh – sie liegt auf dem Friedhof von Vétheuil begraben. Glücklicherweise wohnte damals schon Alice Hoschedé im Haus, die Frau seines Freundes, die Monet dann später auch heiratete. Wenn Sie möchten, kann ich Ihnen sein Haus im Anschluss noch zeigen – es ist heute ein Bed & Breakfast, wo ich die Teilnehmer meiner Kochkurse immer unterbringe. Auch den Garten gibt es noch immer.» Er machte eine kleine Pause und zupfte am Kragen seines blauen Pullovers. «Kennen Sie dieses Bild mit den Sonnenblumen und dem kleinen Kind mit dem Strohhut, das auf einem Gartenweg steht? Das hat Monet genau dort gemalt. Er liebte Gärten, und er liebte Kinder. Ich meine, die beiden hatten zusammen acht Kinder, das kann man sich heute ja gar nicht mehr vorstellen, nicht wahr?»

Ich fragte mich, wie lange diese Vorlesung über Monet noch gehen sollte, und seufzte vernehmlich.

«Für mich ist das Bild mit den Sonnenblumen ein wunderbares Zeugnis der Lebensfreude und der Sinnlichkeit des Impressionismus», ging es da auch schon weiter. «Und genauso sehe ich meine Küche. Ich bin da ganz bei meinem Freund Monet, wenn Sie so wollen.»

Marronnier lachte.

Mein *Freund* Monet, dachte ich. Du liebes bisschen! Was für ein Angeber. Die Anekdoten dieses Kochs, der sich so gerierte, als sei Monet sein bester Kumpel, mit dem er sonntags immer eine Flasche Wein leerte, gingen mir allmählich auf den Geist.

«Und was halten Sie von den neuen Trends in der französischen Küche? Steigen Sie da ein?», wollte Carnet jetzt wissen.

«Ach, wissen Sie, ich halte überhaupt nichts von Trends. Trends gehen vorüber. Erst sind sie in, dann sind sie out. Molekulare Küche oder New Nordic – das ist alles nicht mein Ding. Ich schätze die französische Küche einfach zu sehr, und das Wichtigste für einen Koch ist doch, dass er sich selbst treu bleibt. Ich empfinde es als höchst inspirierend, dass ich mich hier in so guter Gesellschaft befinde. Vétheuil war immer schon ein Nährboden für Künstler.»

Ich drehte mich um und deutete auf das Bild an der Wand.

«Oh, und ich sehe, Sie haben hier auch einen echten Monet hängen!», rief ich dazwischen. «Oder malen Sie am Ende selbst – im Geiste der Impressionisten? Sie haben ja sicher noch viele Talente.»

«Nein, nein, ich beschränke mich ganz aufs Kochen», entgegnete er.

«Und das Bild ...?»

«Eine lange Geschichte.» Marronnier ließ sich nicht aus dem Konzept bringen. Offenbar hatte er keine Lust, über das Gemälde zu reden. «Kommen Sie, lassen Sie uns lieber noch ein paar Schritte durch den Garten gehen ...»

Er stieß die Doppeltür auf, und wir traten auf die Veranda, die jetzt in der Sonne lag.

«Die Kirschbäume hat noch mein Urgroßvater gepflanzt», erklärte Marronnier mit einem gewissen dynastischen Stolz. «Jetzt sehen sie noch kahl aus, aber im April, wenn die Bäume ausschlagen, meint man durch ein Meer von rosafarbenen Blüten zu gehen. Es ist zauberhaft, Sie können sich gar nicht vorstellen, wie schön.»

Er wandte sich an Carnet. «Deswegen habe ich mein Restaurant auch so genannt – *Die Zeit der Kirschen.*»

«Ja, das wissen wir schon», sagte ich missmutig.

«Wie poetisch!» Robert Carnet kritzelte beglückt ein paar Notizen in sein Büchlein, und ich fragte mich, ob ich in seinem Artikel überhaupt Erwähnung finden würde. Doch dann wandte der Journalist des *Parisien* sich ausnahmsweise auch mal wieder an mich.

«Und Sie, Mademoiselle Bredin? Warum haben Sie Ihr Restaurant *Le Temps des Cerises* genannt?»

«Weil ... Das ... hat etwas mit meinem Vater zu tun», sagte ich und wurde zu meinem Ärger plötzlich rot. Mit einem Kirschgarten konnte ich leider nicht aufwarten. «Ich meine, das Restaurant hieß schon so, als ich es übernahm.»

«Ach sooo», sagte Carnet enttäuscht. Er hatte wohl etwas Originelleres erwartet.

«Ach ... war Ihr Vater auch Koch?», hakte Marronnier ein. «Dann haben Sie die Begabung sozusagen von ihm geerbt.»

«Welche Begabung denn?», fragte ich spitz.

«Und jetzt würde ich gern ein paar Fotos von den beiden Köchen machen!», unterbrach Carnet. Er steckte sein Notizbuch weg und lief die Stufen hinunter in den Garten. Dann trat er ein paar Schritte zurück und blickte durch den Sucher seiner Kamera. «Nein, nein, bleiben Sie, wo Sie sind.» Er streckte eine Hand nach vorn und winkte uns zurück. «Sie beide auf der Veranda, das kommt richtig gut!» Das Manoir, das hinter uns in der tiefstehenden Nachmittagssonne aufragte, bot offenbar die perfekte Kulisse.

Wir standen etwas unschlüssig auf der Terrasse herum und blinzelten ins Licht, und während Carnet sein Shooting machte und uns in alle möglichen Posen dirigierte, kamen Marronnier und ich uns näher als beabsichtigt. Der Koch streifte meinen Rücken, und ich merkte, wie ich mich verkrampfte. Die Sonne schien mir in die Augen, sie fingen an zu tränen, und ich setzte meine Sonnenbrille auf.

«Nein, keine Sonnenbrille, bitte, das wirkt immer so abweisend», rief Carnet. «Ja, so ist es gut. Noch ein bisschen enger zusammen bitte, noch ein bisschen ... perfekt! Und jetzt: Augen auf und ... lächeln! *Cheeese!*»

Ich riss die Augen auf und lächelte. Der Koch stand neben mir und lächelte auch. Man hätte uns für die besten Freunde halten können.

«Sind Sie immer so nachtragend oder nur bei mir?», murmelte Marronnier, während die Kamera des Journalisten klickte.

«Nur bei Ihnen», sagte ich.

Der Journalist rief «Super!», sprang im Garten hin und her und reckte den Daumen in die Höhe.

Es war eine irgendwie groteske Situation, und sie entbehrte nicht einer gewissen Komik. Ich hatte plötzlich den Impuls zu lachen.

«Ja, wunderbar! Sehr schön!», lobte Carnet. «Warum nicht gleich so?!»

Hochzufrieden mit seiner Ausbeute verabschiedete er sich kurz darauf. «Das wird eine tolle Story», rief er, als er in seinen grünen Fiat stieg und uns zuwinkte. Auch ich ging zu meinem Auto. Als ich die Schlüssel hervorholte, stand plötzlich Marronnier hinter mir.

«Ich sehe, Sie haben auch ein Faible für Oldtimer. Der gute alte R 4 ... Da geht einem das Herz auf, was?» Anerkennend klopfte er mit der Hand auf das Dach meines Autos.

«Sie wollen jetzt nicht im Ernst diese alte Klapperkiste mit Ihrer Déesse vergleichen, oder?»

Er schwieg einen Moment. «Nun, es hat wohl beides seinen ganz eigenen Charme – wie unsere Restaurants», antwortete er salomonisch.

«So, so», sagte ich und versuchte, die Autotür aufzuschließen.

Er lehnte an der Kühlerhaube und sah mir zu.

«Ich weiß, dass Sie es immer sehr eilig haben, aber möchten Sie vielleicht nicht doch noch einen Kaffee mit mir trinken, Mademoiselle Bredin?»

«Wozu?», entgegnete ich.

Er spitzte amüsiert die Lippen.

«Wollen wir nicht das Kriegsbeil begraben? Schließlich sind wir doch beide Köche.» Er lächelte. Er konnte sehr gewinnend sein, wenn er wollte.

«Und woher kommt dieser plötzliche Sinneswandel, Monsieur Marronnier? Am Telefon klang das noch ganz anders.»

«Am Telefon haben Sie mich einen bornierten Kerl genannt.» Er sah mich an und zog die Augenbrauen hoch. «Außerdem wusste ich da noch nicht, mit wem ich es zu tun hatte.»

«Und mit wem haben Sie es zu tun?»

Er zuckte lässig mit den Schultern.

«Keine Ahnung. Aber ich würde es gern herausfinden. Geben Sie mir eine Chance, und bleiben Sie noch auf einen Kaffee. Ich würde mich wirklich freuen.»

Als ich zwei Stunden später nach Paris zurückfuhr, hatte ich meine Meinung über Jean-Marie Marronnier revidiert. So übel war der Koch gar nicht. Er hatte tatsächlich einige recht interessante Gerichte auf seiner Karte, und seine Idee, sich von der Zeit der Impressionisten auch in seiner Küche inspirieren zu lassen, fand ich originell. Ja, er bildete sich einiges auf seine Kochkünste ein, aber welcher Koch tut das nicht?

An diesem Nachmittag erfuhr ich dann auch den eigentlichen Grund für Marronniers heftige Reaktion am Telefon. Ihm war ziemlich übel mitgespielt worden in dem Restaurant, wo er früher gekocht hatte. Ein intriganter Koch, der ihm vor die Nase gesetzt worden war, hatte sich ohne viel Federlesens seiner Kreationen bemächtigt und sie als die seinen ausgegeben. Diese Gerichte waren maßgeblich daran beteiligt gewesen, dass das Restaurant später seinen Stern bekam, doch den Lorbeer erntete nicht Marronnier, sondern sein Rivale, der ihn auf unschöne Weise austrickste. Die Zusammenarbeit mit dem Sternerestaurant endete mit einem Eklat. Marronnier hatte wütend seine Kochmütze genommen, sein eigenes Restaurant eröffnet und allen Ehrgeiz dareingesteckt, sich wieder einen Stern zu erkochen. Als er dann erfuhr, dass die Auszeichnung irrtümlicherweise an ein anderes Restaurant gegangen war, nämlich an meines, waren bei ihm alle Sicherungen durchgebrannt.

«Tut mir leid, dass Sie meinen ganzen Ärger abbekommen haben», sagte er entschuldigend, während er mir ein Limoges-Tellerchen mit einer *Tartelette aux pommes* neben meinen Kaffee stellte. «Hier, probieren Sie das!»

Gespannt stieß ich die kleine silberne Gabel in den Blätterteig, der mit Nüssen und Marzipan vermengt war. Auf dem Boden stapelten sich hauchdünne Apfelscheibchen, die mit einer Glasur aus Aprikosenmarmelade überzogen waren. Ich steckte den ersten Bissen in den Mund und hielt inne. Die köstliche Melange betörte meine Geschmacksknospen.

«Mein Gott, das schmeckt ja himmlisch», entfuhr es mir.

«Das freut mich.» Marronnier nickte lächelnd. Dann richtete er seine blauen Augen wieder auf mich. «Ich würde mir wirklich wünschen, dass wir dieses unglückselige Telefonat vergessen könnten, Mademoiselle Bredin. Es wirft ein viel zu schlechtes Licht auf mich. Ich war an dem Tag nicht ich selbst. So schlimm bin ich nämlich gar nicht. Aber Sie können nicht ermessen, was mir dieser Stern bedeutet.»

Um sein eigenes Restaurant voranzubringen, hatte Marronnier sogar seine Ehe auf Spiel gesetzt. Seine Frau führte eine gutgehende Modeboutique in Le Vésinet und zeigte wenig Verständnis dafür, dass ihr Mann sich der Gourmetküche mit Haut und Haaren verschrieben hatte und am liebsten dauerhaft in Vétheuil wohnen wollte. Im ersten Stockwerk des Manoirs gab es eine ganze Etage zur privaten Nutzung, was recht komfortabel und praktisch war. Wenn es spät wurde, und das wurde es immer öfter in der letzten Zeit, übernachtete Marronnier einfach dort. Seine Frau war nicht dazu zu bewegen, in das Manoir zu ziehen, das ihm so viel bedeutete. Abgesehen davon, dass sie diesem langweiligen Kaff nichts abgewinnen konnte und gutes Essen aus Gründen der schlanken Linie eher vermied, hatte sich das Ehepaar, nachdem die Tochter zum Studium nach Grenoble gegangen war, mehr und mehr auseinandergelebt.

Der Koch schwieg einen Moment und zuckte bedauernd mit den Schultern. Es wurde still.

«Das tut mir sehr leid», sagte ich. Irgendwie hatte ich das Gefühl, etwas sagen zu müssen. «Vielleicht hat Ihre Frau ja doch noch ein Einsehen.» Ich ließ meinen Blick durch das Restaurant schweifen und sah zum Garten hinaus, wo die Sonne gerade über dem Fluss unterging und alles in ein rosafarbenes Licht tauchte. «Dieser Ort ist so schön, so friedlich. Sie hätten doch alle Voraussetzungen, um ein glücklich verheirateter Mann zu sein.»

Er sah mich nachdenklich an.

«Gibt es das überhaupt – einen glücklich verheirateten Mann?», fragte er dann.

«Nun, ich hoffe doch!», beeilte ich mich zu sagen.

«Wissen Sie, Mathilde versteht einfach nicht, dass wir Köche in gewisser Weise auch Künstler sind, die ein ganz bestimmtes Umfeld brauchen, um ... Aber verzeihen Sie, ich will Sie nicht langweilen», unterbrach er sich.

«Nein, nein, Sie langweilen mich nicht.» Das, was er über das Kochen gesagt hatte, gefiel mir. «Und Sie haben völlig recht, Kochen *ist* eine Kunst – eine Kunst, der man sich mit allen Sinnen verschreiben muss, wenn sie gelingen soll.» Ich sah auf meinen Teller. «Ich meine – dass man so banale Zutaten wie Butter, Eier, Zucker, Mehl und Milch, Marzipan und Äpfel auf bestimmte Weise vermischt und dann so etwas Wunderbares dabei herauskommt wie dieses Apfelküchlein, ist doch pure Magie, oder nicht?»

Marronnier stimmte mir zu. «Ja, wir sind die Alchimisten von heute. Wir machen aus nichts Gold.»

Er stand auf, um mir noch etwas Kaffee nachzuschenken, und mein Blick fiel wieder auf das kleine Gemälde an der Wand.

«Verraten Sie mir noch, was es mit dem Bild auf sich hat? Jetzt sagen Sie nicht, dass es wirklich ein echter Monet ist?» Ich grinste.

Marronnier stellte die Kanne ab.

«Ehrlich gesagt, ich weiß es nicht. Ich habe dieses Bild vor Jahren auf dem *Marché aux Puces* gefunden. An einem Stand, der übersät war mit allem möglichen Plunder aus einer Haushaltsauflösung. Es gefiel mir sofort, und erst später habe ich herausgefunden, dass es einem anderen Bild Monets unglaublich ähnelt – dem *Blick von Rouelle aus*, das hat Monet mit achtzehn Jahren gemalt, und in der Tat könnte das, was Sie hier sehen, das Gegenstück sein. Monet hat ja oft dasselbe Motiv in verschiedenen Variationen gemalt.»

Ich nickte beeindruckt. «Das wäre ja ein unglaublicher Fund.»

«Allerdings ist das Bild nur mit den Initialen des Malers signiert, nicht mit dem vollen Namen.»

Wir schauten beide ehrfürchtig zu der heiteren Landschaft hinüber.

«Ich wollte die Echtheit des Gemäldes immer mal prüfen lassen, habe mich dann aber nie dazu entschließen können. Keine Ahnung, warum. Vielleicht wollte ich den Zauber, den das Bild umgibt, nicht zerstören. Finden Sie das jetzt komisch?»

«Nein, überhaupt nicht.» Ich schüttelte den Kopf. «Ich glaube, ich hätte es ganz genauso gemacht.»

Es war schon dunkel, als ich mich von Marronnier verabschiedete – nicht ohne dass der Koch mir das Versprechen abnahm, noch einmal mit mehr Zeit in sein Restaurant zu kommen, um eines seiner Gerichte zu kosten.

«Vielleicht im Frühling, wenn die Kirschbäume blühen? Irgendeinen Sinn muss diese seltsame Verwechslung doch haben», erklärte er augenzwinkernd.

«Sie meinen, damit ich den Unterschied kennenlerne zwischen einer Sterneküche und einer Bistroküche?», fragte ich.

«Ach was», meinte Marronnier. «Es würde mich einfach freuen, Sie wiederzusehen und unsere Unterhaltung fortzusetzen. Und – nun ja – im Grunde gibt es doch nur eine Küche – nämlich eine gute.»

«Wenn Sie das so sehen, komme ich gern», entgegnete ich. «Aber nur, wenn Sie mich dann auch einmal in meinem Restaurant beehren.»

7

Er ist gar nicht so eingebildet, wie ich dachte. Eigentlich ist er sogar ganz nett.»

Seit einer Stunde war Aurélie wieder aus Vétheuil zurück und erzählte von ihrer Begegnung mit Jean-Marie Marronnier. Sie war ziemlich aufgekratzt und auch erst viel später nach Hause gekommen, als ich es erwartet hatte. Ich hatte mir bereits etwas Baguette mit Schinken zum Abendessen gemacht – mehr gab mein Kühlschrank nicht her –, und während ich nun bei einem Glas Rotwein und ein paar Oliven auf dem Sofa saß, schwärmte sie mir von dem Sternekoch vor, mit dem man sich so trefflich über das Kochen und die Malerei unterhalten konnte.

«Du hast es ja lange ausgehalten in Vétheuil», sagte ich. «Wie lief's denn so mit dem Journalisten vom *Parisien?*»

«Na ja, dieser Carnet war natürlich mehr an Marronnier interessiert als an mir», räumte sie ein. «Aber du hättest das Manoir auch mal sehen sollen. Alles vom

Feinsten. Sogar Michael Caine hat dort schon diniert. Und hinter dem Haus liegt ein riesiger Garten voller Kirschbäume, der bis zum Flussufer reicht.» Ihr Gesicht bekam einen träumerischen Gesichtsausdruck. «Ich würde gern im Frühling noch mal dorthin fahren, zur Zeit der Kirschblüte», sagte sie.

Ich steckte mir angelegentlich eine Olive in den Mund. Natürlich freute ich mich, dass der Termin in Vétheuil gut über die Bühne gegangen war, aber Aurélies plötzlichen Enthusiasmus fand ich nun doch etwas übertrieben.

«Er fährt eine weiße Déesse.»

«Schön für ihn», meinte ich. Was besagte das schon? Dass man Geld wie Heu hatte? Oder so ein Freak war, der ständig unter dem Fahrgestell lag und an seinem alten Auto herumschraubte?

«Und er ist sehr kultiviert», fügte sie jetzt hinzu.

«Na, so kultiviert kann er wohl nicht sein, so wie er sich am Telefon aufgeführt hat.» Ich spuckte den Olivenkern in meine Hand. «Da hat er dich platt gemacht wie eine Dampfwalze.»

«Ja, ich weiß. Aber er hat sich dafür entschuldigt. Und als wir mit dem Fototermin fertig waren, hat er darauf bestanden, dass ich noch einen Kaffee mit ihm trinke. Um das Kriegsbeil zu begraben, hat er gesagt. Und dieses Apfeltörtchen, das es dazu gab ... einfach unglaublich!» Sie verdrehte verzückt die Augen.

Ich sah sie an, wie sie im Wohnzimmer auf und ab ging, mit leuchtenden Augen und rosigen Wangen. Sie schien ganz weit weg, und irgendetwas daran passte mir ganz und gar nicht.

«Jedenfalls ist es gut, dass du unbeschadet aus der ganzen Geschichte rausgekommen bist», sagte ich, um die Sache zum Abschluss zu bringen. «Über diesen Sternekoch musst du dir jetzt jedenfalls nicht mehr den Kopf zerbrechen. Der wird dir keinen Ärger mehr machen. Und wenn doch, bekommt er es mit mir zu tun.»

Sie blieb vor mir stehen und sah mich lächelnd an.

«Ach, André!», sagte sie, und ich wusste mal wieder nicht so recht, was dieses «Ach» bedeutete. Kurz entschlossen nahm ich ihre Hand und zog sie zum Sofa.

«Komm, nun setz dich mal zu mir. Das war ja ein aufregender Tag.»

Ich schenkte ihr ein Glas Wein ein, und sie trank einen Schluck und kuschelte sich in meinen Arm.

«Ja, das kann man wohl sagen. Aber am Ende hat mich dieser Marronnier wirklich positiv überrascht. Ein erstaunlicher Mann.» Sie setzte sich auf und sah mich mit glänzenden Augen an.

«Stell dir vor, er hat wahrscheinlich sogar einen echten Monet in seinem Restaurant hängen.»

«Was heißt *wahrscheinlich sogar*?», entgegnete ich.

«Na ja, es spricht alles dafür, dass es ein echter Monet ist – Marronnier scheint sich ziemlich gut mit impressionistischer Malerei auszukennen und hat das Gemälde auf dem Flohmarkt entdeckt. Aber er lässt es nicht begutachten, weil er den Zauber des Bildes erhalten will.»

«Wie bescheuert ist das denn?», entgegnete ich und spürte einen kleinen Stich irgendwo in der Herzgegend.

«Wieso bescheuert? Also, ich finde das sehr romantisch», erklärte Aurélie.

Abgesehen von unseren unterschiedlichen Vorstellungen von Romantik – jedenfalls in diesem Punkt –, die dem weiteren Abend und auch den darauf folgenden Tagen einen gewissen Missklang beimischten, wurden die nächsten Wochen aus ganz anderen Gründen so turbulent, dass ich meinen Heiratsantrag wieder etwas aus den Augen verlor.

Nach meiner gloriosen Buchpräsentation im *Au Clair de la Lune* und befeuert von einigen Artikeln, die in der Presse erschienen waren, hatte der Verlag einige Anfragen bekommen, und Monsignac hatte sich mit seiner Pressedame hinter meinem Rücken gütlich darauf geeinigt, dass es eine ganz fabelhafte Idee wäre, «unseren schreibenden Lektor» mit seinem neuen Roman auf eine Lesereise durch die Provinz zu schicken.

Wieder rauschte Michelle Auteuil am Vormittag in mein behagliches Büro, um mir in ihrem perfekten Outfit (schwarzer Bleistiftrock, weiße Bluse und als kleinen Hingucker ein schwarzes Halstüchlein von *Agatha* mit kleinen weißen Scotch-Terriern, das sie sich um den Hals gebunden hatte) ihren perfekten Plan zu unterbreiten.

Ich saß ahnungslos am Schreibtisch – ich erinnere mich noch genau, es war ein schwarzer Tag für mich –

und las mit zunehmendem Unmut den *Figaro*, der tatsächlich auch einen Artikel über Robert Miller abgesondert hatte. Den Engländer, der in Wirklichkeit ein Franzose war. Den Autor, der in Wirklichkeit nur ein Lektor war.

Cherchez l' éditeur – warum heutzutage immer mehr Verleger und Lektoren selbst zur Feder greifen, lautete die süffisante Überschrift eines Beitrags, den ein gewisser Bertrand Crequelle verfasst hatte und der alles andere als freundlich war.

«Nanu, was ist denn mit Ihnen los, André?», sagte Michelle Auteuil überrascht. «Kommen Sie gerade aus Finsterland?»

«Nein», knurrte ich. «Haben Sie den Artikel im *Figaro* gesehen?»

«Ach – *das* ...» Michelle Auteuil winkte ab. Sie blieb unbeeindruckt wie stets.

«Ja, *das*!», entgegnete ich missmutig. «Ein total bissiger Kommentar über geschäftstüchtige Lektoren und Verleger, die den Hals angeblich nicht vollkriegen können, aber nicht *ein* Wort zum Inhalt meines Romans. Der scheint diesen Monsieur ... Crequelle sowieso nicht zu interessieren.»

Michelle Auteuil verschränkte die Arme und sah mich amüsiert an. «André, was erwarten Sie? Eine Hymne auf die Unterhaltungsliteratur? Auf Ihre süße kleine Liebesgeschichte? Ich bitte Sie – es ist der *Figaro*. Die spielen in einer anderen Liga. Die wollen literarische Werke besprechen, keine charmante Wohlfühlprosa.»

Ich schluckte. «Pah», sagte ich. «Wär ja nicht das Schlechteste, wenn sich ein paar Leute in Paris auch mal wohlfühlen würden – außer den Touristen, meine ich.»

«Seien Sie nicht so empfindlich, André. Außerdem haben wir den *Figaro* mit dem ersten Roman von Robert Miller ganz schön verschaukelt – ich erinnere nur an diesen englischen Zahnarzt, den wir denen damals als Autor präsentiert haben –, und daran sind Sie nicht ganz unschuldig gewesen, André. Ich hatte jedenfalls damals keine Ahnung. Also beschweren Sie sich jetzt auch nicht. Das ist eben die Retourkutsche.»

«Aber die schreiben, dass die Verlage das mit Kalkül tun, dass sie keine ausländischen Lizenzen kaufen wollen, weil das zu teuer wird, und lieber unter falscher Flagge eigene maßgeschneiderte Romane anfertigen lassen.» Ich starrte wütend auf die Zeitung. «*Anfertigen lassen!* Als ob wir Nähmaschinen wären. Außerdem war das doch überhaupt nicht so. Mein Roman wurde aus Liebe geschrieben und nicht aus Kalkül. Ich bin noch nie so ehrlich gewesen wie in diesem Buch. Monsignac weiß das, fragen Sie ihn! Und wenn dieser ... dieser Crequelle nur ein bisschen zwischen den Zeilen gelesen hätte, wüsste er das auch. Er findet meinen Roman kitschig und banal? Soll er doch selbst erst mal einen Roman schreiben! Es ist nämlich gar nicht so einfach, einen guten Unterhaltungsroman zu schreiben», setzte ich aufgebracht hinzu.

«Mag sein, aber das ist nun mal nicht sein Job. Er ist ein Literaturkritiker, kein Autor. Und er hat jedes Recht, zu kritisieren und seine Meinung zu äußern. Damit müssen Sie klarkommen, André. Wir leben in einem freien Land. Glücklicherweise.»

Ich knurrte unwillig. Dass unsere Pressedame diesen herablassenden Journalisten auch noch verteidigte, fand ich empörend.

«Schauen Sie, André, Ihr Roman ist liebenswert und charmant, er ist komisch und unwiderstehlich romantisch, und ich selbst habe ihn wirklich gern gelesen, aber ...»

«Aber?» Ich sah sie an und runzelte die Stirn. Wo war der Pferdefuß? Ich traute dieser Eloge nicht.

«Nun ja, wie soll ich es formulieren ...» Michelles Augen ruhten nachdenklich auf mir. «Ihnen muss ich das doch nicht erzählen, André – in der Literatur gibt es kein Happy End, da leidet der Mensch am Universum, er verzweifelt an seiner Existenz ... Sie wissen schon: *Ein Buch muss die Axt sein für das gefrorene Meer in uns*», zitierte sie Kafka.

Ich verdrehte die Augen. Sie musste mir jetzt nicht mit Kafka kommen.

«Und wenn man dies alles bedenkt, ist es doch sehr gut nachvollziehbar, dass ein Kritiker wie Crequelle», Michelle Auteuil legte die Hände zusammen wie zum Gebet, «ich meine *Crequelle*», wiederholte sie bedeutungsvoll, «Ihren Roman eher für banal und kitschig hält.»

«Na und? Was ist gegen Kitsch einzuwenden? Ich *liebe* den Kitsch. Ich *suche* den Kitsch.» Ich verschränkte trotzig die Arme vor der Brust. «Das, was man heutzutage als Kitsch bezeichnet, fand man früher romantisch.»

Michelle Auteuil lächelte amüsiert. «Sie *lieben* den Kitsch? Ach, kommen Sie, André! Nun spielen Sie nicht die beleidigte Leberwurst. Na schön, diese Besprechung ist ein Verriss. Das ist aber auch völlig egal. Hauptsache, Ihr Name steht drin und der Titel des Buches wird genannt. Robert Miller hat es mit seinem neuen Roman in den *Figaro* geschafft! Glückwunsch, André! Seien Sie froh, dass Sie überhaupt Erwähnung finden.»

«Phh», machte ich.

«Monsieur Monsignac sieht das übrigens genauso», setzte sie hinzu. «Sie sollten die Sache wirklich etwas professioneller angehen.»

«Ich gehe die Sache professionell an», entgegnete ich. «Der Einzige, der sich in seinen emotionalen Tiraden verliert, ist doch dieser Kritiker.»

«Nun ja, wie auch immer. Egal, was Monsieur Crequelle schreibt, den ich im Übrigen sehr schätze – Sie haben Ihre Fans, André. Da draußen sind viele Fans, die Ihr Buch lieben. Und die sind auch dafür verantwortlich, dass Ihr Roman nächste Woche auf der Bestsellerliste auftaucht – zwar nur auf dem vorletzten Platz, aber er kann ja noch nach oben klettern. Und an diese Fans, an all diese begeisterten Leserinnen und Leser, sollten Sie denken.»

Sie warf mir einen eindringlichen Blick zu.

«Ja ... und? Dann denke ich eben an sie. Ja klar, ich liebe meine Leserinnen und Leser.»

«Sehr gut.»

Ich legte den *Figaro* zur Seite und wandte mich dem Computer zu.

Michelle Auteuil blieb vor meinem Schreibtisch stehen, und erst da wurde mir klar, dass sie etwas von mir wollte.

Und dann kam auch schon ihre Ansage.

«Nachdem Ihre erste Lesung ja so gut ankam, haben Monsignac und ich uns überlegt, dass es von Vorteil wäre, wenn Sie noch weitere Veranstaltungen machen könnten. In der Provinz, meine ich.»

«Muss das sein?» Ich verzog das Gesicht. Lesungen in der Provinz bedeuteten in der Regel, dass man durch die Gegend tingeln musste und jede Nacht auf einer anderen durchgelegenen Matratze schlief.

«Ja», sagte sie schlicht. «Gerade in der Provinz ist Robert Miller sehr beliebt. Und wir sollten diese Lesereise am besten noch machen, bevor der *Salon du Livre* beginnt und wieder tausend andere Romane im Fokus stehen.»

«Was? Noch vor dem *Salon*? Auf gar keinen Fall», meuterte ich und warf mich in meinem Sessel zurück. «Ich habe auch so schon genug mit der Vorbereitung auf den *Salon* zu tun. Da kommen dann wieder alle ausländischen Verleger und Lektoren, die auf der Suche nach französischen Titeln sind und Paris im Frühling genießen wollen, und alle wollen am liebsten essen gehen. Da habe ich wirklich überhaupt keine Zeit. Tut mir leid, Michelle, daraus wird nichts.»

Ich dachte an meinen vollen Terminkalender, an all die Texte, die ich noch für den Rechte- und Lizenzkatalog schreiben musste – in einem kleinen Verlag wie dem unseren gab es leider keine eigene Abteilung für das Lizenzgeschäft –, an all die Veranstaltungen auf dem *Salon*, der nun schon seit vielen Jahren nicht mehr im lichtdurchfluteten Glaskuppelbau des Grand Palais stattfand, sondern in einer seelenlosen Messehalle vor den Toren der Stadt, was zusätzliche Metrofahrten erforderlich machte, und sah unsere Pressefrau gereizt an.

Sie lächelte.

«Nun, ich denke, das geht sich schon aus. Es ist wichtig, dass *jetzt* etwas für den Roman getan wird, André. Und so viel von Ihrer kostbaren Zeit wird das Ganze nicht in Anspruch nehmen, das verspreche ich Ihnen.»

Ich ließ den Kopf in meine Hände sinken.

«Denken Sie an Ihre Leserinnen!», ermahnte sie mich. «Die wollen Sie auch mal sehen. Und erinnern Sie sich doch, wie viel Spaß Sie bei Ihrer ersten Lesung hatten. Wie begeistert alle am Ende waren. Die Buchhändlerin hat gesagt, Sie sind ein Naturtalent, wissen Sie noch? Schon beim ersten Mal haben Sie sich selbst übertroffen, und nun wissen Sie ja, wie's geht.»

Ich spielte an meinem Briefbeschwerer herum und seufzte. Michelle Auteuil wusste, wie man Menschen manipulierte.

«Ja, ja, Sie haben mit allem recht, Michelle. Ich fürchte trotzdem, das wird einfach zu knapp. Der *Salon du Livre* ist doch schon Ende März. Wie soll da denn vorher noch eine Lesereise stattfinden?»

«Das lassen Sie mal meine Sorge ein. Ich habe meine Fühler natürlich schon ausgestreckt.»

Natürlich.

«Sie können sich darauf verlassen, André, wenn ich etwas in die Hand nehme, dann klappt das auch. Die Buchhandlungen stehen schon in den Startlöchern. Alles wird perfekt organisiert sein.»

Daran hatte ich keinen Zweifel. Ich starrte sie stumm an und schürzte die Lippen.

Michelle Auteuil ragte wie ein schwarz-weiß gestreifter Leuchtturm über mir auf. Sie wusste, dass sie gewonnen hatte.

«Ich verlange ja nichts Unmögliches von Ihnen, André.» Sie lächelte konziliant. «Nur eine kleine Lesereise. Vier Buchhandlungen, vier Städte: Rennes, Lyon, Bordeaux und Arles. Ich habe die schnellsten Verbindungen schon herausgesucht. Und in weniger als einer Woche sind Sie wieder zu Hause. Na, wie klingt das?»

«Toll», sagte ich und nickte ergeben.

Ich sah ihr nach, wie sie zur Tür stöckelte. Die Hand an der Klinke, drehte sie sich noch einmal zu mir um.

«Das wird wunderbar! Und Ihre Fans werden es Ihnen danken, André!»

Ich nickte. Ich hatte eine Fangemeinde. Immerhin. Welcher Mann konnte so etwas schon von sich behaupten?

Mein größter Fan war jedoch, wie sich bald schon herausstellen sollte, die Buchhändlerin des *Au Clair de la Lune.* Sie ließ keine Gelegenheit aus, um mich anzurufen. Die Idee, eine weitere Lesung mit mir zu machen, beflügelte offenbar ihre Phantasie. Sie wollte nicht nur einen neuen Termin mit mir absprechen, sie rief auch an, wann immer sie eine neue Besprechung in der Zeitung oder im Internet entdeckte. Sie fragte mich, ob ich beim nächsten Mal andere Abschnitte aus meinem Roman lesen wolle und wenn ja, welche, denn sie überlege, die nächste Lesung noch attraktiver zu gestalten, um dem Roman einen würdigen Rahmen zu geben. Vielleicht mit einem Glas Wein und Musik. Sie überlege, eine Sängerin zu engagieren, die an den passenden Textstellen Chansons zum Besten geben würde, erklärte sie enthusiastisch. Dies alles müsse man aber vorher noch genau besprechen. Ich sagte: «Ja, natürlich, gern!», und: «Wow! Das klingt wirklich großartig.» Ich hörte mir ihre Vorschläge an und gewann allmählich den Eindruck, einem Jahrhundertereignis entgegenzusehen. Ich kann nicht verhehlen, dass ihre vorbehaltlose Begeisterung für meinen Roman mir gute Laune machte. Und jedes, wirklich jedes ihrer Telefonate endete mit der Versicherung, dass ich ihr Lieblingsautor sei. Ich gebe gern zu, dass Artémise Belfond meine Seele streichelte.

«Ich hoffe, Sie schreiben noch viele Bücher, André. Sie sind wirklich ein ganz, ganz, ganz besonderer Autor.»

«Wer war das?», fragte Aurélie jedes Mal mit dem

siebten Sinn der Frauen, wenn sie mitbekam, dass ich einen dieser begeisterten Anrufe entgegennahm.

Und der ganz, ganz, ganz besondere Autor sagte:

«Ach, das war nur diese Buchhändlerin aus dem *Au Clair de la Lune*. Du weißt schon … wo ich meine Lesung am Valentinstag hatte.»

«Was will diese Frau immer?»

«Sie möchte noch eine weitere Lesung mit mir machen und denkt sich gerade alles Mögliche dafür aus.» Ich lachte schuldbewusst, obwohl ich mir gar keiner Schuld bewusst war.

Aurélie zog die Augenbrauen hoch. «Und deswegen ruft sie dich hundert Mal an?»

«Na ja, diese Artémise Belfond ist ein wenig umständlich, weißt du?», wiegelte ich ab und hoffte, dass es sich ein bisschen nach blaustrumpfiger Büchertante anhörte. «Sie ist ein großer Fan von mir, und sie will alles ganz genau absprechen.» Ich grinste. «Was soll's! Ich tu ja alles, damit das Buch sich gut verkauft.»

8

Ich habe in meinem Leben nie viel über Buchhändlerinnen nachgedacht. Ich gehe eher selten in Buchläden, und wenn überhaupt, hatte ich ungefähr folgendes Bild im Kopf: braunes Haar, das etwas achtlos im Nacken zusammengerafft war, schlanke Gestalt, kleine Goldrandbrille, Strickpullover mit Ärmeln, die bis weit über die Handgelenke reichten, karierter Wollrock, bequeme braune Lederschuhe. Wahrscheinlich war es eine etwas altmodische Vorstellung, die da durch mein Hirn spukte und vermutlich ein bisschen durch Penelope Fitzgeralds Roman *Die Buchhandlung* gespeist worden war – ein Buch, das unsere ambitionierte Englischlehrerin zur Schullektüre auserkoren hatte, um unser Interesse für die Welt der Bücher zu wecken. Mein Herz hing schon damals an anderen Dingen, und das meiste von der Handlung hatte ich dann auch recht bald wieder vergessen.

In Erinnerung blieben mir die wenig glamouröse Figur der vom Leben und vom Glück vernachlässigten

Buchhändlerin Florence Green und ihr bemerkenswerter Satz «In einer Buchhandlung ist man nie allein».

Ich verstand schon, was sie damit meinte. Wenn man keine netten Menschen hat, die sich um einen kümmern, können vielleicht auch Bücher zu echten Freunden werden. Vorausgesetzt, man liest gern. Ich war in der Küche meines Restaurants schließlich auch nie allein. Umgeben von Kasserollen und Kupferpfannen, den Flammen des großen Gasherds und dem tröstlich brummenden Kühlschrank, fühlte ich mich behaglich wie in einem Wohnzimmer, und nach dem Tod von Papa war das Restaurant mit Jacquie und der Küchentruppe mein einziges Zuhause gewesen, meine Familie, wenn man so will. Doch dann trat André in mein Leben, und plötzlich waren mein Zuhause das Sofa, auf dem ich mit ihm saß, das Bett, das ich mit ihm teilte, die Umarmungen und Küsse, in denen wir uns verloren, der erste Kaffee am Morgen und das letzte Glas Rotwein am Abend. Seine gerunzelte Stirn, wenn er ein Manuskript lektorierte, sein Katerlächeln, wenn er den Deckel vom Topf hob, um zu schauen, was ich Gutes gekocht hatte, und sich einen Löffel davon stibitzte, das Rascheln seiner Zeitung, seine Bücher, die bald auch schon in meiner Wohnung überall herumlagen.

Die Liebe und die Bücher hatten Einzug gehalten in mein Leben – und mit ihnen auch eine etwas lästige Buchhändlerin namens Artémise Belfond, die meinen Liebsten neuerdings Tag und Nacht anrief, weil sie sich offenbar nichts Wichtigeres vorstellen konnte als eine weitere Lesung mit Robert Miller alias André Chabanais.

«Dann *sag* ihr doch, dass du keine Zeit hast. Wenn du immer so freundlich bist, fühlt sie sich natürlich ermutigt, wegen jeder Kleinigkeit anzurufen», hatte ich ungeduldig ausgerufen, als Andrés Handy wieder einmal klingelte, doch er hatte nur abgewinkt und gemeint, das sei schon in Ordnung. So eine engagierte Buchhändlerin wie die Besitzerin des *Au Clair de la Lune* dürfe man nicht vor den Kopf stoßen. «Schließlich macht Sie das ja auch für mich», erklärte er.

Dabei hatte André nun wirklich Besseres zu tun, als ständig mit dieser Frau zu telefonieren. Nicht nur erforderte die Vorbereitung des *Salon du Livre* seine ganze Zeit, nein, auf Wunsch seines Verlegers sollte er jetzt auch noch eine Lesereise machen, um seinen neuen Roman zu promoten, was ihn auch wieder eine ganze Woche kosten würde. Die Pressefrau hatte ihn offenbar erst vor kurzem mit dieser frohen Botschaft überfallen, und André war mal wieder eingeknickt, statt einfach Nein zu sagen. Nun war er natürlich total im Stress, gereizt, bisweilen unausstehlich mit seiner schlechten Laune, er saß im Sessel, die dunklen Augenbrauen konzentriert zusammengezogen, las er seine Manuskripte und war nicht ansprechbar. Er arbeitete bis tief in die Nacht, um den Lizenzkatalog für die Messe fertigzubekommen, und wenn er ins Bett kam, schlief er sofort erschöpft neben mir ein. Ich legte dann schlaftrunken meinen Arm um ihn, kuschelte mich an seinen Rücken und sagte mir, dass es nur eine Phase war, die vorübergehen würde.

Auch ich hatte immer noch gut zu tun im Restaurant, mehr als sonst, das Geschäft florierte, was ja eigentlich erfreulich war, nur blieb mir eben wenig Zeit für andere Dinge. Ab und zu dachte ich noch an den Sternekoch aus Vétheuil, der uns dankenswerterweise diesen kleinen Boom beschert hatte. Dass ich keinen Stern bekommen hatte, fand ich immer noch schade, aber mittlerweile nahm ich die Sache mit Humor, und wenn Jacquie mit verträumtem Blick in seinen Töpfen rührte und sagte: «Weißt du noch, als wir für einen Tag ein Sternerestaurant waren?», lächelte ich ohne Bitterkeit.

Und so war es März geworden. Ein frischer Wind wehte durch die Straßen, der Himmel spannte sich in einem lichten Blau über Paris, die Tage wurden heller und freundlicher. Und auch die Menschen traten hinaus, um die ersten Sonnenstrahlen zu genießen, bewaffnet mit Regenschirmen für den nächsten Schauer.

Als André an diesem Morgen früher als gewöhnlich in den Verlag ging und sich mit einem zerstreuten Kuss von mir verabschiedete, beschloss auch ich, ein bisschen durch Saint-Germain und das Quartier Latin zu bummeln, bevor ich mich am Nachmittag mit meiner Freundin Bernadette treffen würde. Ich war auf der Suche nach neuen Schuhen und hatte ein hübsches Kleid in einer der vielen kleinen Modeboutiquen in der Rue Bonaparte gesehen, an deren liebevoll dekorierten Schaufenstern ich in den letzten Wochen schon so oft vorbeigeeilt war, ohne stehen zu bleiben. An diesem Vormittag nahm ich mir die Zeit, ging in dieses Geschäft, stöberte in jenem Lädchen und schlenderte bald mit ein paar hübschen Papiertüten, die mit feinen Schleifen zugebunden waren, in Richtung Boulevard Saint-Germain. Die Sonne stand schon hoch, als ich an der Kirche von Saint-Germain-des-Prés vorbeikam. Es war richtig warm, und der Duft von frischgebackenen Waffeln stieg mir in die Nase. Wie immer, wenn ich hier vorbeikam, konnte ich nicht widerstehen und kaufte mir an dem Wagen, der direkt vor dem Seitenschiff der Kirche stand und Crêpes und Gaufres verkaufte, eine Waffel mit Schokoladenguss.

Vorsichtig schleckte ich an der dunklen Schokolade und überlegte kurz, ob ich im Verlag vorbeigehen sollte, um André zu einer kleinen Mittagspause in der Sonne zu überreden und ihm meine Neuerwerbungen zu zeigen, verwarf den Gedanken aber wieder.

Früher war ich oft mittags einfach mal so in der *Éditions Opale* hereingeschneit und hatte André abgeholt. «Was für eine schöne Überraschung, ich hatte schon gehofft, dass du vorbeikommst», hatte er dann immer gesagt, und wir saßen für eine Stunde bei einem *Salade au chèvre* und einem Stück Landpaté mit Baguette im *Vieux Colombier*. Oder wir spazierten Hand in Hand durch den Jardin du Luxembourg, und André zeigte mir die Stelle, wo Jacques Prévert angeblich so manches Mal mit seinem Hund gesessen hatte und sich an einem der kleinen runden Tische, auf die kaum mehr passte als ein

Glas Wein und ein Aschenbecher, seine wundervollen Gedichte ausdachte.

Doch wie es aussah, hatte mein vielbeschäftigter Freund im Moment keine Zeit für mich. Nachdenklich ging ich die Rue Bonaparte hinunter, vorbei am *Café Bonaparte* mit seiner blau-weiß gestreiften Markise und dem kleinen Programmkino daneben, in dem ich schon oft mit Bernadette gewesen war. An der Ecke Rue Jacob blieb ich etwas unentschlossen stehen. Ich schaute nach links, wo die Straße nach wenigen Metern in die Rue de l'Université überging, an deren Ende Andrés Verlag lag, und wünschte mir plötzlich, dass alles wieder ein bisschen mehr so sein sollte wie früher. Dann zerknüllte ich seufzend das Waffelpapier, warf es in einen Abfalleimer und sinnierte darüber nach, dass das Wort «früher» eins der traurigsten Wörter war, die ich kannte.

«Hmm», machte ich bedauernd und schaute ratlos auf das *Ladurée*, vor dem sich bereits eine lachende und schwatzende Menschenschlange gebildet hatte, weil jeder sich von seinem Parisbesuch noch ein paar der köstlichen Törtchen oder handgefertigten Macarons, für die der exklusive *Salon de thé* seit Jahrhunderten berühmt war, mitnehmen wollte.

Japanische Mädchen in kurzen Röcken und kniehohen hellen Stiefeln liefen mit seidenglatten Haaren und strahlenden Gesichtern an mir vorbei, sie hatten bereits Beute gemacht und schwenkten lachend ihre pastellfarbenen Ladurée-Tüten mit der goldenen Aufschrift, in denen die Kartons mit den feinen Süßigkeiten ruhten.

Sie flatterten zusammen wie die Tauben auf dem Markusplatz, und ihr aufgeregtes Geschnatter und Gezirpe entlockte mir ein amüsiertes Grinsen. Meine melancholische Anwandlung verflog. Bald war Frühling, ich war mit einem wunderbaren Mann zusammen, ich hatte ein neues Kleid und neue Schuhe, und wenn diese ganzen Lesungen und Messen erst einmal vorbei waren, würde ich mit André für ein paar Tage ans Meer fahren, und wir würden so unbeschwert und glücklich sein wie ... *früher*!

Ich lächelte.

Dann schlug ich den Weg Richtung Rue de Buci ein, um noch ein wenig durch das Quartier Latin zu streifen, bevor ich mich später mit Bernadette in unserem Lieblingscafé in der Nähe der Buchhandlung *Shakespeare and Company* treffen würde.

Kurze Zeit später blieb ich überrascht vor einer anderen und sehr viel weniger berühmten Buchhandlung stehen, in deren blau gerahmtem Fenster das Foto eines Mannes hing, den ich nur zu gut kannte. Ich stand vor dem *Au Clair de la Lune*, und Andrés Konterfei lächelte mir überlebensgroß entgegen. Auf dem Lesungsplakat, das fast das halbe Schaufenster einnahm, hielt er dem Betrachter stolz sein Buch entgegen. Auch das Datum für die neue Lesung stand darunter, es war der 29. April.

Davon, dass der Termin schon feststand, hatte mir André noch gar nichts erzählt.

Neugierig trat ich näher, um einen Blick ins Innere

der Buchhandlung zu werfen, was nahezu unmöglich war. Denn die andere Hälfte des Schaufensters war zugepflastert mit Zeitungsartikeln über Robert Miller. Einige davon kannte ich bereits, andere hatte ich nie gesehen. Wie es aussah, hatte die Buchhändlerin wirklich alles gesammelt und hinter die Scheibe geklebt, was jemals über den «schreibenden Lektor» verfasst worden war, mit dem ich zusammenlebte. Ich muss zugeben, dass mich die Fülle an Material schier überwältigte.

Die *Elle* fand, Millers neuer Roman sei ein «magisches Buch», *Marie-Claire* schrieb etwas von einer «zauberhaften Liebesgeschichte zwischen Verlag und Küche». Interessiert trat ich näher, und ein bisschen fühlte ich mich auch angesprochen, als ich von der schönen Köchin las, die sich in den geheimnisvollen Autor verliebt und bei ihrer Suche nach demselben an dem bärbeißigen Lektor nicht vorbeikommt.

Ich nickte. Ja, bärbeißig konnte der Lektor manchmal wirklich sein, aber in seinen guten Momenten auch sehr süß und charmant. Lächelnd ließ ich meinen Blick über die vielen Zeitungsausschnitte schweifen, und wann immer etwas zum Inhalt des Romans gesagt wurde, war es wie eine kleine Zeitreise für mich.

Dann zog ich die Augenbrauen hoch. Die Besitzerin der Buchhandlung war wirklich sehr gewissenhaft in ihrem Sammelwahn. Selbst der ungnädige *Figaro*-Artikel, über den André sich so aufgeregt hatte, hing der Vollständigkeit halber im Fenster, allerdings hatte eine gute Seele den Teil mit den bissigen Kommentaren umgeknickt, sodass nur noch etwas vom «Engländer, der ein Franzose war» zu lesen war.

Das halbe Fenster war mit Andrés neuem Buch dekoriert. Gleich mehrere Exemplare von *Das Lächeln der Frauen* lagen in der Auslage, eingebettet zwischen Rosenblättern und roten Papierherzen. Ob die noch von der Valentinslesung stammten? In den aufrecht stehenden Büchern steckten Lesezeichen, auf denen *Notre Coup de Cœur* stand, doch dass der Roman die Herzensangelegenheit der Buchhändlerin des *Au Clair de la Lune* war, hätte man auch ohne diesen Hinweis unschwer erraten können.

«Wow», murmelte ich beeindruckt und betrachtete ein wenig ungläubig diesen Robert-Miller-Fan-Shop. Die alte Dame schien offenbar eine ziemlich fanatische Person zu sein. Kein Wunder, dass André sich von so viel Engagement geschmeichelt fühlte und mit einer wahren Engelsgeduld alle ihre Anrufe entgegennahm.

Ich legte die Hand an die Scheibe und spähte neugierig durch die Zeitungsausschnitte. Die Buchhandlung schien leer zu sein. Ich hatte noch etwas Zeit bis zu meinem Treffen mit Bernadette, und so beschloss ich, hineinzugehen, um mich unauffällig ein bisschen umzusehen.

Zögernd drückte ich gegen die blau gestrichene Holztür, auf der in altmodischer Schrift *Au Clair de la Lune* geschrieben stand. Darunter schaukelte ein Mädchen auf einem silbernen Halbmond. Die Tür schwang auf, ein feiner Glockenton erklang, und ich trat ein.

Der ganze Raum lag in ein warmes Licht getaucht,

in einer Ecke standen ein paar kleine Sessel, dahinter eine altmodische Schirmlampe. An den dunkelgrün gestrichenen Wänden waren deckenhohe Bücherregale, die wohlsortiert schienen, davor befand sich eine große Holztheke mit einer Kasse, neben der sich ein paar Magazine und Grußkarten stapelten. Drei Büchertische standen in der Mitte des geräumigen Zimmers, das an der linken Seite durch eine Doppeltür mit einem Büro verbunden war. Die Tür war auf, und ich erkannte die Ecke eines Schreibtischs, auf dem eine schwarze Lampe stand, und an der Rückwand eine kleine Teeküche.

Ich trat näher und ließ meinen Blick umherwandern. Das *Au Clair de la Lune* war eine gemütliche Buchhandlung, die zum Stöbern und Verweilen einlud. Und Andrés neuer Roman war auch hier drinnen überproportional vertreten. Auf einem der Tische lag *Das Lächeln der Frauen* in Stapeln aus, versehen mit einer persönlichen Empfehlung von Artémise Belfond. Über der Verkaufstheke hing noch einmal das große Lesungsplakat, und Andrés braune Augen lächelten mir unter seinem dunklen Haarschopf entgegen. Auf dem Foto sah er wirklich unverschämt gut aus mit seinem breiten Lächeln und dem kantigen Kinn.

Ich blieb einen Moment versonnen stehen, und mein Herz klopfte voller Stolz, als ich jetzt eins der Bücher vom Stapel nahm. Ich war die erste Leserin dieses Romans gewesen. Ich erinnerte mich noch gut, wie ich im Januar vor einem Jahr das Manuskript vor meiner Tür gefunden hatte. Damals hatte das Buch noch gar keinen richtigen Schluss – den hatte André erst später geschrieben, nachdem wir endgültig zusammengekommen waren und unsere Geschichte doch noch ein gutes Ende genommen hatte.

Ich blätterte durch die Seiten, dann hörte ich, wie ein Stuhl im Hinterzimmer zurückgeschoben wurde, und blickte auf. Die Buchhändlerin trat durch die Doppeltür, und als ich sie sah, verschlug es mir für einen Moment den Atem.

Eine junge Frau mit großen blauen Augen und weichen hellblonden Locken kam auf mich zugeschwebt und fragte mich mit sanfter Stimme nach meinen Wünschen. Ihre wohlproportionierte Gestalt steckte in einem fließenden Kleid, das eine Handbreit über dem Knie endete. Sie hatte keine Nickelbrille und keinen handgestrickten Pullover, der ihren reizlosen Körper verhüllte, und flache Lederschuhe trug sie auch nicht. Sie hatte so gar nichts von einer Florence Green, dass ich sie einfach nur anstarrte. Wie um alles in der Welt war ich nur auf die Idee gekommen, dass die Besitzerin des *Au Clair de la Lune* eine betuliche alte Dame sein könnte?

Artémise Belfond war eine Schönheit, ihr Blick ein Versprechen.

Das hatte André natürlich nicht erwähnt.

Die Buchhändlerin neigte den Kopf, und das an der Seite gescheitelte Haar fiel ihr über die Schulter. Sie sah mich lächelnd an.

«Kann ich Ihnen helfen? Oder möchten Sie sich einfach ein bisschen umsehen?»

Ich schaute sie fasziniert an.

«Ist alles in Ordnung, Madame? Möchten Sie ein Glas Wasser? Dieses Frühlingswetter bringt den Kreislauf manchmal ganz schön durcheinander.» Sie warf mir einen besorgten Blick zu.

«Nein, nein ... alles gut.» Ich fasste mir an den Hals und räusperte mich, in dem verzweifelten Versuch, meine Stimme wiederzufinden. «Sind *Sie* Artémise Belfond?», krächzte ich.

«Ja.» Sie zog die schön geschwungenen Augenbrauen hoch und blickte erstaunt. «Warum?»

«Es ist nur, weil ... Sie ... Sie sehen gar nicht aus wie eine Buchhändlerin», rutschte es mir heraus, und ich schlug mir sofort die Hand vor den Mund. Was redete ich da? «Oh, verzeihen Sie bitte, so habe ich das nicht gemeint», versicherte ich rasch, und sie schenkte mir ihr verführerisches Lächeln.

«Wie sieht eine Buchhändlerin denn aus?» Ihr silberhelles Lachen perlte in mein Ohr.

«Keine Ahnung, aber ... nun ja ...» Ich hob verlegen die Schulter. «Sie sehen umwerfend aus. Ich meine, Sie könnten Schauspielerin sein.»

Sie schien amüsiert. «Danke.»

«Ich wette, das haben Sie schon öfter gehört.»

«Eigentlich nicht.» Artémise Belfond strich sich mit einer anmutigen Handbewegung eine Haarsträhne hinter das Ohr. «Aber ich kann mir vorstellen, was Sie meinen.»

Sie richtete ihre seelenvollen Augen auf mich und

zwinkerte mir zu. Mein Gott, nett war sie auch noch! Diese Frau war so jemand, der die Menschen sofort mit ins Boot holte. Ich schluckte.

«Nachdem ich die Buchhandlung vor ein paar Jahren übernommen und ein bisschen auf Vordermann gebracht habe, bekam das *Au Clair de la Lune* mit einem Mal einen regen Zulauf, auch von männlicher Kundschaft – dabei sind es ja in der Regel die Frauen, die lesen, nicht wahr?»

Ich nickte und umklammerte das Buch von Robert Miller.

«Irgendwann habe ich mir abgewöhnt, den Herren direkt in die Augen zu schauen, wenn ich Ihnen ein Buch verkaufte.» Sie seufzte belustigt. «Ich weiß nicht, wieso, aber irgendwie haben die Männer meinen Blick immer falsch verstanden. Sie dachten wohl, ich wolle mit ihnen flirten, dabei war ich einfach nur freundlich.»

Oh ja, dachte ich. *Oh ja!*

«Was haben Sie sich denn da Schönes ausgesucht? Ah, ich sehe, es ist mein Lieblingsbuch. *Das Lächeln der Frauen*. Kennen Sie es?»

«Ja. Ich meine, nein. Also, ich habe eben die Besprechungen im Schaufenster gesehen …», stotterte ich.

«Es ist ein wunderbarer Roman, geschrieben von einem wunderbaren Autor. Ich kann Ihnen dieses Buch nur ans Herz legen.»

Artémise Belfond strahlte, und ich nickte stumm. Ich konnte ihr ja schlecht erzählen, dass ich das Buch bereits kannte. In- und auswendig kannte. Ich beschloss, inkognito zu bleiben und die schöne Buchhändlerin ein bisschen auszuhorchen.

«Robert Miller», sagte ich nachdenklich. «Nie gehört. Muss man den kennen? So, wie Sie das Buch präsentieren, muss dieser Autor ja eine große Nummer sein.»

«Und das ist er auch. Sie sollten sich den Namen merken. Ich liebe diesen Schriftsteller.» Sie fasste sich ans Herz, und mir wurde ein bisschen schummrig. «Es ist bereits sein zweiter Roman, aber ich muss sagen, dieser hier hat mir fast noch ein bisschen besser gefallen als der erste», erklärte sie begeistert.

«Aha. Tja ...» Ich drehte das Buch unschlüssig in meiner Hand. «Und – was ist das Besondere daran?»

«Lesen Sie es, Mademoiselle, lesen Sie es! Dann werden Sie alles verstehen. Dieses Buch hat mich zum Träumen gebracht», schwärmte sie. «Ich habe gelacht, dann war ich wieder zu Tränen gerührt. Die Helden sind so ... so *echt*, wissen Sie? Selten habe ich bei einer Geschichte so mitgefiebert und gehofft, dass alles gut ausgeht.» Ihr Blick verlor sich für einen Moment, bevor sie ihn wieder auf mich richtete. Ich merkte, wie ich eine Gänsehaut bekam. «Dieses Buch ist aus dem Herzen geschrieben, verstehen Sie? Und wissen Sie, was das Beste ist?» Sie senkte ihre Stimme.

«Nein», sagte ich. «Was?»

«Dieser Robert Miller ist ja in Wirklichkeit *Franzose*! Er wohnt hier – in Paris!» Sie lachte glücklich.

Ich riss die Augen auf. «Was Sie nicht sagen!», entgegnete ich und hätte am liebsten gesagt: «Er wohnt sogar bei mir, in meiner Wohnung.»

«Ich habe das irgendwie immer schon geahnt, aber nun ist es sozusagen offiziell. Sie können sich gar nicht vorstellen, wie sehr ich mich gefreut habe, dass er seine Buchpräsentation ausgerechnet in meiner Buchhandlung gemacht hat. Am Valentinstag.»

Sie nickte, und ich nickte auch. Das alles war mir wohlbekannt.

«Es war ein hinreißender Abend. Ich hätte doppelt so viele Bücher verkaufen können. Dieser Autor hat nicht nur das Publikum ganz und gar für sich eingenommen, sondern auch mich.» Sie lächelte selig. «Glücklicherweise hat er sich bereit erklärt, noch einmal hier zu lesen. Im April.» Sie zeigte auf das Plakat über der Kasse.

«Noch eine Lesung? Wird das denn nicht langweilig?», fragte ich scheinheilig.

«Nein, nein, überhaupt nicht. Robert Miller hat so viele Fans hier, die erste Lesung war ja sofort ausverkauft. Außerdem will ich etwas ganz Besonderes aufziehen.»

«Weiß der Autor denn davon?»

«Oh ja, wir stehen ... in Kontakt, wissen Sie.» Sie lächelte gedankenverloren, und ich dachte an die vielen Anrufe. Dann wandte sie sich wieder an mich. «Vielleicht möchten Sie auch kommen? Ich würde mich sehr freuen.» Sie lächelte mich überschwänglich an. Es war merkwürdig, aber sie hatte so eine Art, einem das Gefühl zu geben, etwas ganz Besonderes zu sein – viel mehr als nur eine gewöhnliche Kundin in einer Buchhandlung.

«Ich schaue, ob ich das einrichten kann», sagte ich. «Jetzt haben Sie mich wirklich neugierig gemacht.»

«Das hoffe ich.»

«Und sagen Sie ... wie ist dieser Miller denn so ... als Mann, meine ich?» Jetzt wollte ich es wissen.

«Oh, er ist wundervoll, absolut wundervoll», hauchte sie. «Robert Miller – oder *André Chabanais*, wie er in Wirklichkeit heißt», sie sah mich beschwörend an, «aber behalten Sie das *bitte* für sich, das hat er mir zu vorgerückter Stunde verraten, als wir noch zusammen auf eine *Coupe de champagne* in die Bar gegangen sind – ist ein Mann des Geistes: intelligent, phantasievoll und dazu äußerst witzig und charmant. Wir hatten einen sehr, sehr lustigen Abend. Ich habe so gelacht.»

Ich kniff die Augen zusammen und rang mir ein Lächeln ab.

«Das klingt in der Tat ganz wundervoll», sagte ich. «Haben Sie ihn denn nach der Lesung noch einmal treffen können?»

Mein Herz hämmerte.

«Oh nein», erklärte sie treuherzig. «Leider nicht. Aber wir telefonieren sehr oft. Monsieur ... *Miller*», sie machte zwei Anführungszeichen in die Luft, «ist ein vielbeschäftigter Mann. Er hat ja sozusagen zwei Berufe. Aber ich sehe ihn bald, wenn er seine nächste Lesung hat. Ich kann es kaum erwarten.»

Die Türglocke klingelte, und ich wäre nicht überrascht gewesen, wenn André hereinspaziert wäre. Doch es war nur ein älterer Herr, der sich interessiert im Laden umsah und dann mit fragendem Blick auf die Buchhändlerin zusteuerte.

«Ich bin sofort bei Ihnen, Monsieur Arnault.» Artémise Belfond legte ihre Hand über die meine. «Ich hoffe, Sie bald wiederzusehen. Lesen Sie den Roman. Es ist wirklich eine unglaubliche Geschichte, Sie werden staunen! Ich frage mich manchmal, woher dieser Mann all seine tollen Ideen nimmt ...»

Dazu hätte ich jetzt einiges sagen können, aber ich nickte nur und starrte etwas betreten auf die zierlichen roten Lackschuhe der Buchhändlerin. Es waren fast die gleichen, die ich kurz zuvor in der Rue Bonaparte gekauft hatte. Dass Robert Millers «tolle Ideen» einen ganz konkreten Hintergrund hatten und André hier einfach nur eine Geschichte aufgeschrieben hatte, die er selbst erlebt hatte und in der ich die eigentliche Heldin war, konnte ich Artémise Belfond ja schlecht auf die Nase binden.

Und so folgte ich ihr an die Kasse und kaufte notgedrungen ein Buch, das ich bereits kannte. Immerhin war es ja für mich geschrieben worden. Die Türglocke klingelte wieder, und eine Mutter mit ihrer kleinen Tochter kam herein, gefolgt von einem jungen Mann, dessen Blick bewundernd an der Buchhändlerin hängen blieb. Plötzlich füllte sich die Buchhandlung, und ich nahm die Tüte mit meinem Buch und schlüpfte unbemerkt hinaus, während Artémise Belfond sich den nächsten Kunden zuwandte.

Einigermaßen irritiert trat ich ins Freie und folgte

dem Gewirr der Straßen in Richtung Seine. Ich fand es schon ein wenig seltsam, dass André mit keinem Wort erwähnt hatte, dass die Besitzerin des *Au Clair de la Lune* eine dermaßen atemberaubende Erscheinung war. Hatte er das absichtlich verschwiegen, oder machte ich aus einer Mücke einen Elefanten? Plötzlich meinte ich mich zu erinnern, dass er nicht nur mit freundlicher Geduld die Anrufe der Buchhändlerin entgegennahm, seine Stimme klang irgendwie anders. Und obwohl er doch so im Stress war – wenn Artémise Belfond am Telefon war, konnte er plötzlich wieder lachen und scherzen.

Während ich die Straße überquerte und in Richtung Notre Dame ging, die sich hell und gleißend auf der Île Saint-Louis erhob, ließ ich den Valentinstag Revue passieren. War André irgendwie verändert, als er damals von der Buchpräsentation kam? Ich wusste noch, dass er erst weit nach Mitternacht im Restaurant aufgetaucht war, doch das war mir nicht ungewöhnlich erschienen. Hatte er irgendetwas über die Buchhändlerin gesagt? Oder über die Bar, in der sie zusammen Champagner getrunken hatten? War er mit ihr allein gewesen an diesem ach so lustigen Abend, an dem so viel gelacht worden war? Wenn ich jetzt noch mal darüber nachdachte, war André mir ein bisschen aufgekratzter vorgekommen als sonst und gleichzeitig auch etwas verlegen, wie er da im Eingang stand mit seinen Blumen und in dem schicken blauen Jackett, das er sich extra für die Lesung zugelegt hatte.

Wie ein Kater, der um den Rahmtopf schlich. Vielleicht auch wie jemand, der ein Geheimnis hatte? Oder bildete ich mir das nur ein? Sah ich Gespenster?

Ratlos blickte ich zur Kathedrale hinüber.

Es war so viel passiert an diesem Abend, und die Wahrheit war, dass ich viel zu viel mit den Gästen zu tun hatte, um auf André zu achten. Und später hatte die unerwartete Nachricht über die Vergabe des Michelin-Sterns alles andere überlagert. Wir hatten uns gestritten, wir hatten uns versöhnt, und am nächsten Morgen hatte der Koch aus Vétheuil angerufen. In all der Aufregung hatten wir gar nicht mehr über die Lesung geredet, und wenn doch, dann nur kurz.

Ich wusste nicht, was ich von der ganzen Sache halten sollte. Ich wusste nur eins:

Artémise Belfond war kein Gespenst. Sie war eine sehr verführerische Frau.

Ich bog nach rechts ab und steuerte auf die Uferpromenade zu, wo Bernadette schon draußen vor unserem Lieblingscafé in der Rue de la Bûcherie in der Sonne saß und mir zuwinkte.

«Du hättest mal hören sollen, wie sie über André redet, nahezu ekstatisch, sie betet ihn an!»

Ich trank bereits meinen zweiten *Café crème*, und Bernadette war im Bilde. Ich hatte mein Zusammentreffen mit der attraktiven Buchhändlerin ausführlich geschildert.

«Sie hat ihm einen Altar errichtet, einfach unglaublich. Die ganze Buchhandlung ist vollgestopft mit Andrés Büchern. Ich meine, wie findest du das?» Ich rührte aufgeregt in meinem Milchkaffee.

Bernadette lachte. Sie war meine beste Freundin, und sie sagte immer ehrlich ihre Meinung, auch wenn einem das manchmal nicht so behagte. Sie war eine überaus engagierte Lehrerin, und ihr pädagogischer Auftrag erstreckte sich manchmal auch auf mich. Ungefragt gab sie dann ihre Einschätzung und Ratschläge ab. Sie hatte Claude, meinen früheren Freund, den sie nur «den Freak» nannte und der mich eines Tages in einer Nacht- und Nebelaktion verlassen hatte, nie gemocht, und als ich André kurze Zeit später kennenlernte, hatte sie sofort gewusst, dass er der Richtige für mich war, auch wenn es erst gar nicht danach aussah. Ich vertraute ihr und ihrem Urteil. Denn meistens hatte sie recht mit dem, was sie sagte.

«Ich finde, du solltest das nicht überbewerten», meinte sie jetzt. «Dass diese Buchhändlerin derzeit offenbar der größte Fan von Robert Miller ist, muss ja nicht zwangsläufig bedeuten, dass André genauso empfindet.» Sie trank einen Schluck von ihrem *Thé au citron.* «Du hast doch selbst gesagt, dass er gar nichts groß über diese Artémise erzählt hat – außer vielleicht, dass sie sich so wahnsinnig für sein Buch engagiert.»

«Aber das ist es doch gerade», entgegnete ich. «Er hat mich glauben lassen, dass diese Buchhändlerin eine verschrobene alte Dame ist. Und dann komme ich in ihren Laden und falle fast tot um.»

«Eine alte Dame?» Bernadette lächelte amüsiert. «Hat er das wirklich *so* gesagt?»

«Nicht direkt, aber ...»

«Vielleicht haben dir deine Vorurteile einen Streich gespielt, meine liebe Aurélie. Auch die Buchhändlerinnen sind inzwischen im 21. Jahrhundert angekommen. Und dafür, dass du immer noch glaubst, Frauen, die sich mit Büchern beschäftigen, wären unattraktive Blaustrümpfe mit karierten Wollröcken und dicken Brillen, kann André nun auch nichts. Was das angeht, bist du etwas gestrig, wenn ich das mal so sagen darf.»

Ich senkte verlegen den Kopf. «Ja, du hast ja recht», räumte ich ein. «Ich war nur so ... überrascht.»

Sie grinste. «Genau das meine ich. Vielleicht solltest du mal öfter in Buchläden gehen.» Sie strich sich ihre glänzenden blonden Haare zurück, die sie in einem kinnlangen Bob trug, und kuschelte sich in ihren weißen Lammfellmantel. Dann warf sie mir über den Rand ihrer dunklen Sonnenbrille einen belustigten Blick zu. «Schau mich an! Ich lese auch sehr viele Bücher – und sehe ich etwa aus wie Mary Poppins' arme Schwester?»

«Nein, natürlich *nicht*.» Ich musste lachen. Bernadette wohnte ganz in der Nähe, und als ich das erste Mal in ihre Wohnung kam, war ich überrascht, wie viele Bücher sie hatte. Sie hätte selbst eine Buchhandlung eröffnen könne mit all dem Zeug. Und sie sah auch nicht gerade aus wie der klassische Bücherwurm. Ganz im Gegenteil. Bernadette war modischer und sportlicher als ich.

Ich lehnte mich im Stuhl zurück und blinzelte in die

Sonne, während meine Freundin meine Einkaufstüten inspizierte und das neue Kleid und die Schuhe lobte.

«Sehr schön», meinte sie. «Und was ist das?» Sie griff nach der Tüte der Librairie *Au Clair de la Lune* und zog das Buch hervor. «Oh, du hast dir Andrés neues Buch gekauft? Süß! Ich hatte es fast schon vergessen – Robert Miller ist ja auch *dein* Lieblingsautor, nicht wahr?»

Ich verdrehte die Augen. «Ja, ja, schon gut. Außerdem wurde ich dazu genötigt. Diese Artémise hätte mich ohne das Buch gar nicht gehen lassen.»

«Sie scheint ein echtes Verkaufstalent zu sein», meinte Bernadette. «André kann sich glücklich schätzen.»

«Ja, das kann er wohl.» Ich presste nachdenklich die Lippen aufeinander. «Trotzdem. Ich weiß nicht so recht, was ich davon halten soll, Bernadette. Seit André sein Coming Out als Autor hatte, kommt er mir irgendwie verändert vor. Und wenn ich überlege, wie oft diese Buchhändlerin schon angerufen hat ... Na ja, immerhin weiß ich jetzt, warum er immer wieder drangeht. Wenn Ryan Gosling bei mir anrufen würde, würde ich wahrscheinlich auch ans Telefon gehen.»

«Wenn du mich fragst, ist das die typische männliche Eitelkeit», meinte Bernadette. «André genießt einfach den Zuspruch, den er jetzt bekommt. Er hat lange genug im Schatten seines Alter Egos gestanden. Meine Güte, wenn ich noch an diese Lesung mit dem englischen Zahnarzt denke, so was Verrücktes!» Sie kicherte. «Und jetzt macht er eben selbst Lesungen, die Zeitungen schreiben über ihn, er kommt gut an beim Publikum –

das ist sicher eine ganz andere Nummer, als im stillen Kämmerlein zu sitzen und zu schreiben. Gönn ihm doch einfach den Erfolg.»

«Das tue ich ja», sagte ich. «Ich habe nur gerade so ein kleines komisches Gefühl … Hier …» Ich legte die Hand auf mein Zwerchfell.

«Das musst du aber nicht. Überleg doch mal, was dieser Mann alles angestellt hat, um dein Herz zu erobern. Er hat ein ganzes Buch über dich geschrieben – wenn man es genau nimmt, sogar zwei! Was willst du denn noch? Ich meine, mehr an Wertschätzung kann man doch nicht bekommen.»

«Mag sein. Aber er hat mich nie gefragt, ob wir heiraten wollen. Obwohl wir jetzt schon über ein Jahr zusammen sind.»

Ich starrte auf die Straße, wo ein Pärchen Hand in Hand vorüberschlenderte, und musste plötzlich an unser Wochenende in Venedig denken, an diese seltsam verunglückte Fahrt durch die nächtlichen Kanäle, bei der André mir grinsend erklärt hatte, dass so eine Gondel doch ein prima Schauplatz für einen Heiratsantrag wäre. Es hatte völlig unbeteiligt geklungen – so als ob es ihn und mich gar nichts anginge. Und dann diese überaus peinliche Situation an Weihnachten, als seine eigene Mutter das Thema Heirat und Kinder anschneiden musste, ohne dass er überhaupt mal reagiert hätte. Doch, er hatte reagiert. *Keine Angst, wir müssen keine Kinder bekommen, ich liebe dich auch so*, hatte er gesagt. Das war alles, was ihm dazu eingefallen war. *Ich liebe dich auch so* – vielleicht dachte er gar nicht ans Heiraten.

«Oh, er hat nicht um deine Hand angehalten, und jetzt ist die Prinzessin verstimmt – wie altmodisch ist das denn?» Bernadette zog die Augenbrauen zusammen. «Das hat dich doch die ganze Zeit nicht gestört. Wer wollte denn damals nicht zusammenziehen? Das warst doch du, wenn ich mich recht entsinne. ‹Es kann doch erst mal alles so bleiben, wie es ist›, hast du gesagt. André wäre liebend gern mit dir zusammengezogen.»

«Ja, ich weiß, aber das war doch ganz am Anfang unserer Beziehung. Und ich hänge eben an meiner Wohnung. Aber für zwei Leute ist sie auf Dauer einfach zu klein.»

«*C'est la vie*, meine liebe Aurélie. Auf Dauer kannst du eben nicht die Butter und den Rahm haben – das solltest du als Köchin eigentlich wissen.»

Ich seufzte. Bernadette hatte gut reden. Sie hatte die Butter *und* den Rahm. Sie lebte in einer eleganten Wohnung auf der Île Saint-Louis mit Blick auf Notre Dame. Sie hatte einen sehr netten Mann, der gut verdiente, und eine süße Tochter namens Marie, die inzwischen zur Schule ging. Auch ich hatte mich in letzter Zeit immer öfter bei dem Gedanken ertappt, wie es wohl wäre, ein Kind zu haben. André wurde in diesem Jahr neununddreißig, ich vierunddreißig ... Wenn man es also in Erwägung zog, wäre jetzt sicherlich der richtige Zeitpunkt gewesen. Falls es überhaupt so etwas wie einen richtigen Zeitpunkt dafür gab, ein Kind zu bekommen. Aber von diesen Überlegungen wusste nicht einmal meine Freundin etwas.

Bernadette sah mich von der Seite an. «Mach dir nicht zu viele Gedanken, Aurélie! Du bist eine wunderschöne, sehr begehrenswerte Frau.»

«Du hast Artémise Belfond nicht gesehen», sagte ich. «Sie ist der Traum jedes Mannes.»

«Aber André liebt *dich*. Du bist seine Traumfrau.» Sie nahm meine Hand und schwenkte sie hin und her. «Und ihr werdet heiraten und Kinder kriegen und glücklich sein bis an euer seliges Ende. Aber vorher möchte ich noch einen dieser köstlichen Kuchen essen.» Sie winkte dem Kellner und bestellte zwei Himbeertörtchen mit Sahne. «Und jetzt erzähl mir lieber mal von diesem interessanten Sternekoch aus Vétheuil.»

An diesem Abend versuchte ich André ein bisschen auszuhorchen und lenkte das Gespräch geschickt auf die Lesung am Valentinstag. Dass ich selbst im *Au Claire de la Lune* gewesen war, erwähnte ich natürlich nicht. Doch André saß mit seinem Manuskript im Sessel und hielt sich bedeckt. Der Abend sei sehr nett gewesen, meinte er, und dass sie anschließend alle noch etwas trinken gegangen seien. Es klang, als ob der halbe Verlag dabei gewesen wäre. Und auf meine Frage, wie diese Buchhändlerin denn so sei, entgegnete er nur: «Ganz nett.»

«Nett» schien sein neues Lieblingswort zu sein.

«Artémise Belfond! Was für ein ambitionierter Name –

sieht sie denn auch so toll aus?», versuchte ich es noch einmal.

«Wie? Ach, keine Ahnung ... Ja, ganz nett, so eine Durchschnittsblondine halt. Warum fragst du?» Er blickte auf.

«Ach, nur so», sagte ich und bemühte mich, es scherzhaft klingen zu lassen. «Ich erweitere gerade mein Wissen über den Berufsstand der Buchhändlerin. Das scheinen ja alles sehr passionierte Damen zu sein, die gar nicht genug von den Autoren bekommen können.»

«Wohl wahr.» Er grinste.

«Und diese hier ist offenbar ganz besonders begeisterungsfähig ...» Ich sah ihn lauernd an. «Wie alt ist sie eigentlich?»

Ich war eine böse Fallenstellerin.

«Och, noch nicht sooo alt», entgegnete er unbestimmt und umschiffte geschickt meine Frage. «Sie hat die Buchhandlung erst vor drei Jahren übernommen und wirklich etwas daraus gemacht. Die Vorbesitzerin muss ziemlich skurril gewesen sein – sie hatte nicht mal einen Computer, machte nie Veranstaltungen, weil sie Lesungen affig fand, und nachdem ihre Stammkunden nach und nach das Zeitliche gesegnet hatten, hat sie das *Au Clair de la Lune* schließlich verkauft.» Er schüttelte den Kopf. «Aber inzwischen läuft der Laden wieder richtig gut. Man muss sich heutzutage eben ein bisschen was einfallen lassen als Buchhändler und für neue Ideen offen sein. Die Leute sind verwöhnt. Sie wollen Events.»

«Aha», sagte ich. «Na, was für ein Glück, dass Artémise Belfond so eine fortschrittliche Buchhändlerin ist. Und was hat sie so geplant für deine nächste Lesung?», bohrte ich weiter. «Treten Bauchtänzerinnen auf oder rollt sie einen roten Teppich für dich aus, hahaha?»

André sah mich an und seufzte etwas ungeduldig. «Keine Ahnung, Aurélie, aber wenn's dich so interessiert, kannst du ja beim nächsten Mal einfach mitkommen. Aber nun lass mich weiterlesen, ja? Ich muss das hier bis morgen geprüft haben.»

Er vertiefte sich wieder in sein Manuskript, und ich schwieg verunsichert. War André blind, oder war er nicht ehrlich zu mir?

Bei dem Gedanken an die bevorstehende Lesereise wurde mir mit einem Mal etwas unbehaglich zumute. Wie es aussah, konnten Buchhändlerinnen eine große Leidenschaft entwickeln – nicht nur für Bücher, sondern auch für die dazugehörenden Autoren. Ich hatte diese Frauen absolut unterschätzt. Sie waren schön, klug und gefährlich. Und als André ein paar Tage später zu seiner Lesereise aufbrach – Rennes, Lyon, Bordeaux und Arles –, winkte ich ihm mit gemischten Gefühlen nach.

9

Allmählich fand ich Gefallen an meiner Existenz als Autor, und auch die Lesereise fing an, mir Spaß zu machen. Als ich am Montag mit meinem Koffer in den TGV stieg, um meine erste Etappe anzusteuern, dachte ich noch, dass ich eigentlich lieber zu Hause geblieben wäre – Aurélie hatte mich netterweise noch zum Gare Montparnasse begleitet und blieb auf dem Gleis stehen, bis ich meinen Platz im Zugabteil gefunden hatte, dann legte sie ihre Hand von außen an die Scheibe und lächelte mir zu, und auch ich legte meine Hand an das Fenster, bis der Zug sich in Bewegung setzte. Eine leichte Wehmut überkam mich, und als ich mich in den Sitz fallen ließ, dachte ich darüber nach, dass Bahnhöfe gute Indikatoren dafür waren, wie man zu einer Person stand. In diesem Moment freute ich mich darauf, Aurélie in knapp einer Woche wieder in die Arme zu schließen. Ich zog mein Handy hervor und schickte ihr eine Nachricht.

Ich vermisse dich schon jetzt, schrieb ich.

Ich dich noch mehr, schrieb sie zurück.

Kurze Zeit später brauste der TGV Richtung Bretagne, und während die satte grüne Landschaft an mir vorbeiflog und ich meinen Kopf an die Scheibe lehnte und zum Fenster hinausschaute, wo ein paar duftige weiße Wolken am Himmel segelten und gutgenährte Kühe auf den Feldern grasten, überwog die Vorfreude auf mein kleines Abenteuer, und ich wurde von einer heiteren Aufbruchsstimmung erfasst. Die letzten Wochen waren arbeitsreich gewesen, aber jetzt, da ich alles für den *Salon du Livre* vorbereitet hatte, fand ich es doch sehr schön, mal wieder rauszukommen aus Paris, wo ich die meiste Zeit am Schreibtisch hockte. Ich war gespannt auf die Hauptstadt der Bretagne, in der ich noch nie gewesen war, und nahm mir vor, in der Zeit, die mir bis zur Lesung blieb, noch ein bisschen durch die Altstadt mit den bunten Fachwerkhäusern zu schlendern und mir die Kathedrale anzuschauen.

Nachdem der Schaffner die Billets kontrolliert hatte, holte ich noch einmal mein Schedule für die Lesereise hervor. Ich studierte die Namen der Hotels und der einzelnen Buchhandlungen, die allesamt mit Ansprechpartnern, Telefonnummern und Uhrzeiten versehen waren. Wie immer hatte Michelle Auteuil einen hervorragenden Job gemacht. In Rennes würde mich der Buchhändler, ein gewisser Philippe Morel, höchstpersönlich abholen und zum Hotel fahren, das ganz in der Nähe seiner Buchhandlung lag.

Ich faltete den Plan wieder zusammen und steckte ihn in meine Tasche zurück. Dann zog ich mein Buch hervor, dessen Seiten mit Lesezeichen gespickt waren. Ich blätterte konzentriert darin herum und sah mir noch einmal alle Passagen an, die ich am Abend zum Besten geben wollte.

Unter den interessierten Blicken einer älteren Dame, die mir gegenüber Platz genommen hatte, markierte ich einige Wörter, die besonders betont werden sollten, und überlegte mir ein paar launige Überleitungen zwischen den einzelnen Leseabschnitten.

Bald war ich ganz in meiner Lektüre versunken, aber immer, wenn ich kurz aufblickte, sah ich in die grauen Augen der Frau, die mich wohlwollend musterte. Ich lächelte zurück, und das hielt sie wohl für die Aufforderung, das Gespräch zu eröffnen.

«Sind Sie ein Professor?», wollte sie wissen.

Ich lachte. «Nein, nein.»

«Was sind Sie dann?» Sie starrte neugierig auf das Buch in meiner Hand.

«Ich bin ... ähm ... Schriftsteller», sagte ich und stellte fest, dass mir das Wort sehr angenehm über die Lippen ging. Wenn man erzählte, dass man als Lektor in einem Verlag arbeitete, war die Reaktion in den meisten Fällen auch schon sehr positiv. Selbst Leute, die mit Büchern nicht viel anfangen konnten, hielten diesen Beruf für interessant. Interessanter jedenfalls, als wenn man sich als Maschinenbauer oder Physiker vorgestellt hätte. Das bot wenig Gesprächsstoff.

Doch Schriftsteller zu sein, war von der Wirkung her irgendwie noch besser.

Die alte Dame schaute mich voller Ehrfurcht an. «Oh, ein *Schriftsteller*, wie interessant. Einem Schriftsteller bin ich noch nie begegnet», erklärte sie. «Und was schreiben Sie so, junger Mann?»

«Romane», entgegnete ich.

«Oooh», rief sie entzückt aus. *«Un homme de lettres!»* Sie starrte mich an, als wäre ich Marcel Proust.

Ich nickte leicht befangen. Zum Thema Literatur wollte ich lieber nichts sagen.

«Ich lese schrecklich gern», versicherte sie mir. «Nur in letzter Zeit spielen meine Augen nicht mehr so ganz mit. *Malheureusement.*» Sie sah mich bedauernd an. «Und immer verlege ich meine Brille. Deswegen das hier.»

Ich folgte ihrer Handbewegung. An ihrem Hals baumelte eine Lesebrille an einer goldenen Kette.

«Das tut mir leid», sagte ich.

«Ach, das braucht Ihnen nicht leidzutun.» Sie lächelte gewitzt. «Darf ich fragen, wie Ihr Buch heißt, Monsieur?»

Ich klappte das Buch zu und nannte den Titel.

«*Das Lächeln der Frauen* ... das klingt irgendwie nett», sagte sie.

«Ja, es ist auch nett. Ein netter Unterhaltungsroman», sagte ich.

Ich sah, wie sie einen kleinen goldenen Kugelschreiber aus ihrer Handtasche hervorholte und sich eine Notiz in ihren «Taschenkalender für die Dame» machte. «Das werde ich bestimmt mal lesen – jetzt, wo ich Ihre Bekanntschaft gemacht habe.» Sie steckte ihr Büchlein zufrieden wieder ein.

«Und wo fahren Sie hin, Monsieur ...?»

«Miller», sagte ich. «Robert Miller.»

«Adrienne Betancourt», entgegnete sie. «Ich bin sehr erfreut.»

Sie nickte mir zu. «Sagen Sie, Sie sind doch wohl nicht verwandt mit dem berühmten Arthur Miller?», fragte sie dann.

«Nicht direkt.» Ich schmunzelte und legte mein Buch zur Seite.

Den Rest der eineinhalbstündigen Fahrt nach Rennes verbrachte ich mit einem sehr angenehmen Gespräch mit Madame Betancourt, die wie ich nach Rennes wollte, weil sie dort wohnte. Ich plauderte ein bisschen über meine bevorstehende Lesereise, und sie erzählte von ihren Enkelkindern, die sie über das Wochenende in Paris besucht hatte. Dann nannte sie mir noch ein Bistro in der Altstadt von Rennes, wo ich unbedingt eine Galette mit Schinken und Spiegelei essen sollte, eine bretonische Spezialität, wie sie mir sagte, und als der TGV in den riesigen Bahnhof von Rennes einfuhr, waren wir fast schon Freunde. Als wir uns verabschiedeten, lud ich sie spontan ein, am Abend zu meiner Lesung zu kommen, falls sie Lust und Zeit habe.

«Ich habe beides, Monsieur Miller», versicherte sie mir. «Wie überaus reizend von Ihnen.»

Die Buchhandlung des Monsieur Morel war viel größer als das *Au Clair de la Lune*, doch auch sie war gut besucht, und es bewahrheitete sich, was Michelle Auteuil mir gesagt hatte: Meine wahren Fans saßen in der Provinz. Monsieur Morel war ein etwas wortkarger, aber höflicher Mann mit einem altmodischen Schnurrbart, und seine kleine Begrüßungsrede, in der er nicht nur meinen Roman mit freundlichen Worten bedachte, sondern auch die Tatsache, dass ich keine Mühe gescheut hätte, von Paris nach Rennes zu kommen und hier zu lesen, wurde von den Anwesenden wohlwollend beklatscht. In der Provinz zählte es offenbar noch etwas, wenn ein Autor persönlich auftrat – auch wenn er weit davon entfernt war, mit dem Prix Goncourt ausgezeichnet zu werden.

Madame Betancourt kam einige Minuten zu spät und setzte sich mit einem entschuldigenden Lächeln in die letzte Reihe. Dafür rief sie am Ende der Lesung, die mit einem donnernden Applaus bedacht wurde, «Zugabe!» wie im Theater, und alle lachten und fielen ein.

Also las ich noch eine Extrapassage, und dann bedankte sich Monsieur Morel und überreichte mir eine Flasche Rotwein, während die Zuhörer noch einmal applaudierten.

Ich signierte, beflügelt von so viel Zuspruch, meine Bücher und hatte für jeden ein gutes Wort. Die Leute zeigten sich freundlich und aufgeschlossen, und am Ende kam noch einmal Madame Betancourt zu mir, die gleich drei Exemplare meines Buches kaufte und mir auch für die weiteren Lesungen viel Glück wünschte. «Alles, alles Gute für Sie, Monsieur Miller», sagte sie und schüttelte mir lange die Hand.

Bevor ich mit Morel ein reichhaltiges Essen zu mir nahm, das mir die nötige Bettschwere verschaffte, trat ich kurz auf die Straße, um Aurélie anzurufen. Euphorisch berichtete ich ihr von dem Abend in Rennes, der alten Dame aus dem Zug und dem schnauzbärtigen Monsieur Morel. «Ich wünschte, du wärst hier», sagte ich, und sie gab mir viele Küsse durchs Telefon und wünschte mir eine gute Nacht.

Als ich später die krumme Treppe zu meinem Hotelzimmer hochstieg und endlich ins Bett sank, schlief ich zufrieden mit mir und der Welt ein.

Auch bei meiner nächsten Lesung in Lyon ließ die begeisterte Reaktion der Leserinnen und Leser mich zur Hochform auflaufen. Die beiden Buchhändlerinnen waren Schwestern, das Abendessen ausgezeichnet, mein Telefonat mit Aurélie beschwingt. Allmählich hatte ich das Gefühl, das Leben eines Popstars zu führen. Nur die Unterkunft war eine Katastrophe, das Bett winzig wie aus dem Märchen von Schneewittchen und den sieben Zwergen, und am frühen Morgen wurde ich von einem ohrenbetäubenden Lärm aus dem Schlaf gerissen. Eine Baustelle unter meinem Fenster, wo ein Arbeiter mit Presslufthammer den Asphalt bearbeitete, war der Grund.

Erst als ich im Zug nach Bordeaux saß, sah ich, dass Aurélie mich angerufen hatte, aber als ich zurückrufen wollte, war die Verbindung schlecht, und so schickte ich nur eine SMS, dass ich mich später nach der Lesung bei ihr melden würde.

Die Lesung in Bordeaux war der Höhepunkt meiner Reise. Die Buchhandlung war in einer Art Gewölbekeller untergebracht, der an ein Kirchenschiff erinnerte, und ich las und predigte über die wunderbare Macht der Liebe. Die Lesung dauerte länger als sonst und ging nahtlos in eine fabelhafte Weinverkostung über, an der einige geladene Gäste und natürlich die Buchhändlerin teilnahm. Wir saßen an einem langen blanken Holztisch und tranken die wunderbarsten Weine, die von verschiedenen Käsen und kleinen Speisen begleitet wurden. Madame Savigny, eine quicklebendige Person mit einer Haarpracht aus dunklen krausen Locken, gab eine Anekdote nach der anderen aus ihrem bewegten Buchhändlerinnenleben zum Besten. Neben ihr saß ihr zweiter Mann, ein eher stiller Vertreter mit Halbglatze, mit dem Martine Savigny nun schon seit zehn Jahren glücklich verheiratet war und mit dem sie zwei Söhne hatte. Auch ich war schon ein wenig betrunken und fragte mich einen Moment, wie dieser ruhige Mann es wohl geschafft haben mochte, eine so temperamentvolle Frau an sich zu binden. Kurz darauf hörte ich mir fasziniert die Geschichte vom Ring in der *Crème brûlée* an, den die verdutzte Martine schon im Mund gehabt, glücklicherweise aber nicht heruntergeschluckt hatte. Diese Dinge passierten also wirklich! Madame Savigny, die immer noch ganz überschwänglich vom «originellsten Heiratsantrag ihres Lebens» schwärmte, wozu ihr Gatte milde lächelte, ließ mich einmal mehr an mein eigenes Projekt denken.

Ich überlegte, nach draußen zu gehen und Aurélie

kurz anzurufen, doch dann wurde eine neue Flasche aufgemacht, jemand stellte mir eine Frage und verwickelte mich in ein Gespräch, und ich beschloss, den Anruf auf später zu verschieben.

Es war bereits halb drei, als sich unsere kleine angeheiterte Truppe auflöste. Das Ehepaar Savigny wünschte mir eine gute Nacht, und ich bestieg leicht schwankend mein Taxi und fuhr zum Hotel zurück. Erst auf dem Zimmer holte ich mein Mobiltelefon hervor und sah, dass Aurélie mehrfach versucht hatte, mich zu erreichen. Schuldbewusst starrte ich auf das Display.

Wo steckst du denn?, hatte sie um halb eins geschrieben. Und eine halbe Stunde später *Ich gehe jetzt ins Bett, dann gute Nacht.*

Das Handy glitt mir aus der Hand, und ich beugte mich umständlich hinunter und verlor dabei fast das Gleichgewicht. Jetzt war das Display ganz schwarz, sehr merkwürdig, aber als ich darauf herumdrückte, erschienen wieder die Symbole. Ich versuchte, ihre Nummer aufzurufen, und als nach mehrfachem Klingeln das Gespräch angenommen wurde, rief ich in den Hörer, was mir als Erstes durch den Sinn ging.

«Aurélie», lallte ich. «Ichliebedichichliebedichichliebedich ... Lass uns heiraten, ich will ein Kind von dir, hundert Kinder ...» Ich musste hicksen und lachte albern. «Aurélie? Bis du noch da?», fragte ich verdutzt in das Rauschen der Leitung. «Hier ist dein zukünftiger Mann. Der berühmte Bestsellerautor Robert Miller ...» Die letzten Worte dirigierte ich mit großer Geste in die Luft.

«André? Bist du das? Bist noch ganz dicht?»

Es war ein Mann. *Ein Mann?*

«Aurélie?», fragte ich wieder.

«Hier ist Adam.»

«Adam?» Ich verstand gar nichts mehr. Das Zimmer fuhr ein bisschen Karussell mit mir.

«Ja, Adam. Dein Freund Adam Goldberg», wiederholte die Stimme nachsichtig.

«Adam!», rief ich erstaunt. «Was machssu bei Aurélie, alter Junge?»

Adam Goldberg lachte.

«Gar nichts. Ich bin in London. Aber wo bist du?»

«In Bordeaux», sagte ich wahrheitsgemäß. «Auf Lesereise. Wo ist Aurélie?»

«Keine Ahnung, ich nehme mal an, sie schläft tief und fest. Und du bist offenbar total betrunken und hast dich verwählt.»

«Verwählt», wiederholte ich und hielt das Handy ungläubig ein Stück von mir weg. Dann lachte ich. Das war ja alles unglaublich komisch.

«Ja, verwählt. Geh schlafen, André, es ist drei Uhr nachts. Du hast vielleicht Nerven. Ich dachte schon, es wäre was passiert.»

«Nix passiert», sagte ich. «Ich will jetzt Aurélie sprechen.»

«Bitte, André, du bist ja hackedicht. Wie viel Glas Wein hattest du? Lass Aurélie schlafen und schlaf jetzt auch. Wir sehen uns auf dem *Salon*.»

Er legte auf.

«Schlaf jetzt auch», murmelte ich. «Schlaf jetzt auch.» Und dann ließ ich mich aufs Bett fallen. Es war ein toller Abend gewesen.

«Meine Güte, ich habe mir Sorgen gemacht, André», sagte Aurélie am nächsten Morgen. Das Telefonat mit ihr war weniger toll. Ich hatte meinen Rausch ausgeschlafen, und meine Freundin war beleidigt im großen Stil.

«Du hättest dich wirklich mal melden können.»

«Ja. Jetzt sei doch nicht so sauer, mein Herzchen», meinte ich gut gelaunt. Ich saß bei einem späten Frühstück, und nach den zwei Aspirin, die ich am Morgen genommen hatte, ging es mir eigentlich schon wieder ziemlich gut. Ich schob mir eine Gabel Rührei in den Mund, während sie mir weiter Vorwürfe machte. Irgendwann verstummte sie schließlich.

«André? Bist du noch dran?»

«Ja, sicher.» Ich schluckte den Rest des Rühreis herunter. «Nun komm, jetzt sei mir wieder gut», meinte ich. «So was kann doch mal passieren, wenn man auf Lesereise ist. Und um mal etwas Erfreuliches zu sagen: Der Abend lief richtig super.» Ich wischte mir mit der Serviette den Mund ab. «Es war nur so, dass direkt im Anschluss an die Lesung diese grandiose Weinverkostung stattfand. Das ging so nahtlos ineinander über, dass ich gar keine Zeit gefunden habe, anzurufen. Ich meine, ich *wollte* ja anrufen. Aber dann hat diese Buchhändlerin so viel erzählt, und ich wollte nicht unhöflich sein. Und dann wurde unglaublich gebechert, und als ich wieder auf die Uhr schaute, war es schon hab drei.»

«Ist ja schön, wenn für dich alles so super war. Für mich war es das nicht. Ich konnte die halbe Nacht kaum schlafen, weil ich dachte, dir wäre etwas passiert. Sonst rufst du doch immer an, André. Ich verstehe dich wirklich nicht. Es hätte ja wer weiß was sein können. Ich meine, wenn ich dich mehrmals anrufe und du dich nicht meldest, was soll ich denn da denken?»

Ich fand, dass sie ein wenig übertrieb.

«Jetzt komm mal klar, Aurélie», sagte ich. «Was soll mir denn im Ernst passieren? Auf einer Lesung. In Bordeaux. Ich bitte dich!»

«Was soll das heißen – jetzt kommt mal klar. Du rufst nicht an, und ich soll es jetzt schuld sein?»

Ich seufzte. «Nein, so war das doch nicht gemeint. In diesem Gewölbekeller war solch ein Lärm, da habe ich dein Handy gar nicht gehört. Und außerdem habe ich ja später versucht, dich anzurufen.»

«Ach ja? Und wann soll das gewesen sein? Auf meinem Handy ist jedenfalls kein Anruf von dir eingegangen.» Sie klang eifersüchtig.

Ich lächelte. «Ja, weil ich mich verwählt habe», sagte ich dann. «Stell dir vor, ich habe aus Versehen Adam Goldberg angerufen.» Ich konnte mich noch undeutlich an mein nächtliches Telefonat mit Adam erinnern und musste lachen. «*Mon Dieu*, ich glaube, ich hatte wirklich ein Glas zu viel. Der arme Adam, das war vielleicht komisch, als ich zu ihm sagte, ich ...»

«Ja, sehr komisch», unterbrach sie mich. Ihre Stimme klang kühl, und ich fühlte mich mit einem Mal völlig ausgebremst in meinem Schwung.

«Weißt du, manchmal kannst du eine richtige Spielverderberin sein, Aurélie», sagte ich. «Kann es sein, dass du eifersüchtig bist?»

Sie lachte erbost auf. Ich hatte wohl ins Schwarze getroffen.

«Weißt du was, *chéri*? Du *musst* ja nicht anrufen, wenn es dir zu viel wird. Wenn ich es vorher weiß, ist das überhaupt kein Problem.»

Leicht verstimmt beendeten wir unser Gespräch.

Ich packte meinen kleinen Koffer und machte mich kurze Zeit später auf den Weg zum Bahnhof. Meine Lesung in Arles war erst für den nächsten Abend geplant. Als ich im Zug saß, der mich in die Provence bringen sollte, dachte ich noch, dass Aurélie einem manchmal wirklich die Laune verderben konnte. War es denn ein solches Vergehen, wenn man sich einmal nicht meldete oder nicht erreichbar war? Wie konnte sie mich nur so zur Schnecke machen? Ich empfand ihre Vorwürfe als ungerecht und übertrieben und schrieb ihr abends nur eine kurze SMS, dass ich gut angekommen sei.

Doch bereits am nächsten Tag sollte ich am eigenen Leib erfahren, was es hieß, die Qualen der Eifersucht zu erleiden. Ich hatte die Rechnung ohne den Wirt gemacht, wie man so schön sagt. Nur dass in diesem Fall der Wirt ein Koch war. Ein Koch aus Vétheuil.

Jean-Marie Marronnier war in Paris und hatte sich im *Le Temps des Cerises* zum Essen angesagt.

Als das Telefon früh am Morgen in dem hübschen Zimmer der Pension klingelte, wo ich gerade mein *petit déjeuner* einnahm, dachte ich zunächst, es sei eine etwas verlegene Aurélie am Apparat, die inzwischen selbst gemerkt hatte, dass sie ein bisschen überreagiert hatte. Ich stopfte mir das Kissen in den Nacken und angelte nach der Milchkaffeetasse, die mir zusammen mit Baguette, gesalzener Butter, einem duftenden Croissant und Konfitüre auf einem kleinen Tablett nach oben gebracht worden war.

«Guten Morgen, *chérie*», sagte ich großmütig und tunkte das Croissant in den Kaffee. «Na? Gut geschlafen?»

«Ja, ja.» Sie wirkte freudig erregt. Kein Wort mehr über unseren kleinen Zwist. «Du auch?»

«Hmm-hmm.» Ich biss genüsslich in mein Croissant. «Ich frühstücke gerade.» Ich fegte ein paar Krümel von der Bettdecke.

«Rate mal, wer sich für heute Abend angekündigt hat», sagte sie.

«Wer?», entgegnete ich ahnungslos.

«Der Koch.» Ihre Stimme klang triumphierend.

«Der Koch?» Ich begriff immer noch nicht. Die Sonne schien durch die sonnenblumengelben Gardinen mit dem provenzalischen Muster, es war noch früh.

«Ja, der Koch, der Sternekoch aus Vétheuil.»

«Aha», sagte ich. «Was will er denn? Gibt es wieder Ärger?» Ich setzte mich auf.

«Nein, nein, überhaupt nicht.» Sie lachte. «Er ist zufällig in Paris und würde gern heute Abend bei mir im Restaurant essen. Ehrlich gesagt, bin ich schon total aufgeregt.» Sie lachte nervös. «Das ist ja mal ein hoher Besuch. Ich denke schon die ganze Zeit darüber nach, was ich ihm vorsetzen soll. Ich will diesem Marronnier schließlich zeigen, dass auch ich eine ganz ausgezeichnete Köchin bin.»

«Was ist das Problem?», fragte ich, und irgendwie spürte ich schon da ein leises Unbehagen. «Du hast so viele tolle Gerichte auf der Karte. Soll er sich doch eins davon aussuchen. Mach dir nicht so viele Gedanken, Aurélie.»

«Ja, schon.» Sie klang nicht überzeugt. «Aber es sollte etwas Besonderes sein. Immerhin hat er einen Stern.»

«Ja, ja», sagte ich. «Das ist nun zur Genüge bekannt.» Ich konnte die Aufregung um diesen Koch nicht so ganz nachvollziehen. Offenbar war es so ein Konkurrenzding zwischen diesem Marronnier und ihr. «Dir wird schon was einfallen.»

Mittags rief sie wieder an. Ich aß gerade in einem der kleinen Restaurants in der Nähe des Amphitheaters, es war so warm, dass man draußen sitzen konnte, und ein butterweiches Filet Mignon mit Pfeffersauce wartete auf meinem Teller, als das Handy klingelte.

«Ich weiß jetzt, was ich koche», sagte sie.

«Na, das ist doch prima», meinte ich und kaute auf dem rosa gebratenen Fleisch herum, das mir auf der

Zunge zerging. Ich biss auf ein grünes Pfefferkorn, und eine angenehme Schärfe verbreitete sich in meinem Mund. Absolut köstlich. «Was gibt's denn für den großen *Maître*?»

«Nun, ich werde einfach das beste Gericht kochen, das ich im Repertoire habe. Das von Papa. Ich mache das *Menu d'amour*.»

«Was?!» Ich hätte mich fast verschluckt. «Du willst das *Menu d'amour* kochen? Unser *Menu d'amour*? Für diesen Angeber aus Vétheuil? Für einen wildfremden Mann? Sag mir, dass das nicht wahr ist!»

Ich spürte, wie eine heiße Woge des Aufruhrs mich erfasste, während Aurélie überrascht lachte und mir falsche Empfindlichkeiten vorwarf.

«Meine Güte, was ist denn plötzlich in dich gefahren, André? Du führst dich auf wie ein Pascha. Es ist nur ein Gericht, ja?»

Ihre Worte rauschten an mir vorbei. Aufgebracht warf ich das Besteck auf den Teller. Das *Menu d'amour* war eben nicht *irgendein* Menü. Es war das Menü, mit dem Aurélies verstorbener Vater einst das Herz ihrer Mutter gewonnen hatte. Es war das Menü, das Aurélie an jenem Abend für mich gekocht hatte, als wir uns zum ersten Mal geküsst hatten. Es hatte immer schon eine besondere Bedeutung gehabt. Es war heilig. Also, für mich war es jedenfalls heilig. Sie opferte es offenbar allzu gern auf dem Altar der Eitelkeiten. Um vor diesem Koch zu glänzen. Ich schüttelte den Kopf. Hatte ich mir nicht genau dieses Gericht vor ein paar Wochen von ihr gewünscht?

Ich hatte sie bekniet, es für uns zu kochen. Stattdessen war sie nach Vétheuil gefahren, um mit diesem Marronnier für die Zeitung zu posieren. Und jetzt kochte sie ihm *unser* Liebesmenü. Wie geschmacklos war das denn? Wie unfassbar taktlos! Ich presste das Handy an mein heißes Ohr, um zu hören, was sie zu sagen hatte.

«Erstens ist er kein wildfremder Mann, zweitens ist er ein Sternekoch, und drittens sehe ich das ganz professionell», erklärte sie mir gerade, und ihre Stimme klang gereizt. «Jetzt beruhige dich mal, André.»

«Nein, ich beruhige mich *nicht*», gab ich zurück. «Ich finde das ehrlich gesagt ziemlich seltsam. Ich meine, du hättest jedes andere Gericht kochen können. Warum ausgerechnet das *Menu d'amour*?»

Ich musste daran denken, wie ich sie damals nach dem Valentinstag getröstet hatte, als sie wegen dieses arroganten Kerls total am Boden zerstört gewesen war. Das war also der Dank. Nun gut.

«Sei nicht albern, André. Es ist nun mal mein bestes Gericht. Deswegen habe ich es ausgewählt und aus keinem anderen Grund. Du tust gerade so, als würde ich Marronnier in einem *Chambre séparée* empfangen. Dabei kommt er einfach am Abend im Restaurant vorbei, um meine Küche zu probieren. Das ist ganz normal unter Köchen.»

«Wie du meinst.»

Ich beendete das Gespräch. Meine Laune war im Keller.

Ich zahlte und marschierte erbost über den Wochenmarkt von Arles, um mich wieder zu beruhigen. Doch die hübschen Töpferwaren und handbedruckten Stoffe, die auf langen Tischen angeboten wurden, konnten mein Auge nicht erfreuen. Ich lief durch die kleine Gasse mit dem berühmten Straßencafé, das Vincent van Gogh einst gemalt hatte, es war mir egal. Mein freier Tag in Arles verlief so ganz anders, als ich es mir vorgestellt hatte. Schließlich setzte ich mich auf eine der steinernen Stufen der mittelalterlichen Arena und versuchte, die ganze Sache auch «professionell» zu sehen. Ich war verletzt, aber vielleicht gab es dazu gar keinen Grund. Sie wollte diesen Koch eben beeindrucken, das konnte man ja verstehen, nach allem, was geschehen war.

Am Nachmittag überwand ich mich und rief Aurélie an, um ihr einen erfolgreichen Abend zu wünschen. Sie war schon im Restaurant. Ich hörte Töpfe klappern und Jacquie, der im Hintergrund irgendetwas schrie.

«Wenn dieser Sternekoch dein Menü nicht zu würdigen weiß, hat er jedenfalls keine Ahnung davon, was gut ist», versuchte ich zu scherzen. Doch Aurélie hatte keine Zeit für längere Beteuerungen.

«Ich bin hier gerade total im Stress, André. Lass uns lieber später telefonieren, ja? Oder vielleicht besser morgen. Dir auch eine erfolgreiche Lesung.»

Sie legte auf, und ich blieb mit einem schalen Gefühl zurück.

Kurz vor der Lesung versuchte ich es noch mal auf Aurélies Handy. Dann im Restaurant. Jacquie Berton wimmelte mich mit seiner Reibeisenstimme ab wie eine lästige Fliege. Er hatte mich noch nie leiden können, wahrscheinlich weil ich ihm sein «kleines Mädchen» weggenommen hatte.

«Nein, Aurélie kann jetzt nicht», sagte er. «Ja, Monsieur Marronnier ist schon da.»

Die Lesung in der kleinen Buchhandlung, die sich in der Altstadt von Arles befand, verlief nicht so toll. Ich war nicht recht bei der Sache, las die ausgesuchten Textstellen automatisch runter, während meine Gedanken im *Le Temps des Cerises* waren, wo man sich jetzt wohl das *Menu d'amour* munden ließ. Dann signierte ich mit einem zerstreuten Lächeln die Bücher, die mir entgegengehalten wurden. Ich gab den melancholischen Prinzen, und als nach der Lesung eine Zuhörerin die Frage stellte, ob ich denn auch an Liebe auf den ersten Blick glauben würde wie der Held in meinem Roman, blickte ich sie nachdenklich an und sagte:

«Liebe auf den ersten Blick ist eine Illusion. Manchmal sogar eine gefährliche Illusion. Wie soll man auch mit einem Blick erfassen, wie ein Mensch wirklich ist, nicht wahr?»

Das Publikum schwieg verunsichert.

«Das Leben ist manchmal kompliziert», fuhr ich fort. «Nun ja, was soll's! Wie gut, dass es Romane gibt!»

Ich rang mir ein Lächeln ab, und die Leute applaudierten verhalten. Ich hatte gerade noch mal die Kurve gekriegt.

Die Buchhändlerin, eine freundliche Dame mit ergrautem Haar, war wirklich sehr bemüht um ihren Autor aus Paris, der an diesem Abend so verdrossen war. Sie schenkte mir eine große Blechdose mit Calissons, jenem feinen Marzipankonfekt, das eine Spezialität der Provence ist, und als wir später essen gingen, überredete sie mich zu einer *Gardianne de taureau* – einem schmackhaften Gulasch vom schwarzen Stier, das, wie sie mir erklärte, stundenlang in Rotwein geköchelt wurde. Aurélie wäre begeistert gewesen. Aber Aurélie ging nicht ans Telefon. Ich hatte direkt nach der Lesung versucht, sie zu erreichen – vergeblich. Auch jetzt entschuldigte ich mich für einen Moment und trat hinaus ins Freie. Die Luft war kühl und klar, und ich zündete mir eine Zigarette an und versuchte es noch einmal im Restaurant. Diesmal ging keiner an den Apparat, nicht mal Jacquie. Ich rief auf Aurélies Mobiltelefon an und erreichte nur den Anrufbeantworter.

Nachdem ich mich eine Stunde später bei der Buchhändlerin für das Essen bedankt hatte und in Richtung Pension ging, versuchte ich es wieder.

Und wieder.

Und wieder.

Ich hinterließ eine Nachricht, dann noch eine. Und ich verstand die Welt nicht mehr.

Auch wenn dieser Marronnier im *Temps des Cerises* speiste, hätte sie doch mal kurz ans Telefon gehen können. Wie lange dauerte dieses Essen eigentlich? Das Restaurant schloss doch normalerweise um Mitternacht.

Bin jetzt im Hotel. Hab mehrfach versucht, dich zu erreichen. Wo steckst du denn?, schrieb ich.

Als ich es kurz nach eins noch einmal probierte, war Aurélies Handy plötzlich ausgeschaltet, und eine Automatenstimme verkündete mir, der Teilnehmer sei derzeit nicht erreichbar, werde jedoch mit einer SMS über meinen Anruf informiert.

Mit einem Mal hatte ich das Gefühl, vor einer verschlossenen Tür zu stehen, hinter der jemand war und einfach nicht aufmachte. Ich hämmerte an die Tür und begehrte aufsässig Einlass. Doch die Tür blieb zu.

Bevor ich das Licht löschte, schickte ich Aurélie noch eine letzte Botschaft.

Bist du immer noch im Restaurant? Hoffe, der Abend mit dem Koch ist gut verlaufen. Ruf mich doch an, wenn du zu Hause bist, ja? Bisou, André.

Ich schlief unruhig in dieser Nacht. Immer wieder schreckte ich hoch, weil ich mir einbildete, das Handy hätte gesummt. Ich tastete nach dem Mobiltelefon auf meinem Nachttisch. Aber Aurélie hatte sich nicht gemeldet. Mein Herz klopfte vor Eifersucht, und als ich am frühen Morgen schließlich doch in den Schlaf sank, geisterten beunruhigende Bilder durch meine Träume, die mit dem *Menu d'amour* und seiner verheerenden Wirkung zu tun hatten.

10

Jean-Marie Marronnier war ein Kavalier alter Schule. Aber an diesem Abend kam er eine halbe Stunde zu spät. Wie bei unserer ersten Begegnung. Ich muss gestehen, ich war schon etwas unruhig geworden, als es acht Uhr wurde und er nicht erschien. Ich hatte meine Schürze abgelegt und mir die Haare gerichtet. Immer wieder schaute ich zur Tür und fragte mich, ob der große Koch mir im letzten Moment doch noch absagen würde.

Das wäre schade gewesen, denn ich hatte einige Zeit damit zugebracht, dass *Menu d'amour* vorzubereiten, für das ich mich am Ende entschieden hatte. Ich hatte es schon lange nicht mehr gemacht, und es stand auch nicht auf der Karte – es war ein altes Familiengericht, das ich nur zu besonderen Anlässen auf den Tisch brachte. Ich gebe zu, mir lag sehr viel daran, den Sternekoch zu beeindrucken.

Das Lamm mit den Zwiebeln und Granatapfelkernen schmorte schon seit Stunden auf kleiner Flamme in der

Kasserolle und verbreitete seinen köstlichen Duft, und immer wieder riss ich die Backofentür auf, um Rotwein nachzugießen und zu kosten. Das Fleisch war butterweich. Das Blutorangenparfait, das im Kühlfach ruhte, hatte ich schon mittags zubereitet, ebenso wie die kleinen *Gâteaux au chocolat*, die vor dem Servieren noch einmal kurz erwärmt wurden. Den Salat mit dem Roquefort und den Walnüssen und Birnen würde ich frisch anrichten. Ich hatte Stunden damit zugebracht, den passenden Rotwein auszuwählen. Ich wollte nichts dem Zufall überlassen. Ich war so aufgeregt, dass es selbst Jacquie auffiel.

«Nanu, sind die Inspektoren vom Guide Michelin wieder unterwegs?», brummte er und zwinkerte mir zu. «Oder betreibst du diesen ganzen Aufwand tatsächlich nur für diesen Koch, der uns unseren Stern wieder weggenommen hat?»

«Na ja, ganz so war es nicht, Jacquie», entgegnete ich lächelnd und hielt ihm eine Flasche Pinot Noir aus dem Burgund hin. «Was meinst du, der hier ist doch nicht verkehrt, oder?»

Jacquie zuckte die Achseln und seufzte. «Was soll an einem Pinot Noir verkehrt sein?», sagte er. «Aber ja, der passt hervorragend zum Lamm.» Dann kam er zu mir herüber und legte väterlich den Arm um mich. «He, *ma petite*, es wird diesem Superkoch schon schmecken. Er wird sich die Finger lecken nach deinem Essen, glaub mir.»

«Meinst du wirklich?» Ich lachte nervös. «Und, Jacquie, denkst du bitte daran, dass die Birnen für die Vorspeise noch kurz in Zuckerwasser blanchiert werden müssen? Sonst sind sie zu hart.»

«Kein Grund zur Panik», sagte Jacquie und stapfte wieder an seinen Platz zurück wie ein Grizzlybär. «Ich hab hier alles im Griff, du kannst dich dem Herrn aus Vétheuil also ganz widmen. Er wird begeistert sein.»

«Aber du verstehst mich doch, Jacquie, oder?» Ich sah ihn flehentlich über die Kochinsel hinweg an. «Nach diesem ganzen unerfreulichen Theater möchte ich einfach, dass Marronnier nichts zu beanstanden hat. Dieses Essen soll seine Erwartungen übertreffen ... Ich meine, es soll perfekt sein.»

«Klar verstehe ich das», sagte Jacquie. «Es ist eine Frage der Ehre.» Er tippte an seine Kochmütze und grinste.

André verstand es leider nicht. Er hatte kein Verständnis dafür, warum mir die Sache mit Marronnier so wichtig war. Er nahm es mir persönlich übel und war völlig entsetzt gewesen, als ich ihm erzählt hatte, dass ich überlegte, das *Menu d'amour* zu kochen. Ich hielt das für eine hervorragende Idee, doch André hatte sich mittlerweile offenbar in die Vorstellung hineingesteigert, dass dies *unser* Gericht sei, das ich für niemanden sonst auf der Welt mehr kochen durfte – was für ein Unsinn! Er war regelrecht ausgerastet, weil ich es dem Sternekoch vorsetzen wollte – einem *wildfremden Mann*. Er beschimpfte mich, als ob ich Hochverrat beginge. Dabei hatte das alles nun wirklich keine tiefere Bedeutung – außer vielleicht der, dass ich wusste, dass dieses Gericht eins meiner originellsten Rezepte war, von dem ich hoffte, dass es auch den feinen Gaumen von Monsieur Marronnier überzeugen würde.

Doch André war wie von Sinnen. Er legte mitten im Satz einfach auf, was ich nicht gerade nett fand. Später rief er dann noch einmal an, wohl um einzulenken. Er wünschte mir sogar einen erfolgreichen Abend, aber da hatte ich keine Zeit mehr für lange Gespräche – und ehrlich gesagt auch keine Lust.

Die ersten Gäste saßen schon im Restaurant und aßen die Speisen, die auf der Schiefertafel standen, als Marronnier endlich auftauchte. Es war kurz nach halb neun, und er kam mit wehendem Mantel und einem Strauß Blumen auf mich zu und entschuldigte sich für die Verspätung. Er habe leider noch ein sehr unerfreuliches Gespräch führen müssen und sei untröstlich, dass er mich habe warten lassen.

Er überreichte mir die Blumen, und ich schnupperte daran. «Das macht doch nichts, Monsieur Marronnier», sagte ich. «Ich bin ja sowieso hier.» Ich führte ihn zu seinem Tisch in der Ecke. «Ich hoffe, Sie konnten die Sache klären.»

Er winkte ab und nickte. «Das soll uns den Abend nicht verderben, Mademoiselle Bredin. Also ...» Er nahm Platz, ließ den Blick über die Tische mit den rot karierten Decken schweifen, die mit einem einfachen weißen Geschirr eingedeckt waren. «Ich muss zugeben, ich bin schon sehr gespannt.»

«Tja, so vornehm wie bei Ihnen geht es hier nicht zu», entgegnete ich lächelnd. «Aber Sie werden sehen, dass auch meine Küche ihren Reiz hat.»

«Das bezweifle ich inzwischen nicht mehr», sagte er, «das ist ja hier ein ganz besonders gemütliches Plätzchen.» Er sah interessiert zu der Schiefertafel an der Wand hinüber und studierte die Tagesgerichte.

Das Telefon klingelte, und ich sah aus dem Augenwinkel, wie Jacquie mir ein Zeichen machte und seine Lippen das Wort «André» formten.

Ich hob die Hand und schüttelte den Kopf. André und seine miese Laune konnte ich jetzt wirklich nicht gebrauchen.

«Oh, Seeteufel mit rotem Pfeffer», sagte Marronnier gerade und schnalzte mit der Zunge. «Das klingt nicht schlecht.»

«Ja, das klingt nicht schlecht, aber für Sie habe ich etwas ganz Besonderes zubereitet, das Sie nicht auf dieser Karte finden. Ein Gericht, das ich nur selten koche, meine Spezialität sozusagen. Lassen Sie sich überraschen, Monsieur Marronnier.» Ich lächelte ihn an und hoffte, dass es selbstbewusst klang. «Sie mögen doch Fleisch?»

«Aber selbstverständlich.» Er nickte. «Sie haben Ihr *Coup de cœur* für mich gekocht? Ich fühle mich geschmeichelt», erwiderte er galant.

«So ist es», sagte ich vergnügt. Der Abend fing an, mir Spaß zu machen. «Möchten Sie vorher einen Apéritif, um sich ein bisschen Mut anzutrinken? Ein Glas Crémant vielleicht?»

Er lachte. «Da sage ich nicht nein. Leisten Sie mir Gesellschaft? Ich meine, natürlich nur, wenn Sie hier abkömmlich sind.»

«Das lässt sich einrichten», erwiderte ich. «Ich bin gleich wieder da.»

Ich ging in die Küche zurück und besprach mich mit den anderen.

«Es ist mir wirklich wichtig, dass das hier heute Abend gut klappt», sagte ich streng.

«Keine Sorge. Wir sind ja nicht blöd», meinte Paul. «Wir werden es diesem Sternekoch schon zeigen, was?» Natürlich wussten alle, wer der Mann war, der soeben an dem kleinen Tisch an der Wand Platz genommen hatte. «Du wirst sehen, das *Le Temps des Cerises* wird das neue Lieblingsrestaurant von Monsieur Marronnier», scherzte er, und die ganze Belegschaft lachte.

«Das will ich hoffen.» Ich nahm meine Handtasche und ging wieder ins Restaurant zurück.

Als ich an Marronniers Tisch trat, stand er höflich auf und wartete, bis ich Platz genommen hatte. Ich legte die Handtasche auf der Fensterbank ab und setzte mich. Marronnier setzte sich auch. Wenig später füllte Suzette unsere Gläser mit einem *Crémant de Loire*, und wir stießen an.

«Wer hätte gedacht, dass ich einmal hier bei Ihnen im Restaurant sitzen würde»?, sagte Marronnier.

«Ja, wer hätte das gedacht?», entgegnete ich. «Man sollte eben niemals nie sagen.»

Es wurde ein äußerst angenehmer Abend. Marronnier erzählte mir ganz unbefangen von seinen Anfängen als Koch, wo so einiges schiefgelaufen war, er hatte offensichtlich kein Problem damit, auch mal über sich selbst zu lachen, was ihn mir sympathisch machte – wenngleich sein Lachen eher ein Schmunzeln war. Eine gewisse vornehme Zurückhaltung bewahrte er schon. Er kam aus einer angesehenen Familie, die ihren Sitz seit Generationen in Vétheuil und Umgebung hatte. Ein Onkel von ihm bewohnte sogar ein kleines Schloss. Eigentlich hätte er Arzt oder Jurist werden sollen wie die meisten männlichen Nachkommen der Marronniers. Auf Wunsch seiner Eltern hatte er dann tatsächlich ein paar Semester Jura studiert, doch nach dem ersten Staatsexamen hatte er das Handtuch geworfen. Seine Passion galt nun mal dem Kochen. Schon als kleiner Junge war er in der Küche herumgestrichen und wollte von der Haushälterin wissen, wie man eine Sauce zubereitet. Die Verwandlung von Stoffen war für ihn wie Zauberei, und so, wie ein Musiker das absolute Gehör haben konnte, besaß er die Gabe, alle Gewürze aus einem Gericht herauszuschmecken. «So etwas kann man nicht lernen», erklärte er mir, als das Lamm aufgetragen wurde. Er kostete alles mit dem nötigen Respekt und lobte den roten Burgunder und mein Essen, das ihm ausgezeichnet zu schmecken schien. Nach dem Hauptgang wischte er sich mit der Serviette über den Mund.

«Ich muss schon sagen, Sie haben mich überrascht, Mademoiselle Bredin. *Chapeau!* So ein phantastisches

Lamm hätte ich hier nicht erwartet. Eine tolle Idee mit den Granatapfelkernen, warum ist mir das eigentlich nicht eingefallen?» Er schmunzelte.

«Soll ich Ihnen ein Geheimnis verraten?», sagte ich und beugte mich vor.

«Oh ja ... bitte, ich liebe Geheimnisse», erwiderte er verschwörerisch.

Ich hörte, wie das Handy in meiner Handtasche vibrierte, und beschloss, es zu ignorieren. Verstohlen warf ich einen Blick auf die Uhr. Viertel nach zehn. Wahrscheinlich war es André, der mir erzählen wollte, wie toll seine Lesung gelaufen war. Doch ausnahmsweise spielte die Musik jetzt mal hier.

«Die Idee mit den Granatapfelkernen ist nicht von mir», sagte ich.

«Jetzt sagen Sie nicht, Sie haben sie irgendwo geklaut.»

«Nein, viel besser – ich habe sie *geerbt*. Von meinem Vater.»

«Dem Koch», ergänzte Marronnier und nickte.

«Sehr richtig, aber auch Papa war nicht immer Koch.» Ich spielte an meiner Serviette herum. «Ursprünglich hat er mal Literatur studiert, an der Sorbonne. Dort lernte er damals auch meine Mutter kennen, die wunderschöne Valérie Castel, die eines Tages in seinem Seminar saß und so unerreichbar für ihn war wie der Mond. Leider hat sich die Liebe zur Literatur, die die beiden verband, nicht auf mich vererbt.»

Ich trank einen Schluck von dem Wein und ließ ihn

über die Zunge rollen. Dieser Pinot Noir mit seinem zart-fruchtigen und leicht erdigen Aroma war wirklich ein Gedicht.

Marronnier zog die Augenbrauen hoch. «Aber was wollen Sie denn noch, Mademoiselle Bredin – Sie haben ganz offensichtlich die Schönheit Ihrer Mutter geerbt und die Kochkünste Ihres Vaters. Sie sind sozusagen mit dem goldenen Löffel im Mund geboren worden. Andere müssen sich mit viel weniger begnügen.»

«Ja, Sie haben recht, ich sollte nicht so unbescheiden sein», entgegnete ich lachend und lehnte mich entspannt in meinem Stuhl zurück. «Immerhin bin ich lustigerweise mit einem Mann der Bücher zusammengekommen. Mein Freund arbeitet in einem Verlag und liest Tag und Nacht.»

«Na, dann ist doch alles gut», scherzte der Koch. «Auch wenn ich verstehen kann, dass Sie das Kochen dem Lesen vorziehen. Man muss eben erkennen, wo die Talente liegen, nicht wahr?»

Der Abend war schon jetzt ein Erfolg. Suzette kam an den Tisch und servierte das Blutorangenparfait mit dem warmen Schokoladenküchlein. «*Bon appétit*», sagte sie artig und musterte Marronnier neugierig.

Mein Gast tauchte seinen Löffel in das Parfait. Dann hielt er verzückt inne.

«Hmmm», sagte er. «Also das ist ... das ist wirklich *superb*! Ich bin hingerissen.» Er nahm ein Stück von dem lauwarmen Schokoladenkuchen, aus dem der flüssige Kern auf den Teller tropfte. «Und die Kombination von der herben Schokolade und diesem fruchtigen Parfait – ausgezeichnet, ganz ausgezeichnet, Mademoiselle Bredin. Dafür hätten Sie in der Tat einen Stern verdient.»

Ich wurde rot vor Freude. Marronniers Lob und der Wein stiegen mir gleichermaßen zu Kopf.

«Danke», stammelte ich überwältigt. Wieder hörte ich das leise Brummen aus meiner Handtasche. *Jetzt nicht*, dachte ich.

«Der Nachtisch passt zu Ihnen», stellte Marronnier fest. «Süß und herb zugleich.» Er legte den Löffel ab und sah mich an. «Darf ich Sie um etwas bitten?»

«Ja ... Was denn?», fragte ich verwirrt. Das Brummen hatte aufgehört.

«Ich würde das Dessert gern auf meiner Karte aufnehmen – wenn ich darf», setzte er bescheiden hinzu. «Natürlich würde ich auf Sie und Ihr Restaurant verweisen und dazuschreiben, dass das Rezept von Ihnen ist. Was würden Sie von der Bezeichnung *Parfait d'Orange à la belle Aurélie* halten?»

«Oh, Monsieur Marronnier, das fände ich ganz wundervoll», rief ich entzückt. Dass dieser Mann eine meiner Speisen so ausgezeichnet fand, dass er sie in seinem exklusiven Gourmettempel anbieten wollte, wog die Sache mit dem Stern wirklich auf. Es war Marronniers Eingeständnis, seine Entschuldigung an mich. Besser hätte der Abend gar nicht enden können.

Ich war sehr geschmeichelt. Das Restaurant leerte sich allmählich, und als wir beim Kaffee saßen, erzählte ich dem Sternekoch sogar die Geschichte des *Menu d'amour*. Wie Papa es, als er noch in seiner Studentenbude in der Rue Mouffetard wohnte, zum ersten Mal für meine Mutter gekocht hatte. Dass er an diesem Abend, der ein lauer Sommerabend gewesen war, seine Schüchternheit überwunden hatte. Dass seine schöne Kommilitonin, in die er sich verliebt hatte, ein Körbchen mit Kirschen mitgebracht hatte.

«So ganz genau weiß ich auch nicht, was an diesem Abend passierte. Papa hat immer ein großes Geheimnis daraus gemacht», erklärte ich lächelnd. «Und meine Mutter konnte ich leider nicht mehr fragen, die war ja schon tot.»

Marronnier nickte anteilnehmend.

«Es muss eine total verrückte Geschichte gewesen sein.» Ich lächelte. «Jedenfalls hat mein Vater sich an diesem Abend ins Herz meiner Mutter gekocht. Und nachdem sie das *Menu d'amour* gegessen hatten, waren sie unzertrennlich wie Tristan und Isolde.»

«Tja, die Liebe geht eben durch den Magen», sagte Marronnier. Er versenkte ein Löffelchen Zucker in seiner Tasse und zwinkerte mir zu. «Wir Köche wissen das schon lange.»

«Ja, das stimmt.» Ich nickte nachdenklich. «Die beiden waren sehr glücklich zusammen. Für eine kurze Weile jedenfalls. Maman ist gestorben, da war ich gerade mal vier Jahre alt. Ich habe kaum noch eine Vorstellung von ihr. Wenn es die Fotos nicht gäbe, könnte ich nicht mal sagen, wie sie ausgesehen hat. Manchmal meine ich mich an ihre Stimme zu erinnern. Sie war ein sehr fröhlicher Mensch und hat gerne gesungen. Und sie hatte glänzende blonde Haare. Daran erinnere ich mich noch genau.» Ich schüttelte den Kopf. Der Gedanke an meine Mutter machte mich immer ein bisschen sentimental. «Na ja, jedenfalls hat sie ihr Examen in Literatur gemacht, und Papa machte sein Restaurant auf – das *Le Temps des Cerises*.»

Marronnier nippte an seinem Kaffee und schaute mich über den Rand der Tasse an. «Und welch ein Glück, dass Sie sein Restaurant weiterführen konnten. Das muss doch sehr schön für Sie sein, dass alles in der Familie geblieben ist.»

«Ja, es ist ein bisschen mein Zuhause», sagte ich.

Wir schwiegen einen Moment. Dann lehnte Marronnier sich in seinem Stuhl zurück und ließ den Blick über die leeren Tische schweifen. «Dieser Ort hat eine gute Aura. Das merkt man gleich, wenn man hereinkommt. Man fühlt sich so ... wie soll ich sagen? ... so *heimelig*.»

Der Koch war ein altmodischer Mann, und er benutzte altmodische Worte. Es klang irgendwie charmant.

«Ach ja, finden Sie?» Ich lächelte erfreut und bemühte mich, das aufsässige Brummen, das aus meiner Handtasche drang, zu ignorieren.

Mein Gott, was war denn jetzt so wichtig? Ging es um Leben und Tod? André wusste doch, dass Monsieur Marronnier bei mir zu Abend speiste und ich keine Zeit hatte. Neulich nach der Lesung hatte er selbst vergessen, sich zu melden, und das ganz normal gefunden. Aber wenn es ihm passte, sollte ich springen. Nun musste er eben auch mal warten. Ich schob meine Tasse ein Stück von mir weg und lächelte den Koch entschlossen an.

Marronnier war das unaufhörliche Brummen, das aus der Handtasche kam, nicht entgangen.

«Gehen Sie ruhig dran», meinte er lächelnd. «Da scheint ja jemand ganz dringend etwas von Ihnen zu wollen.»

Ich wurde rot.

«Nein, nein, ist nichts Wichtiges», versicherte ich, während ich das Handy hervorzog und einen raschen Blick auf das Display warf.

Bin jetzt im Hotel. Hab mehrfach versucht, dich zu erreichen. Wo steckst du denn?

Es klang vorwurfsvoll, und auf Vorwürfe hatte ich im Moment keine Lust. Dazu war es gerade viel zu schön. Ich schaltete das Handy kurzerhand aus und steckte es in die Tasche zurück. «Das kann bis morgen warten», sagte ich und kam mir vor wie eine Verräterin. «Noch einen Digestif?»

«Danke für die Einladung. Das war wirklich ein ganz besonderer Abend», meinte Jean-Marie Marronnier, als er sich eine Stunde später vom Tisch erhob, um sich von mir zu verabschieden. «Ich habe das Essen sehr genossen, und natürlich auch unser nettes Gespräch. Ich hoffe, dass ich mich bald mal mit meinem *Celle de Chevreuil aux Griottes* revanchieren kann. Es hat zwar nicht so eine originelle Geschichte wie Ihr *Menu d'amour*, aber es ist einen Stopp wert.»

«Was Sie nicht sagen», flachste ich.

Er schaute kurz zu meiner Handtasche hinüber, die immer noch auf der Fensterbank lag, und sah mich dann wieder an.

«Vielleicht bringen Sie Ihren Freund einfach mit, wenn Sie nach Vétheuil kommen?» Er verbeugte sich und küsste mir die Hand, während ich errötete. «Ich würde mich freuen, den Mann der Bücher auch mal kennenzulernen.»

Wenig später blickte ich Marronnier nach, wie er die Rue Princesse ohne Eile hinunterging. Er drehte sich nicht noch einmal um.

11

Ich erwachte vom Klingeln des Telefons. Die Sonne schien hell durch die provenzalischen Gardinen ins Zimmer. Irgendwann war ich offenbar doch eingeschlafen, aber ich fühlte mich wie zerschlagen. Benommen tastete ich nach dem Apparat.

Aurélie war am anderen Ende der Leitung. Sie begrüßte mich, als ob nichts gewesen wäre.

«Bonjour, chéri», flötete sie in den Hörer. «Na, gut geschlafen?»

«Nein, schlecht geschlafen», brummte ich. «Guckst du ab und zu auch mal auf dein Handy? Ich habe dir gestern mehrere Nachrichten hinterlassen.»

«Ja, ich weiß», sagte sie. «Aber ... das habe ich eben erst gesehen.»

Ich glaubte ihr kein Wort. «Du lügst besser, als du kochst, meine Liebe», sagte ich.

«Nein, wirklich», beteuerte sie. «In all der Aufregung habe ich vergessen, mein Handy aufzuladen. Und dann ist es irgendwann ausgegangen. Deswegen habe ich all deine Anrufe und Nachrichten erst heute Morgen bekommen. Außerdem hatten wir doch sowieso gesagt, wir wollten erst heute telefonieren, oder?»

«*Du* hast das gesagt», stellte ich richtig. Ich setzte mich im Bett auf. Ich war todmüde. Und verstimmt. Das Einzige, was mich interessierte, war, was mit dem Koch gelaufen war. Aber ich schwieg. Diese Blöße wollte ich mir nicht geben. Ich war souverän.

Einen Moment herrschte Stille in der Leitung.

«Und ... wie war die Lesung gestern Abend?», fragte sie dann zögernd.

«Toll», entgegnete ich knapp. «Alles super. Die Leute lagen mir zu Füßen. Wie immer.»

«Das freut mich, *chéri*.» Zwitscher, zwitscher. «Wart ihr anschließend noch was essen?»

Kein Wort vom Sternekoch.

«Ja.»

«Und was gab es Schönes?»

«Stierragout.»

«Oh, ja, das ist doch eine Spezialität dort, oder?»

«Ja.»

«Es scheint geschmeckt zu haben. Und wie gefällt dir Arles?»

«Gut.»

«Ach, André!» Sie lachte. «Sagst du auch noch mal mehr als ein Wort? Was ist denn mit dir los heute Morgen?»

«Nichts», sagte ich. «Was soll schon sein? Ich hätte dir gestern einfach gern noch Gute Nacht gesagt.»

«Ja. Tut mir wirklich leid, André.» Sie klang zerknirscht. «Aber heute Abend bist du ja wieder da. Wann kommst du eigentlich an? Willst du im Restaurant vorbeikommen?»

«Nein, ich gehe lieber gleich in meine Wohnung und warte dort auf dich.»

«Alles klar.»

«Und? Wie war's denn mit dem großen Sternekoch?», fragte ich angelegentlich, obwohl ich vor Neugier fast platzte. «Erzähl du doch mal! Wie lange ging das Ganze überhaupt?»

Ich hörte selbst, dass meine Stimme einen misstrauischen Klang annahm. Und Aurélie hörte es auch.

«Also wirklich, André, wird das ein Verhör?», fragte sie. «Marronnier kam fast eine Stunde zu spät. Ich habe nicht auf die Uhr geschaut, vielleicht war es eins, vielleicht halb zwei? Jedenfalls war der Abend ein voller Erfolg. Und Marronnier war ziemlich angetan.»

«Aha. Von deiner Küche? Oder von dir?»

«Von meiner Küche *und* von mir, André. Kannst du bitte mal aufhören?! Sonst erzähle ich dir gar nichts mehr.»

«Doch, doch, erzähle nur. Das *Menu d'amour* hat also Anklang gefunden.» Ich schluckte eine bittere Bemerkung herunter.

«Ja.» Sie klang zufrieden. «Sehr sogar. Weißt du was?»

«Was?»

«Du wirst es nicht glauben, aber Marronnier hat mich

gefragt, ob er mein – ich zitiere! – ‹superbes Blutorangenparfait› auf seiner Karte aufnehmen darf. Er will es *Le Parfait d'Orange à la belle Aurélie* nennen. Ist das nicht großartig?»

«*Großartig?*» Sie verlangte wirklich viel von mir. «Meine Güte, Aurélie, wie naiv bist du eigentlich! Das superbe Blutorangenparfait *à la belle Aurélie*, ja, ja. Schon klar. Dieser Typ will mit dir ins Bett, das ist alles!»

Es wurde mit einem Mal so still, dass man eine Stecknadel hätte fallen hören können.

«Vielen Dank, du bist sehr freundlich, André», sagte sie. «Mangelt es dir so sehr an Phantasie? Oder kannst du dir eventuell vorstellen, dass es Menschen gibt, die mein Blutorangenparfait zu schätzen wissen?»

«Nein», sagte ich.

«Nein?!», rief sie empört.

«Das Blutorangenparfait ist doch nur ein Vorwand, Aurélie. *So* viel Phantasie habe ich zumindest. Ich weiß genau, wie Männer ticken. Ich bin schließlich selbst einer.»

«Ach ja? Dann erklär mir doch mal bitte, wieso er dich ausdrücklich mit zum Essen nach Vétheuil eingeladen hat.»

«Was?! Du willst diesen Kerl *noch mal* treffen?» Ich war außer mir.

«Ja, warum denn nicht? Muss ich dich neuerdings um Erlaubnis fragen, wen ich treffe? Ich bin ein freier Mensch, André.»

Irgendwie brannte in diesem Moment eine Sicherung

bei mir durch. Was sollte das? War ihr dieser Koch wichtiger als ich?

«Genau», sagte ich. «Du bist ein freier Mensch. Und ich bin ein freier Mensch. Dann treffen wir doch zukünftig, wen wir wollen! Ich komme jedenfalls nicht mit nach Vétheuil, das kannst du dir abschminken.»

Wütend beendete ich das Gespräch und ärgerte mich im selben Moment, dass ich so uncool gewesen war. Ich war hellwach und auf hundertachtzig. Innerhalb von vierundzwanzig Stunden hatte ich Aurélie nun schon zum zweiten Mal aus der Leitung geworfen. Was war nur los mit mir? War ich paranoid? Oder war das genau die richtige Reaktion? Obwohl ich ihn noch nie gesehen hatte, misstraute ich diesem Sternekoch zutiefst. *La belle Aurélie!* Das war so einer, der sich ganz besonders schlau vorkam mit seinem blöden Gesülze. Und Aurélie fiel noch darauf rein. Allmählich zweifelte ich an ihrer Intelligenz. Diese Komplimente hatten sie verblendet. Ein Sternekoch war in ihr Leben getreten, und plötzlich war ich abgemeldet. Dass dieser Kerl noch die Dreistigkeit besaß, mich scheinheilig mit einzuladen in sein Feinschmeckerparadies, war die Höhe! Nur damit er weiter glänzen konnte, während ich als fünftes Rad am Wagen dabeisaß und mir anhören würde, wie die beiden sich in einen Rausch der Begeisterung redeten – über Rezepte, deren kulinarische Großartigkeit sich mir nie erschließen würde.

Ich sprang auf und ging erregt im Zimmer auf und ab. Dann blieb ich stehen. Wie sah dieser Mann überhaupt aus? Bisher hatte ich ihn mir wie Louis de Funès vorgestellt, diese Witzfigur aus *Brust oder Keule*. Doch Aurélies vage Beschreibung eines kultivierten Mannes wollte dazu nicht recht passen. Vielleicht war es ja ein älterer Herr, und sie sah in dem Koch so etwas wie einen Vater, versuchte ich mich zu beruhigen. Erst jetzt fiel mir auf, dass ich den Artikel aus dem *Parisien* nie zu Gesicht bekommen hatte. War der überhaupt schon erschienen? Oder war er am Ende doch im Stehsatz gelandet, dachte ich gehässig.

Ich setzte mich an den schmalen Schreibtisch und klappte meinen Laptop auf. Rasch hatte ich die Website vom *Le Temps des Cerises* in Vétheuil gefunden. Es gab ein paar Fotos von dem rosafarbenen Manoir und dem Restaurant, Bilder von einer Terrasse und einem blühenden Kirschgarten. Und da lächelte mir auch schon Marronnier entgegen, der sich in seiner blitzsauberen Küche hatte ablichten lassen.

Ein großer schlanker Mann mit dunkelblonden, nach hinten gekämmten Haaren und stechenden blauen Augen. Ein kantiges Gesicht, eine hohe Stirn. Ich schätzte ihn auf Ende vierzig. Bis auf die Kochmütze gab es keine Ähnlichkeit mit Louis de Funès, und ein Greis war er auch nicht. Er hatte die Arme vor seiner weißen Kochkluft verschränkt und lächelte verhalten. Mit dem bekam man keinen Spaß. Eher so ein ernsthafter Typ. Wahrscheinlich zerfressen von Ehrgeiz. Mein Fall wäre er nicht gewesen, aber ich war ja auch keine Frau. Dem fehlte das Paprika, das sah ich sofort. Aber offenbar fühlte Aurélie sich von ihm bestätigt. Vielleicht hatte ich ihr in letzter Zeit einfach nicht genug Beachtung geschenkt.

Einigermaßen beruhigt klappte ich den Laptop wieder zu und fing an, meine Sachen zusammenzupacken. Als ich die Dose mit den Calissons in den Koffer räumte, beschloss ich, Aurélie die kleinen süßen Mandelschiffchen zu schenken und Frieden zu schließen. Und als sie abends an meiner Tür klingelte und wir uns gegenüberstanden, überwog die Wiedersehensfreude, und wir fielen uns in die Arme.

«Dieses Telefonieren tut uns einfach nicht gut», erklärte Aurélie, als wir später im Bett lagen und ein paar von den Calissons naschten.

Wir schliefen eng umschlungen ein, und alles schien wieder gut. Doch die Saat des Zweifels war gesät und Marronnier immer noch im Spiel.

Der *Salon du livre* stand vor der Tür, Adam Goldberg hatte sich angesagt, mein Roman war erfreulicherweise auf der Bestsellerliste weiter nach oben geklettert, und Aurélie hörte nicht auf damit, mir von dem kleinen Ort Vétheuil und Marronniers Restaurant vorzuschwärmen. Der Sternekoch hatte seine Einladung schon mehrfach wiederholt, und Aurélie wollte sie gern annehmen.

«Ich fahre nicht ohne dich dorthin», sagte sie und setzte sich auf meinen Schoß. «Aber bitte komm doch mit, André, ich würde wirklich so gern einmal dort essen. Ich bin mir sicher, dass dir das Restaurant gefallen wird. Bestimmt blüht dort jetzt schon alles. Es ist wirklich wunderschön, und man kommt sich vor wie in einem anderen Jahrhundert.» Sie strich mir eine Locke aus der Stirn. «Tu mir doch den Gefallen. Ich bin schon gespannt wie ein Flitzebogen auf dieses berühmte *Celle de Chevreuil aux Griottes*. Das wird auch auf der Website des Guide Michelin besonders empfohlen.»

Ich ließ mein Manuskript sinken. Konnte man so verrückt auf ein Gericht sein? «Also, ich weiß nicht, Aurélie. Was soll ich denn da?»

«Essen!» Sie strahlte mich an. «Du isst doch auch gerne. Betrachte es einfach als kleinen romantischen Ausflug. Und auf dem Weg könnten wir noch in die Gärten von Giverny gehen, da wolltest du doch immer schon hin.»

«Da wolltest du immer schon hin», sagte ich versöhnlich.

«Heißt das, du sagst ja?»

Ich stieß einen Seufzer aus und nickte mit gemischten Gefühlen.

«Es wird mir ja wohl nichts anderes übrigbleiben. Du wirst ja doch keine Ruhe geben. Aber danach ist für mich Schluss mit diesem Koch, das sag ich dir. Und ich kann nur am Sonntag, danach bin ich auf dem *Salon*, da ist mein Kalender dicht. Termine im Halbstundentakt.»

Sie schlang die Arme um meinen Hals und küsste mich.

«Sonntag ist perfekt!», sagte sie glücklich. «Wie schön, dass du mitkommst. Wenn du Marronnier erst einmal persönlich kennengelernt hast, wirst du ihn mögen.»

Das bezweifelte ich, aber ich machte gute Miene zum bösen Spiel und setzte darauf, dass die ganze Sache sprichwörtlich vom Tisch wäre, wenn Aurélie erst einmal Marronniers verdammtes Reh mit den Kirschen probiert hätte.

Am Ende fuhr Aurélie ohne mich nach Vétheuil.

In letzter Sekunde musste ich eine Moderation auf einer Verlagsveranstaltung übernehmen und für meine Kollegin Gabrielle Mercier einspringen, die sich mit einer Grippe ins Bett verabschiedet hatte.

Ich war fast ein bisschen erleichtert. Das war höhere Gewalt. Es hatte einfach nicht sein sollen. «Da kann man nichts machen», sagte ich.

Aurélie war enttäuscht, jedenfalls sah es so aus. Unentschlossen ging sie eine Weile in der Wohnung hin und her. «Warum musst *du* wieder einspringen, André?», fragte sie. «Kann das denn kein anderer machen?»

Ich schüttelte den Kopf. «Ich fürchte, nein. Madame Bonvin ist eh so ein zartes Pflänzchen. Ich habe sie früher mal betreut. Das ist diese Autorin, die noch alles mit der Schreibmaschine schreibt und auf der Verlagstoilette fast mal ihr Manuskript verbrannt hätte, erinnerst du dich noch? Sie hat gesagt, wenn ich nicht übernehme, lässt sie die Veranstaltung platzen. Was soll ich also tun?»

«Und was soll ich jetzt tun?»

«Du fährst natürlich hin», erklärte ich großzügig.

Aurélie seufzte und verschwand im Schlafzimmer.

Ich ging hinter ihr her und sah zu, wie sie ihr kleines Schwarzes aus dem Kleiderschrank zog.

«Na schön», sagte sie und streifte sich das Kleid über. «Ich hätte dich wirklich gern dabeigehabt. Hilfst du mir mal mit dem Reißverschluss?» Sie legte ihre Perlenohrringe an und schlüpfte in ihre schwarzen Pumps. Dann klapperte sie eine Weile im Bad herum. Wenig später schnappte sie sich ihre Autoschlüssel, gab mir einen Kuss und versprach, mir ausführlich von dem kulinarischen Großereignis zu berichten, wenn sie am Abend wieder zurück war.

«Wirklich schade, du verpasst was, André!», sagte sie.

«Ja, sehr schade», sagte ich. Ich warf einen Blick aus dem Fenster. Ein Wind war aufgekommen und wirbelte durch die Blätter der alten Kastanie im Hof. «Fahr vorsichtig!»

Ich ließ sie ziehen, packte meine Tasche und freute mich insgeheim darauf, nach der Veranstaltung noch meinen Freund Adam zu treffen und mit ihm auf ein Glas Wein ins *La Palette* zu gehen. Ich hatte Appetit auf einen Croque Monsieur. Wer brauchte schon einen Rehrücken mit Kirschen, um glücklich zu sein?

Ich jedenfalls nicht.

12

Dunkle Wolken zogen am Himmel auf, als ich auf die Landstraße nach Vétheuil abbog, und als ich eine gute Viertelstunde später das Manoir erreichte, fielen schon die ersten Tropfen. Ich parkte mein Auto unter den Bäumen, spannte den Regenschirm auf und rannte in meinen dünnen Schuhen die gekieste Auffahrt entlang.

Madame Camara stand schon im Eingang und erwartete mich. Diesmal hatte sie die Strickjacke gegen einen eleganten dunkelblauen Blazer getauscht.

«Monsieur Marronnier kommt gleich», sagte sie, ohne eine Miene zu verziehen. «Wenn Sie mir Ihren Mantel schon mal geben wollen?»

Sie musterte mich unverhohlen, während ich meinen feuchten Regenmantel abstreifte und mich fragte, ob es Marronniers besondere Spezialität war, immer unpünktlich zu sein.

Zehn Minuten später kam er die Treppe herunter und begrüßte mich. «Mademoiselle Bredin! Wie schön, dass

Sie da sind. Bitte entschuldigen Sie, dass ich Sie habe warten lassen. Ein Telefonat ...» Er strich sich die Haare zurück. «Hatten Sie eine gute Fahrt?»

Ich nickte. «Ich hoffe, es war nicht wieder eines von der unangenehmen Sorte», sagte ich.

«Wie man's nimmt», entgegnete er. «Meine Frau war am Apparat. Sie kann manchmal etwas ... kompliziert sein. Seit ich das Restaurant hier habe, gibt es öfter Diskussionen. Nun ja ...» Er lächelte unbestimmt.

«Oh», sagte ich. In die Querelen mit seiner Gattin wollte ich mich lieber nicht einmischen, und auch er wechselte rasch das Thema.

«Sind Sie allein gekommen? Wo ist der Mann der Bücher?»

«Der Mann der Bücher musste kurzfristig bei einer Veranstaltung einspringen. Er lässt schön grüßen», setzte ich hinzu, obwohl André mir natürlich keine Grüße aufgetragen hatte.

Marronnier schmunzelte. «Schade», sagte er.

Ich lächelte. «Tja, wie es aussieht, werden Sie wohl mit mir vorliebnehmen müssen.»

«Ich könnte mir Schlimmeres vorstellen.» Er deutete eine Verbeugung an. «Dann werden wir wohl allein zu Abend essen. Zwei Köche unter sich.» Er sah mich an. «Was halten Sie von einer kleinen Führung durch das Manoir, bevor wir ins Restaurant gehen?»

Ich folgte ihm, und als er mir die geschmackvoll eingerichteten Zimmer in der oberen Etage zeigte und anschließend mit mir in sein Allerheiligstes, nämlich die Restaurantküche, ging, die mit allen Finessen ausgestattet war und sehr viel mehr Platz bot als meine Küche im *Le Temps des Cerises*, war unschwer zu spüren, wie stolz er auf den Familiensitz seines Urgroßvaters war. Dieser Mann hatte nicht nur den Kirschgarten angelegt, er war auch noch um ein paar Ecken mit einer gewissen Familie Morin de la Sablonnière verbandelt, die offenbar zu einer der ältesten Familien in Vétheuil zählte. Zu schade, dass Madame Marronnier dem Ort so gar nichts abgewinnen konnte.

In der Küche lernte ich auch den Sous-Chef Alexandre Corday kennen, einen schmächtigen Mann, der mich mit stechendem Blick musterte, als er erfuhr, dass ich die Köchin jenes Restaurants in Paris war, das vor wenigen Wochen irrtümlicherweise den Stern erhalten hatte.

«Aha», sagte er nur und nickte mir knapp zu.

Während Marronnier mir von den erlesenen Kochkursen erzählte, die er vier Mal im Jahr in seinem Manoir abhielt, klapperte Corday unmutig mit seinen Töpfen und Pfannen herum und schnauzte die Küchenhilfen an, als ob wir Luft für ihn wären. Es war deutlich zu spüren, dass er meinen Besuch als Störung empfand.

«Es sind immer nur acht Teilnehmer. Vielleicht hätten Sie auch einmal Lust auf so einen Kochkurs – das Motto des Frühjahrskurses lautet ‹Die Küche zur Zeit der Impressionisten›.»

«Klingt verlockend. Das ist mal was anderes.»

In diesem Moment steckte Madame Camara den Kopf durch die Küchentür.

«Monsieur Dufour ist gerade gekommen», sagte sie mit wichtiger Miene. «Wollen Sie ihn vielleicht persönlich begrüßen, Chef?»

«Ja, natürlich.» Marronnier nickte mir entschuldigend zu. «Ich bin sofort wieder bei Ihnen.»

Madame Camara sah mich an. «Ich höre gerade, Sie interessieren sich für einen Kochkurs beim *Maître*?»

Ich zog überrascht die Augenbrauen hoch.

«Leider sind wir bereits ausgebucht», sagte sie, bevor ich etwas antworten konnte. «Monsieur Marronnier hat das natürlich nicht so im Blick. Er kümmert sich um die *wichtigen* Dinge.»

Mit diesen Worten verließ sie die Küche.

Alexandre Corday sah ihr nach. Er verdrehte die Augen, und ich fühlte mich bemüßigt, etwas zu sagen.

«Wer ist denn dieser Monsieur Dufour?», fragte ich und dachte an die Messingschildchen über den Lederbänken im Restaurant. «Etwa ein Schauspieler?»

«Kennen Sie nicht Michel Dufour? Er hat die berühmtesten Segelyachten der Welt gebaut.» Corday schüttelte den Kopf über so viel Ignoranz.

Ich zuckte mit den Schultern. «Leider kenne ich mich mit Booten nicht so aus.» Dann trat ich näher und spähte in den großen Kupferkessel, in dem Corday gerade rührte. «Aber ich kann mir denken, dass Ihr Restaurant seit der Vergabe des Sterns sicher noch viele berühmte Gäste dazugewonnen hat, oder?» Ich versuchte, freundlich zu sein. «Jedenfalls bin ich schon sehr gespannt auf das Essen. Monsieur Marronnier hat mir bereits die Ohren vollgeschwärmt von seinem *Celle de Chevreuil aux Griottes*. Das wird ja auch im Guide Michelin besonders empfohlen.»

«Von *seinem Celle de Chevreuil*? – Interessant», gab Corday zurück. Er drehte sich kurz zu mir um, und seine schwarzen Augen glänzten feindselig. «Das ist mal wieder typisch für ihn, dass er sich damit schmückt.» Er rührte aufgebracht in seinem Topf weiter. «Und überhaupt – wer kocht denn hier eigentlich?», stänkerte er. «Das bin ja wohl ich. Während Marronnier sich feiern lässt und seine beknackten Impressionisten-Kochkurse gibt», er rollte wieder mit den Augen, «mache ich hier die ganze Arbeit. Ist das etwa gerecht?»

Er sprang durch die Küche wie ein wütender Gnom und zerschnitt dann mit einem Messer ein paar Lauchstangen. Es war offensichtlich, dass Alexandre Corday von Missgunst zerfressen war. Der gönnte seinem Chef nicht den Kloß in der Brühe.

«Nun», sagte ich. «Monsieur Marronnier ist ja wohl auch ein recht angesehener Koch, der schon erfolgreich in anderen Sternerestaurants gearbeitet hat, soviel ich weiß.»

«Ach ja? Im *Plume* musste er jedenfalls gehen ...»

«Ich dachte, er *wollte* dort weg.»

«Und wennschon – manche Leute können es sich eben leisten, einfach zu gehen», erklärte Corday düster. «Wenn man natürlich in der glücklichen Lage ist, ein Manoir zu erben, kann man sich immer sehr gut neu erfinden, nicht wahr? Und dann reicht es am Ende des Tages vielleicht, die Honneurs zu machen. Darin ist Marronnier ganz groß – vor allem bei den Damen.» Er sah mich abschätzend an. «Seine Frau ist davon jedenfalls nicht besonders angetan, das kann ich Ihnen versichern.»

«Das reicht, Corday!» Unbemerkt war Marronnier wieder in die Küche getreten. Er hatte die letzten Worte offenbar gehört und beendete die hässlichen Tiraden seines Sous-Chefs mit einer knappen Handbewegung. Corday klappte überrascht den Mund zu und wandte sich dann wieder seinen Töpfen zu.

«Ist doch wahr», schimpfte er leise.

Marronnier nahm einen Löffel, tauchte ihn in die Sauce und kostete. «Da muss noch Muskat rein», sagte er dann. «Und Pfeffer.»

«Aber ...»

«Muskat und Pfeffer», wiederholte Marronnier in einem Ton, der keine Widerrede duldete. «Schmecken Sie das eigentlich nicht?» Er zog die Augenbrauen hoch und musterte Alexandre Corday spöttisch. «Wissen Sie, was Ihr Problem ist, Corday?», sagte er dann. «Sie könnten drei Manoirs erben und würden trotzdem nie einen Stern bekommen. Ihnen fehlt es einfach an der kulinarischen Intelligenz.»

Alexandre Corday lief rot an. Das hatte gesessen. Hasserfüllt blickte der Sous-Chef uns nach, als wir die Küche verließen.

«Entschuldigen Sie, Corday ist manchmal wirklich unmöglich.» Marronnier führte mich zu einem Tisch neben dem offenen Kamin, in dem ein Feuer flackerte. Die ersten Gäste saßen schon an den weiß eingedeckten Tischen mit dem edlen Geschirr und tranken aus geschliffenen Kristallgläsern. Die Kugellampen waren erleuchtet, und dezentes Gemurmel erfüllte den Saal, während es draußen allmählich dunkel wurde und der Regen gegen die Scheiben prasselte.

«Ihr Sous-Chef scheint nicht besonders gut auf Sie zu sprechen zu sein, wie kommt das?»

Marronnier seufzte. «Ich fürchte, Corday gehört zu den Menschen, die notorisch unzufrieden sind. Als er sich bei mir bewarb, machte er eigentlich einen guten Eindruck, aber dass er so oft seine Stelle gewechselt hat, hätte mich stutzig machen sollen. Corday ist ein richtiger TM.»

«Ein TM?» Ich lachte und zog fragend die Augenbrauen hoch.

«Ja, ein *Trouble Maker*. Jemand, der überall sein Gift versprüht und für Unruhe sorgt.» Der Maître winkte der Bedienung und bestellte Champagner. «Ich brauche jetzt erst einmal etwas Stimmungsaufhellendes», sagte er. «Ich hoffe, Sie trinken ein Glas Champagner mit mir? Dieses Kleid steht Ihnen übrigens ausgezeichnet.»

Ich lächelte. Ich fand mich auch ziemlich elegant in dem schwarzen Kleid mit dem runden Halsausschnitt und den dreiviertellangen Ärmeln, das so gut in dieses vornehme Restaurant passte.

Wenig später erschien der Kellner und hielt uns im perfekten 45-Grad-Winkel eine Flasche *Veuve Clicquot* hin.

Marronnier nickte, und der Kellner stellte zwei Champagnertulpen vor uns hin und entfernte geschickt das Stanniolpapier und das Netz vom Flaschenhals, bevor er den Daumen auf den Verschluss legte und den Korken mit einem sanften Ploppen kommen ließ. Es machte zwar weitaus mehr Spaß, die Korken knallen zu lassen, aber ein Profi wusste natürlich, dass das geräuschvolle Öffnen der Flasche oder gar die Champagnerduschen, wie sie in Rennfahrerkreisen zelebriert wurden, den Geschmack eines edlen Champagners leider beeinträchtigten. Alles, was das Ohr hörte, ging dem Gaumen verloren. So hatte mir Jacquie es einmal erklärt. Der Kellner legte den Korken neben Marronniers Platzteller ab. Dann schenkte er mit einer leichten Verneigung erst mir ein und anschließend seinem Patron, der jetzt das Glas hob.

«Schön, dass Sie den Weg nach Vétheuil auf sich genommen haben, Mademoiselle Bredin. Das Wetter ist ja nicht gerade einladend.»

Ich hob auch mein Glas. «Dafür wird das Essen umso besser sein», erwiderte ich und nahm einen Schluck. Der Champagner perlte golden in dem leicht bauchigen Glas.

Marronnier bemerkte meinen Blick. «Ich weiß nicht, wie Sie es halten – ich bevorzuge die Tulpe. Sie ist ideal, damit sich das Bouquet entfalten kann. Der Champagner braucht Platz für die Nase.»

Er nahm einen Schluck.

«Und ich dachte schon, Sie würden diese altmodischen Champagnerschalen benutzen – die würden wohl am besten hierherpassen», meinte ich. «Zu diesem wunderbaren Porzellan von ... Limoges?»

Marronnier nickte. «Ich sehe, Sie kennen sich aus. Es ist in der Tat das blau-gelbe Sonntagsgeschirr von Monet. Er entwarf es selbst, als er in seinem Haus in Giverny wohnte, und ließ es dann bei Limoges fertigen.»

Ich nickte beeindruckt. «Damals hatten die Menschen offenbar noch mehr Zeit für die schönen Dinge. Ein eigenes Geschirr zu entwerfen ...»

«Wohl wahr. Deswegen liebe ich diese Epoche ja so sehr. Es war alles ein wenig ... geruhsamer als heute, und auch für das Essen nahm man sich viel Zeit. Etwas von dieser Lebensart versuche ich in meinen Wochenendkursen rüberzubringen.» Er sah mich nachdenklich an. «Ich könnte mir vorstellen, dass Ihnen das gefallen würde.»

«Nur sind die Kochkurse in diesem Jahr schon alle ausgebucht, wie mir Madame Camara eben sagte.»

«Hat sie das gesagt? Merkwürdig. Ich meine gehört zu haben, dass erst vorgestern jemand für den Frühjahrskurs abgesagt hat.»

Ich fand das nicht ganz so merkwürdig. Madame Camara schien mich nicht besonders zu mögen. Wahrscheinlich hielt sie mich nicht für würdig, unter das Dach der geheiligten Kochstätte ihres Patrons einzugehen.

«Also, wenn Sie interessiert sind ... Ich kläre das

gerne …» Marronnier strich mit seinem Finger über das Glas. «Sie müssen mich für ziemlich altmodisch halten.» Er lächelte. «Was die Champagnergläser angeht, bin ich allerdings weniger altmodisch. Da unterwerfe ich doch die optischen Vorzüge dem Geschmack. Ich benutze die Schalen kaum, und die Champagner-Pyramiden, wie man sie aus den wilden Zwanzigern kennt, sind ja inzwischen auch etwas aus der Mode gekommen.»

«Ja, eigentlich schade», entgegnete ich. «Damals haben die Menschen es noch verstanden, zu feiern.» Die von Champagner überlaufenden Glaspyramiden, die immer mit einer überschäumenden Lebensfreude einherzugehen schienen, kannte ich nur aus Filmen, aber es hätte mich gereizt, so etwas selbst einmal auszuprobieren. «Ich benutze ganz normale Sektgläser in meinem Restaurant. Aber was ist denn so verkehrt an den Champagnerschalen?», wollte ich wissen.

«Nun ja … Die Schalen sind zwar die ältesten Gläser für den Champagner – man benutzte sie schon am Hof von Versailles, und man erzählt sich, dass sie einst nach den Brüsten der schönen Marie-Antoinette geformt wurden, was die Phantasie der adeligen Herren sicher ziemlich beflügelt hat.» Er verzog seinen Mund zu einem amüsierten Lächeln. «Aber die Form ist nicht ideal. Zum einen erwärmt der Champagner sich zu schnell durch die breite Öffnung, zum anderen entweicht die Kohlensäure zu rasch, und die Wirkung geht verloren.»

Er stellte sein Glas ab. «Die Flûte andererseits ist zu schlank, als dass sich das Bouquet richtig entfalten könnte. Deswegen wird auch sie einem guten Champagner nicht wirklich gerecht. Die Tulpe hingegen ...»

«Ich sehe, Sie kennen sich bestens aus, Monsieur Marronnier», unterbrach ich ihn und fragte mich, ob er wohl aus allem eine Vorlesung machte.

Er schien meine Gedanken erraten zu haben.

«Langweile ich Sie mit meinem kleinen Vortrag, Mademoiselle Bredin?»

«Nein, durchaus nicht. Ich lerne gern dazu.» Ich nahm noch einen Schluck aus der vielgepriesenen Champagnertulpe. «Aber ich muss gestehen, wenn ich die anderen Gäste hier so essen sehe und all die verlockenden Düfte rieche, die jedes Mal von den Tellern aufsteigen, wenn die Silberhauben gelüftet werden, bekomme ich allmählich Appetit.» Ich sah ihn mit einem spöttischen Lächeln an. «Erzählten Sie nicht etwas von einem Essen, das es heute Abend hier geben soll?», zog ich ihn auf.

«So ist es, und Sie haben recht. Ich rede viel zu viel. Champagner muss man rasch trinken. Sich stundenlang an einem Glas Champagner festzuhalten und zu parlieren, ist nicht im Sinne des Erfinders. *Santé!*» Er hob sein Glas und trank es in einem Zug aus. Ich tat es ihm gleich und spürte sofort die belebende Wirkung.

Er nahm den Korken und spielte damit herum. «Möchten Sie den haben?», fragte er mich.

«Wozu?» Ich zog die Augenbrauen hoch. «Sie meinen, als Erinnerung an diesen Abend?»

Er ging nicht auf meine Bemerkung ein. «Wissen Sie denn nicht, was man über Champagnerkorken sagt?»

«Nein, aber Sie werden es mir sicher gleich verraten.»

Er drehte den Korken zwischen den Fingern hin und her. «Wenn eine junge Dame einen Champagnerkorken unter ihr Kopfkissen legt, wird sie von dem Mann träumen, den sie einmal heiratet.»

Ich lächelte. «Sie kennen wohl alle Legenden und Geschichten, die sich um den Champagner ranken, was?»

«Nicht alle, aber viele.» Er blickte auf. «Und? Was ist jetzt? Wollen Sie den Korken?» Er setzte eine verschwörerische Miene auf. «Vielleicht wird er Ihnen noch einmal gute Dienste erweisen, Mademoiselle.»

«Vielleicht.» Ich dachte unwillkürlich an André und lachte verlegen. «Sie klingen wie Väterchen Frost aus dem russischen Märchen, aber ja, geben Sie schon her, schaden kann's ja nicht.» Ich steckte den Champagnerkorken in meine kleine schwarze Abendhandtasche.

«Und nun würde ich zu gern einen Blick in Ihre fabelhafte Karte werfen, Monsieur Marronnier», sagte ich.

«Das können Sie gern, Mademoiselle Bredin. Aber wie Sie habe auch ich mir erlaubt, die Auswahl des Menus selbst zu bestimmen.»

Er winkte wieder dem Kellner, der mir sogleich eine aufgeschlagene Speisekarte mit ledernem Einband hinhielt.

Ich blätterte die Seiten durch, auf denen erlesene Speisen zu finden waren – und bei den Desserts entdeckte ich dann auch zu meiner Freude das *Parfait d'Orange à la belle Aurélie.* Versehen mit einer Fußnote, die auf meinen Namen und mein Restaurant verwies.

Marronnier war meinem Blick gefolgt. «Ihr Nachtisch wird sehr gepriesen», sagte er. «Danke noch mal für das geschenkte Rezept. Es macht sich doch gut auf meiner Karte, oder?»

«Sehr gut. Ich fühle mich schon jetzt wie zu Hause», gab ich lächelnd zurück. «Haben Sie auch ein Geschenk an mich?»

«Vielleicht habe ich etwas Besseres für Sie als ein Rezept, Mademoiselle Bredin.»

«Oh, jetzt haben Sie mich neugierig gemacht.»

«Lassen Sie uns erst in Ruhe das Essen genießen. Die wichtigen Dinge besprechen wir beim Dessert», sagte er.

Wenig später wurde das Amuse-gueule serviert. Der kleine Gruß aus der Küche wurde auf einem mundgerechten Porzellanlöffel gereicht, auf dem sich Forellenkaviar mit Feigenmousse und einem Klecks Meerrettich-Dill-Schaum auftürmte. Dann trugen die Kellner die Speisen auf, die jeweils von den passenden Weinen begleitet wurden. Als Hors d'œuvre gab es eine feine Paté vom Wild mit karamellisierten Zwiebeln, danach eine klare Consommé mit Wildklößchen und anschließend die Spezialität des Hauses: *Celle de Chevreuil aux Griottes.*

Die zartrosa Scheiben vom Rehrücken waren auf einem buttrigen Püree aus Kartoffeln und Petersilienwurzeln angerichtet, und über diese anmutige Pyramide legte sich eine glänzende dunkle Sauce, in der man noch Spuren der *Griottes* erkennen konnte.

«Irgendwann, als ich im Sommer durch den Garten ging, kam mir die Idee, die klassischen Preiselbeeren durch Sauerkirschen zu ersetzen – sie hingen ja sozusagen direkt vor meiner Nase», erläuterte Marronnier, während ich mir andächtig die erste Gabel in den Mund schob, um zu kosten. «Natürlich ist das Gericht noch besser, wenn Kirschenzeit ist, diese Früchte hier sind aber auch aus dem eigenen Garten, wir haben sie selbst eingelegt», meinte er jetzt. «Nun ... was sagen Sie?» Er sah mich aufmerksam an.

Ich schloss die Augen und ließ mir den pfeffrig-fruchtigen Geschmack auf der Zunge zergehen.

«Ungewöhnlich», meinte ich nachdenklich. «Aber es passt gut zusammen. Besser, als ich dachte.» Ich kaute vorsichtig ein paar Mal und schmeckte nach. «Nein, es ist wunderbar, es ist absolut köstlich», sagte ich. Dann sah ich den Koch überrascht an. «Sagen Sie, sind da *Nelken* drin?»

Marronnier lächelte. «Ich sehe, Sie haben fast so einen feinen Gaumen wie ich.»

«Was heißt hier *fast?*», konterte ich.

Als der Nachtisch serviert wurde – ein Pfirsichauflauf, der sagenhaft schmeckte –, kam das Gespräch noch einmal auf Alexandre Corday. Marronnier beklagte, dass sich die Zusammenarbeit zunehmend schwieriger gestaltete, und ließ durchblicken, dass er auf der Suche nach einem neuen Sous-Chef war.

«Es könnte natürlich auch eine Sous-Chefin sein», sagte er und sah mich mit einem langen Blick an. Seine blauen Augen glänzten, und ich merkte, wie mein Herz einen Satz machte. Meinte er tatsächlich mich? War das das Angebot, von dem er eben gesprochen hatte? Errötend legte ich den kleinen Silberlöffel auf meinen Dessertteller zurück.

«Wie gefällt Ihnen Vétheuil, Mademoiselle Bredin?», fuhr er fort. «Ist es nicht ein ganz zauberhafter kleiner Ort? Wie sagte mein alter Freund Monet immer?» Er zwinkerte mir zu. «Nicht weit von Paris entfernt und doch am Ende der Welt ...»

Ich räusperte mich. «Vétheuil gefällt mir gut, und wenn das ... also wenn das ein Angebot sein soll, dass ich in Ihrem Restaurant als Sous-Chefin arbeiten könnte, weiß ich das sehr zu schätzen, Monsieur Marronnier. Wirklich, ich bin sprachlos, aber ...»

«Sagen Sie jetzt nichts», unterbrach er mich. «Denken Sie einfach mal in Ruhe darüber nach. Es hätte auch für Sie einige Vorteile, wenn Sie für eine Zeit in einem Sternerestaurant kochen würden. Ich könnte mir jedenfalls nichts Schöneres vorstellen, als mit Ihnen neue Gerichte zu kreieren. Zusammen könnten wir den Himmel stürmen und uns vielleicht einen weiteren Stern holen ... Was meinen Sie? Wäre das nicht absolut genial?»

«Ja, das wäre es. Mit Ihnen zusammenzuarbeiten, wäre in kulinarischer Hinsicht sicher ein Traum, Monsieur Marronnier, aber … Sie wissen doch, wie sehr ich am Restaurant meines Vaters hänge … Das würde ich niemals aufgeben.»

«Das verstehe ich sehr gut, Mademoiselle Bredin.» Er nickte und fuhr sich mit der Hand über das Kinn. «Aber vielleicht müssten Sie das auch gar nicht. Im Gegensatz zu mir haben Sie in Paris doch einen ganz hervorragenden Koch an Ihrer Seite. Ich will Sie nicht zu etwas überreden, was Sie nicht wollen. Versprechen Sie mir einfach, mal drüber nachzudenken.»

«Gut. Das verspreche ich. Jedenfalls vielen Dank für Ihr Vertrauen.»

Nachdem wir zum Abschluss noch einen exquisiten Käseteller mit einem Glas süßen Portwein zu uns genommen hatten, dem ein starker schwarzer Kaffee mit selbstgemachten *Tuiles* folgte, jenem berühmten Mandelgebäck der großen Patissiers, schob ich den kleinen Teller zurück. Ich hätte keinen Brotkrümel mehr essen können.

«Das war ein wahres Festmahl, Monsieur Marronnier», seufzte ich glücklich. «Sie haben nicht zu viel versprochen.»

Ich befand, dass sich mein Ausflug nach Vétheuil wirklich gelohnt hatte. Doch nun wäre ich liebend gern schon zu Hause gewesen. Die letzten Gäste verließen gerade das Restaurant, als Jean-Marie Marronnier mich zum Ausgang geleitete. Draußen goss es mittlerweile in Strömen.

«Erlauben Sie, Mademoiselle», sagte der Koch. Er

nahm meinen Schirm aus dem Ständer im Eingangsflur und spannte ihn für mich auf. «Ich komme noch mit Ihnen zum Wagen. Das ist ja wirklich ein Sauwetter heute. Ich hoffe, Sie haben eine angenehme Rückfahrt.»

«Das habe ich», versicherte ich. «Ich denke einfach an all die inspirierenden Dinge, über die wir gesprochen haben.»

Er nickte. «Tun Sie das. Und – Mademoiselle Bredin?» Er legte eine Hand auf die Klinke und sah mich wieder an. «Bitte denken Sie über mein Angebot nach. Sie wären eine wunderbare Sous-Chefin für das *Le Temps des Cerises* – die beste, die ich mir vorstellen kann.»

Ich lachte geschmeichelt, und als ich mich umwandte, meinte ich, für einen Augenblick einen Schatten am Ende des Flurs zu sehen. Doch dann machte Marronnier auch schon die Tür auf, eine feuchte Böe fuhr herein und ließ meinen Mantel aufflattern. Ich raffte den Kragen zusammen und schaute hinüber zu den Kastanienbäumen, deren Kronen im Wind schwankten.

«Dann mal los!», rief ich, und wir rannten zusammen über den Kiesweg zu meinem alten Renault.

Kurze Zeit später hatte ich Vétheuil hinter mir gelassen, jenen Ort, der so nah an Paris war und doch am Ende der Welt zu liegen schien. Die Landstraße verschwamm im Regen, und um mich herum war es stockfinster. Angestrengt spähte ich durch die Scheibe, auf der sich die Scheibenwischer hektisch hin und her bewegten und der Wassermassen kaum Herr wurden. Ich hätte die

Wischblätter beim letzten Mal, als ich mit dem Wagen in der Werkstatt war, austauschen lassen sollen.

Mehrmals wischte ich mit dem Ärmel von innen gegen die Windschutzscheibe, die immer wieder beschlug. Wegen des Regens kam ich kaum voran, das Fahren war mühsam, und ich merkte, wie mich mit einem Mal eine große Müdigkeit überkam. Die Feuchtigkeit kroch mir in die Glieder. Es war kalt und ungemütlich im Auto, und ich freute mich auf mein Bett und darauf, André noch kurz von meinem außergewöhnlichen Abend in Vétheuil zu berichten. Sicher war auch er schon längst von seiner Veranstaltung zurück.

Ich war vielleicht drei Kilometer weit gekommen und fuhr gerade durch ein Waldstück, als der Wagen plötzlich ein seltsames Geräusch machte. Ich schaltete einen Gang herunter und drückte dann wieder den Fuß aufs Gaspedal, aber statt zu beschleunigen, geriet der Motor ins Stottern. Schließlich gab er seinen Geist ganz auf, und der Wagen rollte einfach aus. Ich konnte ihn gerade noch an den Rand der Fahrbahn lenken.

«Verdammt, das gibt's doch nicht!»

Ich wartete einen Augenblick. Das hätte gerade noch gefehlt, dass ich hier stehen blieb. Ich holte tief Luft, dann drehte ich den Schlüssel im Schloss und versuchte zu starten, doch der Wagen machte keinen Mucks mehr. Na toll! Ich war mitten im Nirgendwo, der Regen rauschte vom Himmel wie am Jüngsten Tag, und es herrschte tiefste Dunkelheit. Ich schaltete die Warnblinkanlage ein. Immerhin, die ging noch.

«So ein Mist!» Ich zog mein Handy aus der Tasche und wählte Andrés Nummer.

Es läutete kurz, dann sprang die Mailbox an.

«André, ich habe eine Panne», sagte ich aufgeregt. «Das Auto ist gerade verreckt, und es gießt in Strömen. Ich bin kurz hinter Vétheuil. Hier sagen sich Fuchs und Hase gute Nacht, kein Mensch weit und breit. Ich versuche jetzt, im Restaurant anzurufen, vielleicht kann jemand kommen und mir Starthilfe geben. Bitte melde dich!»

Anschließend versuchte ich mein Glück bei Marronnier. Auch da sprang nur die Mailbox an, und ich hinterließ meine verzweifelte Nachricht. Meine Güte, wo waren denn alle? Ich merkte, wie ich ein bisschen panisch wurde. Ich hatte keine Lust, mitten in der Nacht in diesem Waldstück zu übernachten. Schließlich wählte ich die Nummer vom *Le Temps des Cerises*, die auf dem Flyer stand, den Marronnier mir noch wegen der Kochkurse mitgegeben hatte. Ich ließ es durchklingeln, bis sich auch hier der Anrufbeantworter einschaltete. Ich hätte einen Reservierungswunsch hinterlassen können. Das half mir jetzt auch nicht wirklich. Ich legte auf. *Die Pannenhilfe*, schoss es mir durch den Kopf. Dann musste eben die Pannenhilfe kommen und mir helfen. Zwar war ich kein Mitglied in dem Verein, aber die würden mich ja nicht auf der Straße stehenlassen. Ich gab die Nummer ein. Eine Stimme meldete sich, und dann war sie plötzlich weg.

«Hallo», rief ich verzweifelt. «Hallo?»

Der Empfang war offenbar gestört. Ich schüttelte das Handy und hielt es in alle Richtungen, um die Balken links oben auf dem Display zu aktivieren. Doch ich hatte kein Glück. Na toll, jetzt war auch noch das Netz weg. Entnervt schlug ich gegen das Lenkrad und ließ mich dann in den Sitz zurückfallen. Der Regen trommelte auf das Autodach, und ich konnte kaum noch durch die Windschutzscheibe sehen.

Fluchend nahm ich den Schirm vom Beifahrersitz und stieß die Tür auf. Der Wind machte mit dem Schirm, was er wollte, und der Regen klatschte mir ins Gesicht. Ich richtete mich auf und versuchte den Schirm halb über mich, halb vor mich zu halten. Wieder riss ich das Handy heraus und versuchte noch einmal anzurufen. Kein Empfang. Nirgendwo. Ich spähte durch den Regen, nach links und nach rechts, und hoffte vergeblich auf ein paar Scheinwerfer, die sich auf der Landstraße näherten.

Und dann machte ich mich auf den Weg zurück nach Vétheuil.

Für einen normal sportlichen Menschen sind drei Kilometer keine nennenswerte Strecke. Ein netter Spaziergang. Wer aber jemals drei Kilometer bei strömendem Regen und in Abendschuhen die Landstraße entlangmarschiert ist, wird verstehen, warum es mir wie eine Ewigkeit vorkam.

Meine Schuhe waren halb aufgeweicht, und die Haare klebten mir im Gesicht, als ich endlich die Auffahrt des Manoirs erreichte.

Alle Fenster waren dunkel. «Oh nein!», rief ich aus. «Oh nein!» Ich sah mich schon wieder zu meinem Auto zurückgehen. Doch dann bemerkte ich etwas Helles, das unter den Bäumen im Regen schimmerte. Es war Marronniers alter Citroen DS.

Vor Erleichterung fing ich fast an zu heulen. Ich stolperte durch den Kies und hämmerte an die Tür des Manoirs.

«Hallo!», rief ich. «Hallo? Hört mich denn keiner?»

Ich wartete und hämmerte und hämmerte und rief.

Und dann ging plötzlich das Licht im oberen Stockwerk an, und Schritte waren auf der Treppe zu hören. Die Tür wurde von innen entriegelt und schwang auf.

Jean-Marie Marronnier stand im Morgenmantel vor mir und starrte mich an, als ob ich eine Erscheinung wäre.

«*Eh bien*, Mademoiselle Bredin, was machen *Sie* denn hier?»

«Mein Auto ist stehen geblieben», schluchzte ich. «Ich bin den ganzen Weg zurückgelaufen. Haben Sie denn meine Nachricht nicht bekommen?»

Eine Stunde später lag ich in einem Himmelbett in duftender weicher Rosenbettwäsche. Ich trank einen heißen Tee, der mir mit einer Madeleine gebracht worden war wie bei Proust, und war einfach nur froh, es trocken und warm zu haben.

Jean-Marie Marronnier hatte mir sofort angeboten, in einem der Gästezimmer seines Manoirs zu übernachten, bis am nächsten Morgen ein Automechaniker aus dem Nachbarort kommen würde, der meinen Wagen hoffentlich wieder ans Laufen brachte.

«Heute Abend werden Sie eh nichts mehr ausrichten können. Sie müssen sich umziehen, Sie holen sich ja den Tod», sagte er. Dankbar nahm ich sein Angebot an. Mir war eiskalt, und ich hatte genug von der Nacht und dem Regen.

«Ich würde Sie ja nach Paris zurückfahren», meinte Marronnier, als er mir einen Pyjama, einen Bademantel und ein paar Handtücher reichte. «Aber ich fürchte, ich habe zu viel getrunken, und wir wollen ja nichts riskieren. Es ist wohl besser, Sie bleiben heute Nacht hier.»

Ja, es war besser, definitiv.

Der Koch wünschte mir eine angenehme Nachtruhe, und ich taumelte in mein Zimmer, schloss die Tür und schlüpfte in das weiche Bett. Bevor ich die Augen zumachte, schickte ich noch eine Nachricht an André.

Ich bleibe heute Nacht in Vétheuil», schrieb ich. *Hast du deine Mailbox inzwischen abgehört? Ich hatte eine Panne, mein Auto steht irgendwo auf der verdammten Landstraße, und Marronnier hat mir netterweise angeboten, dass ich im Manoir übernachten kann. Was für eine Aufregung! Ich bin fix und fertig und schlafe jetzt. Bis Morgen, tausend Küsse, Aurélie.*

13

Es hatte ein richtiger Männerabend werden sollen. Als wir uns im strömenden Regen vor dem *La Palette* trafen, war ich noch bester Dinge. Die Veranstaltung mit der heiklen Hélène Bonvin war gut verlaufen, und nun kam der gemütliche Teil des Abends.

Adam Goldberg und ich waren seit vielen Jahren befreundet, ich würde sogar sagen, dass er mein bester Freund war, und ich freute mich, ihn zu sehen und mit ihm zu reden. *To catch up a little*, wie er immer sagte. Da Adam mit seiner Frau und seinen drei Kindern in London wohnte und zudem ziemlich ausgelastet war mit seiner Literaturagentur, die in der Nähe von Covent Garden lag und so gut lief, dass er gerade überlegte, ein weiteres Büro in Paris zu eröffnen, sahen wir uns nicht allzu oft. Doch bei den Buchmessen trafen wir uns zwangsläufig, und wenn er nach Paris kam oder ich nach London, fanden wir immer eine Gelegenheit, uns zu sehen. Dann redeten wir nicht nur über Berufliches, sondern auch über die Dinge des Lebens.

Adam war in beidem gut – er hatte eine Nase für interessante Bücher und Projekte, und er war ein begeisterter Familienmensch. Dieser schlanke, agile Mann, der stets elegant und doch salopp gekleidet war, mit seinem blau gestreiften Hemd, dem Tweedsakko und der Weste, bestieg Flugzeuge wie andere Menschen Busse, er reiste in der Weltgeschichte umher, trieb hier den Gedichtband einer verschollenen russischen Lyrikerin auf, dort ein brisantes politisches Sachbuch, er entdeckte den Debutroman einer jungen englischen Autorin, die dann später auf die Shortlist des *Man Booker Prize* kam, oder das Memoir eines Buchhändlers, das ein internationaler Erfolg wurde. Adam war kultiviert und wirkte sehr seriös mit seiner runden Hornbrille, die ihm stets einen wachen Blick verlieh, doch man durfte sich nicht täuschen lassen. In Verhandlungen konnte er sehr zäh sein. *Be sharky* war sein Motto, wenn es darum ging, Bücher auf dem internationalen Markt zu verkaufen und die Preise in Auktionen hochzutreiben. Und wenn ich bei uns im Verlag ein Projekt von der Adam Goldberg Literary Agency vorschlug, jammerte Monsignac sofort los: «Was? Von der Goldberg Agency? Das wird wieder teuer.»

Ich schätzte vor allem seinen Humor, der wie alles an Adam Goldberg «very British» war. Adam sprach, ohne dass er dies jemals groß erwähnte, gleich mehrere Sprachen und hatte in einem abgelegenen Winkel am Rande der Provence ein kleines Landhaus ergattert, zu einer Zeit, als die Preise dort noch erschwinglich waren. Jedes

Jahr fuhr er mit seiner Familie ins Lot, bewaffnet mit einer Weihnachtsgans, die er tatsächlich von London aus nach Frankreich schaffte, um sie dort zu braten.

Mit anderen Worten: Adam Goldberg war ein erstaunlicher Mann. Er war es auch gewesen, der mich zu meinem ersten Roman überredet hatte und sich damals an jenem denkwürdigen Abend auf der Frankfurter Buchmesse, als wir bis spät in der Nacht in *Jimmys Bar* saßen, Whiskey tranken und Salzmandeln aßen, das Pseudonym Robert Miller ausgedacht hatte.

Und natürlich kannte er auch Aurélie.

«Kommt uns doch mal im Lot besuchen», sagte er oft, wenn wir uns trafen. Bisher war es nie zu einem gemeinsamen Besuch gekommen, doch als ich jetzt mit meinem Freund im *La Palette* saß, war eine Reise ins Lot mein geringstes Problem.

Nur mit Müh und Not hatten wir noch einen Tisch am Fenster ergattert, und seit einer Stunde klagte ich Adam mein Leid und trank ein Glas Wein nach dem anderen.

Nach der Veranstaltung hatte ich die Sprachnachricht von Aurélie abgehört. Ihr Auto war offenbar stehen geblieben, kein Spaß bei dem Wetter, sie klang ziemlich angefressen, und ich hatte sofort zurückgerufen, aber komischerweise konnte ich sie weder erreichen noch eine Nachricht hinterlassen. Der Teilnehmer sei *contemporary not available*, wurde mir mitgeteilt. Ich hoffte, dass sie sich inzwischen Hilfe geholt und ihre alte Klapperkiste wieder in Gang bekommen hatte. Schon lange hatte ich prophezeit, dass der R 4 über kurz oder lang seinen Geist aufgeben würde, und ihr geraten, sich nach einem neuen Auto umzusehen, aber wer hörte schon auf mich? Aurélie jedenfalls nicht. «Ja, ja», sagte sie nur immer und lächelte. Meine Freundin hasste Veränderungen. Und am Ende machte sie sowieso immer das, was sie wollte.

Ich war ein wenig besorgt, weil ich sie nicht erreichen konnte. Offenbar war ihr Telefon ausgegangen, aber als ich es jetzt noch einmal probieren wollte, blinkte mir ihre Nachricht entgegen, dass Marronnier ihr netterweise angeboten hätte, in seinem Manoir zu übernachten, und dass sie in Vétheuil bleiben würde.

Ich starrte auf das Handy und spürte, wie mir heiß wurde. Ich wusste nicht, was ich von dieser neuerlichen Entwicklung halten sollte, das heißt, ich wusste es ganz genau. Dieser verdammte Koch! Der nutzte wirklich jede Gelegenheit schamlos aus. Aurélie übernachtete in *seinem* Manoir! Wahrscheinlich gleich im Zimmer nebenan. Hatte Aurélie mir nicht erzählt, dass der Koch meistens in Vétheuil in den Gemächern über seinem Restaurant schlief und seine Ehe eh nicht zum Besten stand? Ich wagte mir kaum auszumalen, was alles passieren konnte in so einer regnerischen Nacht. Ich sah den Koch schon mit einem siegesgewissen Lächeln an Aurélies Tür klopfen. Und dann ... *Les portes claquent, claquent.* Ich hatte es auf den Buchmessen in den Hotels doch oft genug selbst erlebt, wenn die Situation aufgeheizt und Alkohol im Spiel war. Gelegenheit macht Liebe. Abgesehen davon, dass sie diesen Koch ganz offensichtlich bewunderte.

Das Herz schlug mir bis zum Halse. Sofort drückte ich auf die Rückruftaste. Aber Aurélies Handy war wieder ausgeschaltet.

«Verdammt!» Ich knallte mein Telefon auf den Tisch, und Adam, der nie die Contenance verlor, sah mich überrascht an.

«Was ist los?», fragte er. «Du siehst aus, als hättest du ein Gespenst gesehen. Ist etwas Schlimmes passiert? Was mit deiner Mutter?»

«Schlimmer.» Aufgewühlt fuhr ich mir durch die Haare und starrte ihn unglücklich an. «Es ist wegen Aurélie.» Ich schob den halb aufgegessenen *Croque Monsieur* beiseite, mir war der Appetit vergangen.

Und dann erzählte ich meinem alten Freund die ganze leidige Geschichte von dem Sternekoch, dessen Avancen meine Freundin offenbar in Gefahr stand zu erliegen. Alle meine Befürchtungen brachen sich ihre Bahn, und ich redete an einem Stück, während Adam mir aufmerksam zuhörte und dabei hin und wieder einen Löffel seiner Zwiebelsuppe aß.

«Ich habe Angst, Adam», sagte ich und klammerte mich an meinem Weinglas fest. «Ich habe große Angst, dass sie sich in diesen Kerl verliebt.» Meine Augen flackerten beunruhigt.

«*Bullshit.*» Adam winkte ab und schenkte mir ein beruhigendes Lächeln. «Warum sollte sie?»

«Weil ... Du weißt doch, wie sie ist, Adam, du hast es damals ja selbst erlebt. Aurélie hat manchmal was Manisches. Sie hat so eine Art, sich in Sachen reinzusteigern. Weißt du noch, wie sie damals unbedingt Robert Miller kennenlernen wollte und sich einbildete, sein Buch – also eigentlich mein Buch – habe ihr das *Leben* gerettet? Und dieser Autor sei ihr *Schicksal*? Dabei liest sie ja nicht mal. Und jetzt hängt sie ständig mit diesem Koch ab, und die beiden reden die ganze Zeit nur übers Essen – über Crème double und Austern und *Aromen*. Sie befeuern sich gegenseitig und laden sich zum Essen ein, um all die kulinarischen Köstlichkeiten zu probieren. Sie schmecken und schlecken, und am Ende schlecken sie sich noch gegenseitig ab. Kochen oder Küssen, das ist für Aurélie dasselbe, verstehst du? Da gerät sie völlig in Ekstase.» Ich sank in meinem Stuhl zusammen. «Es ist grauenvoll! Einfach ganz grauenvoll. Ich weiß nicht mehr, was ich machen soll, Adam.»

Mein Freund überlegte. «Vielleicht ist ihr Interesse doch einfach nur beruflicher Natur.»

«Beruflicher Natur?», entgegnete ich aufgebracht.

«Ja. Sie ist eben eine leidenschaftliche Köchin.»

Ich stieß einen verzweifelten Laut aus. «Hörst du mir überhaupt zu? Das *ist* doch gerade das Gefährliche, dass sie eine Köchin ist. Er ist für sie der große Starkoch. Der Meister. Dieser Marronnier überschattet mein Leben wie Lord Voldemort das von Harry Potter.»

Adam blieb gelassen. «Ich glaube, du misst dieser Sache eine zu große Bedeutung bei, André.» Er grinste. «Nun mach dir mal nicht ins Hemd. Es ist doch gar nichts passiert.»

«Das hast du damals auch gesagt.»

«Und – ist nicht alles gut ausgegangen? Am Ende?»

Ich seufzte. Adam wusste gar nichts. *Mach dir nicht ins Hemd*, das war immer schon sein Lieblingsspruch gewesen. Aber damals war mein Rivale ein englischer Autor, den es nicht einmal wirklich gab. Jetzt kämpfte ich gegen einen Mann aus Fleisch und Blut, der zu allem Übel auch noch phantastisch kochen konnte. *Und* ein eigenes Manoir besaß, in dem Aurélie gerade ins Bett schlüpfte. Bei dem Gedanken wurde mir wieder ganz schlecht.

«Adam. Sie *übernachtet* bei diesem Mann.»

«Weil ihr Auto liegengeblieben ist, was soll sie denn machen? Zu Fuß nach Paris zurückgehen? Du hast ja kein Auto, weil du so umweltbewusst bist.»

«Ja, ich habe keins, aber dieser Koch hat eins. Der fährt so einen teuren Oldtimer-Schlitten. Er hätte sie ja zurückbringen können. Wenn er wirklich so ein Gentleman wäre, hätte er sie nach Hause gebracht», beharrte ich. «Stattdessen lockt er sie in seine Liebesfalle.»

Ich für meinen Teil zweifelte stark an der vornehmen Zurückhaltung dieses Herrn. Marronnier hatte es von Anfang an darauf abgesehen, Aurélie flachzulegen. Das war sehr einfach zu durchschauen. Ich raufte mir die Haare.

Adam lachte. «André, du übertreibst. Du müsstest dich echt mal hören. *You are crazy, man.*»

Ich hielt den Kellner auf, der sich an unserem Tisch vorbeischob, und hob zwei Finger. Der Geräuschpegel im Bistro nahm zu. Die meisten Menschen waren ausgelassen. Ich war es nicht.

«Der Mann hat doch den ganzen Tag gearbeitet. Vielleicht hat er auch einfach zu viel getrunken und wollte deswegen nicht mehr fahren», mutmaßte Adam, als der Kellner uns zwei weitere Glas Wein auf den Tisch stellte. «Er konnte ja nicht damit rechnen, dass Aurélie wieder bei ihm auftaucht.»

«Das macht die Sache auch nicht besser», erklärte ich dumpf. «Da hat er dann gar keine Hemmungen mehr.»

«Jetzt schalt mal hundert Gänge zurück, André. Vielleicht hast *du* ja zu viel getrunken.»

«Nein.» Ich nahm einen großen Schluck.

«Okay, ich fasse mal zusammen», sagte Adam. «Aurélie nimmt eine Einladung zum Essen an, um eine Spezialität dieses Restaurants zu probieren – ein Essen, zu dem der Sternekoch dich ausdrücklich auch eingeladen hat …»

«Ja, um mich lächerlich zu machen», fuhr ich dazwischen.

«Du *bist* lächerlich, André, jetzt reiß dich mal zusammen, ja?» Adam spann seine Version der Geschichte weiter. «Sie fährt allein, weil du im letzten Moment absagen musst, nicht weil es irgendeine Verschwörung gegeben hätte. Ein Unwetter zieht auf. Sie will zurückfahren, ihr Auto bleibt mitten in der Pampa liegen. Sie ruft dich an, du bist nicht erreichbar. Sie informiert dich darüber, dass sie Marronnier um Hilfe bitten will. Dann hat ihr Handy keinen Empfang mehr. Sie muss zu Fuß durch den Regen zurück nach Vétheuil. Es ist spät geworden. Sehr spät. Sie ist todmüde. Das Auto kann sowieso erst am nächsten Tag repariert werden. Sie hat dich nicht erreicht, aber du könntest ihr jetzt auch nicht helfen. Du bist in Paris, bei einer Veranstaltung, ein Auto hast du auch nicht. In dieser misslichen Lage bietet ihr Marronnier ein Dach über dem Kopf, und das ist einfach nur nett von ihm. Sie ist fix und fertig, wie sie selbst schreibt. Aber sie schickt dir noch mit letzter Kraft eine SMS, tausend Küsse. Und du sitzt derweil mit mir im Trockenen und machst so ein Drama draus.»

Er beugte sich vor sah mich mit festem Blick an. «Bitte verdirb jetzt nicht alles. Aurélie liebt dich, und du liebst sie. Du hättest sie schon längst heiraten sollen, ich habe es dir immer gesagt. Mach endlich Nägel mit Köpfen, André, nimm dein Leben in die Hand, und hör auf, hier rumzujammern. Aurélie ist eine tolle Frau. Sie ist eine tolle Köchin. Sie war doch *the one and only*, dachte ich. Die Frau, die du unbedingt haben wolltest ...»

«Das will ich auch noch immer. Ich wollte sie ja fragen ... Ich will sie schon die ganze Zeit fragen. Aber es kommt immer was dazwischen», erklärte ich und merkte, wie Adams Gesicht zu verschwimmen begann.

«Ich kann dir nicht ganz folgen, mein Freund», sagte er nur.

«Ja, ja, du hast ja recht. Aber am Anfang war ich mir einfach nicht sicher, ob sie so einen Antrag vielleicht spießig findet. Sie ist eine sehr eigenständige Frau. Ich meine, vielleicht *will* sie ja gar nicht heiraten.»

«Keine Frau findet es spießig, wenn man ihr einen Heiratsantrag macht, glaub mir. Die wollen alle gefragt werden.» Adam schob sich die Brille hoch und grinste. «Überlass ihr doch die Entscheidung. Nein sagen kann sie immer noch.»

«Na schön, bei der nächsten Gelegenheit stecke ich ihr den verdammten Ring an den Finger. Gekauft hab ich ihn ja schon.» Das ganze Restaurant begann sich um mich zu drehen.

«Ein bisschen galanter könntest du schon sein. Ich glaube, du musst an die frische Luft.»

Adam war ein echter Freund. Er legte den Arm um mich und brachte mich nach Hause. «Ich würde den Abend gar nicht mehr thematisieren», riet er mir beim Abschied. «Es ist nichts passiert, solange nicht das Gegenteil bewiesen ist, okay? Bloß keine Vorwürfe, *play it cool*.»

Das Gespräch mit Adam hatte mich einigermaßen beruhigt. Doch kaum war er weg, griff die Eifersucht mit tausend klebrigen Fingern wieder nach mir. Ich versuchte die kleinen Finger abzuschütteln, aber ich war zutiefst verunsichert. *Es ist nichts passiert*, sagte ich mir vor, *mach dich nicht lächerlich, André!*

Am nächsten Morgen rief Aurélie mich an. Sie berichtete mir von ihrem nächtlichen Abenteuer und wie sie in ihren Abendschuhen durch den Regen gelaufen und völlig durchnässt wieder in Vétheuil angekommen war. Doch sosehr ich auch in den Hörer lauschte, um irgendeinen falschen Klang in ihrer Stimme zu entdecken, da war nichts.

Erleichtert erzählte sie mir, dass ein Mechaniker aus dem Nachbardorf, den Marronnier in aller Frühe herbeigerufen hatte, den Wagen soeben wieder ans Laufen bekommen hätte und dass sie sich jetzt auf den Weg nach Paris mache. Ob wir uns irgendwann sehen könnten, bevor sie wieder ins Restaurant ginge?

Ich blätterte in meinem Kalender, auch ich hatte am Abend Termine mit zwei Lektoren aus einem deutschen Verlag, und tagsüber gab es diverse Verabredungen, aber da war tatsächlich noch eine Lücke am Nachmittag, weil sich ein Termin verschoben hatte.

Aurélie versprach, kurz im Verlag vorbeizukommen, und ich merkte, wie ich mich entspannte. Als sie kam, brachte sie *Chaussons aux pommes* von *Poilâne* für uns mit und schwärmte dann von dem Abend im Restaurant und dem köstlichen Rehrücken. «Es war wirklich sehr schön – bis auf das Wetter und die nächtliche Autopanne», sagte sie. «Und den Sous-Chef habe ich auch kennengelernt, aber der ist ein richtiges Ekel.» Lachend erzählte sie mir von dem scharfen Dialog zwischen Marronnier und Corday und von dem Angebot, das der Sternekoch ihr im späteren Verlauf des Abends gemacht hatte.

Als ich von dem Jobangebot hörte, konnte ich mein Entsetzen kaum verbergen. Aurélie in Vétheuil, wo der Koch lauerte, und ich abgeschlagen in Paris – eine fürchterliche Vorstellung. Doch Aurélie beruhigte mich sofort.

«Keine Sorge, André, ich würde doch niemals mein

Restaurant aufgeben, außerdem will ich in deiner Nähe sein. Aber es war ein tolles Kompliment für mich. Köchin in einem Sternerestaurant, das ist schon eine ganz andere Nummer, nicht wahr?»

«Äh ... Ja ... natürlich», sagte ich. Ich gebe zu, ich war erleichtert, aber die wahren Absichten, die mir hinter dem Angebot des Kochs zu stecken schienen, beunruhigten mich. Was würde sich dieser Mann als Nächstes einfallen lassen? Wie viel Zeit blieb mir noch? Dieser Kerl versucht offenbar ganz raffiniert, mir meine Freundin auszuspannen. Unwillkürlich fasste ich nach Aurélies Hand.

«Aurélie ... Ich muss dir etwas sagen ...»

«Ich muss dir auch etwas sagen ...»

«Ja?»

«Nein, du zuerst!»

«Nein, du!»

«Na schön. Ich habe überlegt, dass meine Küche ruhig etwas innovativer werden könnte. Marronnier macht doch diese Wochenendkurse. Die Kurse sind klein, nur acht Teilnehmer. Und er bietet sie auch nur viermal im Jahr an. Normalerweise sind sie immer ganz schnell ausgebucht ...»

Sie sah mich freimütig an, und ich heuchelte Interesse.

«Soso», sagte ich verhalten.

«Aber jetzt ist zufälligerweise gerade ein Platz freigeworden, weil jemand abgesagt hat. Das ist meine Chance. Ich kann sicher noch einiges lernen.»

«Ja … sicher.» Ich war einigermaßen fassungslos. In meinem Kopf fing wieder dieses Rauschen an. «Und wann soll das große Kochevent stattfinden?», fragte ich.

«Oh, schon Ende März. Da habe ich echt Glück gehabt.» Sie strahlte mich an und bemerkte wohl meine Irritation. «Es ist nur ein Wochenende, André. Und an deinem Geburtstag bin ich wieder zurück.»

Mein Geburtstag? Ach ja, richtig. Ich hatte am zweiten April Geburtstag, und der fiel diesmal auf einen Montag, was gut war, weil das Restaurant da seinen Ruhetag hatte. Ich merkte, wie mich ein leises Unbehagen packte. Ich meine, sie war gerade zurück und wollte schon wieder nach Vétheuil?

Sie hielt mir so einen blöden Flyer hin, wo der Koch mir vor seinem rosafarbenen Manoir entgegengrinste. «Hier, schau mal!»

Misstrauisch überflog ich die Broschüre und hämmerte mir Adams Worte ins Hirn. *Play it cool.*

«Ja, super. Ich freue mich für dich», quetschte ich hervor und biss in mein *chausson.*

Aurélie stellte sich auf die Zehenspitzen und gab mir einen Kuss.

«Und? Was wolltest du mir sagen?»

Ich dachte an den Ring mit den drei Sternen, der immer noch in meinem blauen Sakko steckte, und schwieg.

«Ach, nichts. Nicht so wichtig. Sag mal, ist mein Jackett eigentlich noch bei dir?»

Sie sah mich überrascht an. «*Das* ist es, was du mir

sagen willst? Keine Angst, ich bringe es noch in die Reinigung.»

«Nein, nein, lass nur, das eilt nicht. Ich mache es lieber selbst», sagte ich schnell.

«Wie du meinst.»

Die Stunde war um, und da klopfte auch schon Madame Petit an die Tür und sagte, dass mein Termin jetzt da sei.

Die Woche des *Salon du livre* flog nur so vorbei. Ich traf viele Verleger und Lektoren und auch ein paar Agenten. Dieselbe Bande würde sich ein paar Wochen später wieder auf der Londoner Buchmesse einfinden.

Ich sah mir die Kataloge anderer Verlage an und sprach die Rechte- und Lizenzlisten mit den Literaturagenten durch, ich ließ mir die PDFs von ein paar vielversprechenden Büchern und Projekten schicken, doch in erster Linie versuchte ich, Titel aus der *Éditions Opale*, an denen wir die Rechte hatten, ins Ausland zu verkaufen. Auch Robert Millers *Das Lächeln der Frauen* bot ich an, und es war schon etwas merkwürdig, sein eigenes Buch anzupreisen. Ein großer spanischer Verlag fand die Geschichte sehr lustig und machte gleich ein Angebot, der italienische Verlag, der schon den ersten Robert Miller gekauft und erfolgreich verlegt hatte, wollte uns nach der Messe ein Angebot unterbreiten, ein amerikanischer Verlag zeigte sich interessiert, was eine kleine Sensation war, denn normalerweise kauften europäische Verlage zwar viele Buchrechte in den USA, aber umgekehrt war das eher selten der Fall. Lizenzrechte ins englischsprachige Ausland zu verkaufen war die Königsdisziplin. Die Amerikaner wie auch die Briten hatten so viele eigene Autoren und Stoffe, dass sie den europäischen Buchmarkt im Grunde nicht brauchten. Nur in Ausnahmefällen boten sie auf einen Titel, und dann gab es stets zähe Verhandlungen und komplizierte dreißigseitige Verträge, in denen auch noch jedes kleinste Detail geregelt war. Die Japaner interessierten sich in der Regel nur für Thriller, bei den Chinesen konnte man mit Kinderbüchern und Büchern über die europäische Kultur punkten, und die koreanische Agentin, die ich immer auf dem *Salon* traf, schüttelte mit einem entschuldigenden Lächeln den Kopf, als ich ihr versicherte, dass Robert Millers neues Buch eine ganz zauberhafte Liebesgeschichte sei. «Wir Koreaner sprechen nicht gern über die Liebe», erklärte sie mir und fragte mich dann nach illustrierten Sachbüchern, die wir nicht im Programm hatten.

Die meisten meiner Termine fanden im Verlag statt. Die ausländischen Verleger und Agenten streiften eben auch lieber durch Saint-Germain und besuchten dort die Verlage oder trafen sich in Cafés und Restaurants, als auf das Messegelände an die Porte de Versailles rauszufahren. Ich selbst trauerte den Zeiten nach, als der *Salon du livre* noch im Grand Palais stattgefunden hatte. Diese alte Ausstellungshalle am anderen Ufer der Seine hatte man zu Fuß erreichen können, und nach einem angenehmen Morgenspaziergang, der am Ende der Rue de l'Université über den Pont Alexandre führte, erwartete einen ein lichtdurchfluteter Prunkbau mit einer Glaskuppel, die von hellgrünen Eisenstreben gehalten wurde. Das Grand Palais war einst der Stolz der Pariser Weltausstellung von 1900 gewesen, und es war immer ein erhebendes Gefühl, in diesem herrlichen Gebäude seine Termine wahrzunehmen und zwischen den Ständen umherzustreifen und sich die Novitäten anzusehen.

Doch die glanzvollen Zeiten des Grand Palais waren lange vorbei. Irgendwann hieß es, dass es aufgrund von Einsturzgefahr nicht mehr für die Messe genutzt werden könnte, und so musste man in die wenig charmanten Messehallen am südlichen Rand von Paris umziehen.

Verlage aus aller Herren Länder stellten hier aus, aber natürlich war die Messe für die Franzosen am wichtigsten, weil auf dem *Salon* nicht nur die Frühjahrsnovitäten präsentiert wurden, sondern auch eine Unmenge an Lesungen mit Autoren und Veranstaltungen rund ums Buch stattfanden. Im Gegensatz zu den anderen Buchmessen war der *Salon du Livre* immer schon eine Publikumsmesse gewesen, alle Interessierten erhielten Einlass, ganze Horden von Schulklassen quetschten sich durch die Gänge, und die Besucher konnten in diesen Tagen nach Herzenslust Bücher kaufen, Lesungen besuchen, Diskussionsrunden beiwohnen und in Kontakt mit ihren Lieblingsautoren kommen.

Ich musste an zwei Tagen zur Messe rausfahren, um dort Termine wahrzunehmen. Vor einer Herrentoilette lief mir Adam über den Weg. Mit eiligem Schritt, die Ledermappe unter dem Arm und exquisit gekleidet von der weinroten Paisley-Krawatte bis zu den braunen Lederschnürschuhen, kam er mir entgegen und machte einen Witz darüber, dass sein Terminplan so eng getaktet sei, dass er kaum Zeit hätte, aufs *water closet* zu gehen. «Lass uns uns lieber noch mal nach der Messe treffen», sagte er. «Ich bin die ganze nächste Woche noch in Paris, weil ich mir Büros anschauen will. Da finden wir einen *slot*.»

«Prima.» Ich nickte, und wir tauschten uns noch kurz über die neuesten Gerüchte aus – wer mit wem, wann und wo, geheime Fusionen von Verlagen, von denen schon alle längst wussten, private Allianzen, die die Phantasie beflügelten, der übliche Messetratsch eben –, und Adam erwähnte noch ein paar «heiße Titel», von denen er gehört hatte. Die Mund-zu-Mund-Propaganda auf den Messen lief wie immer ganz hervorragend. Das mochte daran liegen, dass alle Menschen, die hier zusammenkamen, Geschichten liebten und überdies einfach gerne redeten.

«Sind wir nicht eine geschwätzige Branche?», spottete Adam.

«In der Tat», entgegnete ich. «Aber auf diese Weise wird es jedenfalls nie langweilig, oder? Auf einer Computerfachmesse geht es sicher nicht so lustig zu.»

«*My word!*» Adam lachte. «Ich muss weiter», meinte er dann. «Ich bin schon wieder zu spät dran.» Er warf einen Blick auf die Uhr. «Sag mir nur noch schnell: Wie läuft es an der *home front*? Ich hoffe, du hast dich im Griff, André.»

«Ja, klar, alles bestens», sagte ich und seufzte. «Aurélie

will am nächsten Wochenende einen Kochkurs in Vétheuil machen, aber ich sage nichts.»

«Sehr gut», meinte Adam. Dann hastete er weiter. «Wir telefonieren!», rief er und hielt Daumen und kleinen Finger an sein Ohr. *«Play it cool.»*

Ich war wirklich voller guter Vorsätze, als ich nach einer nicht minder anstrengenden Messenachbereitungswoche, in der ich von morgens bis abends Manuskripte prüfte und einige Auktionen hatte, zu Aurélie ging. Ob sie nun meinte, einen Kurs beim Sternekoch machen zu müssen, oder zum Mond fliegen wollte, ich würde nichts mehr dazu sagen. *Schweigen ist klüger*, dachte ich mir. Ich würde diese Sache einfach aussitzen, auch wenn Aurélie schon seit Tagen von nichts anderem redete als von dem beknackten Kochkurs, der an diesem Wochenende stattfinden sollte. Erst gestern hatte ich mich nach dem Verlag noch mit Adam getroffen, der bei seiner Suche nach einem geeigneten Büro fündig geworden war und sich am nächsten Tag mit dem Makler zu einer Besichtigung treffen wollte. Als wir uns verabschiedeten, beschwor mein Freund mich erneut, die Klappe zu halten.

«Lass ihr den Kochkurs, und auch über diesen Marronnier würde ich an deiner Stelle kein Wort mehr verlieren. Je wichtiger du ihn nimmst, desto größer machst du die Sache.»

«Und du findest, dass das die richtige Strategie ist?»

«Absolutely», sagte er. *«Keep calm and carry on.»*

Er war eben Engländer. Er konnte nicht anders. Engländer stellten sich ja auch ohne zu murren in die längsten Schlangen und warteten geduldig, bis sie an der Reihe waren. Ich aber war ein leidenschaftlicher Franzose. Besonnenheit hatte noch nie zu meinen Stärken gehört.

Aurélie war sehr beschäftigt, als ich an diesem Freitagabend in ihre Wohnung kam. Sie packte gerade ihren kleinen Koffer für das Wochenende in Vétheuil.

«*Bonsoir, chéri*», sagte sie zerstreut, und ich gab ihr einen Kuss. Alle möglichen Kleidungsstücke waren auf dem Bett verstreut, verschiedene Schuhe lagen auf dem Boden.

«Du packst jetzt schon?», fragte ich und zog die Augenbrauen hoch.

«Ja. Morgen muss ich sehr früh losfahren. Der Kochkurs beginnt um neun Uhr. Die meisten Teilnehmer reisen schon heute Abend an. Aber es ist ja nicht so weit, und ich dachte, auf diese Weise sehen wir uns wenigstens noch. Wie lief's bei dir?»

«Gut, gut», sagte ich und ging in den Flur. «Ich hab den Miller-Vertrag mit den Italienern klargemacht. Die Auktion um den tollen Zeitreise-Roman aus England, von dem ich dir erzählte, haben wir allerdings verloren. Unser Best Offer hat nicht gereicht.» Ich zog meinen Mantel aus und hängte ihn an die Garderobe. «Monsignac hat mal wieder getobt, weil irgendeiner von den großen Verlagen hunderttausend Euro geboten hat. Auf der Basis von Exposé und fünfzigseitiger Leseprobe. Er meinte, das spielen die nie ein. Und Zeitreise sei durch als Thema. Damit hat er wohl recht, trotzdem schade. Ich fand das Buch wirklich super.»

Ich kniete mich hin und zog die Schnürsenkel meiner Schuhe auf. Dann ging ich auf Strümpfen ins Schlafzimmer zurück und griff mir im Vorübergehen die Zeitung. «Jetzt bin ich aber auch froh, dass Freitag ist. Die letzten beiden Wochen hatten es in sich, aber nun wird's ruhiger. Zu blöd, dass du ausgerechnet jetzt wegmusst.»

Mit einem Seufzer ließ ich mich auf dem Bett nieder, das wie immer mit einer hellblauen Tagesdecke überzogen war. Ich lehnte mich gegen das Kopfteil und streckte die Beine aus. Aurélie beachtete mich gar nicht. Sie war ganz aufs Packen konzentriert und runzelte nachdenklich die Stirn.

«So», sagte sie und legte eine leichte Strickjacke in den Koffer. «Was meinst du, ob es wohl regnen wird?»

«Keine Ahnung, aber ich denke, eher nicht.» Ich warf einen Blick in die Zeitung. «Die schreiben hier, dass das Wochenende sonnig werden soll.»

Sie ging zum Kleiderschrank und zog eine Schublade auf.

«Mann, bin ich k.o.», sagte ich und ließ mich gähnend ein Stück am Kopfteil runterrutschen. «Ich habe so viel geredet die letzten Tage, ich glaube, ich lege ein Schweigewochenende ein, wenn du weg bist.»

Sie lächelte geistesabwesend. «Ach, André!», rief sie

dann. «Kannst du dich bitte woanders hinsetzen? Du zerknautschst mir meine Sachen.»

«Oh ... ja, klar.» Ich blickte auf die Kleidungsstücke. «Man könnte meinen, du gehst auf Weltreise», meinte ich erstaunt. «Es sind doch nur zwei Tage.» Dann verzog ich mich in den Sessel, der in der Ecke neben der Kommode stand, und sah ihr eifersüchtig beim Packen zu. Egal, was sie in den Koffer tat, ich musste meinen Kommentar abgeben.

«Wieso brauchst du so ein elegantes Kleid, ich dachte, ihr kocht?», sagte ich, als sie vor den Spiegel trat, sich ihr rotes Samtkleid prüfend vorhielt und es dann zu den anderen Sachen legte.

«Ja, aber wir kochen doch nicht *nur*, André. Abends gibt es ein festliches Diner für alle Teilnehmer.» Sie lächelte etwas ungeduldig und packte weiter.

«Und die roten Lackschuhe, sind die neu? Die kenne ich ja noch gar nicht.»

Sie verdrehte die Augen. «Ja, sind sie. In den letzten Wochen hattest du wenig Zeit für eine Modenschau.»

«Hmm», machte ich und verkroch mich hinter der Zeitung. «Jedenfalls sind sie sehr schick.»

«Danke.» Sie steckte die Schuhe in einen Stoffbeutel, und ich spähte über den Rand der Zeitung und sah gerade noch, wie sie ein zartes schwarzes Dessous im Koffer verschwinden ließ.

«Oh, là, là!» Ich kniff die Augen zusammen. «Wen willst du denn damit verführen?» Ich lachte. Mein Lachen klang falsch.

«Mein Gott, André, das ist ein ganz normaler schwarzer BH.»

«Ach ja? *Das* nennst du normal?»

«Ja.» Sie richtete sich auf und sah mich leicht genervt an. «Ich trage nun mal keine weiße Feinripp-Unterwäsche, André. Das müsstest du eigentlich am besten wissen.»

Es stimmte, was sie sagte. Aurélie hatte eine Schwäche für schöne Unterwäsche. Ihre Schublade war voll mit zarten Dessous, die sie in ihrem Lieblingsladen *Princesse tam.tam* kaufte. Einigermaßen beschämt schwieg ich und ließ sie in Ruhe zu Ende packen. Ich erinnerte mich noch gut an die reizvolle maronenfarbene Spitzenwäsche, die sie getragen hatte, als ich zum ersten Mal bei ihr übernachtete.

Dann kam mir ein neuer beunruhigender Gedanke in den Sinn. Ich legte die Zeitung beiseite.

«Sag mal ... wo übernachtest du eigentlich?», fragte ich. «Etwa wieder in den Privatgemächern des großen Maître?»

«Nein, nicht in den Privatgemächern des großen Maître», wiederholte sie gereizt. «Der ganze Kurs – und damit auch ich – ist im *Escale chez un Impressionniste* untergebracht.»

«*Escale chez un Impressionniste?* Was soll denn das sein?»

«Das ist das Haus, in dem Claude Monet früher gewohnt hat. Deswegen ‹Impressionniste›. Heute ist es ein Bed & Breakfast. Und es liegt ganz in der Nähe von Marronniers Restaurant. Zufrieden?» Sie klappte den Koffer mit einem Knall zu.

«Man wird ja wohl noch fragen dürfen», entgegnete ich. Sie musste mich nicht gleich so abkanzeln. «Nur für den Fall, dass du mal wieder nicht erreichbar bist», setzte ich hinzu. «Dein Handy scheint ja in letzter Zeit auch nur noch zu funktionieren, wann es will.»

Sie schoss einen wütenden Blick in meine Richtung. «Was willst du damit sagen?»

«Nichts», antwortete ich. «Vielleicht gibt es etwas, dass *du* mir sagen willst?»

Sie zog die Augenbrauen hoch. «Weißt du, was wirklich hilfreich wäre, André?»

«Nein, was wäre denn so hilfreich?», gab ich zurück.

«Wenn du endlich mal damit aufhören könntest, mir irgendwelche Absichten zu unterstellen. Ich fahre wegen eines *Kochkurses* nach Vétheuil, kapiert? Man könnte ja geradezu denken, du *willst*, dass ich was mit Marronnier anfange.»

«Aber irgendetwas muss ja an diesem Koch dran sein, oder?», entgegnete ich aufsässig. «Ich meine, du bist ständig mit ihm zusammen. Dir ist jeder Vorwand recht, um mit ihm zusammen zu sein. Erst das Essen in Paris, dann in Vétheuil und jetzt der Kochkurs. Ich frage mich, was als Nächstes kommt.» Mein Herz war giftig und klein. «Bist du in ihn verliebt? Gib's ruhig zu! Sag es einfach!»

Aurélie schwieg – einen Augenblick zu lange, wie ich fand.

«Also, was jetzt? Findest du ihn attraktiv oder nicht?»

«Mein Gott, André, hör doch mal auf damit, bitte! Du machst mich ganz wahnsinnig.» Sie ging im Zimmer auf und ab.

«Findest du ihn attraktiv oder nicht?» Ich sprang erregt aus dem Sessel auf und lief hinter ihr her.

«Ja ... Nein ... Ich weiß nicht.» Sie strich sich eine Haarsträhne hinters Ohr. «Natürlich ist er attraktiv. Er sieht gut aus und feindet mich nicht die ganze Zeit über an, das ist ja schon mal was.» Sie beschloss offenbar, zum Angriff überzugehen. «Du kommst in deinem Beruf doch auch mit attraktiven Frauen zusammen. Mit Autorinnen. Mit Leserinnen. Mit Buchhändlerinnen, die dich toll finden.»

«Mag sein, aber ich laufe ihnen nicht nach.»

Vielleicht war ich in meiner Erregung etwas zu weit gegangen.

Aurélie blieb abrupt stehen. Sie drehte sich zu mir um, und ihre grünen Augen sprühten Funken.

«Alles klar, André. Weißt du was? Auf dieses Theater habe ich keine Lust. Ich fahre doch schon heute Abend. Ich fahre jetzt gleich.»

«Dann *fahr* doch!», rief ich aufgebracht. «Und *viel Spaß* in Vétheuil!»

«Danke», sagte sie nur, und ich kannte mich nicht mehr vor Wut.

«Gerne! Mit Marronnier wirst du sicher einen angenehmeren Abend verbringen als mit mir», rief ich erbost.

«Da könntest du tatsächlich recht haben, André. Bis Sonntag dann.»

Sie nahm Koffer und Mantel und rauschte zur Tür hinaus, ohne mir noch einen Blick zu schenken.

In dieser Nacht fand ich kaum Schlaf. Die Eifersucht saß auf meiner Brust wie eine hässliche Kröte und schaute mich aus schillernden Augen an. «Verloren», quakte sie gehässig. «Du liegst hier, und sie amüsiert sich mit dem Koch. Was glaubst du denn?» Ich stöhnte auf und zog mir das Kissen über die Ohren. Ich wollte nichts mehr hören, aber vor seinen eigenen Gedanken kann man nicht davonlaufen.

Verzweifelt überlegte ich, was ich tun konnte. Ich war völlig durcheinander. Und während ich mich im Bett herumwälzte, formierten sich meine Hirngespinste allmählich zu einer Idee. Einer Idee, die mir immer besser erschien. Und Adam musste mir dabei helfen.

«*Was* willst du?», sagte Adam, als ich ihn am nächsten Morgen aufgeregt anrief. Er war gerade mit dem Makler unterwegs und schaute sich sein neues Pariser Büro an.

«Bitte, Adam», sagte ich. «Du bist doch mein Freund.»

«Klar bin ich dein Freund, aber das hier klingt ziemlich verrückt. Es klingt ein bisschen nach deinen Romanen, André. Es gibt die Fiktion, und es gibt die Realität, man sollte beides nicht miteinander verwechseln.»

«Und manchmal ist das Leben ein Roman», beharrte

ich. «Hast du plötzlich kalte Füße? Lässt du mich jetzt im Stich?»

«Es ist keine gute Idee, André, glaub mir.»

«Doch», sagte ich. «Also, was ist? Kommst du jetzt mit nach Vétheuil oder nicht?»

«Gibt's denn da überhaupt eine direkte Verbindung? Wo liegt dieses Kaff? Nachher kommen wir nicht mehr zurück. Ich habe keine Lust, nachts an einem Provinzbahnhof zu stehen, und kein Zug geht mehr.»

«Keine Angst, ich habe schon mit Florence Mirabeau gesprochen. Sie leiht uns ihr Auto.»

«Wer ist Florence Mirabeau?»

«Eine ganz reizende Kollegin.»

«Ich weiß nicht», seufzte Adam. «Mir ist nicht wohl bei der Sache.»

Mir war schon lange nicht mehr wohl bei der Sache. Seit Aurélie gestern grußlos durch die Tür gerauscht war, plagten mich Selbstvorwürfe und Wahnvorstellungen gleichermaßen. Ich war wütend, dann bereute ich wieder, was ich zu ihr gesagt hatte.

Aurélie hüllte sich in Schweigen. Mal wieder. Natürlich hatte sie sich am Abend nicht mehr gemeldet und auch keine noch so kleine Nachricht geschickt. Eigentlich galt zwischen uns das ungeschriebene Gesetz, dass derjenige, der wegfuhr, sich beim anderen meldete. Aber das war offenbar Schnee von gestern. Mehrfach hatte ich nach dem Telefon gegriffen, um sie anzurufen, aber dann hatte ich es jedes Mal wieder weggelegt. Ich hatte schließlich nichts verbrochen. Sie hätte anrufen müssen.

Sie war schließlich abgedampft und hatte mich stehenlassen. Ich wusste, wie stur sie sein konnte. Aber ich konnte auch stur sein.

«Du hast nichts in der Hand außer deinen komischen kleinen Verschwörungstheorien», sagte Adam jetzt.

«Und du hast keine Ahnung», entgegnete ich. Während ich mit ihm diskutierte, fragte ich mich trotzig, ob meine Unterstellungen wirklich so weit hergeholt waren. Hatte ich denn nicht allen Grund, misstrauisch zu sein? Oder war ich tatsächlich auf dem besten Weg, ein Verschwörungstheoretiker zu werden, wie mein Freund mir vorwarf?

Ich war hin- und hergerissen. Aber am Ende waren die Neuronen, die meine eifersüchtigen Gedanken befeuerten, stärker. Da lief etwas zwischen Aurélie und diesem Koch, ich war mir ganz sicher.

Ich wollte Gewissheit haben.

Und am Ende überredete ich meinen Freund, mit mir nach Vétheuil zu fahren und die Lage auszukundschaften.

«Mann, Mann, Mann. So hatte ich mir meine Arbeit als dein Agent eigentlich nicht vorgestellt», witzelte Adam, als wir am Abend in Mademoiselle Mirabeaus rotem Mini Cooper die Landstraße nach Vétheuil entlangrasten. «Hast du schon einen Plan?»

«Natürlich, denkst du, ich bin ein Idiot, oder was?»

Ich umfasste das Lenkrad fester und gab Gas. Es war ein frühlingshafter lichter Tag gewesen. Nun ging die

Sonne in glühenden Farben über den grünen Feldern und Wiesen unter und tauchte den ganzen Himmel in ein zartes Rosa. Als der tiefrote Ball am Horizont verschwand und die Dämmerung hereinbrach, fuhren wir durch ein Waldstück. Und dann erreichten wir den kleinen Ort, der mit seinen hingewürfelten Häusern und dem Kirchturm, der alles überragte, ganz friedlich in der Biegung der Seine schlummerte.

Mein Plan sah folgendermaßen aus: Zunächst würden wir uns dieses Bed & Breakfast ansehen, wo die Teilnehmer des Kochkurses untergebracht waren. Das *Escale chez un Impressionniste* lag sinnigerweise in der Rue Claude Monet und war recht klein. Von der Straße her führte eine Tür in das gelbe Haus, an das seitlich ein Garten mit ein paar Sonnenschirmen grenzte. Überschaubar.

Wir aßen eine Kleinigkeit in einem winzigen Bistro, das an der Hauptstraße lag, und warteten noch eine Weile. Als wir sicher sein konnten, dass das Diner im *Le Temps des Cerises* im vollen Gange war, parkten wir den Mini an dem Weg, der zum Manoir führte, das einsam am Ende einer Kiesauffahrt aufragte. Alle Fenster waren erleuchtet, und wir schlugen uns im Schutz der Dunkelheit durch die Büsche. Unter ein paar hohen Bäumen entdeckte ich einen weißen Citroen DS. Das war wohl die geheiligte Kutsche des *Maître*. Wir schlichen daran vorbei, und ich überlegte kurz, wie es wohl wäre, mit dem Schlüssel an der Seite des Wagens entlangzuratschen und einen richtig schönen fetten Kratzer zu hinterlassen.

Adam sah mich streng an. «*Don't even think of it*», sagte er nur, und ich ließ den Schlüssel sinken. «Autos zerkratzen! Wie primitiv ist das denn?»

Er hatte ja recht. Wir mussten uns auf das Wesentliche konzentrieren.

Auf leisen Sohlen näherten wir uns dem Manoir. Das Restaurant lag im Hochparterre. Durch ein geöffnetes Fenster drang Gelächter. Eine Männerstimme rief einen Toast aus. Gläser klirrten. Eine Frau kreischte belustigt auf.

«Da sitzen sie und amüsieren sich», sagte ich. «Die Party ist offenbar in vollem Gange.»

«Und wennschon», meinte Adam.

Ich winkte ihm, mir zu folgen, und wir schlichen vorsichtig um das Manoir herum. An der Rückseite des Restaurants gab es eine Terrasse, die durch ein paar altmodische Kugellampen erleuchtet war. Auch der Garten war illuminiert. Unter einigen Bäumen waren Bodenstrahler angebracht, die die blühenden Zweige der Kirschbäume in ein zauberisches Licht tauchten. Ein angenehmer Duft wehte weich zu uns herüber.

«*How very lovely*», sagte Adam. «Hier würde ich auch gern mal essen gehen.»

«Vergiss es!», knurrte ich. «Komm, lass uns dieses Zuckerwatteparadies verlassen und unseren Posten wieder vor dem Haus beziehen. Ewig lange kann die Veranstaltung ja nicht mehr dauern.»

Wenn das Essen vorbei war, würden die Teilnehmer das Manoir verlassen und in Richtung Rue Claude

Monet gehen, wo ihre Unterkunft lag. Und dann würde man ja sehen.

Wir hatten uns hinter den Büschen versteckt. Von hier aus konnte man das Manoir gut überblicken. Irgendwann entstand Unruhe im Restaurant, Stühle scharrten über das Parkett, Stimmen wurden laut und ebbten wieder ab.

Ich warf einen Blick auf meine Armbanduhr. Viertel nach elf. Das Essen war offenbar vorüber. «Die Stunde der Wahrheit ist gekommen», sagte ich ein bisschen melodramatisch, und Adam kicherte.

«Ich fühle mich wie eine Witzfigur in einem Theaterstück von Molière», sagte er.

«Psst», machte ich. «Jetzt sei doch mal still!»

Die Tür des Manoirs öffnete sich.

Einer nach dem anderen trat heraus, und da der Eingang von einer Laterne beleuchtet war, konnte man die Gesichter der Teilnehmer gut erkennen. Der Meisterkoch verabschiedete seine Lehrlinge – er schüttelte jedem einzelnen die Hand und hatte für alle ein lobendes Wort.

«*Bonne nuit! À demain*», rief er der kleinen Truppe nach, die jetzt geschlossen den Weg hinunterkam. Leise Stimmen erfüllten die Luft, und der Kies knirschte unter den Schritten. Jean-Marie Marronnier stand noch einen Augenblick da und sah seinen Gästen nach, dann trat er wieder ins Haus und zog die Tür hinter sich zu. Wenig später gingen im Restaurant die Lichter aus.

Ich starrte Adam entsetzt an.

Aurélie war nicht herausgekommen. Ich merkte, wie mir schlecht wurde.

«Ich wusste es», flüsterte ich heiser.

«Was denn, vielleicht besprechen die beiden noch ein Rezept oder so», meinte Adam beschwichtigend.

«Besprechen? Ein Rezept? Mann, Adam, du hast vielleicht Nerven. Der geht Aurélie an die Wäsche, und du faselst was von einem Rezept? Ich muss schauen, was da los ist.»

Das Herz hämmerte mir bis zum Halse, als wir uns wieder dem Manoir näherten. Zwei Fenster, die nach vorne rausgingen und deren unterer Teil eine Milchglasscheibe hatte, waren noch erleuchtet. Dahinter musste sich die Küche befinden. Wie das Restaurant lag sie im Hochparterre, und man konnte die Räume von unten nicht einsehen. Aber was man ganz klar sehen konnte, waren zwei Schatten, die sich hinter dem Fenster bewegten.

«Da sind sie», zischte ich. «Was machen die da?»

Suchend blickte ich umher, wir brauchten etwas, auf das man sich draufstellen konnte. An der Seite des Gebäudes entdeckte ich eine alte Zinkwanne. Ich machte Adam ein Zeichen, und gemeinsam schleppten wir die Wanne unter das Fenster und drehten sie leise um.

Die Eifersucht verlieh mir ungeahnte Energien. Mein Gehirn arbeitete auf Hochtouren.

«Ich steig da jetzt drauf und mach eine Räuberleiter für dich.»

Ich sah, wie Adam kritisch dreinschaute, aber es ging nicht anders. Adam war der leichtere und kleinere von uns beiden, er musste da rauf.

«Also, Agent Goldberg, *allez-hopp*!», zischte ich. «Du wirst mich doch jetzt nicht hängenlassen?»

Behände stieg ich auf die Wanne, die ein bisschen wackelte. Ich fand mein Gleichgewicht, verschränkte die Hände ineinander, und dann kletterte Adam herauf, trat in die Räuberleiter und schwang sich ans Fenstersims.

«Und? Was siehst du ... Was siehst du?» Ich verschränkte mit aller Kraft meine Finger, auf denen sein ganzes Gewicht lastete, er war schwerer, als ich gedacht hatte. «*Mon Dieu*, wie viel wiegst du eigentlich?»

«Jetzt warte doch mal und zapple nicht so rum!» Adam stützte sich auf dem Fenstersims ab, was mir für einen Moment Erleichterung verschaffte. «*Oh boy! I don't believe it*», sagte er dann. Er krallte sich an den gemauerten Vorsprung.

«Was ist? ... Was ist da los, Adam? Verdammt, ich kann dich nicht mehr lange halten», flüsterte ich.

Aufgeregt balancierte ich auf der Wanne herum, die sich jetzt bedrohlich zur Seite neigte. Ich sah es kommen, und dann passierte es auch schon. Ich verlor das Gleichgewicht, und unter dem Getöse der umkippenden Zinkwanne stürzten wir beide zu Boden. Ich spürte einen stechenden Schmerz im Knöchel und konnte ein Stöhnen nicht unterdrücken. Adam landete auf dem Rücken. Er rang einen Moment nach Luft, dann rappelte er sich auf.

«Weg hier, André ... los, weg hier!»

Der kleine Mann zog mich mit erstaunlicher Kraft hoch, und ich stöhnte wieder auf, als ich jetzt versuchte, ein paar Schritte zu machen.

«Ich kann nicht ... mein Knöchel!» Ich rang nach Luft.

«Quatsch mit Soße, du kannst. *Come on!*» Er legte einen Arm unter meine Schulter und zog mich mit sich fort. So schnell wir konnten, humpelten wir in die Büsche, ein nächtliches Monster auf vier Beinen.

Ein Fenster wurde aufgerissen. «Hallo? Ist da jemand?»

Es war wohl der Koch, der da am Fenster stand und rief. An seiner Seite tauchte Aurélie auf. Verstört starrten die beiden in die Dunkelheit.

Agent Goldberg hatte übernommen. Er saß am Steuer des roten Mini Cooper und fuhr durch die Nacht, während ich mit schmerzverzerrtem Gesicht auf dem Beifahrersitz saß.

«Mann, Mann, Mann», sagte er. «Das war knapp.»

Ich nickte und versuchte vorsichtig, meinen Fuß zu bewegen, den ich mir bei unserem waghalsigen Manöver verstaucht hatte.

Wie durch ein Wunder hatten wir es bis zum Auto geschafft. Als das Fenster des Manoirs aufging und wir uns mit klopfendem Herzen in die Büsche warfen, hatte ich mit einem Mal die beklemmende Vision von bellenden Jagdhunden, die Marronnier auf uns hetzte. Doch glücklicherweise besaß der Maître keine Hunde. Ich war wie erstarrt, doch Adam hatte mich weiter bis zum Auto geschleift, und dann war er mit quietschenden Reifen losgefahren.

«*Good Lord*», stöhnte er. «Was für ein Abenteuer!»

«Konntest du was sehen?», fragte ich.

Er schwieg einen Moment. «*Well*», sagte er dann. «Tut mir leid, alter Freund, aber ich fürchte, die Sache sieht nicht so gut für dich aus.»

«Was?!», schrie ich. «Jetzt sag mir endlich, was du gesehen hast, Adam!»

«Nicht viel», sagte er. «Es war ja nur eine Sekunde, dann sind wir gestürzt. Aber ...»

«Aber?! Was, was? Hat er sie angegrapscht? Du musst mir die Wahrheit sagen, Adam, bitte!»

«Nein, das hat er nicht, jetzt beruhige dich.» Adam zögerte. «Also gut, ich will dich nicht anlügen. Als ich durch das Fenster guckte, sah es so aus, als wären die beiden kurz davor, sich zu küssen. Aber vielleicht hat es auch nur so ausgesehen. Was weiß ich? Ich konnte ja nur ganz kurz in die Küche schauen ...»

«Dieses Schwein! Ich bring ihn um.»

«Gute Idee. Hast du vielleicht noch eine andere Strategie?»

«Ich bring ihn um.»

«Genau, bring ihn um, und als Nächstes schreibst du dann einen Krimi. *Mord in Vétheuil. Ein Kochkrimi.* Krimis verkaufen sich sowieso besser.»

«Haha. Du bist immer *so* lustig, Adam.» Ich warf mich im Sitz zurück und drückte auf dem Fensterheber herum. Ich brauchte dringend frische Luft. «Und was machen wir jetzt?»

«Jetzt fahren wir zu diesem Bed & Breakfast und schauen, ob ich mich vertan habe.» Er warf mir einen aufmunternden Blick zu. «Mach dir nicht ins Hemd, André. Das kriegen wir schon hin.»

Wenige Minuten später parkte er den Wagen in der Nähe des kleinen gelben Hauses und machte die Scheinwerfer aus.

«Und was soll das jetzt bringen?», sagte ich düster. Inzwischen lag Aurélie schon mit diesem Koch im Himmelbett.

«Wir werden sehen.»

Wir mussten nicht lange warten. Eine Viertelstunde später kamen zwei Gestalten die Straße hinunter. Sie gingen schweigend nebeneinanderher. Es waren Aurélie und der Koch. Ich drückte mir fast die Nase an der Scheibe platt, und als Marronnier Aurélie bis zum Eingang begleitete, hielt ich unwillkürlich die Luft an. Wenn er sie jetzt küsste oder mit ihr reingehen würde, würde ich aus dem Auto steigen und ihm eine reinhauen. Doch es passierte nichts. Aurélie nickte dem Koch zu, und er hob die Hand zum Gruß und ging dann seiner Wege.

«Na, siehst du», sagte Adam.

Ich atmete wieder aus und musste kurz husten. Ich presste mir die Hand vor den Mund und starrte zu Aurélie hinüber, die nicht wissen konnte, dass nur wenige Meter von ihr entfernt Othello in einem roten Mini Cooper saß.

Bevor Aurélie ins Haus schlüpfte, drehte sie sich plötzlich noch einmal um und schaute zu uns herüber. Ich hatte das Gefühl, dass sie mich direkt über die Straße hinweg ansah, und mir blieb das Herz stehen.

Im nächsten Moment war sie im Haus verschwunden.

«Ich sag dir jetzt mal was, André. Wir können froh sein, dass man uns nicht erwischt hat.» Wir befanden uns auf der Rückfahrt nach Paris. Adam setzte den Blinker und bog von der Landstraße ab auf die A 14. «Ich meine – wie peinlich wäre das gewesen? Der eifersüchtige Mann stürzt mit seinem Freund beim Spionieren von der Zinkbadewanne. Was für ein Witz! Eine absolut grauenvolle Vorstellung. Aurélie würde dich nie mehr ernst nehmen.»

«Na, so ganz unschuldig ist sie ja wohl nicht. Du hast selbst gesagt, dass die Situation in der Küche auf dich verfänglich wirkte. Diesem Koch traue ich nicht über den Weg. Und warum hat sie nicht mit allen anderen das Restaurant verlassen? Das ist doch sehr verdächtig.»

«Andererseits ist sie ins Hotel zurückgegangen. *Ohne* den Koch», überlegte Adam.

«Ja, warum wohl! Weil wir sie gestört haben.» Ich verzog das Gesicht und betastete stöhnend meinen Knöchel. «Verdammter Mist, ich hoffe, der ist nicht gebrochen.»

«Dann hättest du gar nicht mehr auftreten können», stellte Adam fachmännisch fest. «Das wird schon. Du musst einen Wickel mit Retterspitz machen, dann ist das morgen wieder gut.»

«Ach, bist du jetzt auch noch ein verdammter Arzt, oder was?»

«Die Strafe folgt eben auf dem Fuß – sozusagen, hahaha.» Adam fing an zu lachen und konnte sich gar nicht mehr beruhigen. «Wie wir da in die Büsche gehumpelt sind ... wirklich zu komisch.»

«Ja, komisch, komisch», sagte ich. «Für einen guten Witz würdest du deine Großmutter verkaufen, was?»

«Auf jeden Fall», erklärte Adam. «Es gibt sowieso zu wenig zu lachen. Und jetzt hör mir mal gut zu, mein Freund.» Er wurde wieder ernst. «Aurélie darf niemals erfahren, dass du in Vétheuil warst, *niemals* ... hast du das verstanden?»

«Aber ich möchte sie stellen, diese Verräterin.»

«Du weißt nicht, ob sie eine Verräterin ist. Aber eins ist sicher: Wenn du ihr das erzählst, machst du dich total lächerlich, und der Koch gewinnt an Land. Glaub mir, André – Männer, die sich aus Liebe zum Narren machen, sind nur im Kino attraktiv. Im wirklichen Leben sind das immer die Verlierer. Frauen wollen einen souveränen Mann. Einen Mann, der mit jeder Situation klarkommt.»

«Du kannst vielleicht reden.»

«Das ist mein Job. Ich bin Literaturagent. Aber du kannst schreiben, André. Du bist ein Bestsellerautor!»

«Ja, ja, geschenkt.»

«Du darfst dich nicht unnötig klein machen.»

«Pah!»

«Die Frauen bewundern dich.»

«Hmm ...»

«Hör mal, du wirst dich doch nicht von so einem Omelettepanscher austricksen lassen.»

«Niemals!» Ich merkte, wie ich wieder die Wut bekam. «Du hast vollkommen recht, Adam. Ich werde ihr einfach sagen, dass sie sich entscheiden soll: zwischen diesem Dunstabzugshaubenkönig, der sie am liebsten gleich in seiner Küche vernascht hätte, oder mir, einem Poeten, der sie wahrhaft liebt.»

«Nein, das wirst du nicht, Idiot. Dann nimmt sie gleich Reißaus. Du musst cool bleiben, André. *Cool!* Kennst du die Bedeutung dieses Wortes?» Adam starrte konzentriert auf die Autobahn, die uns in die Peripherie von Paris führte. «Außerdem warst du nie in Vétheuil. Sag es!»

«Ich war nie Vétheuil», wiederholte ich mechanisch. «Aber trotzdem könnte ich doch sagen ...»

«Nein. Verkneif es dir! Du machst ihr keine Szene, kapiert? Willst du dein Glück für einen kurzen Moment der Rache aufs Spiel setzen? Halt die Füße erst mal still.»

Ich seufzte. «Na schön.» Ich starrte nach unten. «Das fällt mir nicht schwer, ich kann ja eh kaum laufen. Und was sage ich wegen des Knöchels?»

«Da fällt uns schon eine schöne Geschichte ein.»

Als wir in Paris ankamen, waren wir übereingekommen, dass ich erstens nie in Vétheuil gewesen war, zweitens im Bad unglücklich ausgerutscht war und mutterseelenallein und mit schmerzendem Knöchel in der Wohnung herumgelegen hätte und dass mir drittens mein hässlicher Auftritt am Freitag sehr leidtat.

Wir kühlten meinen Fuß, der sich nach einer Weile schon wieder viel besser anfühlte. Gleichwohl holte mir Adam die alten Krücken, die noch hinten im Kleiderschrank standen, weil ich mir vor drei Jahren tatsächlich mal beim Joggen einen Bänderriss zugezogen hatte.

«Du kannst die Sache mit dem Fuß ruhig ein bisschen dramatisieren. Lass deine Phantasie spielen. Du kannst ihr das Blaue vom Himmel erzählen. Nur, was unseren Ausflug nach Vétheuil angeht ...» Er machte das Reißverschlusszeichen vor seinem Mund und hielt mir die Krücken hin.

«Na, du machst mir Spaß. Nichts davon ist wahr.»

«Was heißt schon wahr? Das Wichtige ist, dass die Geschichte stimmt», sagte er und zwinkerte mir zu. «Du weißt doch, was ich immer sage: *Never let the truth come between a good story.*»

14

Es dämmerte bereits, als ich am Sonntag die Landstraße Richtung Mantes-la-Jolie entlangfuhr. Der Kochkurs war vorbei, und ich war auf dem Weg zurück nach Paris. Als ich das kleine Waldstück passierte, musste ich kurz daran denken, wie mein Wagen hier vor zwei Wochen im strömenden Regen stehen geblieben war. Doch nun schnurrte der Motor des Renaults ganz gleichmäßig, und ich lehnte entspannt den Kopf gegen die Rücklehne, während die Wälder und Wiesen zu beiden Seiten der Straße sich mehr und mehr in der Dunkelheit verloren. Bald sah ich nur noch das einsame Band des Asphalts im Licht der Scheinwerfer vor mir. Ich fuhr nicht besonders schnell und suchte mir im Radio einen Klassiksender. Und während ich zu den Klängen von Chopins *Nocturnes* durch die Dunkelheit glitt und mich Paris Kilometer um Kilometer näherte, schweiften meine Gedanken zurück nach Vétheuil. Wie anders war dieses Wochenende gewesen – so heiter und frühlingshaft und voller unterschiedlicher Eindrücke, die meine dumme Auseinandersetzung mit André bald in den Hintergrund geraten ließen.

Ich hatte viel gelernt an diesem Wochenende – über Marronniers inspirierende Küche, über Claude Monet und die Gärten von Giverny und auch über mich selbst. Das kleine Zimmer, das ich am Freitagabend im *Escale chez un Impressionniste* bezogen hatte, war hübsch und komfortabel, über dem Bett hing ein Kunstdruck von Monet. Auch die Teilnehmer waren nett und aufgeschlossen, die Terrasse des Manoirs mit Blick auf den blühenden Kirschgarten, wo wir in den Pausen gesessen hatten, ein Traum. Der Kochkurs hatte viel Spaß gemacht, ebenso wie das anschließende gemeinsame Essen im Restaurant, wo bei Kerzenschein und Champagner alle Köstlichkeiten aufgetischt wurden, die wir zusammen gekocht hatten. Die lange weiß gedeckte Tafel mit dem gelb-blauen Porzellan, die im Restaurant aufgebaut war, bog sich nur so unter den Speisen. Jean-Marie Marronnier hatte Stil, das musste man ihm lassen, und nachdem wir uns alle umgezogen hatten und zum Abendessen erschienen waren, nahmen wir unter vielen Aaahs und Ooohs unseren Platz bei Tisch ein.

Während ich jetzt die Landstraße entlangfuhr, ließ ich die herrlichen Gerichte noch einmal Revue passieren, die mir allein bei dem Gedanken wieder das Wasser im Munde zusammenlaufen ließen.

Gebratene *Coquilles Saint-Jacques* wurden zu einer *Potage aux pommes de terre* gereicht, und auf der Kartoffelrahmsuppe schwamm grüne Kresse, die dem Gericht einen Hauch von Schärfe verlieh. Auch eine feine *Potage Germiny*, eine Sauerampfersuppe, stand in einer hübschen Terrine auf dem Tisch, daneben *Oignons blancs farcis*, weiße Zwiebeln, gefüllt mit einer schmackhaften Farce aus Huhn mit Schnittlauch und geriebenem Gruyère, *Bécasse rôtie*, gebratene Schnepfe, ein Gericht, das Claude Monet sich angeblich immer zum Geburtstag hatte servieren lassen, nachdem die Tiere frisch erlegt worden waren, und das ich noch nie zuvor gegessen hatte, weil es inzwischen etwas aus der Mode gekommen war. Es gab *Chevreuil aux fruits d'églantine*, einen Rehbraten mit Hagebuttenmark, der mindestens so gut mundete wie der mit den Kirschen oder dem im Ofen gebratenen Hühnchen mit frischem Estragon und Basilikum, das eine echte Offenbarung war. Für die Desserts hatte der Sternekoch unter anderem eine wunderbare Aprikosen-Charlotte ausgewählt, und auch der berühmte *Vert-Vert*, ein grüner Kuchen mit Pistaziencreme, der durch ausgedrückte Spinatblätter seine intensive Färbung erhielt und im Hause Monet als Spezialität galt, durfte nicht fehlen. Ich selbst hatte mich bei den Desserts an die *Îles flottantes* gemacht, einen Nachttisch, vor dem ich immer zurückgescheut war, aber unter Marronniers Anleitung, der mir noch den einen oder anderen Kniff verriet, wie man die in Vanillesoße schwimmenden zuckrigen Inselchen aus geschlagenem Eiweiß am besten hinbekam, gelangen mir diese so gut, dass mein Tischnachbar meinte, sie schmeckten wie ein Stück vom Paradies.

Es war lange her gewesen, dass ich einem so munteren und zugleich prachtvollen Abend beigewohnt hatte. Man wähnte sich in einer Zeit, in der es weder Fernsehen noch Smartphone gab – Marronnier hatte ausdrücklich darum gebeten, dass die Mobiltelefone im Hotel bleiben sollten –, während ein ganzes Füllhorn an schönen Dingen über uns ausgeschüttet wurde. Die wunderbaren Speisen fanden ihre Entsprechung in erlesenen Weinen, die mit Bedacht vom Küchenchef ausgesucht worden waren, und als der Abend sich dem Ende zuneigte und auch ich mich, wie die anderen Gäste, vom Tisch erhob, merkte ich, dass der Alkohol mir ein wenig zu Kopf gestiegen war. Ich fand meine Tasche nicht mehr, und während die Gruppe schon dem Ausgang zustrebte, suchte ich vor mich hin murmelnd erst im Restaurant danach, und später, als Marronnier wieder zurückkam, gingen wir in die Küche und suchten dort weiter.

«Wo kann sie denn nur sein, eben hatte ich sie doch noch. So ein Ding löst sich doch nicht einfach in Luft auf», sagte ich mehr zu mir selbst und kicherte. Während ich beschwipst durch die Küche ging, hierhin und dorthin schaute und mich über den beeindruckenden Abend ausließ – «Das war wirklich *très impressionnant*, ein wahres Fest der Sinne, ich verbeuge mich vor dem großen *Maître*» –, hatte Marronnier Position am Fenster bezogen und schaute mir schmunzelnd zu. Er stand mit dem Rücken zur Fensterbank und beobachtete mich schweigend. Schließlich erinnerte ich mich verschwommen, dass ich die Tasche auf der Anrichte an der Türe abgelegt hatte. Während des Abendessens hatte ich auf dem Weg zu den Toiletten noch einmal in der Küche vorbeigeschaut und mich von dem Sous-Chef in ein Gespräch verwickeln lassen. Corday schien nicht besonders begeistert, mich schon wieder im Manoir zu sehen.

«Na, Mademoiselle Bredin? Üben Sie etwa schon für Ihre neue Position?», hatte er mich giftig gefragt. Erstaunt hatte ich meinen Lederbeutel auf der Anrichte abgestellt und «Was reden Sie da für einen Unsinn, Monsieur Corday?» gesagt.

«Ist es Unsinn?», hatte er entgegnet und mich dann einfach stehenlassen. Ich war ihm gefolgt, und nach dem anschließenden kurzen Schlagabtausch, der mit den Worten endete, dass ich mich besser vor Marronnier in Acht nehmen solle, der einen ganz miesen Charakter hätte, und dass nicht alles Gold sei, was glänze, hatte ich die Tasche dann wohl stehenlassen. Offenbar hatte Corday uns damals im Flur belauscht und fürchtete nun um seine Stelle. Doch ob das ständige Polemisieren gegen seinen Chef die richtige Strategie war, erschien mir fraglich und wenig intelligent, und das hatte ich ihm am Ende auch gesagt.

Noch einmal ging ich jetzt die Anrichte entlang, und dann entdeckte ich meinen Lederbeutel, den jemand offenbar daruntergeschoben hatte. Ein paar Dinge waren herausgefallen, und ich klaubte leise schimpfend alles zusammen und richtete mich auf.

«So, jetzt habe ich alles», erklärte ich. «Das ist der

Nachteil an diesen Beuteln – man findet nie etwas darin, aber es fällt leicht etwas heraus. Trotzdem liebe ich diese Tasche.»

Marronnier lächelte. Erst jetzt fiel mir auf, dass er schon eine ganze Weile nichts mehr gesagt hatte.

«Ihr Sous-Chef hat mich übrigens vor Ihnen gewarnt. Er denkt, Sie hätten einen ganz miesen Charakter.» Ich lachte.

«Und was denken Sie?», fragte Marronnier und sah mich aufmerksam an.

«Ich glaube ihm kein Wort.» Ich strich mir eine Haarsträhne aus der Stirn. «Mich mag er übrigens auch nicht. Er glaubt, ich bin scharf auf seine Stelle.»

Marronnier lächelte schweigend und neigte den Kopf ein wenig zur Seite. Mit einem Mal wurde ich mir des Umstands bewusst, dass wir ganz allein in der Küche waren. Draußen vor den Fenstern war es dunkel und still. Wir standen da wie in einem kleinen Raumschiff, das uns durch das All trug, und ich fühlte mich seltsam unwirklich zwischen all den glänzenden Kupferpfannen und Töpfen, über die sich plötzlich eine leise Befangenheit gelegt hatte. Ich gab mir einen Ruck.

«*Bon*, also noch mal danke für diesen überaus inspirierenden Abend. Das Essen war unglaublich, und ich habe tatsächlich noch einiges gelernt.» Ich hängte mir den Lederbeutel über die Schulter. «Dann mache ich mich jetzt auch mal auf den Weg ins Hotel.»

«Man lernt nie aus.» Marronnier lächelte wieder so seltsam, und ich merkte, wie mir ein bisschen mulmig wurde. «Kann ich Sie noch zu einem Gläschen *Punch* überreden, Mademoiselle Bredin?»

«Danke, aber nein. Es ist schon spät, und ich muss ins Bett ... Beim nächsten Mal vielleicht.»

«Gibt es denn ein nächstes Mal?» Marronnier stieß sich vom Fensterbrett ab und blickte versonnen. «Nun gut – erlauben Sie mir wenigstens, dass ich Sie begleite. Ich möchte Sie ungern allein durch die Dunkelheit gehen lassen.»

«Aber es sind doch nur ein paar Schritte, Monsieur Marronnier. Was soll mir hier schon passieren – *am Ende der Welt?*», entgegnete ich.

«Ich wüsste da einiges, was am Ende der Welt passieren kann.» Er sah mich bedeutungsvoll an. «Sie sind eine großartige Köchin. Und, wenn ich das so sagen darf, eine wunderbare Frau. Möchten Sie es sich nicht doch noch mal überlegen?»

«Was ... meinen Sie?» Mein Herz klopfte. «Ich habe meine Meinung, was das Restaurant angeht, nicht geändert.»

«Davon rede ich auch nicht. Obwohl ich Sie gerne als Sous-Chefin hier bei mir sähe. Ihre Anwesenheit ist immer eine Bereicherung, Mademoiselle Bredin. Und ich könnte mir ... vieles vorstellen. Das wissen Sie ...»

«Ja, ich weiß ...», unterbrach ich ihn hastig. Für einen kurzen Moment tauchte Andrés Lockenschopf vor meinem inneren Auge auf. «Aber ich habe zu Hause so einen eifersüchtigen Dummkopf sitzen, der sich sowieso schon alles Mögliche ausmalt und an dem ich ... irgendwie … sehr hänge … und deswegen …» Ich zuckte die Achseln.

Ohne ein Wort trat Marronnier näher und umfasste meine Schultern mit sanftem Druck. Er sah mich eindringlich an, und ich fühlte mich wie hypnotisiert von seinem Blick. Er hatte wirklich sehr schöne blaue Augen. Die ganze Welt trat plötzlich zurück, es gab nur noch seinen Blick, der auf mir ruhte, der mich verwirrte, und ich spürte, dass diesem Blick im nächsten Augenblick ein Kuss folgen würde. Ich war kurz davor, den Kopf an seine Schulter sinken zu lassen, als mein Blick auf das Fenster fiel. Für einen Moment glaubte ich, ein mir bekanntes Gesicht hinter der Scheibe zu sehen, das sofort wieder verschwand.

Plötzlich war ich hellwach.

In diesem Augenblick zerriss ein ohrenbetäubendes Scheppern die Stille. Dann hörte man einen dumpfen Aufschlag und ein lautes Stöhnen.

Aufgeschreckt stoben wir auseinander.

«Himmel, was war denn das?», flüsterte ich.

Marronnier riss das Fenster auf und starrte in die Dunkelheit. «Hallo? Ist da jemand?», rief er. Er wartete einen Moment. «Hallo?», rief er wieder, doch niemand antwortete.

Wir hörten ein schleifendes Geräusch und ein unterdrücktes Jammern, und dann sahen wir, wie zwei Gestalten wegrannten, die in den Büschen vor dem Manoir verschwanden. Sekunden später hörte man den Motor eines Autos, das eilig wegfuhr.

«So was! Meine Güte, habe ich mich erschreckt!», sagte ich.

«Ob das Einbrecher waren?» Marronnier schien beunruhigt. Er schaute nach unten und entdeckte die umgefallene Zinkwanne unter dem Fenster. «Also, wenn das Diebe waren, waren sie jedenfalls nicht besonders schlau», meinte er verwundert. «Man bricht doch nicht gerade dort ein, wo noch Licht brennt. Das sieht mir eher nach einem Streich aus.» Kopfschüttelnd schloss er das Fenster wieder.

«Vielleicht war es Corday?», mutmaßte ich.

«Aber warum? Der hat doch einen Schlüssel.»

Wir sahen uns ratlos an.

Das Raumschiff hatte wieder Kurs auf die Erde genommen, mit einem Mal war der Zauber gebrochen, und ich wollte eigentlich nur noch so schnell wie möglich in mein Hotel zurück.

Marronnier ließ sich nicht davon abbringen, mich zu begleiten. Wir gingen die menschenleere Straße nebeneinanderher und rätselten noch eine Weile, wer wohl versucht haben mochte, sich Einlass ins Manoir zu verschaffen. Dann wünschte er mir eine Gute Nacht, und als ich durch die Tür des ehemaligen Wohnhauses von Monet schlüpfte und mich noch einmal umdrehte, hatte ich plötzlich das Gefühl, dass mich jemand beobachtete.

Einigermaßen aufgewühlt ging ich zu Bett. Was für ein merkwürdiger Abschluss nach diesem wunderbaren Abend. Während ich versuchte, einzuschlafen, überlegte ich, woher ich das Gesicht hinter der Scheibe kannte, das wie eine Erscheinung aufgetaucht und sofort wieder verschwunden war. Und dann wusste ich plötzlich, an wen es mich erinnerte – an Adam Goldberg, Andrés alten Freund. Doch das war völlig unmöglich. Was sollte ein Literaturagent aus London hier in Vétheuil?

Je mehr ich mich Paris näherte, desto dichter wurde der Verkehr. Scheinwerfer blendeten mich, als ich jetzt die erleuchtete Place de la Concorde überquerte, in deren Mitte der Obelisk aufragte, den Napoleon einst von seinem Feldzug aus Ägypten mitgebracht hatte. Ich sah in den Rückspiegel und wechselte die Spur. Es war kurz vor acht, und eigentlich hätte ich schon viel eher zurück sein können. Der Kochkurs hatte am Sonntagmittag mit einem gemeinsamen Imbiss geendet. Der Vormittag stand im Zeichen von Suppen und Omelettes, Tartes und Kuchen. Ich hatte einen kleinen *Gâteau à l'orange* mit Mandeln für zu Hause abgezweigt, für Andrés Geburtstag. Mit leicht schlechtem Gewissen dachte ich jetzt an seine SMS, die er mir am Nachmittag geschickt hatte, aber da hatte ich schon in Marronniers weißem Citroën gesessen und war unterwegs nach Giverny gewesen.

André hatte es das ganze Wochenende nicht für nötig gehalten, sich bei mir zu melden, und das, nachdem er diesen völlig absurden Streit vom Zaun gebrochen hatte. Nun schrieb er, es täte ihm leid, er hoffe, der Kochkurs sei interessant gewesen, und dass er in der Rue des Beaux-Arts auf mich warten würde. *Lass dir ruhig Zeit, ich bin ja da*, schrieb er, und da wusste ich, dass es ihm wirklich leidtat. Ich antwortete kurz, dass ich erst abends zurück sein würde und dann gleich in seine Wohnung käme.

Nachdem der Kochkurs am späten Mittag zu Ende war und wir noch draußen auf der Terrasse bei einem Kaffee saßen, hatte Marronnier mir nämlich einen unwiderstehlichen Vorschlag gemacht: ob ich Lust hätte, noch eine Privatführung durch die berühmten Monet-Gärten zu machen? Diese seien wegen Malerarbeiten ein paar Tage geschlossen, aber der Verwalter, ein Freund von ihm, habe ihm für den Sonntag den Schlüssel überlassen, und so hätten wir die einmalige Gelegenheit, ohne die üblichen Horden von Touristen durch den wundervollen Garten des Malers in Giverny spazieren zu können.

Marronnier hatte kein Wort mehr über den Samstagabend verloren, und ich tat es auch nicht. Ich blickte in die blühenden Kirschbäume, die bis zum Ufer der Seine reichten, und seufzte.

«Das klingt wundervoll, aber eigentlich muss ich nach Hause.»

«Zu dem eifersüchtigen Dummkopf, an dem Sie so hängen?»

Ich lächelte. «Das haben Sie sich aber gut gemerkt, Monsieur Marronnier.»

«Wie sollte ich nicht – dieser Mann ist beneidenswert.»

Er flachste herum und brachte mich zum Lachen.

«Ach, kommen Sie, Mademoiselle Bredin. Es ist nur ein Katzensprung von hier, und wir könnten mit meinem Wagen fahren. Dann sind wir auf der sicheren Seite. So eine Gelegenheit kommt nie wieder.»

Ich überlegte, während ich meinen Kaffee austrank. Schon seit Jahren hatte ich einmal nach Giverny fahren wollen, um mir die Gärten mit den berühmten *Nymphéas* und der hübschen Japanischen Brücke anzuschauen, die auf so vielen Bildern von Monet zu sehen waren. Der Garten, den der Maler über die Jahre angelegt hatte, musste ein wahres Wunderwerk sein. Doch der Andrang, der dort immer herrschte, hatte mich bisher davon abgehalten, dieses kleine Paradies zu besichtigen. Marronniers Vorschlag war verlockend, und was waren schon drei Stunden mehr oder weniger – das würde André nicht umbringen.

Ich wandte den Kopf und sah den Koch entschlossen an. «Sie haben recht. So eine Gelegenheit ist einmalig. Wissen Sie was? Ich nehme Ihr Angebot an. Allerdings ...»

«Allerdings ...?»

«Müssen Sie mir versprechen, dass Sie die Situation nicht ausnutzen werden, Monsieur Marronnier.»

Er schaute mich freimütig an. «Sie haben mein Wort. Auch wenn mir dieses Versprechen nicht leichtfällt. Aber gut. Sie bestimmen die Regeln. Und ich bin ein Mann, der sich durchaus zu benehmen weiß. Gehen wir einfach durch die Gärten als zwei Menschen, die die Schönheit lieben. Aber einhaken darf ich mich schon bei Ihnen, oder? In aller Freundschaft.»

Ich setzte den Blinker und bog in Richtung Saint-Germain ab. Die Glaspyramide, die am Eingang des *Musée du Louvre* hell erstrahlte und in der Dunkelheit etwas nahezu Magisches bekam, verzauberte mich jedes Mal aufs Neue, wenn ich hier vorbeikam. Sekunden später fuhr ich durch den Torbogen des Louvre, der weich und golden schimmerte, und überquerte die Seine.

Meine Gedanken richteten sich auf André, der in seiner Wohnung auf mich wartete und morgen Geburtstag hatte. Obwohl er immer behauptete, er mache sich nicht viel aus Geburtstagen, war ich doch froh, dass ich ein so passendes Geschenk für ihn gefunden hatte. Die kleine längliche Schachtel, die jetzt in meinem Lederbeutel steckte, würde meinen eifersüchtigen Lieblingsautor sicher freuen.

Auch wenn André manchmal übers Ziel hinausschoss, so ganz falsch hatte er mit seinen Vermutungen nicht gelegen. Marronnier war ein faszinierender Mann, nicht nur wegen seiner Küche, aber auch. Es machte einfach Spaß, sich mit ihm über das Kochen auszutauschen. Und dass sein Interesse an mir über das rein Berufliche hätte hinausgehen können, war mir inzwischen auch klar. Aber schließlich war ja nichts passiert. Ein kleiner Flirt und ein Beinahe-Kuss. Und ein wundervoller Spaziergang durch Monets Gärten, den ich nicht bereute. Nur zu gerne hätte ich André davon erzählt und meine Eindrücke mit ihm geteilt, aber ich fürchtete, dass der kleine Ausflug nach Giverny unerwähnt bleiben musste. Er hätte seinem Misstrauen nur wieder neue Nahrung gegeben.

Jean-Marie Marronnier hatte sich nicht nur als kundiger Privatführer, sondern auch als vollendeter Gentleman erwiesen. Und die Gärten übertrafen wirklich alle meine Erwartungen.

Als Marronnier das Tor aufschloss und wir in die parkähnliche Anlage traten, wo jetzt im Frühling die Kapuzinerkresse alles überwucherte, holte ich tief Luft und nahm den Anblick der duftenden Blumen und der blühenden Bäume mit allen Sinnen in mich auf. Wohin man auch schaute – überall diese verschwenderische Pracht der Blüten und Farben. Der Garten war riesig, und obwohl er sicher nach einer bestimmten Ordnung angelegt war – mit all den Blumenbeeten und Rosenspalieren –, hatte er dennoch etwas ganz Verwunschenes, Wildes und Ursprüngliches, dessen Zauber man sofort erlag. Vor allem, wenn man das unglaubliche Privileg genoss, allein hier zu sein. Wir schlenderten die kleinen verschlungenen Wege entlang, und Marronnier zeigte mir das langgestreckte rosafarbene Wohnhaus mit den hohen Fenstern und den grünen Schlagläden, und ich bestaunte die leuchtend grüne Holzveranda, an der Blumen und Kletterpflanzen emporrankten. Hier hatte Monet bis zum Schluss mit seiner zweiten Frau Alice gelebt, die im Ruf stand, nicht nur eine gute Gastgeberin, sondern auch eine hervorragende Köchin gewesen zu sein. Hier waren Freunde aus Paris zu Besuch gekommen, Hochzeiten gefeiert worden, und man hatte draußen im Garten unter Apfelbäumen gefrühstückt. Das Haus und der Garten waren eine unendliche Quelle der Inspiration für Monet gewesen, der zudem immer gerne und gut gegessen hatte und seine Gäste am liebsten an der langen Tafel in der großen Küche mit den blauen Kacheln und dem riesigen gusseisernen Herd versammelte. Nur zu besonderen Gelegenheiten wurde der gelbe Salon benutzt. Der Maler hatte sich in einem kleinen Dorf eine ganze Welt erschaffen. Das Leben auf dem Land war friedvoll, und doch entbehrte es nicht der Abwechslung.

«So eine Existenz nenne ich ideal», hatte Marronnier erklärt, der wohl immer noch davon träumte, einmal ganz nach Vétheuil zu ziehen.

Er erzählte und erzählte, und während wir in der späten Nachmittagssonne den Seerosenteich umrundeten, machte er mich immer wieder auf Details aufmerksam und berichtete lustige und berührende Dinge aus dem Leben Claude Monets. Als wir schließlich nebeneinander auf der Japanischen Brücke standen, von der ich jetzt wusste, dass man ihre leuchtende Farbe als «Veronese-Grün» bezeichnete, hatte Marronnier plötzlich einen Satz zitiert, der die Stimmung dieses frühlingshaften Tages perfekt zusammenzufassen schien.

«Alles ist Bewegung. Luft. Licht. Sonne. Die Wolken ziehen, der Fluss fließt, die Bäume schwanken, die Luft zittert. Alles ist unaufhaltsam ...»

Ich schwieg beeindruckt. Genau so war es. Ich schaute über das Wasser, auf dem die Seerosen trieben und ein alter Kahn sanft schaukelte. Ich sah das Licht, das sich spiegelte, und die unvorstellbar vielen Grüntöne, die sich rund um den kleinen See in Schilf und Büschen und Pflanzen zeigten. Die bunten Blumen, die wie hingetupft aus all dem Grün hervorleuchteten, die Bäume, deren Äste sanft schaukelten, der lichte Himmel, das erwartungsvolle Flirren, das in der Luft lag.

«Das haben Sie schön gesagt, Monsieur Marronnier.»

Er hatte gelacht. «Ich möchte mich nicht mit fremden Federn schmücken. Das hat ein klügerer Mensch als ich gesagt, irgend so ein Kunstsammler. Aber wenn Sie wieder einmal vor einem Gemälde von Monet stehen, denken Sie an diese Worte. Denn das ist der Impressionismus.»

Als ich wenig später in der Rue des Beaux-Arts einen Parkplatz gefunden hatte und an Andrés Wohnungstür klingelte, erwartete mich zu meiner Überraschung ein Held der Tapferkeit, der mir auf Krücken und mit schmerzverzerrtem Gesicht entgegenhumpelte.

«Ach, du meine Güte, was hast du denn gemacht?», fragte ich entgeistert. All mein Ärger war verflogen, und ich schloss André zärtlich in die Arme.

«Vorsicht», sagte er. «Wie schön, dich zu sehen, Aurélie.»

Er humpelte ins Wohnzimmer voran und ließ sich stöhnend auf das große Sofa fallen. Dann erzählte er mir, dass er gleich nach meiner überstürzten Abreise im Bad ausgerutscht sei.

«Es war schrecklich. Ich war noch so aufgewühlt und habe nicht aufgepasst», erklärte er mir. «Ich habe nicht bemerkt, dass die Bladematte an einer Ecke umgeschlagen war, und bin ins Stolpern geraten und dann ganz unglücklich gestürzt. Ich lag da und konnte eine Weile erst gar nicht aufstehen, so weh hat es getan.»

«Oh, mein Gott, das ist ja furchtbar!» Eine Woge des Mitgefühls erfasste mich. «Warum hast du denn nicht mal angerufen?»

«Ich wollte dich doch nicht stören bei deinem Kochkurs», erklärte er treuherzig und legte seine Krücken beiseite. «Ich wusste ja, wie wichtig dir die Sache ist. Und außerdem hatten wir diesen dummen Streit. Ich hab mich total mies gefühlt.»

«Aber, André. Wenn so etwas ist, kannst du mich doch immer anrufen», sagte ich einigermaßen bestürzt.

«Ich war hier ganz allein.» Er sah mich aus waidwunden Augen an. «Aber jetzt bist du ja da.» Er schien wahnsinnig erleichtert.

«Ja, jetzt bin ich da», wiederholte ich betroffen. Ich setzte mich zu ihm, strich ihm über das Haar und dachte mit schlechtem Gewissen daran, dass ich den halben Sonntag mit Jean-Marie Marronnier in Giverny verbracht hatte.

«Woran denkst du?», wollte André wissen.

«Es tut mir leid, dass ich erst so spät gekommen bin.» Von Giverny konnte ich nun wirklich nichts erzählen.

«Na ja, du musstest ja erst mal deinen Kurs zu Ende machen. Ich hoffe, das Wochenende hat sich gelohnt.»

«Auf jeden Fall», sagte ich. «Und ich habe dir auch etwas mitgebracht, aber das gibt es erst später.» Ich beugte mich zu ihm und küsste ihn auf den Mund. «Hast du überhaupt schon etwas gegessen, mein armer Liebling?»

«Nein, ehrlich gesagt, bin ich am Verhungern. Sich mit Krücken etwas zuzubereiten, ist gar nicht so einfach.»

«Oje, soll ich uns rasch etwas machen?», fragte ich.

«Ach, das wäre wundervoll, *chérie*», seufzte er dankbar. Wohlig streckte er sich auf dem Sofa aus. «Eine Kleinigkeit würde mir schon reichen. Vielleicht eine Omelette mit Schinken? Die machst du doch so gut. Und ein bisschen Feldsalat dazu? Mit der Kartoffelvinaigrette?»

Ich lachte in mich hinein und verschwand in die Küche. Der Patient erholte sich schnell. Und so kam es, dass wir nach einer leichten Mahlzeit und einer Flasche Rotwein, die wir uns brüderlich teilten, zusammen ins Bett sanken. Ich erzählte André von all den guten Sachen, die wir in Marronniers Küche gekocht hatten, und versprach, das eine oder andere Gericht auch einmal für ihn zuzubereiten.

André hörte sich alles geduldig an, fragte aber nicht groß nach dem Koch oder den anderen Teilnehmern.

«Und dann ist noch was Merkwürdiges passiert», schloss ich meinen Bericht.

Er stützte sich auf. «Ach ja? Was denn?»

«Jemand hat wohl versucht, im Manoir einzubrechen. Glücklicherweise waren wir noch in der Küche, weil ich meine Handtasche dort vergessen hatte und eine Weile herumgesucht habe. Die Einbrecher sind bei dem

Versuch, an der Fassade hochzuklettern, abgestürzt und gleich geflüchtet. Wir haben nur noch gesehen, wie sie wegrannten.»

«Ist nicht wahr?» André zog die Augenbrauen hoch. «Vétheuil scheint ja ein richtig gefährlicher Ort zu sein. Aber was sollte man denn in dem Restaurant stehlen? Das Tafelsilber?» Er überlegte. «Vielleicht wollte sich jemand den falschen Monet schnappen», meinte er dann.

«Oh ja, genau», sagte ich. «Daran hatte ich überhaupt noch nicht gedacht. Aber es ist ja möglicherweise ein echter Monet.»

André grinste. «Was ist schon echt auf dieser Welt?» Er ließ sich ins Kissen sinken und zog mich zu sich hinunter. «Außer uns beiden natürlich.»

Und so kam es, dass wir in dieser Nacht nicht nur Andrés Geburtstag feierten, sondern auch unsere Versöhnung. Wir aßen zusammen den kleinen Orangenkuchen und pickten lachend die Krümel von der Bettdecke, wir küssten uns und konnten nicht genug voneinander bekommen, und als André kurz nach Mitternacht mein Geschenk auspackte und die Schachtel öffnete, in der sich ein edler dunkelgrüner Waterman-Füller befand, sah er mich gerührt an.

«Für meinen Lieblingsautor», sagte ich. «*Bon anniversaire, chéri!*»

Unsere Liebesnacht hatte den Patienten offenbar so beflügelt, dass er am nächsten Morgen seine Krücken kaum noch benötigte. Ich wunderte mich ein wenig über diese Spontanheilung und sah ihm lächelnd nach, als er sich leicht humpelnd auf den Weg in den Verlag machte. Wenig später verließ ich selbst das Haus, um den Koffer wegzubringen. Als ich vor meiner Haustür stand, suchte ich in meinem Lederbeutel nach dem Schlüssel, doch ich fand ihn nicht. Das war mir schon öfter passiert, und am Ende hatte sich der Schlüssel doch immer wieder in einem verborgenen Winkel der Tasche gefunden. Schließlich schüttete ich den ganzen Inhalt des Beutels aus, doch der Schlüssel war nicht da. Ich musste ihn in Vétheuil verloren haben, vielleicht, als ich die Tasche in der Küche des Restaurants gefunden und nicht alles vom Boden aufgehoben hatte. Glücklicherweise hatte ich bei meiner Nachbarin einen Ersatzschlüssel hinterlegt. Sie gab ihn mir, und ich konnte in die Wohnung. Später rief ich Marronnier an, und er versprach, nachzuschauen und sich wieder bei mir zu melden.

Doch der Schlüssel war weder im Manoir noch im *Escale chez un Impressionniste*, wo ich übernachtet hatte. Er war unauffindbar.

15

Die Dinge entwickelten sich zum Guten. Ich war bester Laune und wieder mit dem Leben versöhnt.

«Habe ich es dir nicht gesagt», meinte Adam, den ich abends, als Aurélie im Restaurant arbeitete, noch zu einem kleinen Geburtstagsumtrunk im *Vieux Colombier* traf. «Du musst immer nur schön auf deinen alten Freund Adam hören.»

Wir saßen in einer Nische ganz hinten im Café auf einer gemütlichen Lederbank und aßen Landbrot mit überbackenem Gruyère und Schinken, und ich zeigte ihm den Waterman-Füller, den Aurélie mir zum Geburtstag geschenkt hatte. «Für meinen Lieblingsautor, hat sie gesagt.» Ich zwinkerte Adam zu, und er grinste.

«Sie ist wirklich ein Schatz. Ich würde Aurélie auch mal wieder gerne sehen. Vielleicht lässt sich noch ein Termin finden?»

«Zu gefährlich.» Ich trank einen Schluck Wein. «Aurélie weiß nicht, dass du noch in Paris bist. Sie hätte sich sonst sicher gefragt, warum du mir nicht zu Hilfe gekommen bist. Aber wenn du erst mal dein Büro hier bezogen hast, wirst du ja öfter in Paris sein.»

«*I see*», sagte Adam. «Du hast recht, wir sollten etwas Gras über die Sache wachsen lassen. Hat sie irgendetwas erzählt?»

«Ja. Aber sie ahnt nichts», versicherte ich. «Sie denkt, dass es Einbrecher waren. Außerdem habe ich die Sache mit dem Unfall im Bad sehr glaubhaft rübergebracht. Sie hatte ein total schlechtes Gewissen. Und wir hatten einen sehr schönen Abend zusammen.»

«*Very good*», befand Adam. «Dann werde ich ja bald dein *Best Man*, was? Ich liebe Hochzeiten.»

«Könnte gut sein», erwiderte ich und trank mein Glas Wein aus. «Wann fährst du wieder nach London?»

«Ende der Woche», sagte er. «Ich muss noch Papierkram erledigen wegen des neuen Büros.»

Als wir uns verabschiedeten, war die Welt noch in Ordnung. Aurélie und ich hatten unseren kleinen Streit beigelegt. Der verhasste Koch und die nächtliche Fahrt nach Vétheuil schienen Geschichte. Jedenfalls erwähnte Aurélie Jean-Marie Marronnier mit keinem Wort mehr. Und ich tat es natürlich auch nicht, ich war ja schließlich kein Masochist. Das Leben war wie immer. Schön und friedlich. So, wie ich es mochte. Aurélie kochte im *Le Temps des Cerises*, ich machte meine Arbeit im Verlag. Alle Aufregung hatte sich gelegt. Wir besuchten meine Mutter in Neuilly und stießen noch einmal auf meinen Geburtstag an, wir sahen Bernadette und ihren Mann zu einem Mittagessen, bei dem es entspannt und lustig zuging. Artémise Belfond meldete sich wegen der Lesung Ende April und erzählte, dass die Chansonsängerin zugesagt hätte. Aber das waren auch schon die größten Ereignisse. Ich schlief neben Aurélie ein, und wir tranken morgens zusammen aus ihren großen blauen Frühstückstassen unseren Milchkaffee, bevor wir den Tag begannen. Alles war gut, und mein Adrenalinspiegel hatte sich wieder auf Normalmaß abgesenkt.

Doch nur wenige Tage später hing der Haussegen abermals schief.

Als Aurélie am Freitagabend nach Hause kam – ich lag gerade gemütlich auf dem Sofa in ihrer Wohnung, schaute fern und steckte mir ein Stück Baguette in den Mund, das ich mir dick mit Conté belegt hatte –, merkte ich gleich, dass etwas nicht stimmte.

Sie begrüßte mich nur kurz, dann ging sie in der Wohnung hin und her und klapperte laut herum, als sie das Geschirr vom Morgen abspülte. Es klang vorwurfsvoll – und ja, ich hätte es auch machen können, schließlich war ich schon den ganzen Abend da.

Dann kam sie ins Wohnzimmer und setzte sich auf das Sofa mir gegenüber. Sie starrte mich schweigend an.

«Was ist los? Gab's Ärger im Restaurant?» Ich schaltete den Fernseher aus, legte die Fernbedienung zur Seite und schob mir das letzte Stück Baguette in den Mund.

«Nein», sagte sie. «Ärger im Restaurant gab es nicht. Aber wir müssen reden.»

Wir müssen reden? Ich war alarmiert. Wenn eine Frau so etwas zu einem sagte, war das kein gutes Zeichen.

«Wieso müssen wir reden? Was ist denn los?» Ich kaute an meinem Baguette herum.

«Ich habe heute Abend zufällig deinen Freund Adam Goldberg getroffen.»

«Ja ... Und?»

«Hast du mir nicht erzählt, er sei nach der Messe wieder nach London gefahren?»

«Äh ... Ja. Das ist er auch, soweit ich weiß», versicherte ich hastig.

«Nein – das ist er *nicht.*» Ihre Stimme klang eisig. Was hatte Adam ihr nur erzählt? Er würde sich doch nicht verplappert haben? Dazu war er viel zu clever.

«Ach ... ist er nicht?», wiederholte ich und rutschte unbehaglich auf dem Sofa herum.

«Du musst nicht alles wiederholen, was ich sage, André.»

«Nein, das muss ich nicht.» Ich lachte. Meine Verunsicherung wuchs. Was wusste sie? Ahnte sie etwas? «Es ist doch auch völlig egal, ob Adam in Paris ist oder nicht. Ich verstehe überhaupt nicht, worauf du hinauswillst, Aurélie.»

«Ach?», sagte sie nur. Es klang wütend. Sie musterte mich schweigend. «Und Adam war nicht zufälligerweise mit dir in Vétheuil, nein?»

«In Vétheuil?» Vielleicht hatte sie nur eine Vermutung. Adam hätte nie im Leben etwas erzählt. Sie wollte mir vielleicht nur eine Falle stellen. Ich durfte jetzt nicht die Nerven verlieren. «Was redest du da, Aurélie? Was sollte Adam denn in Vétheuil?»

Sie stand auf und verschränkte die Arme.

«Du lügst, wenn du den Mund aufmachst, André. Du kannst einfach nicht anders, ich hätte es wissen müssen.»

Der Rest des Abends war grauenvoll. Für mich war er grauenvoll. Aurélie spießte mich auf mit ihren Vorwürfen. Sie erzählte mir, dass sie an jenem Abend, als sie mit Marronnier in der Küche gestanden hatte, für einen Moment ein Gesicht an der Scheibe gesehen hätte. Es hatte ausgesehen wie das Gesicht meines Freundes. Zunächst hatte sie dies für ein Hirngespinst gehalten, denn Adam war ja in London. Doch als sie ihn dann nur wenige Tage nach dem Vorfall in Paris gesehen hatte, wie er ganz friedlich in der Rue Bonaparte vor der Buchhandlung *Assouline* stand, hatte sie ein komisches Gefühl gehabt. Sie hatte ihn angesprochen, und er hatte ihr zögernd erzählt, dass er noch in Paris sei, weil er hier ein Büro gemietet habe. Er schien verlegen und hatte es plötzlich ganz eilig gehabt, wegzukommen.

«Und dann habe ich ihn gestellt», sagte sie.

Sie hatte Adam auf den Kopf zugesagt, dass sie sein Gesicht gesehen hätte, wie es für einen Moment an der Scheibe des Manoirs klebte. Der Sturz vor dem Fenster, das Gejammer, zwei Gestalten, die in der Dunkelheit wegrannten, und mein verstauchter Knöchel – das waren zu viele Zufälle. Das schien auch Adam so zu sehen, der schließlich eingeknickt war. Dieser Idiot hätte mich ja mal vorwarnen können. Was war das denn für ein Freund?

«Ich lese vielleicht keine schlauen Bücher wie du, André, aber ich bin nicht blöd. Du bist mit deinem ach so cleveren Agenten nach Vétheuil gefahren, um mir hinterherzuspionieren. Das ist echt das Letzte, weißt du? Vertraust du mir denn so wenig?»

«Es war Adams Idee», rief ich verzweifelt.

«Nein, es war nicht Adams Idee. Auf so etwas Idiotisches kannst nur du kommen. Wenn ich mir vorstelle, Marronnier hätte euch entdeckt. Weißt du, wie peinlich das alles ist? Wie alt bist du eigentlich, André?»

«Neununddreißig», antwortete ich wahrheitsgemäß.

«Das weiß ich selbst, du Blödmann!» Sie tobte. «Was hast du als Nächstes vor? Willst du mein Handy durchforsten oder Wanzen in der Wohnung installieren? Nur zu! Und mir dann noch ein schlechtes Gewissen zu machen, dass du Ärmster hier das ganze Wochenende allein mit deinem verstauchten Fuß gesessen hast und vor Schmerzen nicht mehr gehen konntest. Das war eine ganz miese Nummer, André.»

Sie ging ins Schlafzimmer und knallte die Tür hinter sich zu. Einen Moment später riss sie sie wieder auf und warf mir das Bettzeug heraus.

«Ich war verzweifelt, Aurélie», rief ich. «Was sollte ich denn machen? Es tut mir leid.»

«Es tut dir leid? Oh. Mein. Gott! Deine Entschuldigung kannst du dir sparen. Sag einfach nichts mehr, ja?» Abermals fiel die Schlafzimmertür krachend ins Schloss.

Mann, war die sauer! Ich beschloss, dass es wahrscheinlich wirklich besser war, die Nacht im Wohnzimmer zu verbringen, und beäugte misstrauisch das kleine Sofa, das mir für meine Körpergröße eindeutig zu kurz erschien. Als ich später in den Flur ging und auf mein Mobiltelefon schaute, das noch in meiner Jacke steckte, sah ich, dass Adam mehrfach versucht hatte, mich zu erreichen. Er hatte mich warnen wollen, doch mein Handy war auf stumm geschaltet. Pech. Ich hatte seine Anrufe nicht gehört. Und jetzt war es zu spät.

Mit düsterer Miene las ich seine Nachricht.

Aurélie weiß alles. You are in big trouble. Schwenke die weiße Fahne!

Die nächsten Tage waren alles andere als angenehm. Ich nahm mich zurück und schwenkte die weiße Fahne wie verrückt. Ich verkniff mir sogar jedweden Kommentar darüber, dass nach Einschätzung meines englischen Freundes Aurélie und der Küchenchef verdächtig nah beieinander in der Küche gestanden hatten, als wir abstürzten, aber Aurélie war verstimmt. Sie fand meine Aktion lächerlich und ungehörig, vor allem aber störte sie, dass ich zunächst immer noch versucht hatte, alles abzustreiten. Aurélie reagierte sehr ungehalten darauf, wenn sie angelogen wurde. Nun, wer tat das nicht? Schließlich siegte jedoch ihr Humor. Und als sie gerade so weit war, sich an der Vorstellung, wie Adam und ich um das Manoir herumgeschlichen waren, zu ergötzen, und mir grinsend erklärte, dass Marronnier niemals erfahren dürfte, dass ihr eigener Freund hinter dem vermeintlichen Einbruch steckte, tat sich von ganz anderer Seite ein neuer Abgrund auf.

Der Verleger hatte eine Idee.

Als Jean-Paul Monsignac am Ende der Lektoratskonferenz verkündete, er habe da noch eine ganz geniale Idee, und dabei in meine Richtung schaute, dachte ich noch, er hätte zusammen mit Michelle Auteuil etwas ausgekaspert, das mit meinem neuen Roman zu tun hatte. Vielleicht sollte Robert Miller jetzt auch noch in Aurélie Bredins Restaurant eine Lesung abhalten. Das wäre in der Tat eine lustige Idee gewesen, aber darauf war bisher noch keiner gekommen. Doch der Verleger hatte anderes im Sinn.

Er erzählte uns lang und breit, dass ihm neulich bei einem Abendessen, zu dem ein guter Freund ihn und seine Gattin eingeladen hatte, ein brillanter Einfall gekommen sei.

Er beugte sich vor und sah mit seinen klugen blauen Augen in die Runde. «Wir Franzosen sind ein Volk der Literatur, aber …», er legte eine Kunstpause ein und hob den Finger, «wir wissen auch die kulinarischen Genüsse zu schätzen.» Er streichelte sich über seinen Bauch. «Und ich habe mir überlegt, dass es doch dumm wäre, wenn wir uns nicht auch ein Stück vom Kuchen nehmen würden. Sozusagen, hahaha. Auch wir in der *Éditions Opale* könnten erfolgreich Kochbücher herausbringen.»

Die anderen sahen ihn überrascht an.

«Kochbücher?» Michelle Auteuil runzelte die Stirn. Die Idee schien ihr ebenso wenig zu behagen wie mir.

«Ja.» Monsignac lachte. «Nun schauen Sie nicht so kritisch, Madame Auteuil. Ich meine natürlich nicht gewöhnliche Kochbücher. Es muss schon etwas Besonderes sein. Mit schwebt ein Kochbuch vor, wo sich Kultur und Kulinarik treffen. Mit schönen Bildern, Geschichten und Rezepten.» Er wippte begeistert in seinem Stuhl vor und zurück. «Erinnern Sie sich noch an dieses Pasta-Kochbuch von Maria Callas? Das ist phantastisch gelaufen damals.»

«Sie möchten ein Kochbuch mit einer *Sängerin* machen?», fragte Gabrielle Mercier pikiert. «Mit Patricia Kaas vielleicht? Das finde ich wenig authentisch.»

Authentisch war eines der Lieblingswörter von Gabrielle Mercier. Ein Roman musste authentisch sein. Sonst fand er keine Gnade vor ihren anspruchsvollen Lektorinnenaugen.

«So dünn, wie die Callas war, hat sie in ihrem Leben nicht eine einzige Nudel gekocht», erklärte sie vorwurfsvoll. «Geschweige denn, gegessen.»

«Na, und wennschon! Außerdem war das nur ein Beispiel. Lässt man mich vielleicht mal ausreden?» Monsignac wischte ihren Einwurf ungeduldig beiseite. «Ich dachte eher an ein Buch, in dem sich Kunst und Küche verbinden.» Er lehnte sich in seinem Sessel zurück. «Ich habe bei besagtem Essen einen sehr interessanten Mann kennengelernt. Er ist Koch, betreibt ein Feinschmecker-restaurant und hat sich mit Leib und Seele der impressionistischen Epoche verschrieben. Er ist ein großer Bewunderer der Malerei und Lebensart dieser Zeit und hat überdies vor kurzem seinen ersten Stern bekommen. Vorher war er Küchenchef in anderen Sternerestaurants, jetzt macht er sein eigenes Ding und scheint mit seinem Konzept sehr erfolgreich zu sein. Das ist unser Mann.» Er hob beide Hände in einer gebieterischen Geste nach oben. «Und ich habe auch schon den Titel für dieses geniale Buch: *Vivre comme Dieu en France. La bonne table des impressionnistes*. Na ... was halten Sie davon?»

Er schaute wieder in meine Richtung. Die Meinung seines Cheflektors schien ihn zu interessieren, natürlich. Eigentlich hätte ich es da schon wissen müssen. Aber wahrscheinlich wollte ich es gar nicht so genau wissen.

Ich starrte den Verleger mit unguten Gefühlen an. Von Sterneköchen hatte ich erst mal die Nase voll. «Nun ja, dieser Mann scheint ja nicht gerade ein Ducasse zu sein, oder? Nicht mal ein Jamie Oliver. Wer soll das denn kaufen und warum? Wenn es ein personalisiertes Kochbuch sein soll – da wollen die Leute Namen. Und was soll das überhaupt sein – die *impressionistische Küche*? Die wenigsten Maler haben ja wohl selbst gekocht, oder?», merkte ich kritisch an. «Abgesehen davon, dass wir im Kochbuchsegment überhaupt keine Erfahrung haben.»

«Ach, kommen Sie, André, wo bleibt Ihre Phantasie? Denken Sie nicht so in Schubladen. Das ist doch ein ganz tolles Projekt. Überlegen Sie doch mal! Giverny, die Gärten von Monet, das *Frühstück der Ruderer*, Picknick in einem alten Kahn auf der Seine, all die stimmungsvollen Gemälde und dazu die wunderbaren Rezepte und ein paar Anekdoten. Das werden wahre Prachtbände, bei denen sich der Leser schon entspannt, wenn er sie nur durchblättert. Nicht nur der Buchhandel wird diese Bücher lieben, auch die Museumsshops werden sie mit Kusshand nehmen. Es sind eben keine normalen Kochbücher. Es sind, wenn Sie so wollen, *emotionale* Kochbücher, die Geschichten erzählen. Die einen Lebensentwurf zeigen. Die Gemälde lebendig werden lassen. Und mit den Rezepten holt man sich dieses Lebensgefühl nach Hause. Das ist genial, das ist großartig. Ich sehe alles schon genau vor mir.»

Monsignac sah mich an, als hätte er gerade eine Marienerscheinung.

«Emotionale Kochbücher?», sagte ich. «Das ist jetzt ein Witz, oder?» Ich blickte in die Runde in der Hoffnung auf Verbündete.

«Also, ich finde die Idee eigentlich sehr schön», wagte Florence Mirabeau sich vor. «Kochen ist doch immer etwas Emotionales, wenn man es mit Liebe macht. Mir würden gleich drei Leute einfallen, denen ich so ein Kochbuch schenken könnte.»

«Und genau so sollte es auch sein», rief der Verleger begeistert aus.

«Das könnte funktionieren», meinte jetzt auch Michelle Auteuil. «Das wäre originell. Mal was anderes.

Zumindest fällt mir gerade nichts Vergleichbares ein, was es schon auf dem Markt gäbe.» Sie rückte ihre Brille zurecht und fing an, sich Notizen in ihr Filofax zu machen, ein untrügliches Zeichen dafür, dass sie das Projekt interessant fand. «Wie alt ist dieser Koch? Kann man pressemäßig was mit ihm machen?»

«Um die fünfzig, vielleicht etwas jünger. Er wirkt sehr seriös. Ein kultivierter Mann mit erlesenem Geschmack. Eine echte Sahneschnitte, um mal im Bild zu bleiben. Auch sein Restaurant würde einiges hergeben für Fotos. Und wenn das Ganze gut anläuft, könnte man eine Reihe daraus machen.» Monsignac geriet in Fahrt. Er liebte Projekte, aus denen man Reihen machen konnte.

«Aber natürlich müsste jedes dieser Bücher *unique* sein», spann Gabrielle den Faden weiter. Sie schien nicht mehr ganz abgeneigt. Wenn es um Kunst ging, war sie wieder mit im Boot.

Monsignac nickte wohlwollend. «Selbstverständlich.»

Ich sah aus dem Fenster und räusperte mich vernehmlich. Wie es aussah, war ich der Einzige, an dem der Enthusiasmus des Verlegers abprallte. «Das sind ja alles hübsche Ideen», sagte ich. «Nur wird es an der Umsetzung scheitern. Denn wenn ich eines über Köche weiß, dann das: Sie können nicht schreiben.»

«Mag sein, aber das müssen sie ja auch gar nicht. Dieser Koch gibt Ihnen die Rezepte, Sie bringen alles in Form, stricken ein paar schöne Geschichten drum herum und wählen die Bilder aus. *Et voilà …*»

Monsignacs Augen blickten beifallheischend über die Goldrandbrille.

«Wieso ich? Da bin ich leider ganz der Falsche.» Ich lehnte mich zurück und spreizte lächelnd die Finger.

«Nein, André, Sie sind genau der Richtige. Denn erstens haben Sie mit Ihrer kochenden Freundin die Fachfrau gleich an Ihrer Seite, und zweitens kennen Sie den Mann bereits – zumindest kennen Sie seinen Namen. Es ist dieser Koch, dessen Restaurant mit dem *Temps des Cerises* verwechselt wurde – Jean-Marie Marronnier aus Vétheuil, erinnern Sie sich?»

Und ob ich mich erinnerte. Ich merkte, wie mir das Blut ins Gesicht schoss.

«Nur über meine Leiche!», sagte ich.

Ich wehrte mich wirklich mit Händen und Füßen gegen dieses Projekt. Der Sternekoch aus Vétheuil verfolgte mich wie ein Fluch. Erst zu Hause, jetzt auch noch im Verlag. Aurélie, die nicht an Zufälle glaubte, hätte sicher gesagt, dass das kein Zufall sein konnte. Aber ich erzählte ihr nichts von den neuerlichen Entwicklungen, die mich gleichermaßen nervten und beunruhigten. Dieser Mann war wirklich die Geißel der Karpaten. Konnte er nicht einfach von unserem Planeten verschwinden und sich auf dem Mond mit seiner originellen Sterneküche verwirklichen? War sie überhaupt so originell?

«Warum hast du so schlechte Laune, *chéri*?», wollte Aurélie wissen.

«Ach, vergiss es», sagte ich. «Monsignac quält uns

mal wieder mit seinen großartigen Ideen. Er bildet sich ein, er müsste jetzt auch noch Kochbücher im Verlag machen.» Ich seufzte tief.

«Kochbücher? Ach, du meine Güte!» Sie stupste mich an und lächelte amüsiert. «Das ist ja wirklich eine *ganz* großartige Idee. Bekomme ich jetzt etwa Konkurrenz?»

«Nicht, wenn ich es verhindern kann», gab ich zurück.

Doch ich konnte es nicht verhindern.

Stundenlang diskutierte ich mit dem Verleger herum und nannte ein Argument nach dem anderen, warum dieses Projekt zum Scheitern verurteilt sei. Den wahren Grund für meine Skepsis verriet ich natürlich nicht.

Doch Monsignac lachte mich nur aus. «Seien Sie nicht albern, André. Ein Verlag muss auch mal neue Wege gehen. Stillstand ist Rückschritt, das wissen Sie genauso gut wie ich. Was ist los mit Ihnen? Keine Lust auf ein bisschen Innovation?»

«Aber muss die Innovation ausgerechnet in einem *Kochbuch* bestehen?», wandte ich ein. «Ich meine – außer in Vétheuil kräht doch kein Hahn nach diesem Küchenchef.»

«Haben Sie das Projekt nicht verstanden, oder wollen Sie es nicht verstehen, André? Ob dieser Mann eine Berühmtheit ist oder nicht, ist völlig unerheblich für das Buch. Wir heben hier ein ganz neues Konzept aus der Taufe. Und jetzt ist meine Geduld wirklich erschöpft. *Terminé!* Ich habe Marronnier Anfang nächster Woche zu einem Gespräch in den Verlag eingeladen. Sie können sich den Termin schon mal vormerken: Montag, um vier Uhr. Hier, in meinem Büro.»

Er nickte mir zu, und ich war entlassen. Ich trollte mich von dannen und zog mich in mein Büro zurück. Meine Vorfreude auf die Begegnung mit dem Sternekoch hielt sich in Grenzen. Dass ausgerechnet ich jetzt auch noch das Lektorat übernehmen sollte, war die pure Ironie des Schicksals. Was hatte ich eigentlich getan, dass man mir so übel mitspielte? Marronnier hatte schon für genug Ärger in meinem Leben gesorgt. Irgendwann musste doch auch mal Schluss sein damit.

Missmutig blätterte ich durch mein Rolodex und suchte die Nummer von Adams Agentur heraus, um ihm mein Leid zu klagen.

«Monsignac will ein Kochbuch machen. Und rate mal, mit wem?»

«Keine Ahnung. Etwa mit Aurélie?»

«Das würde ich mir ja noch gefallen lassen. Nein, es soll unser Freund aus dem Manoir sein.»

«Marronnier?»

«Gut geraten. Und jetzt kommt die Eine-Million-Euro-Frage: Wer soll das Buch mit dem Koch machen?»

«Du?» Adam fing an zu lachen. «Oh mein Gott!», rief er. «*How very funny!* Das ist wirklich zu komisch, André, das musst du zugeben. Irgendwie wirst du diesen Typ nicht los. Was ist passiert? Komm, lach doch auch mal!»

«Ha. Ha. Ha», machte ich. «Wenn du dich wieder beruhigt hast, kann ich dir mehr erzählen.»

Und das tat ich dann auch, in allen Einzelheiten.

«Mir graut schon vor dem nächsten Montag», sagte ich. «Ich *kann* kein Buch mit diesem Koch machen. Ich hasse diesen Kerl. Das geht schief. Ich werde mich für Montag krankmelden.»

Adam riet mir, cool zu bleiben. Ich konnte es allmählich nicht mehr hören. Inzwischen fühlte ich mich schon wie die gesamte Antarktis.

«Tu mir den Gefallen und bleib cool, André», beschwor er mich, und ich verdrehte die Augen. «Ich an deiner Stelle würde mich zum Schein auf die Sache einlassen. Geh zu dem Treffen. Rede mit diesem Marronnier. Schau ihn dir an. Höre, was er zu sagen hat. Auf diese Weise kannst du wenigstens herausfinden, was für eine Art Mann er ist. Und er kommt in den Verlag. Da hast du Heimvorteil. Das ist doch schon mal sehr gut.»

«Na toll», sagte ich.

«Du weißt doch: Kannst du den Feind nicht besiegen, umarme ihn.»

«Grässliche Vorstellung», sagte ich, und wir lachten.

Ich legte auf und beschloss, gute Miene zum bösen Spiel zu machen. Ich hatte ja eh keine Wahl. Aber vielleicht fand sich ein Weg, wie ich diesen Kochlöffelschwinger aushebeln konnte. Ich würde ihn in die Knie zwingen. Ich würde ihm zeigen, wer hier das Sagen hatte. Denn immerhin würde ich der gnadenlose Lektor seines Buches sein, das, so schwor ich mir, niemals das Licht der Welt erblicken sollte.

Um es gleich vorwegzunehmen: Das Treffen mit Marronnier wurde ein Desaster. Zumal noch einige unvorhergesehene Dinge passierten, die die Lage nur noch verschlimmerten. Für mich verschlimmerten, um genau zu sein.

Alle anderen hatten sich gütlich darauf geeinigt, dass ich mich unmöglich aufgeführt hätte.

Es fing damit an, dass der Koch mehr als eine halbe Stunde zu spät kam. Wir saßen im Büro des Verlegers und redeten über mögliche Gestaltungsoptionen, und immer wieder schaute ich auf die Uhr.

«Meine Güte, wo bleibt er denn?»

Monsignac blieb gelassen. «Vielleicht steht er im Stau», mutmaßte er.

«Wenn man rechtzeitig losfährt, kommt man auch pünktlich an», sagte ich. «Es wird ja nicht seine erste Fahrt nach Paris sein.»

Nach zwanzig Minuten stand ich auf. «Ich habe keine Lust mehr, zu warten», erklärte ich. «Da, wo ich aufgewachsen bin, ist man pünktlich. Sie können mir ja dann Bescheid geben, wenn Monsieur Marronnier eingetroffen ist.»

Monsignac zog überrascht die Augenbrauen hoch, und ich stampfte in mein Büro und fing an, meine Mails durchzugehen. Die Londoner Buchmesse stand vor der Tür, ich hatte genug zu tun.

Auf meinem Mobiltelefon fand ich eine Nachricht von Aurélie. Ob wir abends vielleicht zusammen was machen wollten? Sie habe Lust, auszugehen. Sie sei sowieso in der Stadt unterwegs und könne mich abholen.

Prima Idee, schrieb ich zurück. *Um halb acht bin ich hier auf jeden Fall fertig. Lass uns noch mal telefonieren.*

Ich legte das Handy zur Seite und wandte mich wieder meinem PC zu. Ein englischer Verlag hatte soeben per Mail eine PDF-Datei geschickt. *The girl in the green dress.* Eine Coming-of-Age-Geschichte, von der ich schon im Vorfeld gehört hatte. Das könnte ganz groß werden, hatte es geheißen. Jetzt war das Manuskript da, und irgendeine englische Schauspielerin, die gerade angesagt war, hatte ein enthusiastisches Quote abgegeben. «Ein wunderbarer Roman, von dem man hofft, er möge nie enden.» Ich grinste. Diesen Satz hatte ich nun auch schon mal gehört. Mittlerweile stand er auf jedem zweiten Cover.

Ich klickte das PDF auf und vertiefte mich in die Lektüre. Der Roman war gut geschrieben und fing vielversprechend an, und schon bald war ich ganz im Bann der Geschichte um die fünfzehnjährige Amy, die in der Londoner U-Bahn ein Gespräch mitbekommt, das nicht für ihre Ohren bestimmt ist.

Von meinem Chef hatte ich gelernt, dass man entweder schnell sein musste oder mit einem attraktiven Angebot ein Buch möglichst rasch vom Markt nahm. Hohe Angebote machten wir nur in Ausnahmefällen, deswegen hatte ich es mir angewöhnt, die Manuskripte, wenn möglich, sofort anzuschauen, wenn sie reinkamen.

Oft genügten schon ein paar Seiten, um zu sehen, ob ein Buch Potenzial hatte. Ich las den Anfang, die Mitte und natürlich den Schluss, und wenn die Stichproben vielversprechend waren, prüfte ich den ganzen Text oder gab ihn zur Lektüre an unsere Gutachter. Diese Vorgehensweise hatte ich vom Verleger gelernt. Jean-Paul Monsignac war der felsenfesten Überzeugung, dass ein gutes Buch auf jeder Seite gut war.

Als ich die ersten beiden Kapitel gelesen hatte, klingelte das Telefon. Es war Madame Petit, die mir sagte, der Besuch sei jetzt da.

«Aaah, kommen Sie, André, kommen Sie herein», rief Jean-Paul Monsignac, als ich mit einem unbehaglichen Gefühl das Verlegerbüro betrat.

Monsignac saß in seiner Sitzgruppe, ihm gegenüber mit dem Rücken zur Tür saß der Feind.

Jean-Marie Marronnier erhob sich und wandte sich zu mir um. Ein feines Lächeln umspielte seinen Mund, als er mir jetzt entgegenblickte und sich die Haare zurückstrich.

Ich starrte ihn an. Das also war der Mann, dem Aurélie in ihrem Restaurant das *Menu d'amour* serviert hatte. Immer noch versetzte es mir einen Stich. Leider sah Marronnier in Wirklichkeit besser aus als auf dem Foto seines Werbeflyers. Die weiße Kochjacke hatte er gegen eine Kombination aus Cordhose und Sakko vertauscht. Er sah überhaupt nicht aus wie ein Koch.

«Darf ich vorstellen – das ist mein Cheflektor André

Chabanais. Und das ist Jean-Marie Marronnier, der großartige Sternekoch aus Vétheuil.»

«Nun, so großartig auch wieder nicht», erklärte Marronnier und winkte generös ab. Ich hatte sofort eine ungute Schwingung.

«Freut mich», sagte ich reserviert, und wir schüttelten uns kurz die Hand.

Als wir uns wieder gesetzt hatten, kam Madame Petit herein. Auf einem Tablett balancierte sie Tassen und Kaffee und eine Schale mit Gebäck. Sie stellte alles auf dem Couchtisch ab und musterte Marronnier mit unverhohlener Neugier, während sie es sich nicht nehmen ließ, den Kaffee einzuschütten.

«Wie nehmen Sie Ihren Kaffee, Monsieur Marronnier?»

«Blond und süß», sagte der Koch, und Madame Petit kicherte entzückt.

Meine Güte, wie peinlich war das denn?

«Für mich schwarz, wie immer», grätschte ich dazwischen.

«Danke, Madame Petit.» Monsignac griff nach der Zuckerdose und nickte seiner Sekretärin zu. Madame Petit verschwand.

«Nun, Monsieur Marronnier, ich freue mich außerordentlich, dass wir Sie für dieses schöne Projekt gewinnen konnten.»

Marronnier trank einen Schluck von seinem Kaffee. «Ich freue mich auch. Es ist mein erstes Kochbuch, und ich bin schon sehr gespannt.»

«Und das können Sie auch sein, Monsieur Marronnier. Wir haben uns, wie ich Ihnen bereits am Telefon erzählte, etwas ganz Besonderes überlegt ...»

Während mein Chef in glühenden Farben das angedachte Kochbuch beschrieb und Monsieur Marronnier versicherte, dass er bei mir in den besten Händen sei – «André Chabanais wird sich um alles kümmern, wir brauchen nur die Rezepte und ein bisschen Input von Ihnen» –, musterte ich den Koch von der Seite. Er hatte ein gutgeschnittenes Profil und eine gewählte Ausdrucksweise. Und er schien sich ziemlich viel auf sein Restaurant einzubilden. Und auf seine Seelenverwandtschaft mit Claude Monet natürlich.

«Wissen Sie, wenn man in Vétheuil wohnt, kann man gar nicht anders, als mit Monet und dem Impressionismus in Verbindung zu kommen. Man stolpert ja praktisch an jeder Ecke darüber.» Sein Arm hing lässig über der Rücklehne des hellblauen Samtsessels. «Ich finde Ihre Idee, meine Rezepte und die Zeit des Impressionismus in einem Buch zu vereinen, ganz wunderbar.» Er lächelte. «In meinen Kochkursen mache ich auch nichts anderes.»

«Vielleicht könnten Sie das Konzept Ihrer Küche noch einmal kurz erläutern», ermunterte ihn Monsignac.

Marronnier schwafelte über die impressionistische Landküche, die er offenbar für seine Erfindung hielt. Ich heuchelte Interesse, langweilte mich zu Tode und goss mir dreimal Kaffee nach.

Nachdem wir über den Aufbau des Buches und mögliches Bildmaterial geredet hatten, kam die Rede auch noch einmal auf den Titel.

«Wie gefällt Ihnen *Vivre comme Dieu en France. La bonne table des impressionnistes?*», fragte Monsignac begierig.

«Gefällt mir ausgesprochen gut», sagte Marronnier.

«Also, ich finde den Titel etwas irreführend», meinte ich. «Wenn ich es richtig verstanden habe, beziehen Sie sich mit Ihrer Küche doch nur auf Monet. Oder ist Ihre… Expertise auch so umfangreich, was die anderen Impressionisten angeht?»

Marronnier blickte überrascht zu mir herüber.

Der Verleger lachte. «Nun, André, wir wollen jetzt nicht päpstlicher sein als der Papst, oder? Der Titel muss einfach gut klingen.»

«Wie wäre es denn mit *Die Zeit der Kirschen*? So heißt doch Ihr Restaurant, nicht wahr?»

Marronnier nickte. «Ja. Hinter dem Restaurant liegt ein großer Kirschgarten. Den hat noch mein Urgroßvater gepflanzt. Daher der Name.»

Ich nickte. Das war mir hinlänglich bekannt.

«*Le Temps des Cerises.* Auch nicht schlecht», meinte Monsignac, der weiterhin mit seinem Titel liebäugelte. «Vielleicht ein bisschen zu allgemein, nein? Denkt man da nicht als Erstes an dieses Lied?» Er überlegte einen Moment. «Nun, über den Titel können wir ja noch später entscheiden. Das ergibt sich dann beim Lektorat ganz von selbst.»

«Und das mache ich dann … mit Ihnen?», fragte Marronnier und sah mich an.

«Sieht ganz so aus», sagte ich. Es klang wie eine Drohung.

«Sie könnten gar keinen besseren Lektor für Ihr Buch finden», mischte sich Monsignac ein. «André ist sozusagen Fachmann auf dem Gebiet. Seine Freundin hat auch ein Restaurant.»

«Ach, tatsächlich?» Marronnier zog überrascht die Augenbrauen hoch. Er hatte keinen Schimmer, wer da vor ihm saß. Noch nicht. Aber der Verleger würde es ihm gleich sagen.

«Ja, und es kommt noch besser: Seine Freundin ist nämlich die Besitzerin des *Le Temps des Cerises* in Paris.» Er lachte vergnügt. «Was für ein Zufall, oder? Ich sage es ja immer: Die Welt ist klein.»

Ich starrte Marronnier an, der seine Überraschung nur schwer verbergen konnte. Seine Augen flackerten kurz auf.

«Das gibt's ja nicht», meinte er dann. «*Sie* sind der Freund von Aurélie Bredin? Warum haben Sie das nicht gleich gesagt?»

«Sie haben nicht danach gefragt.»

Er fing an zu lachen. «*Sie* sind der Mann der Bücher?»

«So ist es.» Ich musterte ihn scharf. «Was ist daran so komisch?»

«Verzeihen Sie, aber ich habe Sie mir irgendwie ganz anders vorgestellt. Mademoiselle Bredin hat mir schon so viel von Ihnen erzählt.»

«Ach ja?» Was erzählte Aurélie über mich?

«Sie sagte mir, Sie seien Schriftsteller.»

«Das bin ich auch», entgegnete ich. «Ich bin Schriftsteller *und* Lektor. Na ja, das ist sicher verwirrend für jemanden, der sich in der Buchbranche nicht so auskennt.»

«Wirklich erstaunlich», meinte Marronnier. «Ich hoffe, Sie bringen beides unter einen Hut.»

Ich überhörte die Spitze. «Aurélie hat mir auch schon viel von Ihnen erzählt», erklärte ich frostig. Am liebsten hätte ich gesagt, ich weiß alles, du Mistkerl.

«Ich hoffe, nur Gutes.» Er schmunzelte grandseigneurhaft. «Immerhin habe ich Ihre reizende Freundin neulich vor dem Erfrierungstod bewahrt.»

«Ja, und, wie man hört, nicht nur das. Aurélie erzählte mir, dass Sie so freundlich waren, ihr die Stelle des Sous-Chefs in Ihrem Restaurant anzubieten.» Ich lächelte grimmig. «Aber das können Sie vergessen. Aurélie würde niemals ihr Restaurant aufgeben. Im Übrigen kann sie mit Vétheuil ebenso wenig anfangen wie Ihre Frau. Paris ist eben Paris.»

«Nun, ich glaube, da täuschen Sie sich ein wenig, Monsieur Chabanais. Mademoiselle Bredin findet Vétheuil ganz zauberhaft.»

Das Kriegsbeil war ausgegraben, und Monsignac kam nicht mehr mit.

Irritiert blickte er vom einen zum anderen.

«Sie kennen Mademoiselle Bredin bereits?», fragte er verblüfft.

«Oh ja», gab Marronnier zurück. «Ich kenne sie gut. Eine ganz entzückende Person. Und eine fabelhafte Köchin. Wir haben uns durch die irrtümliche Vergabe des Sterns kennengelernt und fanden das beide am Ende sehr komisch.»

Er lächelte wieder, und ich hätte ihm am liebsten den Hals umgedreht. Ich erinnerte mich noch gut an sein Geschrei am Telefon.

«Nun, damals schienen Sie mir nicht ganz so erfreut zu sein», sagte ich.

Er überging meine Bemerkung und redete nur noch mit Monsignac. «Inzwischen war Mademoiselle Bredin schon mehrmals bei mir in Vétheuil. Und auch ich hatte bereits das Vergnügen, in ihrem Restaurant zu speisen. Es würde mich natürlich außerordentlich freuen, wenn sie uns bei dem Buch mit Rat und Tat zur Seite stehen könnte. Das wäre sicher sehr bereichernd. Natürlich nur, wenn Monsieur Chabanais damit einverstanden ist.»

«Ich fürchte, Sie werden mit mir vorliebnehmen müssen», sagte ich. «Aurélie hat keine Zeit.»

«Schade.»

Die Spannung, die sich mit einem Mal im Büro des Verlegers ausbreitete, war auch Monsignac nicht entgangen. Er versuchte, die Wogen zu glätten, und warf mir einen mahnenden Blick zu, der besagte, dass ich seinen neuen Autor nicht gleich wieder vergraulen sollte.

«Nun, wir werden schon eine Lösung finden. Ist doch gut, wenn Sie sich schon alle kennen, das macht die Zusammenarbeit gleich viel einfacher», meinte er.

Doch es war nichts gut. Die weitere Besprechung war gespickt mit Animositäten und Anspielungen, und

Monsignac verstand bald die Welt nicht mehr. Er versuchte zu vermitteln, wenn Marronnier und ich jedes noch so kleine Detail erbittert diskutierten. Die kühle und souveräne Art des Kochs provozierte mich, und so wurde ich immer unduldsamer und aufbrausender. Marronnier und ich steckten unsere Claims ab. In Wahrheit ging es natürlich um ganz andere Dinge als um ein Kochbuch. Aber das konnte der arme Monsignac ja nicht wissen.

«Was ist denn nur los mit Ihnen, André? Jetzt reißen Sie sich mal zusammen», zischte er mir zu, als Jean-Marie Marronnier einen Anruf bekam und sich für einen Augenblick entschuldigte. Ich schwieg beleidigt. Und als der Koch wieder ins Zimmer trat, machte der Verleger einen Vorschlag zur Güte, der alles noch verschlimmern sollte.

«Ich finde, nach dieser lebhaften Diskussion haben wir uns eine kleine Stärkung verdient», erklärt er mit einer Stimme, die keinen Widerspruch duldete. «Ich würde vorschlagen, dass wir alle noch etwas essen gehen. Ins *Au 35*, das liegt nur ein paar Schritte von hier. Na, was ist? Erweisen Sie uns die Ehre, Monsieur Marronnier?»

«Mit Vergnügen.» Marronnier lächelte. Dieser Koch war ein guter Schauspieler. Ich wette, er hatte ebenso wenig Lust auf eine Fortsetzung des Abends wie ich. Das änderte sich schlagartig, als wir aus dem Verlag traten und uns eine junge Frau in offenem Mantel entgegeneilte. Sie trug ein rotes Kleid, und ihre langen honigblonden Haare flogen hinter ihr her wie der Schweif eines Kometen. Sie sah mich vor dem Verlagseingang stehen und winkte zu uns herüber. Ihr Mund verzog sich zu einem Lächeln.

Es war Aurélie. Das hatte gerade noch gefehlt! Ich hatte völlig vergessen, dass sie mich im Verlag abholen wollte.

«Mademoiselle Bredin!» Der Sternekoch war offensichtlich entzückt, seine junge Elevin so rasch wiederzusehen. «Was machen Sie denn hier? Was für eine schöne Überraschung!»

War es eine Überraschung? Mit einem Mal flüsterte eine kleine böse Stimme mir ins Ohr, dass Aurélie vielleicht längst von dem Besuch des Kochs gewusst hatte, als sie vorschlug, mich im Verlag abzuholen.

Aurélie lächelte verlegen. Sie sah sehr schön aus in ihrem roten Kleid.

«Ich wollte eigentlich gerade André abholen.» Sie strich sich das Haar zurück, und ihre Perlenohrringe schaukelten.

Ich legte den Arm um sie, sagte «*Salut, chérie*» und gab ihr einen Kuss, um gleich das Feld abzustecken.

Aurélie sagte «*Bonsoir*» und sah dann lächelnd in die Runde.

«Aber was machen Sie denn hier, Monsieur Marronnier?»

«Monsieur Marronnier wird ein Kochbuch bei uns verlegen», klärte sie der Verleger auf.

«Ach, ihr macht das Kochbuch mit *ihm*», rutschte es

Aurélie heraus. Sie sah mich erstaunt an. «Das ist ja eine Überraschung. Ihr kennt euch?»

«Wieso Überraschung?», fragte Monsignac.

Und so waren wir alle von etwas anderem überrascht und standen einen Augenblick betreten auf der Straße herum.

Ich zuckte mit den Schultern. «Na, wie es aussieht, trennen sich hier unsere Wege», meinte ich. «Ich habe nämlich schon eine Verabredung.» Ich nickte den beiden zu und zog Aurélie mit mir fort. Sollte doch der Verleger mit dem Koch essen gehen.

«Nein, nein», Monsignac hob beschwörend die Hände. «Warten Sie, André.» Er wandte sich an Aurélie. «Wir haben den ganzen Nachmittag über das Kochbuchprojekt geredet und wollten gerade eine Kleinigkeit essen gehen. Sie sind herzlich eingeladen, mitzukommen.» Er sah Marronnier an, dessen Blick bewundernd auf Aurélie ruhte. «Monsieur Marronnier wird sicher nichts dagegen haben, nicht wahr?»

Es war eine rhetorische Frage.

«Aber natürlich nicht, ganz im Gegenteil! Da sind wir ja sozusagen *entre nous*.»

Marronnier lachte, und Monsignac lachte auch. Aurélie hängte sich bei mir ein und lächelte unbestimmt. Ich verzog keine Miene.

Als unsere kleine Truppe die wenigen Schritte zu dem Restaurant in der Rue Jacob hinüberging, wo es für den Verleger immer einen Tisch gab, weil er mit dem Küchenchef seit vielen Jahren befreundet war, hatte ich die schlimmsten Befürchtungen. Man musste kein Prophet sein, um zu wissen, dass der Abend nicht gut enden würde.

Zwei Stunden später verließ ich aufgebracht das Restaurant. Ich hatte es nicht mal bis zum Dessert durchgehalten. *C'était la catastrophe!*

Nicht nur, dass ich mich bei den Themen Kunst und Küche schnell ausgebootet fühlte, auch Aurélie fiel mir in den Rücken, indem sie Marronnier versicherte, was für eine wunderbare Idee dieses Kochbuch sei und dass sie gerne daran mitwirken würde, wenn sie irgendwie helfen könnte.

Als das Gespräch dann auf den angeblichen Monet kam, den der Koch in seinem Restaurant hängen hatte, und Marronnier sich lang und breit darüber ausließ, wie ähnlich dieses Bild einem Jugendwerk des Malers sei, und alle andächtig dem Wichtigtuer aus Vétheuil lauschten, hielt ich es nicht mehr aus.

«Wenn Sie so davon überzeugt sind, dass dieses Bild echt ist, warum lassen Sie es dann nicht endlich prüfen, anstatt uns hier mit wilden Spekulationen zuzutexten?»

Aurélie legte ihr Besteck ab und sah mich entsetzt an, doch ich ignorierte ihren Blick.

«Es macht in meinen Augen wenig Sinn, stundenlang über einen falschen Monet zu sprechen, oder?», fuhr ich fort und spürte plötzlich, wie Monsignac, der neben mir saß, mahnend seine Hand auf meinen Oberschenkel drückte. Was war denn nur mit allen los? Merkte denn keiner, dass dieser Mann, der sich hier wie ein Kunstsammler gerierte, einfach nur ein grässlicher Angeber war?

Marronnier lehnte sich in seinem Stuhl zurück.

«Ich sehe, Sie sind ein ungeduldiger junger Mann, Monsieur Chabanais. Sie wollen es immer ganz genau wissen, was?» Er schaute mich an und lächelte gönnerhaft. «Manchmal besteht der Reiz einer Sache eben darin, dass man ihr das Geheimnis lässt.»

«Ich fürchte, ich komme nicht ganz mit bei Ihrer Geheimniskrämerei. Also, wenn ich einen Monet über dem Sofa hängen hätte, wüsste ich das», erklärte ich aufsässig.

«Nun, das kann ja jeder halten, wie er will», schaltete Monsignac sich diplomatisch ein und drückte wieder warnend meinen Oberschenkel. «Die Menschen sind eben unterschiedlich, *chacun à son goût*, nicht wahr?» Der Verleger versuchte eine Brücke zu bauen. «Aber wenn es Sie doch mal interessiert, das Geheimnis zu lüften – ein guter Freund von mir ist Kunstsachverständiger bei Sotheby's in Paris, er wohnt wie Sie in Le Vésinet. Sébastien Fouroux, vielleicht kennen Sie ihn? Er könnte sicher mal einen Blick auf Ihr Bild werfen. Ich gebe zu, ein bisschen neugierig haben Sie mich jetzt schon gemacht, Monsieur Marronnier. Diese ganze Geschichte ist einfach zu gut. Nicht auszudenken, wenn Sie mit Ihrer Vermutung recht hätten! Dann stoßen wir aber noch mal zusammen an!»

Alle lachten, und mein Störmanöver war vergessen.

Marronnier erzählte von seinem Urgroßvater, dem Kirschbaumpflanzer, und natürlich kam die Rede dann zwangsläufig auch auf seine sagenhafte Kreation – das Reh mit den *Griottes*, das inzwischen alle, die am Tisch saßen, gegessen hatten – außer mir – und das natürlich auch Aufnahme in das göttliche Kochbuch finden musste.

Ich zeigte demonstrative Langeweile. Meine Güte, ich aß auch gerne, aber man musste keine Religion draus machen. Irgendwann resignierte ich, und während die anderen sich lebhaft unterhielten, trank ich ein Glas Rotwein nach dem nächsten und wurde immer schweigsamer. Erst als die Rede auf Fotos kam, die man nicht nur vom *Le Temps des Cerises* in Vétheuil machen wollte, sondern auch von Monets Haus in Giverny, wurde ich plötzlich hellhörig.

«Oh ja», rief Aurélie aus. Ihre Wangen waren rot vom Wein. «Das wäre perfekt. Das Haus von Monet ist wirklich so schön mit seiner grünen Veranda und all den Blumen, und wenn man auf der Japanischen Brücke steht und auf die Seerosen schaut, denkt man wirklich, man ist im Paradies.» Ihre Augen glänzten, und Marronnier nickte beifällig. Sie redete über die Monet-Gärten, als hätte sie sie persönlich gesehen. Irgendetwas daran stimmte nicht.

«Du warst doch noch nie in Giverny», sagte ich.

Sie schlug die Augen nieder.

«Doch», meinte sie leise.

«Wie jetzt?», fragte ich verblüfft. «Wann denn?»

Sie räusperte sich. «An dem Sonntag, als ich den Kochkurs gemacht habe. Der Kurs war schon mittags aus, und Monsieur Marronnier war so freundlich, mir die Gärten zu zeigen.»

Ich brauchte einen Moment, um zu realisieren, was sie da sagte.

«Es war eine einmalige Gelegenheit», sprang Marronnier ihr bei. «Es wäre sträflich gewesen, sie nicht zu ergreifen. Die Gärten waren wegen Malerarbeiten geschlossen, aber ich hatte einen Schlüssel und konnte Mademoiselle Bredin eine private Führung bieten. Für einen Nachmittag hatten wir Monets Garten sozusagen ganz für uns. Es war wirklich sehr idyllisch.» Er lächelte Aurélie zu, die verlegen neben ihm saß und an ihrer Serviette herumspielte.

Ich starrte Marronnier an und merkte, wie mir heiß wurde. Während ich schwer verletzt in meiner Wohnung lag, lustwandelte meine zukünftige Frau mit diesem unerträglichen Koch durch die Gärten von Monet. Ich konnte sein Dauergrinsen allmählich nicht mehr sehen.

«*Mon Dieu*, Sie sind ein Glückspilz! Und Sie auch, Mademoiselle Bredin. Das muss ja traumhaft gewesen sein», rief Monsignac in aller Unschuld. Was wusste er schon von den miesen Manövern seines neuesten Autors? «So eine Privatführung würde ich zu gern auch einmal machen. Meinen Sie, da ließe sich im Zuge des Buchprojekts etwas arrangieren?»

Marronnier lächelte geschmeichelt und versicherte,

er würde schauen, was sich machen ließe. Vielleicht im Sommer, wenn die Seerosen alle blühten und die Fotos für das Kochbuch gemacht werden müssten.

«Wir könnten doch alle zusammen noch mal nach Giverny fahren», schlug er dreist vor.

Ich stand so abrupt auf, dass der kleine Holztisch ins Schwanken geriet.

«Ohne mich», sagte ich. «Ich bin raus aus der Nummer. Ich lasse mich doch nicht zum Affen machen. Wissen Sie was, Monsieur Marronnier? Machen Sie Ihr blödes Kochbuch, mit wem Sie wollen. Aber nicht mit mir. Mir reicht's jetzt!»

Ich griff nach meiner Jacke, warf Aurélie einen erbosten Blick zu und stürmte aus dem Restaurant.

Wütend lief ich die Rue Jacob entlang, ein Mann mit Hund kam mir entgegen, ich verfing mich in der langen Leine und wäre fast gestürzt, das hätte noch gefehlt. «Können Sie nicht aufpassen mit Ihrem verdammten Köter?», rief ich. Der Hund jaulte auf, und als ich im Sturmschritt am *Ladurée* vorbeimarschierte, hörte ich Aurélies Stimme. Sie rannte hinter mir her, und ich beschleunigte meinen Schritt.

«André», rief sie. «André … nun bleib doch mal stehen. Bitte! Ich möchte dir das erklären.» Ihr Gesicht tauchte neben mir auf. Völlig außer Atem versuchte sie, Schritt zu halten. «Es war ein Spaziergang, sonst nichts!»

Sie hielt mich am Arm fest, und ich blieb stehen.

«Wenn es nur ein Spaziergang war, warum hast du mir dann nichts davon erzählt?», fragte ich böse.

«Weil ...» Sie sah mich bittend an. «Du hättest dich doch sowieso nur wieder aufgeregt.»

«Ist *das* deine Antwort?» Ich schwankte leicht und spürte eine Woge des Zorns in mir aufsteigen. «*Ich* hätte mich aufgeregt? Ja, ich rege mich auf, und das zu Recht. Weißt du was? Geh zurück zu deinem Koch und lass mich in Ruhe. Ich habe keine Lust mehr auf dich und deine Lügen.» Dann fiel mir noch etwas ein. «Du wusstest, dass Marronnier heute im Verlag war, oder? *Deswegen* wolltest du mich abholen.» Ich trat einen Schritt zurück und lachte bitter. Mit der vermeintlichen Klarsicht, die ein paar Gläser Wein manchmal mit sich bringen, hatte ich die Lage komplett erfasst. «Genau! Ich muss schon sagen, das war schlau eingefädelt, Aurélie. Das wird ja immer besser.»

Sie sah mich verletzt an.

«Du bist betrunken, André», sagte sie. «Mach dich nicht lächerlich. Komm jetzt wieder mit ins Restaurant zurück, oder lass es bleiben.»

«Ich lass es bleiben, hast du es immer noch nicht kapiert?»

Wütend schüttelte ich ihren Arm ab und lief weiter die Straße entlang. Und als ich mich an der nächsten Ecke umdrehte, war Aurélie nicht mehr da.

Am nächsten Tag wachte ich mit Kopfschmerzen auf. Ich hatte verschlafen. Es war bereits Mittag, und ich hatte einen schlimmen Kater. Stöhnend wankte ich in die Küche und machte mir einen großen Becher mit

Instantbrühe. Aurélie war nicht da. Auf meinem Handy fand ich eine Nachricht, dass sie es vorzöge, in ihrer Wohnung zu übernachten. Mein Benehmen fand sie unmöglich. Werd erst mal wieder nüchtern, schrieb sie.

Ich rief im Verlag an und meldete mich für die nächsten beiden Tage krank. Dann stellte ich mein Handy in den Flugmodus, zog mir die Decke über den Kopf und schlief den ganzen Tag. Die konnten mich alle mal!

Als ich zwei Tage später im Verlag auftauchte, waren alle sehr merkwürdig. Offenbar hatte mein Auftritt im *Au 35* die Runde gemacht. Der Verleger hatte sich in seinem Büro verschanzt und war nicht zu sprechen, Gabrielle Mercier hatte offenbar einen Termin und ihre Tür zugemacht, und Michelle Auteuil zog nur missbilligend die Augenbrauen hoch, als ich ihr auf dem Flur begegnete, und sagte im Vorübergehen: «Tja, André, jeder blamiert sich, wie er kann, nicht wahr?»

Ich ging ins Sekretariat, um meine Post zu holen, doch auch Madame Petit war nicht sehr gesprächig. Sie blickte nur kurz auf, als ich einen Guten Morgen wünschte, und schüttelte dann seufzend den Kopf, bevor sie sich wieder in ihre *Elle* vertiefte.

«Gibt's Kaffee?», fragte ich überflüssigerweise, aber sie bot mir keine Tasse an und deutete nur auf die altmodische Kaffeemaschine, die in einer Ecke vor sich hin brodelte. Also riss ich missmutig die Kanne von der Heizplatte und schenkte mir selbst den Becher voll.

«Und? Hat meine Mutter schon angerufen?», fragte ich, um einen kleinen Witz zu machen. Doch Madame Petit war nicht zu erheitern. Sie überprüfte angelegentlich den Knopf ihrer Bluse, die sich beängstigend über ihrem Busen spannte. «Nein», sagte sie und blätterte die nächste Seite um. «Keine Angst, Sie können ganz ungestört arbeiten. Das wollen Sie doch immer, nicht wahr?»

Es gab keine Störung an diesem Tag. Nicht einmal Aurélie meldete sich. Offenbar war ich zur *persona non grata* geworden.

Am Nachmittag klopfte es zaghaft an meine Tür.

«Ja?!», rief ich.

Es war Florence Mirabeau, meine einzige Verbündete in diesem Saftladen, der sich Verlag schimpfte.

«Na, alles klar?», fragte ich.

Sie zupfte an ihrem geblümten Minirock herum und schenkte mir einen mitleidigen Blick.

«Das wollte ich Sie gerade fragen, Monsieur Chabanais.»

«Ja, alles gut – bis auf die Grabesstille, die hier herrscht. Lebt hier eigentlich noch jemand?» Ich grinste, und sie sah mich ernst an. Dann setzte sie sich auf den Stuhl, der vor meinem Schreibtisch stand.

«Sie müssen ein bisschen aufpassen, Monsieur Chabanais. Der Verleger ist ziemlich sauer auf Sie. Er hat hier gestern rumgetobt, weil Sie nicht in den Verlag gekommen sind. Er meinte, Sie hätten sich unmöglich aufgeführt bei dem Abendessen mit Marronnier und dass

Ihr unverschämter Auftritt noch ein Nachspiel haben würde.» Sie sah mich besorgt an. «Was ist denn nur in Sie gefahren?»

«Nichts. Ich habe nur meine Meinung gesagt», entgegnete ich mürrisch. «Man wird doch wohl noch seine Meinung sagen dürfen.»

«Nun ja», meinte Florence Mirabeau. «Der Ton hat da wohl die Musik gemacht. Vielleicht sollten Sie lieber noch mal mit dem Verleger reden. Jedenfalls hat er das Kochbuchprojekt jetzt an Gabrielle Mercier gegeben. Die Königin sitzt schon zwei Tage mit dem großen Sternekoch in ihrem Büro und konferiert. Na ja, Sie wissen ja, wie sie ist.» Florence Mirabeau lächelte mir konspirativ zu, und das fand ich irgendwie sehr nett. «Heute Abend wird sie mit ihm noch ins *Procope* gehen, und dann dampft er erst mal wieder ab.»

Der Gedanke an Marronnier machte mir gleich wieder schlechte Laune.

«Ist mir nur recht», brummte ich. «Je weniger ich mit diesem Koch zu tun habe, umso besser. Sollen sie doch beide an ihrem Gourmetfraß ersticken!»

«Hmm.» Florence Mirabeau sah mich an, und ihre großen Augen ruhten nachdenklich auf mir.

«Ich möchte nicht indiskret sein», sagte sie dann. «Aber was ist denn eigentlich mit Ihnen und Monsieur Marronnier?»

Florence Mirabeau hatte schon immer eine kleine Schwäche für mich gehabt, das wusste ich. Doch sie war auch eine Mimose, die sich rasch beleidigt zurückzog, wenn man mal ein bisschen herumpolterte, weil man einen schlechten Tag hatte. Meine Assistentin hatte mich im Laufe der letzten beiden Jahre schon in meinen schlimmsten Momenten erlebt, doch nachdem ich ihr einmal zur Entschuldigung ein Himbeertörtchen von *Ladurée* gekauft hatte, hatte sie mich unverdienterweise in ihr Herz geschlossen. Mittlerweile hatte sie einen Verlobten, einen jungen aufstrebenden Anwalt, der ihr auch den roten Mini gekauft hatte. Sie war selbstbewusster geworden. Jedenfalls ließ sie sich an diesem Tag nicht von meiner finsteren Miene abhalten.

«Das wollen Sie gar nicht wissen.» Ich winkte ab.

«Doch, das will ich», beharrte sie. «Es muss doch einen Grund geben, warum Sie so schlecht auf diesen Mann zu sprechen sind.»

Ich sah in ihr reizendes Gesichtchen, das sich plötzlich mit einem Hauch von Rosa überzogen hatte.

«Wollen Sie es mir nicht sagen?», fragte sie wieder.

Die Versuchung war zu groß. Und so schüttete ich meiner Lieblingslektorin mein Herz aus. In groben Zügen fasste ich die Ereignisse der letzten Wochen zusammen und erzählte von dem Sternekoch, der wie aus dem Nichts aufgetaucht war und sich zwischen mich und Aurélie gedrängt hatte.

«Er macht das so geschickt, dass am Ende immer ich als der Blödmann dastehe. Und alle fallen auf ihn rein, selbst Aurélie. Dabei fand sie ihn am Anfang selbst ganz grässlich.» Ich seufzte und schüttelte den Kopf. «Ich weiß nicht, was passiert ist. Dieser Mann hat sie völlig umgedreht. Irgendwann wird sie sich ganz von mir abwenden. Sie findet ihn attraktiv, das hat sie selbst gesagt. Ich meine, sie ist heimlich mit ihm in Giverny gewesen. Ständig haben wir Streit wegen dieses Kerls, und ich frage mich allmählich, was da noch alles hinter meinem Rücken läuft.»

«Vielleicht läuft da weniger, als Sie denken», meinte Mademoiselle Mirabeau sanft. «Ich verstehe Sie zwar, aber haben Sie sich nicht ein bisschen in die Sache reingesteigert? Oder gibt es irgendwelche Beweise?»

«Ach, Beweise, was heißt schon Beweise! Nein, nicht wirklich, aber irgendwie rechne ich mit dem Schlimmsten.»

«Das dürfen Sie aber nicht, Monsieur Chabanais. Sie lieben Aurélie doch. Hören Sie auf, sie mit Vorwürfen zu überschütten. Misstrauen ist Gift für eine Beziehung. Vielleicht fühlt sich Ihre Freundin auch nicht wohl mit der ganzen Situation.»

Ich starrte aus dem Fenster.

«Schauen Sie, Monsieur Chabanais, selbst wenn Marronnier ein Auge auf Aurélie geworfen hat, heißt das noch gar nichts. Zu einem Tango gehören immer zwei, also schubsen Sie Ihre Freundin nicht in seine Arme, indem Sie ihr ständig auf die Füße treten.»

«Sie tanzt doch schon mit ihm», erklärte ich. «Sie müssten sie mal hören, wenn sie von Marronnier spricht. Dieser Mann ist ihr neuer Guru.» Wütend spielte ich mit meinem Bleistift herum. «Und dann taucht sie ausgerechnet dann im Verlag auf, wenn der Koch uns besucht. Merkwürdig, oder? Ich meine, ich habe keinen Ton gesagt, dass er in den Verlag kommt, also müssen die beiden sich ja vorher kurzgeschlossen haben. Das war kein Zufall. Nie. Und. Nimmer.» Ich klopfte bei jedem Wort so heftig mit dem Bleistift auf den Schreibtisch, dass er abbrach.

«Stopp!» Mademoiselle Mirabeau stand auf und kam zu mir herüber. «Ich will davon nichts wissen, Monsieur Chabanais, hören Sie sofort auf damit. Das ist kompletter Unsinn, was Sie da sagen, fällt Ihnen das denn nicht selbst auf?»

Ich schüttelte den Kopf.

«Angenommen, Ihre Freundin wollte Marronnier treffen – warum sollte sie dann im Verlag vorbeikommen, wenn sie weiß, dass Sie und Monsignac eine Besprechung mit ihm haben? Merken Sie nicht, wie absurd Ihre Anschuldigungen sind?»

Doch, ja, wenn sie es so sagte, merkte ich es schon.

Sie verschränkte die Arme und schaute mich lang an.

«Überlegen Sie doch mal, wie oft Aurélie schon in den Verlag gekommen ist, um Sie abzuholen. Wie oft sie Ihnen ein Sandwich oder einen Salat mitgebracht hat, um die Mittagspause mit Ihnen zu verbringen. Das wissen wir hier alle. Sie wollte mit Ihnen ausgehen, an ihrem freien Abend. Wie hätte sie denn wissen können, dass der Verleger noch ein Essen mit Marronnier anberaumt hat? Sie ist Ihnen sogar nachgelaufen, als Sie das Restaurant verlassen haben. Sie hat versucht, Sie wieder zurückzuholen, obwohl die Situation im Restaurant schon peinlich genug gewesen ist. Da haben Sie sich nicht gerade mit Ruhm bekleckert. Und Sie haben sie zum Dank dafür auf der Straße beschimpft und beleidigende Sachen zu ihr gesagt.»

«Aber Aurélie war in Giverny …»

«Ja, mag sein, dann war sie eben in Giverny, aber mal ganz ehrlich, Monsieur Chabanais – mit Ihnen ist im Moment auch nicht gut Kirschen essen. Das müssen Sie zugeben.» Florence Mirabeau neigte den Kopf und lächelte mir ermutigend zu. «Das sind doch gar nicht Sie, Monsieur Chabanais.»

Ich schluckte.

«Wissen Sie, was der Monsieur Chabanais, den ich kenne, jetzt tun würde?»

«Nein.»

«Er würde an diesen Koch keinen einzigen Gedanken mehr verschwenden. Er würde sagen, was interessiert mich dieser Koch? Und er würde heute Abend zu seiner Freundin gehen und sie mit einem großen Strauß Blumen und einer noch größeren Entschuldigung in ihrer Wohnung erwarten. *Das* würde der wahre André Chabanais tun.»

Ich nahm mir ihre Worte zu Herzen. Ich tat es wirklich. Tief in meinem Innersten spürte ich wohl, dass nicht alles verkehrt war, was sie mir sagte. Die flammende Rede der sonst so schüchternen Florence Mirabeau hatte einen tiefen Eindruck auf mich gemacht. Also kaufte ich rote Rosen und eine Flasche Crémant. Ich setzte mich in Aurélies Wohnung und wartete. Ich verbot mir jeden Gedanken an Marronnier. Ich war zu aufgeregt, um zu essen. Es war seltsam, es fühlte sich fast so an wie vor einem ersten Rendezvous. Ich hatte Aurélie seit drei Tagen nicht mehr gesprochen. Das Warten wurde mir lang. Schließlich entkorkte ich die Flasche Crémant und schenkte mir ein Glas ein. Und dann noch eins. Ich merkte, wie ich mich allmählich entspannte. Alles wird gut, sagte ich mir. Ich hatte wieder zu meinem wahren Selbst zurückgefunden. Doch als es kurz vor Mitternacht klingelte, war es dann doch der andere André Chabanais, der aus der Hölle der Eifersucht und des Misstrauens emporschoss und nach Rache schrie.

Es klingelte an der Wohnungstür, und ich wunderte mich ein wenig. Doch dann fiel mir ein, dass Aurélie ihre Schlüssel oft nicht gleich fand und dann einfach klingelte. Sicher hatte sie schon von der Straße die erleuchteten Fenster gesehen und sich gedacht, dass ich es war, der auf sie wartete. Ich hoffte inständig, dass sie sich darüber freute, dass ich wieder da war. Die tiefroten Rosen standen unübersehbar auf dem Tisch – ein prächtiger Strauß, für den ich ein kleines Vermögen ausgegeben hatte.

Mit klopfendem Herzen trat ich in die Diele und riss voller Vorfreude die Tür auf.

«*Salut, chérie*», sagte ich, und dann prallte ich zurück. Denn es war nicht Aurélie, die dort stand.

Es war die Person, die ich die letzten Stunden über so erfolgreich aus meinen Gedanken verbannt hatte.

Jean-Marie Marronnier lehnte lässig im Türrahmen und sah mich fragend an. An seinem Zeigefinger baumelte Aurélies Schlüssel mit dem bunten Perlenanhänger. Der Mann aus Vétheuil schien ebenso überrascht wie ich.

«Oh», sagte er und zog die Augenbrauen hoch. «Der Herr *Cheflektor*. Ich hatte nicht erwartet, *Sie* hier anzutreffen, Monsieur Chabanais. Nach Ihrem wirklich beeindruckenden Abgang neulich im Restaurant», setzte er hinzu, und sein Mund kräuselte sich spöttisch. «Egal. Ist Aurélie nicht da?»

«Nein, ist sie nicht. Warum? Was wollen Sie hier?»

«Ich wollte ihr nur ihren Schlüssel zurückgeben, bevor ich mich wieder auf den Weg nach Vétheuil mache ...» Marronnier grinste süffisant – oder kam mir das nur so vor? «Ich hatte ihr gesagt, dass ich nach dem Essen im *Procope* noch mal kurz vorbeischaue ...»

Ich starrte ihn an und war sprachlos. Dann schoss mir das Blut ins Gesicht. Wie es aussah, hatte Aurélie dem Koch jetzt schon die Schlüssel für ihre Wohnung gegeben. Und das konnte nur eines bedeuten: Marronnier hatte bei ihr übernachtet. Ich spürte, wie das Adrenalin durch meinen Körper rauschte. Mein Herz klopfte wild und laut, und ich ballte meine Hände zu Fäusten.

«Was machen Sie mit dem Wohnungsschlüssel meiner Freundin?», schrie ich völlig außer mir.

«He, he, he, mal langsam, Herr Cheflektor.» Er hob die Hände in einer abwehrenden Geste. «Sie müssen hier nicht gleich den Rambo geben. Ich habe ihn nicht geklaut, ja? Als wir zusammen in Giverny gewesen sind, hat Aurélie die Schlüssel ...»

Weiter kam er nicht. Ich holte aus und schlug dem verhassten Rivalen meine Faust ins Gesicht.

Marronnier schaute einen Moment überrascht, dann ging er zu Boden wie eine gefällte Kastanie und blieb reglos liegen.

«Von wegen Schlüssel, du Dreckskerl», sagte ich und rieb mir die Hand. Ich war selbst erstaunt, dass ich, ein Mann des Geistes, aus dem Stand einen echten *lucky punch* gelandet hatte.

Im nächsten Moment waren leichte Schritte auf der Treppe zu hören. Aurélie erschien am Treppenabsatz und starrte fassungslos auf den Koch, der vor der Tür ihrer Wohnung wie tot auf dem Boden lag.

«André! Was hast du getan? Bist du jetzt vollkommen verrückt geworden?!», rief sie entsetzt. Sie ließ ihre Tasche fallen und kniete sich neben den Koch, der keinen Mucks mehr von sich gab. «Monsieur Marronnier? Monsieur Marronnier ... Ist alles in Ordnung? Oh, mein Gott!» Sie rüttelte an seinen Schultern und legte eine Wange auf seinen Brustkorb. «Er atmet nicht mehr. Mein Gott, du hast ihn *umgebracht*, André! Du hast einen *Sternekoch* umgebracht!»

«Und wennschon. Kein Verlust für die Welt», entgegnete ich ungerührt. Endlich war Ruhe im Karton. Ich hatte den Koch k.o. geschlagen. Die letzte Runde ging klar an mich. Ich griff nach meinen Gauloises und zündete mir in aller Seelenruhe eine Zigarette an, während Aurélie fassungslos neben dem Koch kniete.

«Keine Sorge, der sieht nur ein paar Sterne. Da wird er sich doch sicher freuen – so als *Sternekoch.*» Ich lehnte an der Tür und stieß den Rauch aus. Endlich hatte ich dem Angeber das Maul gestopft. Ich gebe zu, es fühlte sich gut an.

Wie aufs Stichwort gab Marronnier ein leises Stöhnen von sich. Er schlug die Augen auf und fasste sich an die Schläfe.

«Monsieur Marronnier? Geht's wieder? Gott sei Dank!» Aurélie blickte vorwurfsvoll zu mir hoch. «Warum machst du so etwas, André? Ich verstehe dich nicht. Ich verstehe dich wirklich überhaupt nicht mehr. Was bist du? Ein Schläger? Hast du nicht schon genug Unheil angerichtet?»

«Ich finde es höchst interessant, wie du die Sache siehst. Ich habe Unheil angerichtet? *Ich?* Sag mir lieber, was dieser Kerl mit deinem Wohnungsschlüssel macht?» Ich merkte, wie der nächste Adrenalinschub im Anrollen war. «Wie lange geht das schon mit dir und ihm, na? Seit Giverny etwa?»

«Was redest du da für einen Schwachsinn, André?! Du bist ja total irre.» Jetzt schrie sie auch.

«Könnte gut sein.»

Marronnier richtete sich mit glasigem Blick auf. «Aurélie», murmelte er benommen. «Ich hab die Schlüssel gefunden ... Sie lagen im Auto ... Unter dem Beifahrersitz ...»

Was redete er da für ein wirres Zeug?

«Ja, das weiß ich doch», sagte Aurélie und befühlte vorsichtig seine Schläfe. «Das haben Sie mir doch eben schon am Telefon gesagt. Erinnern Sie sich nicht?» Sie blickte besorgt auf. «Oh Gott, er kann sich an nichts mehr erinnern ...»

«Ich hatte ihn doch gerade noch ... Wo ist er denn nur ...» Marronnier war in seinem eigenen Film. Er tastete mit der Hand über den Boden, bis er den Schlüsselbund fand. «Da!» Er seufzte zufrieden und ließ sich wieder in Aurélies Arme zurücksinken. Er lag da wie der unschuldige Jesus in den Armen der Madonna.

«Monsieur Marronnier, sehen Sie mich an. Wissen Sie, wer ich bin?», rief Aurélie.

Der Koch riss die Augen auf.

«Aurélie», murmelte er und sackte wieder zusammen.

Ich runzelte die Stirn. «Was heißt das, er hat die Schlüssel eben gefunden? War dein Schlüssel denn weg?» Ich verstand gar nichts mehr, doch es dämmerte mir allmählich, dass ich eine Riesendummheit gemacht hatte.

Aurélie richtete sich auf und sah mich wutentbrannt an.

«Du bist so ein Idiot, André! Ja, ich hatte meinen Schlüsselbund verloren, damals bei dem Kochkurs. Ich benutze schon die ganze Zeit meinen Ersatzschlüssel. Deswegen hatte ich Monsieur Marronnier gebeten, im Manoir nachzuschauen, doch da war der Schlüssel nicht. An das Auto haben wir gar nicht gedacht. Und heute Abend hat er ihn zufällig in seinem Wagen gefunden, unter dem Beifahrersitz. Wir sind damals mit seinem Auto nach Giverny gefahren, da muss mir der Schlüssel aus dem Lederbeutel gerutscht sein. Monsieur Marronnier hatte angeboten, ihn mir nach dem Essen im *Procope* noch rasch vorbeizubringen ... Wie konnte ich denn wissen, dass du hinter der Tür lauerst und ihn zusammenschlägst.»

«Das heißt, er *hat* gar nicht bei dir geschlafen?»

«Nein, natürlich nicht. Was redest du da?»

Ich seufzte vor Erleichterung.

«Dann ist ja alles gut ...»

Ich lächelte sie an, doch sie warf mir einen vernichtenden Blick zu.

«*Nichts* ist gut, André.»

«Aber, ich dachte ... ich dachte ... Ich meine, er kommt hier mitten in der Nacht mit deinem Schlüssel an. Und dann hat er noch so anzüglich gegrinst ... Er hat mich provoziert, ich schwör's dir ...»

«Es reicht, André.» Ihre Stimme klang eisig. «Du gehst jetzt besser. Ich glaube, wir brauchen mal eine Pause.» Sie wandte sich wieder Marronnier zu und half ihm, sich aufzurichten. «So ist's gut. Kommen Sie. Ich hole jetzt etwas Eis für Ihre arme Schläfe.»

«Aber Aurélie ...», sagte ich verwirrt. «Ich konnte doch nicht wissen ... Ich meine ... Es war doch alles nur ein Missverständnis ...»

Aurélie stützte den taumelnden Koch und zog die Tür hinter sich zu, ohne mich noch eines Blickes zu würdigen.

«He, jetzt warte doch mal! ... Aurélie!» Ich schlug verzweifelt mit der flachen Hand gegen die Wohnungstür. «Lass mich rein, Aurélie. Ich brauche keine Pause. Ich will keine Pause, hörst du?» Ich lauschte einen Augenblick, aber drinnen regte sich nichts. «Bitte, Aurélie! Es tut mir leid, mach jetzt auf, verdammt noch mal!» Wieder hämmerte ich an ihre Wohnungstür. «Ich wollte mich mit dir vertragen, ich hatte dir Blumen mitgebracht ...», rief ich schließlich.

Plötzlich flog die Tür auf. Rote Rosen wirbelten durch die Luft wie Konfetti und landeten unsanft auf dem Boden.

«Hör jetzt sofort auf zu randalieren, André, sonst, ich schwöre es, siehst du mich nie wieder», zischte sie.

«Aber ...» Ich stand inmitten der Rosen und schaute sie unglücklich an.

«Nein!» Aurélie knallte mir die Tür vor der Nase zu.

Es war kurz nach Mitternacht, und der Abend war für mich vorbei. Wie er für den Koch weiterging, mochte ich mir gar nicht vorstellen. Und das Schlimmste daran war, dass ich mir alles selbst zuzuschreiben hatte. «Der andere André», dieser grenzenlose Idiot, hatte es mal wieder vermasselt.

Die nächsten beiden Wochen waren furchtbar. Aurélie wollte «etwas Abstand, um nachzudenken», wie sie mir am Tag nach dem unglückseligen Zwischenfall in einem kurzen Telefonat mitteilte. Dann meldete sie sich nicht mehr, und ich war verzweifelt. Nach ein paar Tagen hielt ich es nicht mehr aus und schickte ihr eine SMS. *Wie lange soll die Pause denn noch gehen?*, schrieb ich. Und dann: *Bist du jetzt etwa mit dem Koch zusammen?* Sie antwortete nur: *Du kapierst es wirklich immer noch nicht, André, oder? Ich melde mich.*

Was meinte sie damit? Was kapierte ich immer noch nicht? Allmählich bekam ich Angst. War Aurélie immer noch so wütend auf mich? Na schön, es war vielleicht etwas voreilig gewesen, Marronnier k.o. zu schlagen, aber musste sie mich deswegen gleich abservieren? War sie etwa schon in Vétheuil und spazierte Händchen haltend mit dem vermaledeiten Koch durch den Kirschgarten?

Die Londoner Buchmesse kam und ging, und Aurélie hatte sich immer noch nicht bei mir gemeldet. Wie Falschgeld lief ich durch die Ausstellungshallen von Earl's Court, und alle interessanten Romane, die mir angeboten wurden, schienen ein schlechtes Ende zu haben. Die *New Unhappiness* sei gerade angesagt, erklärte mir ein junger Agent aus New York. Nur Liebesgeschichten, die sich nicht erfüllten, wären unsterblich. Das sei schon immer so gewesen.

Ich nickte deprimiert. Was war nur los mit dieser

Welt? War ich der Einzige, der nach einem glücklichen Ende suchte?

Am letzten Tag der Messe traf ich Adam in einem vollgestopften Pub in Kensington.

«*Good Lord*», begrüßte mich mein Freund und zog die Augenbrauen hoch. «Meine Güte, wie siehst du denn aus? Bist du krank, oder was?»

«Liebeskrank im Endstadium», entgegnete ich mit finsterer Miene.

Während wir unsere Cheeseburger aßen, gab ich Adam ein Update von meinem kleinen mickrigen Leben.

Adam verschluckte sich fast an seinem Burger, als ich ihm von dem Faustkampf vor Aurélies Tür erzählte.

«Oh mein Gott, André! Ich hatte dir gesagt, du sollst *cool* bleiben», rief er. «War das *cool*? Du hast diesem feinen Koch ganz prima den Weg bereitet. Geradewegs in ihr Bett, besser hätte es für ihn gar nicht laufen können. Gratulation, André. Was bist du? Aguirre, der Zorn Gottes?»

Ich schüttelte stumm den Kopf. Um mich herum lachten und lärmten die Gäste, Biergläser stießen klirrend aneinander. Eine stämmige Frau mit wilden roten Locken quetschte sich an mir vorbei und schrie: «*Sorry, love.*»

Sorry, love, dachte ich. *So, so sorry.*

Warum hatte ich mich nur so hinreißen lassen?

16

In jener denkwürdigen Nacht, als André den Koch niederstreckte und sich wie ein Wahnsinniger aufführte, schlief Jean-Marie Marronnier bei mir. In seinem Zustand hätte er wohl auch schlecht mit dem Auto nach Hause fahren können.

Einigermaßen schockiert hatte ich den Verletzten in meine Wohnung gezogen und auf das Sofa gebettet, während André an der Tür hämmerte und im Treppenhaus randalierte, bis ich ihn endgültig hinauswarf, zusammen mit seinen blöden Blumen. Die konnte er sich auch sparen, wenn er sich so aufführte. Ich war fassungslos, wütend, durcheinander. Mit was für einem Mann war ich da eigentlich zusammen? Als ich in die Küche ging, um etwas Eis aus dem Kühlschrank zu holen, warf ich einen Blick aus dem Fenster und sah André, der immer noch unschlüssig in der Rue de L'Ancienne Comédie stand und zum Fenster hochblickte.

Diesmal war er wirklich zu weit gegangen. Erst dieser unglaublich peinliche Auftritt im Restaurant, die wilden Beschimpfungen auf der Straße, und nun war er offenbar völlig durchgedreht und hatte wegen nichts einen Mann halb bewusstlos geschlagen. Allein schon der Gedanke, dass ich Marronnier meine Schlüssel überlassen hätte, damit er bei mir ein und aus gehen konnte, war absurd, aber die Unterstellung, ich hätte mit dem Koch etwas angefangen, ungeheuerlich. Aber bitte, wenn André so weitermachte, passierte vielleicht genau das. Ich sah, wie er sich durch die Haare fuhr und schließlich in Richtung Boulevard Saint-Germain die Passage verließ.

Ich trat vom Fenster zurück und ging in die Küche. Er hätte sich doch nur mit mir versöhnen wollen, hatte er am Schluss geschrien. Verhielt sich so jemand, der sich versöhnen wollte? Ich hatte gehofft, dass er inzwischen eingesehen hätte, dass sein Verhalten im Restaurant einfach nicht akzeptabel war. Er hatte uns alle brüskiert. Und als Entschuldigung setzte er noch eins drauf und schlug den Koch nieder.

Der Anblick des Körpers, der reglos vor meiner Tür lag, hatte mir einen riesigen Schrecken eingejagt. Im ersten Moment hatte ich wirklich geglaubt, Marronnier wäre tot – unglücklich auf dem Steinfußboden im Flur aufgeschlagen. Nicht auszudenken, was alles hätte passieren können. Andrés Eifersucht war inzwischen wirklich unerträglich. Er brauchte einen Denkzettel. Ich wollte ihn jedenfalls vorerst nicht mehr sehen. Vielleicht würde es ihn zur Einsicht bringen, wenn ich eine Weile auf Abstand ging. Eine Pause würde uns sicher guttun.

Ich tat die Eiswürfel in einen Gefrierbeutel und wickelte alles in ein sauberes Geschirrtuch. Dann holte ich etwas Wundtinktur aus dem Bad.

Als ich ins Wohnzimmer zurückkam, wandte Marronnier den Kopf in meine Richtung. «Danke, dass Sie mich gerettet haben», sagte er. «Ihr Freund hat einen verdammt harten Schlag. Kaum zu glauben, dass er ein Lektor ist.» Er versuchte zu grinsen und verzog sein Gesicht zu einer schmerzlichen Grimasse.

«Da sagen Sie was.» Ich kniete mich vor das Sofa. «Wie fühlen Sie sich jetzt?»

«Etwas schwindlig noch, aber ich bin ja in guten Händen bei Ihnen.»

«Sie können heute Nacht hier übernachten», sagte ich. «Es wäre unverantwortlich, wenn Sie sich jetzt noch ans Steuer setzten.»

«Ich möchte Ihnen keine Umstände machen.» Er griff sich an den Kopf und stöhnte. «Vielleicht kann ich ja doch noch fahren.»

«Auf keinen Fall», erklärte ich. «Ich möchte nicht, dass nachher noch etwas Schlimmeres passiert.»

«Das ist überaus freundlich von Ihnen.»

«Das ist das Mindeste, was ich tun kann.»

Er lächelte mich dankbar an, als ich jetzt vorsichtig seine Wunde versorgte und ihm dann den Eisbeutel auf die Schläfe legte. «Hier… drücken Sie das dagegen», sagte ich. «Dann wird die Schwellung nicht so schlimm.»

Er griff nach dem eingeschlagenen Eisbeutel, und unsere Hände berührten sich flüchtig.

«Das tut gut», sagte Marronnier. Er änderte seufzend seine Position und sah mich an. «Obwohl eigentlich ein rohes Steak das Mittel der Wahl wäre.»

Ich lächelte. «Das kann ich heute Abend leider nicht bieten.»

«Vielleicht beim nächsten Mal.» Es schien ihm schon wieder etwas besser zu gehen.

«Ich hoffe sehr, dass es kein nächstes Mal geben wird», sagte ich. «Ich muss mich wirklich für meinen Freund entschuldigen. Ich weiß gar nicht, was in ihn gefahren ist.» Ich schüttelte den Kopf. «Er ist sehr eifersüchtig auf Sie. Dabei gibt es dafür gar keinen Grund.»

«Wirklich nicht?» Er sah mich eigenartig an.

Ich lächelte. «Nein. Das hatten wir doch schon geklärt, dachte ich. Ich liebe meinen Freund.»

«Sind Sie da so sicher?»

Ich schwieg, und er strich mir eine Haarsträhne aus dem Gesicht. «Wie können Sie da so sicher sein, Aurélie?», fragte er, und seine blauen Augen verschwammen zu einem See, in den ich zu fallen drohte. «Lieben Sie ihn wirklich noch? Die Dinge ändern sich. Alles ist im Fluss, alles ist unaufhaltsam ... Und nun liege ich hier auf Ihrem Sofa und frage mich, wie es wohl wäre ...»

Er führte seinen Satz nicht zu Ende. Er zog mich sanft und unaufhaltsam zu sich herunter, ich nahm sein Aftershave wahr, das nach Sandelholz und Patschuli roch, der Eisbeutel rutschte vom Sofa, und für einen Moment war ich im Bann dieses Mannes, der so ruhig und souverän sein Ziel verfolgte, während mein eigener Freund wie ein wütendes Rumpelstilzchen durch die Gegend sprang.

Unsere Lippen berührten sich, der Kuss war unvermeidlich, diesmal gab es keine Störmanöver, keinen André, der vor dem Fenster lärmte. Jean-Marie Marronnier küsste mich, und als seine Zunge mit kurzen schnellen Bewegungen meinen Mund erkundete, wusste ich, dass es keinen Zweck hatte. Der Funke sprang nicht über, ich fing sofort an, die ganze Szene von außen zu sehen, ich war nicht bei mir, da waren zwei Münder, die sich aufeinanderpressten, zwei Zungen, die sich umeinanderwanden, doch blieb ich in meinem Innersten davon unberührt. Da war nicht diese Wärme, die mir durch alle Glieder fuhr und mein Verlangen weckte, da war nicht diese seltsame Vertrautheit, die sich sofort einstellte, wenn ein Kuss vollkommen war. Und während ich Marronnier küsste, dachte ich an André, an unseren ersten Kuss, an mein glückseliges Erstaunen darüber, dass sich alles genau richtig anfühlte.

Marronnier ließ zögernd von mir ab und sah mich forschend an.

«Was ist?», fragte er. Seine Augen waren wirklich unglaublich blau.

Ich setzte mich auf und schüttelte den Kopf. «Es passt nicht», sagte ich und lächelte entschuldigend. «Tut mir leid. Es passt einfach nicht. Aber jetzt weiß ich es wenigstens.»

«Oh ... war mein Kuss so wenig überzeugend?»

«Nein, nein, daran liegt es nicht», versicherte ich. «Es

ist wohl eher die … Chemie. Die Verbindung muss stimmen, sonst funktioniert es nicht. Als Koch werden Sie das sicher verstehen.»

Ein Ausdruck des Bedauerns glitt über sein Gesicht, dann lächelte er auch. «Tja, die geheimen Zutaten der Liebe sind wohl nicht so einfach zu ergründen wie die für einen *Vert-Vert*-Kuchen.»

«Sie sind ja ein Philosoph», sagte ich.

«Notgedrungen», entgegnete er. «Nun ja, wer weiß, wozu es gut ist?»

«Uns bleibt immer noch das *Chevreuil aux Griottes*», sagte ich und zwinkerte ihm zu. «Das war wirklich *sehr* überzeugend.»

«Immerhin», sagte er.

Ein Mann wie Marronnier wusste, wann er sich geschlagen geben musste.

Als wir uns am nächsten Morgen voneinander verabschiedeten, war ich mir sicher, dass ich nicht so schnell wieder etwas von dem Koch aus Vétheuil hören würde. Doch zwei Wochen später rief er mich dann doch noch einmal an – mit Neuigkeiten, die wirklich sensationell waren.

«Sie werden nicht glauben, was passiert ist …», sagte er, und für seine Verhältnisse klang er wirklich ziemlich aufgeregt.

«Was ist los?», fragte ich. «War der Präsident etwa zum Essen im *Le Temps des Cerises*?»

«Nein, viel besser.»

«Hm… Lassen Sie mich raten: Ihre Frau hatte ein Einsehen und zieht jetzt doch nach Vétheuil?»

«Das könnte tatsächlich passieren.» Er lachte. «Nachdem dieser Giftzwerg von Corday ihr gesteckt hat, dass ich eine neue Köchin im Visier hätte, vor der man sich in Acht nehmen müsse – damit sind übrigens Sie gemeint –, ist Mathilde ein wenig ins Schwanken geraten. Dafür muss ich Corday fast schon dankbar sein. Und als ich so lädiert nach Hause kam und ihr erklärte, dass ich in eine Schlägerei geraten sei, war sie doch sehr besorgt und meinte, man könne mich nicht allein lassen.»

«Das klingt doch gar nicht schlecht», sagte ich. «Ist das die große Neuigkeit?»

«Nein.» Er machte es wirklich spannend. «Einen Versuch haben Sie noch. Kleiner Tipp: Es hat etwas mit Monet zu tun.»

Ich überlegte einen Moment. «Nein», sagte ich dann.

«Doch», sagte er. «Das Bild ist echt. Sie reden mit dem stolzen Besitzer eines Jugendwerks von Claude Monet.»

«Wow», sagte ich. «Das ist ja unglaublich.»

«Und doch ist es wahr.» Er klang sehr glücklich. «Sie können Ihrem eifersüchtigen Freund übrigens ausrichten, dass er in einer Sache recht hatte: Es fühlt sich gut an, wenn man weiß, dass man einen echten Monet über dem Sofa hängen hat. Sehr gut sogar.»

Mein eifersüchtiger Freund war inzwischen auf der Londoner Buchmesse gewesen. Seit über zwei Wochen herrschte nun schon Funkstille zwischen uns. Ich hatte sie selbst herbeigeführt – zunächst, weil ich wirklich sehr wütend auf André gewesen war, und dann, weil ich hoffte, dass ihm das eine Lehre sein würde. Nach seiner letzten Nachricht hatte ich mich nicht mehr bei ihm gemeldet, und auch er hatte es dann wohl aufgegeben.

Einmal waren wir uns zufällig begegnet, als ich mit Bernadette in einem Café an der Saint-Sulpice-Kirche in der Sonne saß und er mit der Pressefrau der *Éditions Opale* direkt an unserem Tisch vorbeikam. Es war Bernadette, die ausgerufen hatte: «Schau mal, wer da kommt!»

André war stehen geblieben, und wir hatten uns verlegen begrüßt. Ich war mir nicht sicher, ob Michelle Auteuil etwas von unseren Problemen wusste, deswegen sagte ich kaum etwas. Bernadette führte das Wort und fragte, wie es so ginge.

«Oh, gut, gut», sagte André rasch. «Und selbst?»

«Auch gut, gut», sagte Bernadette. «Wann kommt ihr denn mal wieder zum Essen zu uns?»

«Das liegt nicht in meiner Hand», sagte André und schaute kurz in meine Richtung. «Die Termine macht die Chefin.»

Bernadette lachte, und ich schwieg und tat so, als ob es nichts Wichtigeres für mich gäbe, als an meinem Orangensaft zu nippen.

«Na ja, jetzt ist ja auch erst mal die Londoner Buchmesse», sagte er, wieder an Bernadette gewandt.

«Oh, London, du hast's gut», sagte Bernadette. «Wann geht's los?»

«Übermorgen.»

Michelle Auteuille stand höflich lächelnd dabei und wunderte sich sicher über diese seltsame Konversation, die eigentlich nur zwischen Bernadette und André stattfand.

«Na dann viel Spaß in *Swinging London*», sagte Bernadette.

«Danke.» André fuhr sich durch die Haare und vermied es, mich anzuschauen. «Tja, wir müssen weiter ... Euch auch noch viel Spaß.» Er hob die Hand zum Gruß, und unsere Blicke begegneten sich.

«Man sieht sich», sagte er.

Bernadette meinte später, ich hätte nicht so hart sein dürfen.

«Sei nicht so streng, Aurélie. Er wartet doch nur auf ein Zeichen. Hast du nicht gesehen, wie zerknirscht er war?»

«Ja, hinterher ist er immer zerknirscht», sagte ich. «Und beim nächsten Mal macht er dann noch schlimmere Sachen. Er soll endlich begreifen, dass er sich nicht so aufführen kann. All diese Anwürfe und Unterstellungen. Immer setzt er mich ins Unrecht. Und dann diese Szene im Treppenhaus – das war wirklich die Krönung. Ich meine, er hat jemanden *niedergeschlagen*, Bernadette. Was kommt als Nächstes?»

«Ach, Aurélie», sagte Bernadette und lachte. «Nun mach doch nicht so ein Drama draus. Er ist ein *Mann*. Er ist auch nur ein dummer Mann, der sich nicht die Butter vom Brot nehmen lassen will. Er dachte, der Koch hätte den Schlüssel zu deiner Wohnung. Und so ein Unschuldslamm scheint dieser Marronnier nun auch nicht zu sein.» Sie schob sich ihre schwarze Sonnenbrille ins Haar und sah mich an. «Wer weiß, ob der ihn nicht auch provoziert hat. André liebt dich. Nun verzeih ihm endlich. Warst du denn noch nie eifersüchtig? Hast du mir nicht erst neulich von dieser Buchhändlerin erzählt?»

«Jedenfalls habe ich sie nicht gleich k.o. geschlagen», sagte ich. «Aber ja, wenn André wieder aus London zurück ist, rufe ich ihn an.»

In Wirklichkeit musste ich gar nicht überredet werden. Mein Zorn war verraucht. Wenn ich ehrlich war, vermisste ich meinen eifersüchtigen Lektor, aber ich wollte ihn noch ein bisschen schmoren lassen.

Vielleicht wiegte ich mich zu sehr in Sicherheit in jenen letzten Tagen im April. Vielleicht überspannte ich den Bogen und wartete zu lange mit meinem Friedensangebot. Hinterher fragte ich mich, warum ich nicht einfach auf mein Herz gehört hatte und großmütig gewesen war, statt die ganze Zeit darauf herumzureiten, dass André einen Denkzettel verdient hätte. Letztlich machen wir alle Fehler, und für das Gelingen einer Beziehung ist es so viel wichtiger, zu verzeihen, statt auf seinem Recht zu beharren. Ich glaubte, ich müsste nur ein Zeichen geben, und dann würde André reumütig und überglücklich vor meiner Tür stehen. Ich glaubte, das Heft in der Hand zu haben, dabei war es mir längst entglitten.

Doch das alles ahnte ich nicht, als ich Ende April mit Bernadette das kleine Programmkino in der Rue Guillaume Apollinaire besuchte und wir später noch über den Boulevard Saint-Germain bummelten.

Wir hatten uns noch einmal *Midnight in Paris* angeschaut, eine meiner Lieblingskomödien, und ich war romantisch gestimmt, wie immer, wenn ich diesen Film sah. Die Luft war mild, als wir den Boulevard entlangschlenderten, auf dem noch viele Menschen unterwegs waren. Die Kirche von Saint-Germain erhob sich golden aus dem dunklen Blattwerk des Klostergartens, die Cafés hatten noch geöffnet, die Schaufenster der kleinen Geschäfte waren erleuchtet, und all die Lichter verliehen der Stadt etwas ungemein Lebendiges und Strahlendes, von dem man selbst nur zu gerne ein Teil sein wollte. An einem Abend wie diesem wusste ich, warum ich nie in einer anderen Stadt hätte leben können. Paris war mit nichts zu vergleichen, und so manches Mal, wenn ich mit André nachts auf einer der Seine-Brücken gestanden hatte und den Eiffelturm in der Ferne glitzern sah, hatte ich mir vorgestellt, dass man sogar vom All aus Paris hätte ausmachen können – einen funkelnden Stern, der die Nacht erhellte.

Bernadette hakte sich bei mir ein. «Ein wirklich schöner Film», sagte sie. «So romantisch.» Sie sah mich von der Seite an. «Und? Hast du André inzwischen angerufen?»

Ich lächelte. «Keine Sorge, das mache ich morgen. Ich habe mir gedacht, dass ich ihn zu mir zum Essen einlade.» Tatsächlich hatte ich mir überlegt, zum großen Versöhnungsfest das *Menu d'amour* auf den Tisch zu bringen. «Ehrlich gesagt, bin ich jetzt selbst schon ein bisschen aufgeregt.»

Bernadette drückte meinen Arm. «Das musst du nicht. Ich wette, ihr werdet euch erleichtert in die Arme fallen und gar nicht zum Essen kommen.» Sie sah mich eindringlich an. «Versprich mir, dass du die alten Geschichten nicht noch mal aufwärmst. Keine Vorwürfe mehr, Aurélie. Der arme Kerl hat genug gebüßt.»

«Nein, nein», versicherte ich. «Das ist passé. Außerdem bin ich nicht nachtragend.»

«Du bist nachtragend wie ein Elefant, meine Liebe.»

«Findest du?»

Lachend gingen wir weiter. Ein Pärchen stand eng umschlungen vor einer Litfaßsäule und küsste sich, der Frühlingswind zerzauste die Locken der jungen Frau, die sich in die Arme ihres Freundes schmiegte, und ich dachte voller Sehnsucht an André, an den Mai, in den wir morgen hineinfeiern würden, und an all die Jahre, die vor uns lagen.

Lächelnd sah ich zu den beiden hinüber. Die Liebe war immer wieder wunderbar. Und dann lösten sie sich voneinander, und mein Lächeln gefror.

Dort, nur wenige Schritte von mir entfernt, standen Artémise Belfond und André und blickten sich verliebt in die Augen.

17

Ich kannte Gott Amor nicht persönlich, aber er schien etwas gegen mich zu haben. Jedenfalls meinte er es nicht gut mit mir, als ich nach der Lesung mit Artémise Belfond den Boulevard Saint-Germain entlangging. Wieso sonst hätte er ausgerechnet an diesem Abend die Schritte von Aurélie und Bernadette in unsere Richtung gelenkt?

Als Aurélie eine wunderschöne Frau mit blonden Locken sah, die ihren eigenen Freund gerade leidenschaftlich küsste, dachte sie wohl das, was jeder in solch einer Situation denken würde.

Dabei war alles ganz anders.

Ich kam von der Londoner Buchmesse zurück, und Aurélie hatte immer noch nicht bei mir angerufen. Schweren Herzens hatte ich mich zurückgehalten und aufgehört, sie mit Nachrichten zu bombardieren. Ich wollte ihr die Zeit geben, die sie brauchte. Und auch ich hatte nachgedacht und konnte mittlerweile selbst nicht verstehen, warum ich so ausgerastet war. Die Situation hatte sich auf fatale Weise hochgeschaukelt, sicher war ich daran nicht ganz unschuldig. Ich wäre für einen Neuanfang bereit gewesen. Doch nach unserem peinlichen Zusammentreffen in dem Café an der Saint-Sulpice-Kirche, wo Bernadette mich ansprach und Aurélie mich kaum anschaute, hatte ich allmählich die Hoffnung verloren, dass sie sich überhaupt noch einmal meldete. Vielleicht hatte sie mich ja auch schon abgeschrieben und traute sich nicht, es mir zu sagen. Ich wusste gar nicht mehr, ob wir überhaupt noch eine Beziehung hatten. Ich litt wie ein Hund in diesen Wochen, und oft genug rief ich spätabends Adam an, um mich trösten zu lassen. «Gib ihr Zeit, sie kommt schon wieder», sagte er jedes Mal.

In all meinem Schmerz hatte ich die zweite Lesung im *Au Clair de la Lune* fast schon vergessen, aber ein paar Tage vorher rief Artémise Belfond an – zuverlässig und zugewandt wie immer. Sie schickte mir eine Mail mit Vorschlägen für die Chansons, die die Sängerin zwischen den einzelnen Textpassagen zum Besten geben würde.

Und so machte ich mich am Abend auf den Weg in die kleine Buchhandlung im Quartier Latin.

Artémise Belfond war reizend wie immer, sie hatte alles perfekt vorbereitet, mit Wein und Canapés, und die Lieder der Sängerin passten so gut zu den Stellen, die ich vorlas. Und auch ich gab mir alle Mühe, doch im Vergleich zu meiner Lesung am Valentinstag empfand ich meine Darbietung an diesem Abend als einen müden Abklatsch. Die traurige Tatsache, dass sich in nicht einmal drei Monaten so viel geändert hatte, stimmte mich melancholisch. Die Buchhandlung war zwar bis auf den letzten Platz besetzt, und es waren fast nur Frauen, die dort saßen und mich erwartungsvoll anschauten. Doch was nützte mir die Aufmerksamkeit aller Frauen, wenn die eine, auf die es mir ankam, sich entzog? In meinen kühnsten Phantasien hatte ich gehofft, dass Aurélie mich vielleicht überraschen und plötzlich bei der Lesung auftauchen würde, mit einem spöttischen Lächeln und einem versöhnlichen Augenzwinkern. Aber natürlich kam sie nicht. Sie wusste sicher nicht einmal mehr, dass ich an diesem Abend meine Lesung hatte. Als die schwarze Sängerin nach der letzten Textstelle Charles Aznavours *For me, formidable* sang, wären mir fast die Tränen gekommen. Und als ich nach der Lesung mit Aurélies Waterman-Füller die Bücher signierte, dachte ich für einen Moment, dass dieser Füller vielleicht das letzte Geschenk war, dass sie mir gemacht hatte.

Artémise Belfond war eine warmherzige und feinfühlige Person. Sie merkte sofort, dass etwas nicht stimmte, aber sie stellte keine dummen Fragen. Nach der Lesung überredete sie mich noch zu einem Glas Wein im *Café de Flore* und versuchte wirklich alles, um mich ein wenig aufzuheitern. Wir saßen vor dem Café an einem kleinen runden Tisch, ich trank den kühlen Weißwein, den der

Kellner immer wieder aus der Flasche nachschenkte, die in dem silbernen Kübel neben uns ruhte, und Artémises helles Lachen drang an mein Ohr und zog mich ein bisschen aus meinem traurigen Sumpf. Zwischendurch legte sie den Kopf schräg und sah mich forschend aus ihren großen Augen an. Sie war wirklich eine Erscheinung mit ihrer weiblichen Figur, mit ihren sanften Zügen und dem sinnlichen Mund. Die Kellner scharwenzelten um unseren Tisch herum, und als sie einmal kurz aufstand, um zu den Toiletten im ersten Stock zu gehen, und durch das Café schwebte, sahen ihr nicht nur die Männer, sondern auch ein paar Frauen nach.

Ich trank noch einen Schluck Wein. Zu Hause erwartete mich eh keiner, und mit der schönen Buchhändlerin im *Café de Flore* zu sitzen, war jedenfalls besser, als allein im Bett zu liegen und zu grübeln.

Als sie wieder zurückkam und mich nach meinem nächsten Buchprojekt fragte, erklärte ich mit düsterer Miene, dass es keinen weiteren Roman mehr geben würde.

«Warum so bitter, Monsieur Chabanais?», entgegnete sie und sah mich fragend an. «Warum wollen Sie mit dem Schreiben aufhören? Das wäre wirklich zu schade. Gibt es denn einen Grund dafür? Möchten Sie ihn mir vielleicht sagen?» Sie winkte dem Kellner, der uns noch etwas Wein nachschenkte.

Eigentlich wollte ich darüber gerade nicht reden, doch mit ihrer zugewandten sanften Art entlockte mir die Buchhändlerin in der nächsten Stunde schließlich nicht nur die Geschichte, die sich hinter dem Roman *Das Lächeln der Frauen* verbarg, sondern andeutungsweise auch das, was folgte.

«Wissen Sie was, Monsieur Chabanais? Ich habe immer schon geahnt, dass dieses Buch ein Schlüsselroman ist», meinte sie, als wir wenig später zahlten und dann zusammen noch ein Stück über den nächtlichen Boulevard liefen. «Die Personen fühlen sich so echt an, auch wenn die ganze Geschichte so phantastisch klingt, dass man kaum glauben mag, dass sie einen wahren Hintergrund hat.»

Sie schüttelte den Kopf, während sie neben mir herging. Der Boulevard war noch sehr belebt, die milden Temperaturen hatten die Menschen nach draußen gelockt.

«Tja», sagte ich. «Und doch ist alles real. Nur die Frau aus dem Roman gibt es nun nicht mehr. Jedenfalls nicht mehr für mich.» Ich zuckte mit den Achseln. «Ich habe Mist gebaut, und nun lässt sie mich am ausgestreckten Arm verhungern. Und zum Schreiben habe ich auch keine Lust mehr.»

«Das tut mir sehr leid. Ich wünschte, ich könnte Ihnen helfen. Aber manchmal kann so eine Krise ja auch einen kreativen Schub auslösen», versuchte sie mich zu trösten.

«Ach, was soll's», sagte ich. «Wie es aussieht, ist dieses Kapitel beendet.»

«Vielleicht sollten Sie ein neues Kapitel aufschlagen», meinte Artémise, als sie sich jetzt bei mir unterhakte, während wir weitergingen. «Schauen Sie nach vorn, Monsieur Chabanais! Die Vergangenheit kann keiner ändern. Kommen Sie, ich begleite Sie noch bis zur nächsten Ecke, dann muss ich auf die andere Seite rüber.»

Wir kamen an einer Litfaßsäule vorbei, ein frühlingshafter Wind wehte uns plötzlich entgegen, und Artémise hielt sich lachend ihre Haare, die durcheinandergewirbelt wurden, und blieb stehen.

«Hui!», rief sie fröhlich. «Wir fliegen gleich weg.»

«Das wäre vielleicht gar keine schlechte Idee», sagte ich und lachte auch.

Sie stand vor mir und sah mich lächelnd an. Ihr Mund war plötzlich ganz nah ... Zu nah für einen trostbedürftigen Mann.

«Wollen Sie mich nicht küssen?», fragte sie.

«Ich ... weiß nicht ...»

Wir standen vor der Litfaßsäule mit den bunten Plakaten, und der ganze Boulevard schien mit einem Mal zu verschwinden.

«Sie *wissen* nicht?», wiederholte sie leise. Sie schlang die Arme um meinen Hals und spitzte verführerisch die Lippen.

Und dann küsste ich sie doch.

Es war ein Moment, den ich sicher niemals vergessen werde. Denn als ich in die weichen Arme von Artémise Belfond tauchte und nach einer Weile meine Lippen von den ihren löste, zerriss eine Stimme die angenehme Wattewolke, die mich einhüllte. Ich hörte meinen Namen, und es fühlte sich an, als ob jemand einen Kübel mit Eiswasser über mir ausschütten würde.

«André!!!»

Ich fuhr zusammen und erstarrte. Wie vom Himmel gefallen stand plötzlich Aurélie neben uns und starrte mich ungläubig an. Hinter ihr tauchte Bernadette auf, die mindestens ebenso fassungslos zu sein schien.

Aurélie atmete einmal tief durch, und dann schrie sie los.

«Das glaube ich jetzt nicht! Die ganze Zeit machst du mir die Hölle heiß mit deiner blöden Eifersucht, und dann stehst du mitten auf der Straße und küsst die *Buchhändlerin*? Wie verlogen ist das denn? Ich fasse es nicht. Du bist echt das Letzte, André Chabanais.»

«Aurélie! Nein! Nein!» Ich hob die Hände. «Das ist alles ein schreckliches Missverständnis.»

«Ein *Missverständnis*?» Sie spie mir das Wort ins Gesicht, und ich zuckte zusammen. «Für wie blöd hältst du mich, André?»

«Ich war so einsam. Ich habe dich vermisst», beteuerte ich.

«Ja, das sehe ich. Glücklicherweise bist du ja schnell darüber hinweggekommen. Wir sehen uns zwei Wochen nicht, und du hast schon die nächste Frau am Wickel. Ich hätte dich morgen früh angerufen, aber so lange konntest du wohl nicht warten.»

«Ich wusste doch nicht, dass du mich anrufen wolltest», entgegnete ich. «Wie hätte ich das ahnen sollen?»

«Genau. Wie hättest du das ahnen sollen, du armer

Liebling. Und wie hätte *ich* ahnen sollen, dass du dich, anstatt mal in dich zu gehen, gleich mit deiner Buchhändlerin vergnügst. Es ist einfach ungeheuerlich.»

Sie musterte Artémise Belfond mit argwöhnischem Blick. Die Buchhändlerin war verstummt und schaute Aurélie mit großen Augen an.

«Ja, gucken Sie nicht so, ich weiß alles über Sie!», wütete Aurélie weiter. «Sie haben ja oft genug bei uns angerufen.»

«Monsieur Chabanais hatte heute Abend seine Lesung, und er …»

«Schon klar. Ich verstehe. Sie sind hier nur die Buchhändlerin. Sie wollen mir jetzt aber nicht erzählen, dass das hier», sie machte eine ausholende Geste, «zum Abendprogramm dazugehört, oder?»

«Bitte, *chérie*», sagte ich in beschwörendem Ton. «Mach jetzt nicht alles schlimmer, als es ist. Es ist wirklich nicht das, wonach es aussieht.»

«Nein? Ist es das nicht? Wonach sieht es denn deiner Meinung nach aus? Was für eine Version willst du mir auftischen?» Sie lachte zornig. «Oh, ich verstehe, der Bestsellerautor sucht schon nach einem neuen Stoff für seinen nächsten Roman.» Sie trat einen Schritt näher und sah mich verächtlich an. «Du hast dir doch noch nie was ausgedacht, André, dazu fehlt dir die Phantasie.» Dann wandte sie sich an Artémise Belfond. «Passen Sie bloß auf, der benutzt alle Leute für seine Zwecke, und ehe Sie sich's versehen, finden Sie sich in seinem Buch wieder … Komm, Bernadette, wir gehen! Ich habe genug gesehen.»

«Nein ... warte, Aurélie! Lass uns wenigstens darüber reden.»

Sie drehte sich noch einmal um, und ihre Augen glitzerten.

«Es gibt nichts mehr zu reden, André. Du kannst morgen früh kommen und dir deine Sachen abholen.»

Sie zog Bernadette mit sich fort, und ich blieb wie betäubt stehen. Und während ich hilflos zusah, wie Aurélie verschwand, hörte ich Artémise Belfond entgeistert fragen: «Und *das* ist die wunderbare Frau aus deinem Buch?»

Als ich am nächsten Morgen bei Aurélie klingelte, öffnete niemand. Ich schloss die Haustür auf und stieg mit klopfendem Herzen die Treppen hoch. Ich hatte einen Strauß Blumen dabei, wieder einmal, und hoffte, dass Aurélie mit mir reden würde. Immerhin hatte sie mich doch an diesem Morgen eigentlich anrufen wollen, und das hätte sie auch getan, wenn wir nicht dummerweise zur selben Zeit am selben Ort gewesen wären. Das war einfach verdammtes Pech gewesen. Ich wertete es trotz allem als gutes Zeichen, dass sie unsere Pause hatte beenden wollen. Natürlich verstand ich, dass Aurélie aufgebracht und wütend war, als sie Artémise und mich bei unserem Kuss auf dem Boulevard Saint-Germain überraschte. Das war sicher ein Schock für sie gewesen, für mich im Übrigen auch. Doch wenn ich ihr erst einmal alles erklärt hätte, würde sie mir verzeihen. Es war ja nur dieser eine Kuss.

Artémise und ich hatten etwas ratlos auf der Straße gestanden, nachdem Aurélie mit Bernadette abgerauscht war. Dann hatte die Buchhändlerin meine Hand gedrückt und gesagt, dass sie mir wünsche, dass alles zu einem guten Ende kommen würde. So oder so. «Was auch geschieht, es steht alles im großen Buch des Lebens, Sie können ganz beruhigt sein.» Lächelnd hatte sie mir eine Kusshand zugeworfen, und dann war sie quer über den Boulevard gelaufen und in einer der kleinen Seitenstraßen verschwunden.

Und so hatte ich mich früh am Morgen verhalten optimistisch auf den Weg gemacht, doch als ich jetzt den Treppenabsatz im dritten Stockwerk erreichte, sank mir der Mut. Die Lage war noch viel ernster, als ich gedacht hatte. Irgendjemand hatte meine große Reisetasche gepackt vor die Tür gestellt, und dieser jemand konnte nur Aurélie sein.

Offenbar wollte sie mich nicht sehen.

Ich trat näher und entdeckte den gefalteten Zettel, der oben auf der Tasche lag. Begierig faltete ich ihn auseinander. Es waren nur wenige Zeilen, in denen Aurélie mir kurz mitteilte, dass ich den Schlüssel bitte in den Briefkasten werfen solle. Sie wünsche mir alles Gute, Aurélie.

PS: Die Schlüssel von deiner Wohnung stecken im Seitenfach. Bitte rufe mich nicht mehr an, danke.

Erschüttert las ich die Nachricht, die sehr endgültig klang. Ich las sie mehrere Male, und dann steckte ich sie in meine Manteltasche.

Ob Aurélie wirklich nicht zu Hause war? Vielleicht wartete sie mit angehaltenem Atem hinter der Tür.

Ich klingelte, dann klopfte ich leise an. Schließlich konnte ich der Versuchung nicht widerstehen und schloss die Tür auf. Zögernd betrat ich die Wohnung.

«Aurélie? Bist du da?», fragte ich, doch es kam keine Antwort. Ich ging durch alle Zimmer, es waren ja nicht besonders viele, doch sie war tatsächlich fort. Weggegangen, um mir nicht begegnen zu müssen.

Ich war wie vor den Kopf gestoßen. Unschlüssig strich ich durch das Wohnzimmer und betrachtete das Bild auf der Kommode, das Aurélie und mich an der Atlantikküste zeigte. Wir standen lachend da, glücklich, hielten uns im Arm, und hinter uns waren nur das Meer und ein weiter Himmel, der alle Wünsche möglich machte. Das war im letzten Sommer gewesen. Unser erster gemeinsamer Urlaub. Ich strich mit dem Finger über das Foto, und ein Gefühl der Nostalgie ergriff mich. Ich ging ins Schlafzimmer, wo wie immer die hellblaue Tagesdecke ordentlich über dem Bett ausgebreitet war, und ich musste an all die lustigen und zärtlichen Frühstücke denken, die wir hier eingenommen hatten. Ich setzte mich eine Weile aufs Bett und schaute mich traurig um.

An der Gedankenwand hingen die kleinen Zettel mit Aurélies wunderlichen Einfällen und Betrachtungen. Die Sonne schien durch die hellen Vorhänge. Die alte Kastanie stand im Hof. Auf dem Balkon hatte Aurélie die ersten Blumen gepflanzt. Alles war wie immer. Und doch hatte sich alles geändert. Ich öffnete die Balkontür und trat hinaus. Die Luft war frisch und klar, und der Duft der Kastanienblüten wehte mich an. Ich schloss die Augen und atmete tief ein. Wir waren doch so glücklich gewesen. Es sollte für immer sein. Und nun war unsere Geschichte zu Ende. Es schien mir immer noch unmöglich, dieses Ende. Es war wie ein böser Traum, aus dem man im letzten Moment erwacht, weil man weiß, dass so etwas in Wirklichkeit nicht sein kann.

Ich steckte mir eine Zigarette an und dachte mit einem wehmütigen Lächeln daran, dass dies wohl die letzte Zigarette war, die ich auf Aurélies Balkon rauchte. Auf dem runden Mosaiktischchen stand immer noch der blaue Aschenbecher, den sie mir mal geschenkt hatte. Den hatte sie wohl vergessen, in die Tasche zu packen. Ich drückte meine Zigarette aus und beschloss, den Aschenbecher stehen zu lassen.

Als ich hineinging und die Tür hinter mir zuzog, flatterten die Zettelchen an der Wand, als ob sie mir zum Abschied winken wollten, und mein Herz drehte sich fast um.

Ich holte eine Vase aus der Küche, füllte sie mit frischem Wasser und stellte die Blumen hinein. Dann suchte ich nach einem Blatt Papier. Ich wollte Aurélie auch etwas schreiben, aber nicht, dass ich ihr alles Gute wünschte und sie mich bitte nicht mehr anrufen sollte. Ich wollte sie bitten, mir zu verzeihen, ein letztes Mal und für immer. Ich wollte ihr schreiben, dass dieser Kuss der erste und einzige war, den ich mit Artémise Belfond getauscht hatte. Dass ich mich so über ihren

Anruf gefreut hätte. Dass ich so gerne gekommen wäre. Dass ich den Weg durchs Leben so gerne mit ihr zusammen weitergegangen wäre.

Ich setzte mich an den runden Tisch und suchte nach meinem neuen Füller. Doch ich fand ihn nicht, und nach einer Weile wurde mir klar, dass ich ihn am Vorabend nach dem Signieren in der Buchhandlung liegengelassen hatte. Ich hatte alles verloren, selbst Aurélies Füller.

Ich brach in Tränen aus. Ich weiß nicht, wann ich das letzte Mal geweint hatte, vielleicht war es auf der Beerdigung von Papa. Doch jetzt saß ich da und schluchzte in meine Hände, und die Tränen tropften auf die Tischplatte.

Irgendwann riss ich mich zusammen. Ich fand einen anderen Stift, ich schrieb meinen Brief, faltete ihn und lehnte ihn gegen die Blumenvase. Dann nahm ich die große Reisetasche, ging ein letztes Mal durch das alte Treppenhaus und warf unten den Schlüssel in Aurélies Briefkasten.

Er verschwand mit einem kleinen Geräusch, das mir das Herz brach.

Als ich an diesem Vormittag in den Verlag kam, starrte Florence Mirabeau erschrocken auf meine Tasche. Sie sah mich an, und ihre Augen weiteten sich ungläubig.

«Oje, Monsieur Chabanais, *so* schlimm ist es schon?»

«Ja, so schlimm ist es schon», sagte ich. «Es ist aus. Jetzt kann nur noch ein Wunder helfen. Aber wer glaubt schon an Wunder?»

In diesem Moment wuchs die kleine Florence Mirabeau über sich hinaus.

«Wir, Monsieur Chabanais, *wir* glauben an Wunder. Wer denn nicht, wenn Menschen wie wir, die wir von Geschichten leben. Wir verkaufen Träume, das haben Sie mir selbst einmal gesagt, erinnern Sie sich noch? Wir werden nie aufhören, Träume zu verkaufen, und wir werden nie aufhören, an Wunder zu glauben.»

18

Alles war anders gekommen, als ich es mir vorgestellt hatte.

Als ich André mit dieser Frau sah, spürte ich, wie eine eiskalte Hand nach meinem Herzen griff und es kurz zusammendrückte. Dann zog sich die Hand zurück, und mein verwundetes Herz fing an zu hämmern und sich aufzupumpen, bis es explodierte.

Dieser Kuss auf dem Boulevard Saint-Germain war der Tropfen, der das Fass zum Überlaufen brachte. Ich war außer mir, ich fühlte mich beleidigt, zurückgesetzt, betrogen.

Als ich mit Bernadette lachend über den Boulevard ging, war ich noch diejenige gewesen, die sich in der komfortablen Position wähnte, einem zerknirschten Mann großmütig seine eifersüchtigen Taten zu verzeihen. Einen Moment später hatte sich das Rad gedreht, und ich sah zu meiner tiefen Bestürzung, dass ebendieser Mann gar nicht auf meinen Freispruch angewiesen war. Während ich mich der Vorstellung hingab, dass André sich nach mir verzehrte und sehnsüchtig auf mein Zeichen wartete, hatte dieser Schuft sein Glück schon längst in den Armen einer anderen gefunden. Einer Frau, die süß und schön war wie ein Sahnebaiser und mich verwundert anschaute, als ich mich mitten auf der Straße zum Narren machte und schrie und tobte.

Der Sturm der Eifersucht wütete in mir, die Rage verlieh mir Superkräfte, ich glaube, so schnell hat noch niemand die Tasche seines Freundes gepackt. Noch in der Nacht suchte ich alles zusammen, was ich von dem treulosen André finden konnte, ich lief durch die Wohnung, riss Schubladen und Schranktüren auf, warf Bücher und Rasierzeug in seine große Reisetasche und rief immer wieder: «Du kannst mich mal, André Chabanais, jetzt ist endgültig Schluss!»

Es war gegen zwei Uhr, als ich seine Sachen nach draußen stellte. So schnell konnte man jemanden aus seinem Leben werfen, wenn jeder noch seine eigene Wohnung hatte. *Zum Glück*, dachte ich, *zum Glück*!

Ich schloss ich die Wohnungstür zweimal ab und lief nach unten. Die Passage war wie ausgestorben. Einsam hallten meine Schritte auf dem Kopfsteinpflaster. Ich lief auf den Boulevard Saint-Germain, nahm ein Taxi und fuhr zu Bernadette, die mir im Gästezimmer ein Bett bereitet hatte. Sie brachte mir einen Tee, setzte sich zu mir und legte den Arm um mich.

Und erst da fing ich an zu weinen. Ich weinte mir die Seele aus dem Leib. Die widersprüchlichsten Gefühle brachen sich mit Macht ihre Bahn. Zunächst waren es noch Tränen der Wut, die mich immer wieder empört aufbegehren ließen, wenn mir noch etwas einfiel, das André zu einem total gemeinen Mistkerl machte. «Und dann ausgerechnet Artémise Belfond», heulte ich. «Diese Frau war mir schon immer suspekt. Neben der komme ich mir vor wie Aschenputtel.»

Bernadette strich mir beruhigend über die Schulter und versicherte mir, dass niemand so wenig ein Aschenputtel war wie ich.

Doch das tröstete mich nicht. Ich schluchzte weiter, stieß meine Verwünschungen aus und sagte, dass André eine ganz miese Ratte sei, der mir, was die Buchhändlerin anging, schon immer etwas vorgemacht hätte.

«Aber wie passt das denn damit zusammen, dass er so eifersüchtig auf Marronnier war?», wandte Bernadette ein.

«Das weiß *ich* doch nicht», rief ich erbost. «Ich verstehe mittlerweile überhaupt nichts mehr.»

«Und wenn du doch noch mal mit ihm redest?»

«Nein!», schluchzte ich. «Auf keinen Fall. Ich will mit diesem Menschen nichts mehr zu tun haben. Wenn ich so leicht zu ersetzen bin, dann bitte!», rief ich empört. «Soll er doch mit seiner Buchhändlerin glücklich werden. Im *Au Clair de la Lune*! Da kann er sich dann den ganzen Tag beklatschen lassen.» Ich vergrub den Kopf in meine Arme.

«Soll ich vielleicht mal mit André reden?»

«Untersteh dich», murmelte ich dumpf.

«Ach, Aurélie», sagte Bernadette und strich mir übers

Haar. «Es tut mir so leid. He ... du!» Sie rüttelte sanft an meiner Schulter.

Ich blickte auf und sah das weiße Taschentuch, das sie mir entgegenhielt. «Hier», sagte sie, und ich musste plötzlich wieder an André denken, der auch immer ein frisches Taschentuch für mich gehabt hatte, wenn es darauf ankam.

«Danke.» Ich nahm das Taschentuch und schob die sentimentale Erinnerung beiseite. «Weißt du, Bernadette, wir passen einfach nicht zusammen», sagte ich entschlossen. Ich wischte mir die Tränen weg und zerknüllte das Taschentuch in meiner Hand. «Das ist mir jetzt klargeworden. *Gott sei Dank* ist es mir klargeworden, bevor ich mit ihm zusammengezogen bin. Stell dir mal vor, wir hätten geheiratet oder ... oder ... ich hätte ein Kind von ihm bekommen ...» Der Gedanke daran ließ mich erneut aufschluchzen. «Abgesehen davon, dass er das sowieso nie vorhatte. Er hatte es nie vor», wiederholte ich tränenerstickt.

«So ein Unsinn», sagte Bernadette und strich mir sanft übers Haar. «Das weißt du doch gar nicht. Ich fand immer, dass ihr sehr gut zusammengepasst habt.»

Sie benutzte die Vergangenheitsform, und das machte mich so traurig, dass ich gleich wieder weiterweinte.

«Ich bin so unglücklich, Bernadette», schluchzte ich. «Was soll ich denn jetzt nur machen?» Ich ließ mich aufs Bett fallen.

«Jetzt schläfst du erst mal. Morgen sehen wir weiter. Das wird schon alles.»

Bernadette deckte mich zu. Dann drückte sie mir einen Kuss auf die Stirn und löschte das Licht.

Als sie aus dem Zimmer gegangen war, starrte ich an die Decke. Mit einem Mal tat sich die Zukunft vor mir auf wie eine riesige Wüste. Da war nichts als Leere. Und ich war ganz allein. Ein kleiner Mensch in einer Wüste. Ich merkte, wie das Selbstmitleid mich übermannte. Die Menschen, die mir etwas bedeuteten, waren entweder tot, oder sie hatten mich im Stich gelassen. Wahrscheinlich würde ich mir demnächst eine Katze zulegen müssen, um mich nicht so einsam zu fühlen.

Ich lag noch lange wach in dieser Nacht. Ich war erschöpft und doch zu aufgewühlt, um Schlaf zu finden. Das Bild von André und Artémise, die sich vor der Litfaßsäule küssten, kam mir immer wieder in den Sinn, es hatte sich in meine Netzhaut eingebrannt, und jedes Mal versetzte es mir einen Stich ins Herz. Doch was noch schlimmer war, waren all die Erinnerungen, die plötzlich auftauchten. Seltsamerweise waren es nicht die Streitereien und Auseinandersetzungen, an die ich dachte. Mir fielen nur die schönen Dinge ein, verliebte Worte, die André mir ins Ohr geflüstert hatte, sein verschmitztes Lachen, Szenen aus unserem Leben, die mich traurig lächeln ließen, unsere kleinen Rituale, von denen ich jetzt schon wusste, dass ich sie vermissen würde. Die Monate mit André zogen an meinem geistigen Auge vorüber wie ein Kinofilm … Vorbei, vorbei, denn Aurélie und André gab es nicht mehr.

Als ich erwachte, war es bereits Mittag, und die Wohnung war leer. Bernadette und ihr Mann waren über den ersten Mai mit der kleinen Marie zu den Schwiegereltern gefahren. Ich hatte so tief und fest geschlafen, dass ich sie gar nicht gehört hatte. In der Küche fand ich ein kleines Frühstück vor, das meine Freundin mir hingestellt hatte. Ein Zettel lag neben dem Körbchen mit den Croissants auf dem Frühstücksteller.

Alles wird gut, Aurélie. Ruf mich an, wenn du etwas brauchst oder reden möchtest. Ich umarme dich, Bernadette.

Darüber hatte sie ein kleines Herz gemalt. Ich seufzte gerührt. Es war gut, eine Freundin wie Bernadette zu haben.

Ich saß noch eine Weile in der hellen Küche, trank meinen Kaffee und bestrich mir das Croissant mit Butter und Marmelade. Ich fühlte mich seltsam unwirklich, wie im Niemandsland. Ich wollte ganz sicher sein, dass André weg war, wenn ich nach Hause kam. Vielleicht wollte ich aber auch nur den Moment hinauszögern, in dem ich meine Wohnung betrat und unmissverständlich klar war, dass sich mein Leben soeben grundstürzend verändert hatte.

Manchmal passieren Wunder, wenn man am wenigsten damit rechnet. Ich rede hier nicht von Marienerscheinungen oder übernatürlichen Dingen. Ich meine diese kleinen Wunder, wenn zwei Menschen sich zufällig auf einer Brücke begegnen und in die Augen schauen und mit diesem Moment etwas Neues beginnt. Oder wenn man gerade an jemanden denkt, und genau in diesem Moment ruft er an. Oder wenn man, wie ich, zufällig irgendwohin schaut und dabei eine Entdeckung macht, die alles verändert. Natürlich könnte man jetzt darüber streiten, ob es Zufälle überhaupt gibt. Ich glaube nicht daran. Vielleicht möchte ich den Ereignissen in meinem Leben einfach nur einen sinnhaften Zusammenhang geben, denn ich für meinen Teil kann nicht glauben, dass alles bedeutungslos sein soll. Die Dinge geschehen nicht einfach so.

Dass solch ein kleines Wunder auf mich wartete, als ich mich an diesem sonnenhellen Nachmittag so niedergeschlagen auf den Weg machte, hätte ich nicht erwartet. Ehrlich gesagt, erwartete ich gar nichts mehr. Ich war müde und erschöpft und durcheinander und traurig, als ich die Treppen zu meiner Wohnung hochstieg.

Andrés Reisetasche war verschwunden, aber als ich die Tür aufschloss, bemerkte ich, dass jemand in der Wohnung gewesen sein musste, denn ich hatte den Schlüssel zweimal umgedreht. Beklommen trat ich ein und hielt den Atem an – saß André etwa auf dem Sofa? Nein, die Wohnung war still und leer. Ich hängte den Mantel auf und trat ins Wohnzimmer.

Das Erste, was mir auffiel, waren die Blumen, die auf dem runden Tisch standen. Sie leuchteten mir in allen Farben entgegen, in Gelb und Blau und Pink. An der Vase lehnte ein gefalteter Zettel. Das war mal wieder typisch für André, er dachte wohl, mit einem Blumenstrauß und ein paar netten Zeilen könne man alles regeln. Ich beschloss, den Brief später zu lesen, und sah mich um. Mein Blick fiel auf die Kommode, und ich bemerkte sofort, dass etwas fehlte. Zwischen ein paar gerahmten Fotografien von meinen Eltern und mir als kleinem Mädchen gab es eine Lücke. Das Bild von André und mir war nicht mehr da. Ich schluckte. Wie kam er dazu, das einfach mitzunehmen? Auch wenn jetzt alles vorbei war, hing ich schließlich auch an dem Foto. Unser erster Sommer am Meer. Ich merkte, wie mir der Hals plötzlich ganz eng wurde. Die Lücke auf der Kommode tat irgendwie weh, und das Gefühl, etwas verloren zu haben, wurde übermächtig. Wie unter Zwang ging ich die ganze Wohnung ab, um zu sehen, ob noch etwas fehlte. Aber bis auf das Foto schien alles unberührt. André fehlte. Natürlich. Es würde eine Weile dauern, bis ich mich daran gewöhnt hatte, dass er sich nicht mehr auf dem Sofa lümmelte oder mit einem Glas Wein aus der Küche kam. Aber es war besser so, sagte ich mir. Für mein weiteres Leben war es sicher besser so, lieber ein Ende mit Schrecken als ein Schrecken ohne Ende. Ich hatte es selbst so entschieden, doch nun fühlte es sich mit einem Mal ganz merkwürdig an. Die Erinnerungen fluteten mein Herz, und für die Zukunft hatte ich noch keine Bilder. Es war einfach zu erklären.

Im Schlafzimmer waren die Vorhänge verdreht. War er auf dem Balkon gewesen? Ich öffnete die Tür und trat hinaus. Am Nachmittag lag der Hof im Schatten. Gedankenverloren zupfte ich ein paar verwelkte Blüten aus den Blumenkästen. Dann entdeckte ich die ausgedrückte Zigarette in dem blauen Aschenbecher. Die letzte Zigarette, die er hier geraucht hat, schoss es mir durch den Kopf. Eigentlich hätte ich doch froh sein müssen, dass es jetzt nie mehr Diskussionen darüber gab, dass drinnen nicht geraucht werden sollte. Er hatte es trotzdem manchmal gemacht, wenn ich nicht da war, und dann alle Fenster aufgerissen, damit ich es nicht merkte. Ich merkte es dennoch. Wehmütig dachte ich an seine unschuldigen braunen Augen, wenn er mir versichert hatte, den Geruch nach Zigaretten bilde ich mir nur ein. Ich ertappte mich dabei, wie ich der Zigarette traurig zulächelte. Mein Gott, ich durfte jetzt nicht durchdrehen!

Ein Vogel zwitscherte in den Bäumen der alten Kastanie. Wie an dem Morgen, als ich zum ersten Mal neben André aufgewacht war und aus dem Fenster geblickt hatte. Damals war es Winter gewesen. Jetzt stand alles in Blüte.

Ich ging wieder hinein und bemerkte den Abdruck auf der Tagesdecke. Hier hatte er also heute Morgen noch gesessen. Wieso eigentlich? Ich setzte mich auch auf das Bett und sah, was er gesehen hatte: die Kommode mit dem kleinen Ölgemälde aus Venedig, das André mir damals zum Geburtstag in einer kleinen Galerie unweit der Piazza San Marco gekauft hatte, die alte chinesische Vase von Papa, den großen Spiegel, meine Gedankenwand links neben der Tür und rechts davon den Kleiderschrank aus Kirschholz. Ich drehte den Kopf weiter und sah wieder zur Balkontür hinaus. Dann schaute ich zurück auf den Kleiderschrank und betrachtete lange die Maserungen im Holz. Irgendwann fiel mein Blick auf etwas, das, in dem schmalen Spalt zwischen Schrank und Wand fast verborgen, an der rechten Seite des Kleiderschranks hing. Der Haken des Holzbügels war am Kranz des Schranks eingehakt, und daran hing immer noch Andrés blaues Jackett, das ich schon so lange zur Reinigung hatte bringen wollen. Es schien sich vor mir versteckt zu haben, als ich in der vorigen Nacht in kalter Wut Andrés Sachen aus allen Winkeln der Wohnung hervorgeholt und in die Tasche gestopft hatte.

Es fasste mich an, dieses blaue Jackett, das da so einsam hing. Gerührt stand ich auf und zog die Anzugjacke vom Bügel. Ich setzte mich aufs Bett und legte meine Wange an den weichen Stoff, der noch ganz leicht nach Andrés Parfum roch. Diese Anzugjacke hatte André am Valentinstag getragen, als er nach der Lesung mit den Rosen im Restaurant auftauchte und ich von dem Stern erfuhr. Ich streichelte über den Stoff und merkte, wie mir die Tränen in die Augen stiegen.

Am Valentinstag war noch alles in Ordnung gewesen, da hatte es noch keinen Sternekoch und keine Buchhändlerin gegeben, oder vielmehr hatte es sie gegeben, aber sie waren völlig bedeutungslos. Ich schaute auf die Rotweinflecken und dachte mit einem Lächeln daran, wie harmlos unser kleiner Streit gewesen war – im Vergleich zu dem, was dann folgte. In der Nacht des Saint Valentin waren wir noch ein beneidenswert glückliches Paar gewesen. Vielleicht wären wir es noch, wenn ich eher eingelenkt hätte.

In einer Gefühlsaufwallung drückte ich die Jacke an meine Wange und brach in Tränen aus. Was war nur passiert mit uns, mit Aurélie und André, den großen Liebenden?

Weinend streichelte ich über den Stoff und ertastete plötzlich einen kleinen Gegenstand, der in der Innentasche steckte. Ich knöpfte die Jacke auf und zog ihn heraus. Es war ein Schmuckkästchen. Verwundert sah ich es an, und dann drückte ich auf den kleinen goldenen Knopf, und das Kästchen sprang auf. In seinem Inneren steckte, auf dunkelblauem Samt gebettet, ein goldener Ring. Es war ein antiker Verlobungsring, ein feingearbeitetes Schmuckstück, in das drei Diamantsterne eingelassen waren. Was hatte das zu bedeuten?

Mit klopfendem Herzen betrachtete ich den Ring und nahm ihn dann zögernd heraus. Auf der Innenseite entdeckte ich eine Gravur.

Für A., die Frau meines Lebens

Eine ganze Weile saß ich auf dem Bett, und tausend Gedanken wirbelten mir durch den Kopf. Wieder und wieder ließ ich den Tag des 14. Februar Revue passieren. Andrés geheimnisvolle Andeutung, er habe eine Überraschung für mich, als er morgens aus dem Haus ging. Seine Aufgeregtheit, als er abends ins Restaurant gekommen war. Der verlegene Blick. Die seltsam verhaltene Reaktion, als die irrtümliche Verleihung des Sterns alles andere überstrahlte. So als ob er irgendwie enttäuscht wäre. Enttäuscht – warum?

Mit einem Mal sah ich den Abend des Valentinstags in einem ganz anderen Licht. Hatte André mir an diesem Abend den Verlobungsring schenken wollen? Es musste so sein, denn warum sonst hatte er den Ring in der Innentasche seines Jacketts getragen? Hatte er mir in dieser Nacht einen Heiratsantrag machen wollen, zu dem es später aus den unterschiedlichsten Gründen nicht mehr gekommen war? Plötzlich erinnerte ich mich an einige Bemerkungen, die mir in der jeweiligen Situation ein bisschen eigenartig vorgekommen waren und die nun mit einem Mal einen ganz anderen Sinn bekamen. *Na ja, um von mir drei Sterne zu bekommen, musst du jedenfalls keine Reise machen*, hatte er gesagt, nachdem ich das erste Mal mit Marronnier telefoniert hatte. Und *Koch mir einfach noch einmal das* Menu d'amour, *und du wirst schon sehen.*

Stattdessen hatte ich das Menü für Marronnier gekocht. Ich biss mir auf die Lippen. Kein Wunder, dass er sich darüber so aufgeregt hatte. Und später, als ich nach meiner unfreiwilligen Übernachtung in Vétheuil zurückkam und er mir angeblich etwas so Dringendes zu sagen hatte, hatte er am Ende nur gefragt, ob das blaue Jackett immer noch bei mir wäre und dass er es lieber selbst in die Reinigung bringen würde. Warum wohl?

Ich schob die Teile des Puzzles hin und her, bis sich ein Bild formte. In dieser halben Stunde, als ich so perplex im Schlafzimmer saß und über alles noch einmal nachdachte, kam ich der Wahrheit ziemlich nahe, glaube ich. Die Erkenntnis, dass André mir einen Antrag hatte machen wollen, rührte mich dermaßen, dass ich schon wieder anfing zu weinen. Und gleichzeitig wurde mir das Herz schwer, denn die Gelegenheit war verstrichen, und jetzt gab es Artémise Belfond. Und nein – dieser Kuss war *kein Missverständnis*, wie André behauptet hatte. Ich hatte schließlich Augen im Kopf. Und leider war es eben so, dass seit dem Valentinstag eine Menge passiert war. Unsere Wege hatten sich mehr und mehr voneinander entfernt.

Vorsichtig steckte ich den Ring in das Kästchen zurück und stand auf.

Hin- und hergerissen zwischen dem Wunsch, mit André zu sprechen, und der warnenden Stimme in meinem Hinterkopf, die mir sagte, ich solle es lieber lassen und bei meiner Entscheidung bleiben, lief ich in der Wohnung auf und ab. Ich war völlig durcheinander. Was sollte ich tun?

Dann fiel mir der Brief wieder ein. Mit zitternden Händen entfaltete ich das Blatt und las, was André mir geschrieben hatte.

Liebe Aurélie,

wahrscheinlich bin ich der Mensch, von dem Du jetzt gerade am wenigsten etwas hören willst, aber ich hoffe, Du liest meinen Brief trotzdem zu Ende und zerreißt ihn nicht gleich. Nach dem, was gestern Abend passiert ist, hast Du jedes Recht, mich aus Deinem Leben zu streichen. Aber ich möchte Dich bitten, es nicht zu tun.

Wenn Du mich nur einen Tag früher angerufen hättest, hätte ich Artémise Belfond niemals geküsst, das sollst Du wissen. Und Du sollst auch wissen, dass dieser Kuss der erste und einzige war, den wir getauscht haben.

Ich will ehrlich sein: Artémise ist eine sehr schöne und verführerische Frau, aber sie wird Dir niemals den Platz in meinem Herzen streitig machen. Sie war einfach da – in einem Moment, in dem ich schon alles verloren glaubte und nicht mehr wusste, ob Du mich überhaupt noch willst. Ob Du Dich überhaupt noch einmal meldest. Das ist alles. Mehr ist wirklich nicht dran gewesen an diesem Kuss.

Und wenn ich Dir sage, dass ich während der Lesung immer wieder zur Tür geschaut habe, in der Hoffnung, dass Du kommst, ist das nicht gelogen.

Als Du gestern plötzlich auf dem Boulevard aufgetaucht bist, so wütend und erbost und – entschuldige, wenn ich das so sage – so eifersüchtig, habe ich wieder einmal gedacht, wie sehr ich Dich liebe. Selbst wenn Du wütend auf mich bist, liebe ich Dich. Aber ich liebe Dich natürlich auch, wenn Du nicht wütend auf mich bist.

Ich habe viel nachgedacht in diesen letzten Wochen. Ich weiß jetzt, dass ich mich mehr als einmal ziemlich dämlich benommen habe, und ich habe verstanden – glaube ich –, was Du mir damit sagen wolltest, als Du schriebst, dass ich mal wieder nichts kapiert hätte.

Ich hätte Dir mehr vertrauen sollen. Wenn man liebt, sollte man vertrauen. Stattdessen habe ich Dich mit meinen Unterstellungen verletzt. Das tut mir sehr leid. Ich hoffe,

Du kannst mir verzeihen, dass ich so ein Idiot gewesen bin. Obwohl ich ehrlicherweise sagen muss, dass ich diesem Koch immer noch nicht über den Weg traue. Aber Dir hätte ich über den Weg trauen sollen, mein Herz.

Ich weiß nicht, wie es weitergeht. Oder ob es überhaupt weitergeht.

Ich weiß nur, dass ich mich so gefreut hätte, wenn Du angerufen hättest. Ich wäre so gerne zu Dir gekommen. Ich hätte Dich so gerne in die Arme geschlossen. Ich wäre so gern mit Dir den Weg durch das Leben gegangen. André und Aurélie gehören doch zusammen.

Ich habe einmal ein ganzes Buch geschrieben, um Dir meine Liebe zu beweisen. Ich fürchte, das werde ich diesmal nicht schaffen. Aber ich hoffe, dass Du mir trotzdem glaubst, wenn ich Dir sage, dass ich Dich über alles liebe, Aurélie.

ICH LIEBE DICH.

Drei Worte, die wenig originell sind, ich weiß. Aber es sind die einzigen, die mir einfallen, wenn ich an Dich denke. Ich liebe Dich und werde Dich immer lieben, mein Engel. Da kannst Du ganz sicher sein.

Gleich werde ich Deinen Hausschlüssel in den Briefkasten werfen, wie du gesagt hast. Es wird ein unendlich trauriger Augenblick sein.

Und nun lasse ich Dich, meine Liebste. Ich werde Dich nicht mehr belästigen, das verspreche ich. Es sei denn, es wird ausdrücklich gewünscht.

Ich scherze, obwohl mir zum Heulen zumute ist. Nichts würde ich lieber sehen als Dein schönes Lächeln, das mich vom ersten Augenblick an verzaubert hat, doch nach Deinen knappen Zeilen habe ich wenig Hoffnung, Dich noch einmal umstimmen zu können. Vielleicht hast Du schon ganz andere Pläne, in denen ich nicht mehr vorkomme. Vielleicht zweifelst Du an meinen Worten und sagst: Genug ist genug. Auch das werde ich akzeptieren.

Aber wenn auch nur der Hauch einer Chance besteht, dann komm!

Ich bin da. Ich warte nur auf Dich.

Ich lege mein Herz in Deine Hände.

In Liebe,

André

Ich las den Brief nur einmal. Er war auf einem karierten Blatt Papier geschrieben, das André von meinem Block abgerissen hatte, der Rand war ausgefranst, und der Kugelschreiber hatte zwischendrin offenbar auch gestreikt. Doch das war egal. Ich faltete das Blatt zusammen und steckte es in meine Handtasche. Ich zog mein rotes Kleid an, steckte mir die Haare hoch, legte etwas Lippenstift auf und überschminkte meine verweinten Augen. Dann nahm ich das blaue Jackett mit dem Schmuckkästchen und ging los.

Plötzlich wusste ich genau, was ich tun würde. Ich rief nicht einmal Bernadette an, um sie um Rat zu fragen. Ich überlegte nicht. Ich fragte nur mein Herz, das dem Verstand längst vorausgeeilt war. Doch vielleicht ging es bei der Liebe genau darum – nicht nachzudenken.

Ich eilte den Boulevard Saint-Germain entlang, vorbei an einer gewissen Litfaßsäule, der ich keinerlei Beachtung schenkte, ich lief an der Kirche vorbei, bog rechts in die Rue Bonaparte ab und wenige Schritte später links in die Rue Jacob. Es waren viele Menschen unterwegs an diesem letzten Tag im April, den man gemeinhin als Walpurgisnacht kennt, jene magische Nacht, wo die Hexen um das Feuer reiten und der Winter endgültig vertrieben wird.

Ich schlängelte mich an ausgelassenen Passanten vorbei und bahnte mir meinen Weg. Die Sonne ging bereits unter, als ich den Verlag erreichte, aber ich wusste, dass André in der Regel immer lange arbeitete, und hoffte, dass er noch da sein würde.

Doch André war nicht da. Sein Büro war leer, der ganze Verlag schien wie ausgestorben. Nur die Reisetasche stand noch in einer Ecke hinter dem Schreibtisch. Offenbar hatten sich alle auf den Weg gemacht, um in den ersten Mai zu tanzen. Ich wollte gerade schon wieder gehen, da kam mir Florence Mirabeau entgegen.

«*Bonsoir*», sagte ich. «Sagen Sie, ist Monsieur Chabanais schon weg?»

Sie nickte mit besorgter Miene und antwortete, dass Monsieur Chabanais den Verlag bereits vor Stunden verlassen hätte. Die anderen seien in die *Brasserie Lipp* zum Feiern.

«Wissen Sie, wo er hin ist?»

Sie schüttelte den Kopf. «Ich dachte, er würde noch mal wiederkommen ... wegen der Tasche», sagte sie. «Deswegen habe ich noch gewartet.» Sie senkte die Stimme. «Es geht ihm nicht gut.»

«Hmm ... Meinen Sie, er ist schon nach Hause gegangen?»

«Das glaube ich nicht. Dann hätte er seine Tasche doch mitgenommen.»

«Wo könnte er denn wohl sein?»

Sie zuckte die Achseln. «Ich weiß es nicht genau, aber er sagte, er müsse mal raus und wolle seine Ruhe haben.»

Wir verließen zusammen das Verlagsgebäude und gingen durch den Innenhof. Als wir auf die Straße traten, sagte Mademoiselle Mirabeau:

«Er ist jedenfalls in diese Richtung gegangen.» Sie deutete in Richtung Place de Furstenberg.

«Danke, Mademoiselle Mirabeau.» Ich nickte ihr zu. Ich wusste, dass André gerne zu diesem kleinen Platz ging, wenn er seine Ruhe haben wollte. Wir hatten dort schon manches Mal zusammen seine Mittagspause verbracht und uns einfach auf die Stufen des kleinen Rondells gesetzt, um unser Baguette zu essen. Es waren ja nur ein paar Schritte. Vielleicht war er wirklich dort.

«Viel Glück!», sagte Florence, als ich mich zum Gehen wandte. «Ich hoffe, Sie finden ihn.» Sie hob beide Fäuste, um mir die Daumen zu drücken. «Und ... Mademoiselle Bredin? Denken Sie nicht schlecht von ihm. André liebt Sie wirklich. Glauben Sie mir – ich habe noch nie einen so unglücklichen Mann gesehen.»

Ich eilte die Rue de l'Université wieder zurück, das blaue Jackett über dem Arm. Dann die Rue Jacob. Mit einem Mal konnte es mir nicht schnell genug gehen. Ich weiß nicht, warum, aber ich war mir sicher, dass ich André auf der Place de Furstenberg antreffen würde. War die Nacht zum ersten Mai nicht eine magische Nacht?

Wenige Minuten später erreichte ich den kleinen Platz, über den sich bereits die Dämmerung gesenkt hatte. Meine roten Spangenschuhe klackerten leise auf dem Pflaster und blieben schließlich vor einer zusammengesunkenen Gestalt stehen, die dort unter der alten Laterne saß und den Kopf in den Händen vergraben hielt.

«Ich glaube, Sie haben etwas vergessen, Monsieur Chabanais», sagte ich mit atemloser Stimme.

Er blickte überrascht auf.

19

Ich blickte auf und sah Aurélie mit geröteten Wangen vor mir stehen. Ihr Atem flog, offenbar war sie gerannt. Sie hielt mein Jackett über dem Arm, und im ersten Moment dachte ich wirklich, sie wolle es mir hinterherbringen. Doch im zweiten Moment wusste ich, dass das nicht der Grund sein konnte, warum sie hier war.

Sie war sehr aufgeregt, aber wütend war sie nicht. Sie sah aus, als ob sie geweint hätte, aber gleichzeitig sah sie aus, als ob sie sich freute.

Ihre grünen Augen wurden ganz dunkel, als sie mich jetzt ansah.

«Ich habe den Ring gefunden ... In deinem blauen Jackett», sagte sie. «Es hing immer noch am Schrank. Seit ... diesem Abend am Valentinstag. War der etwa für mich?»

Sie hielt mir das Schmuckkästchen hin und schaute mich ganz seltsam an.

Ich stand auf und zog sie in meine Arme.

«Ach, Aurélie ... Aurélie, was ist das für eine Frage? *Natürlich* war der für dich.» Ich vergrub mein Gesicht in ihrem Haar und seufzte. Dann hielt ich sie ein Stück von mir weg und sah sie an. «Ich wollte ihn dir schon so lange geben und dich fragen, ob du ...» Ich schüttelte den Kopf, weil es mir selbst so absurd vorkam – all diese Versuche, die stets ins Leere gelaufen waren. «Ich meine, ich *wollte* dich fragen! Immer wieder. Damals in der Gondel, als wir zusammen in Venedig waren, erinnerst du dich? Dann an Weihnachten, als Maman mir zuvorkam mit ihren Reden. In der Silvesternacht auf der kleinen Brücke, als Punkt zwölf plötzlich deine Freundin Bernadette mit Mann und Kind auftauchte. An diesem unglückseligen Valentinstag, als alles andere plötzlich wichtiger zu sein schien als das ... Immer ist etwas dazwischengekommen, oder ich habe mich einfach zu ungeschickt angestellt. Und dann haben wir fast nur noch gestritten ... Aber damit ist jetzt Schluss.»

«Ich weiß», sagte sie. «Ich habe deinen Brief gelesen, André. Ein sehr schöner Brief.» Und dann mit einem spitzbübischen Lächeln: «Er hat mir fast noch besser gefallen als das Buch.» Sie lächelte mich an, und mein Herz schlug vor Freude hundertmal schneller als sonst. Ich hätte sie am liebsten gleich wieder in meine Arme gezogen, sie mit Küssen überhäuft. Doch erst musste ich tun, was ein Mann tun muss.

Ich nahm ihr das Kästchen sanft aus der Hand und öffnete es.

Wir schauten beide ehrfürchtig auf den goldenen

Ring mit den drei kleinen Sternen, die im Licht der Laterne funkelten.

«Gefällt er dir?»

Aurélie nickte stumm, dann nahm sie meine Hand und legte sie an ihr Herz.

«Hörst du das?», fragte sie leise. «Mein Herz schlägt so laut, dass ich glaube, man hört es in ganz Paris.»

«Und ich dachte schon, es wäre mein Herz», sagte ich.

Vorsichtig zog ich den Ring aus dem Kästchen. Ich steckte ihn ihr an den Finger und küsste ihr die Hände.

«Drei Sterne für meine schöne Köchin. Für die Frau, die ich liebe.»

«Danke.» Sie streckte ihre Hand aus und besah sich den Ring, der wie angegossen passte. «Der ist wirklich wunderschön.»

Dann schaute sie mich an.

«Aber was wolltest du mich eigentlich fragen, André?»

«Kannst du das nicht erraten?»

Sie schüttelte den Kopf, und ein feines Lächeln umspielte ihre Mundwinkel.

«Na ja ... Also schön ...» Ich räusperte mich. «Das klingt jetzt vielleicht ein bisschen altmodisch, aber ...»

«Aber ...?

Ich strich mir verlegen durchs Haar. Es war ja auch der erste Antrag, den ich einer Frau machte.

«Willst du meine Frau werden, Aurélie? Willst du bei mir bleiben für immer und ewig?», fragte ich.

«Oje … Das klingt in der Tat ziemlich altmodisch.» Aurélie lächelte. «Aber weißt du, was Papa immer gesagt hat?»

«Nein, was hat dein Vater immer gesagt?»

«Es gibt Dinge, die kommen nie aus der Mode.»

«Heißt das jetzt … ja?»

Sie wartete einen kleinen Augenblick. Dann schlang sie ungestüm die Arme um mich und sah mich voller Liebe an.

«Ja, du Dummkopf. Ja! Von ganzem Herzen ja!», sagte sie, und als sie sich auf die Zehenspitzen stellte und wir uns unter der alten Laterne auf der kleinen Place de Furstenberg küssten, dachte ich, dass es Frühling war in Paris. Endlich war es Frühling.

Alle Menschen waren verliebt und glücklich.

Aber keiner war so glücklich wie ich.

NACHWORT

Der Beginn einer jeden Liebesgeschichte ist vollkommen. Das ist wohl auch der Grund, warum sich Liebespaare immer so gern an den Anfang ihrer Geschichte erinnern – jenes Lächeln, jene Geste, jener vielsagende Blick, der alles mit einem Zauber belegte. Jener magische Moment, als der andere mit einem Mal zum wichtigsten Menschen des Universums wurde und die ganze Welt zurücktrat und sich verneigte vor so viel Liebe. Keiner kann so glücklich gewesen sein wie zwei Menschen in jenem Augenblick. Doch wie geht es weiter? Davon handelt mein Roman.

Aurélie und André, die wunderbaren Helden aus «Das Lächeln der Frauen», sind im Alltag angekommen – mit all ihren liebenswerten Eigenarten und Unzulänglichkeiten, mit ihren eifersüchtigen Hoffnungen und geheimen Wünschen, mit ihren kleinen Eitelkeiten und ihrem ganzen Charme.

Jeden Morgen, wenn ich mich an den Schreibtisch setzte, habe ich mich darauf gefreut, diese beiden mir so lieb gewordenen Figuren auf ihren amourösen Abenteuern in Paris, in Vétheuil und Giverny zu begleiten. Ich habe oft gelacht, geschmunzelt, aber so manches Mal ging mir eine Szene auch so nahe, dass ich gerührt einen Moment innehalten musste. Für Stunden und Tage war ich vollkommen versunken in dieser lustigen, romantischen, poetischen Parallelwelt, die einfach da war, egal was im wirklichen Leben passierte. Und sosehr ich mich beim Schreiben dieses Buchs auch vor dem Anfang gefürchtet habe – denn anders als in der Liebe ist der Moment, in dem man vor der ersten leeren Seite sitzt, niemals besonders perfekt oder verheißungsvoll –, so geriet ich doch schon nach den ersten Sätzen in einen beglückenden Schwebezustand und glitt durch die Seiten wie durch einen schönen Film, den ich atemlos bis zum Ende verfolgte.

Ich liebe Happy Ends, und ich habe selbst schon auf der kleinen Place de Furstenberg gesessen, wenn abends die Laternen angehen – es ist ein wunderbarer Ort für romantische Seelen, egal ob man nun glücklich oder unglücklich ist. Das «Le Temps des Cerises» werden Sie in der Rue Princesse allerdings vergeblich suchen – ebenso wie das verwunschene Manoir im Kirschgarten von Vétheuil – es sind Sehnsuchtsorte, die nur in meiner und nun auch in Ihrer Phantasie existieren. Sie können immer wieder dorthin zurückkehren, denn diese Orte werden sich niemals verändern. Die Handlung des Romans ist frei erfunden – auch wenn es tatsächlich vor ein paar Jahren in Frankreich einmal die Verwechslung zweier Restaurants mit dem gleichen Namen gegeben hat –, und auch Aurélie und André gibt es nur in meinem Kopf, obwohl ich manchmal denke, dass es sie doch eigentlich wirklich geben müsste – so real und lebendig erscheinen sie mir. Denn auch wenn fast alles erfunden ist, so sind doch die Gedanken und Gefühle wahrhaftig und echt. Ich würde mich jedenfalls nicht wundern, wenn die beiden eines Tages Arm in Arm bei mir zur Tür hereinspazierten und mich fragten, was ich als Nächstes mit ihnen vorhätte. Dann würde ich vielleicht sagen: «Schauen wir mal, mir fällt schon was ein.»

Bis dahin wünsche ich mir, dass Sie beim Lesen von «Die Zeit der Kirschen» dasselbe Glück empfunden haben wie ich beim Schreiben. Dann hätte ich alles richtig gemacht.

Nicolas Barreau
Das Lächeln der Frauen

Die junge Restaurantbesitzerin Aurélie hat Liebeskummer: Von einem Tag auf den anderen wurde sie von ihrem Freund verlassen. Unglücklich streift sie durch Paris und stößt in einer kleinen Buchhandlung auf einen Roman, der gleich in den ersten Sätzen nicht nur ihr Lokal, sondern auch sie selbst beschreibt. Begeistert von der Lektüre, möchte Aurélie den Autor des Buchs kennenlernen, doch der ist leider sehr menschenscheu, erfährt sie vom Lektor des französischen Verlags. Aber Aurélie gibt nicht auf...

Rowohlt Taschenbuch Verlag
336 Seiten